Beautiful Disaster

Jamie McGuire

Beautiful Disaster

Traduit de l'anglais (États-Unis)
par Agnès Girard

Titre original :
BEAUTIFUL DISASTER

Éditeur original :
Simon and Schuster, Inc.

Pour la traduction française :
Éditions J'ai lu, 2014

À tous les amateurs de belles histoires,
grâce à qui un rêve est devenu le livre
que vous avez entre les mains.

1

Alerte rouge

Tout, dans cette salle, me hurlait que je faisais tache. L'escalier grinçait, les spectateurs chahutaient, serrés comme des sardines en boîte, et l'odeur qui régnait était un savant mélange de sueur, de sang et de moisi. De tous côtés, on criait des noms et des chiffres, des bras s'agitaient pour communiquer malgré la cohue, de l'argent circulait entre différentes mains. Je suivis ma meilleure amie à travers la foule.

— Garde ton cash, Abby ! me lança America.

Son large sourire était lumineux même dans la pénombre.

— Restez groupées ! Ça va être encore pire quand ils auront commencé, aboya Shepley.

America lui prit la main, puis saisit la mienne tandis que Shepley nous guidait à travers cette marée humaine.

Je sursautai quand le beuglement d'un mégaphone résonna à travers la salle enfumée. Un homme, debout sur une chaise en bois, tenait une liasse de billets dans une main, et l'appareil dans l'autre.

— Bienvenue à tous ! Le bain de sang va commencer ! Si vous cherchez la salle du cours d'économie de première année... vous vous êtes plantés, les mecs ! Si vous cherchez le Cercle, vous avez tout bon ! Je m'appelle Adam, je fixe les règles et j'arbitre le combat. Les paris cessent dès que les adversaires entrent sur le ring. On ne touche pas les combattants, on ne les aide pas, on ne change pas ses paris en cours de route, on ne s'agrippe pas au ring. Toute violation des règles entraîne passage à tabac et mise à la porte, les poches vides ! C'est valable pour vous aussi, mesdames ! Alors ne vous servez pas de vos chéries pour baiser le système, les gars !

Shepley secoua la tête.

— Un peu de tenue, Adam ! hurla-t-il à l'intention du maître de cérémonie, désapprouvant visiblement son vocabulaire.

Mon cœur battait à tout rompre. Avec mon cardigan en cachemire rose et mes perles de culture aux oreilles, je me faisais l'effet d'une institutrice de la vieille école sur une plage du débarquement. J'avais assuré à America que je pouvais gérer n'importe quelle situation mais, là, au pied du mur, j'étais prise d'une furieuse envie de m'agripper à deux mains à son bras squelettique. Elle ne m'aurait jamais fait courir aucun danger, pourtant, dans ce sous-sol humide, entourées d'une bonne cinquantaine d'étudiants bourrés, attirés par le sang et la perspective de s'en mettre plein les poches, je commençai soudain à douter de nos chances d'en sortir indemnes.

Depuis sa rencontre avec Shepley, pendant la semaine d'intégration des première année, America l'accompagnait fréquemment aux combats clandestins qui se tenaient dans différents sous-sols du campus d'Eastern University. Chaque combat avait lieu dans un endroit différent, tenu secret jusqu'à l'heure précédant le début des hostilités.

Évoluant dans des cercles un peu plus sages, j'avais été surprise d'apprendre l'existence d'un monde souterrain à Eastern, mais Shepley, lui, le connaissait avant même d'arriver sur le campus. Travis, son cousin et coloc, avait participé à son premier combat sept mois plus tôt. On disait de lui qu'il était le concurrent le plus dangereux qu'ait découvert Adam depuis que ce dernier avait lancé le Cercle, trois ans plus tôt. Travis débutait sa deuxième année, et il était imbattable. À eux deux, avec ce que leur rapportaient les combats, Travis et Shepley gagnaient largement de quoi payer leur loyer et le reste.

Adam approcha une nouvelle fois le porte-voix de sa bouche. Dans la salle, la tension grimpa d'un cran. L'assistance était fébrile.

— Ce soir, nous avons un nouveau concurrent ! La star du club de lutte d'Eastern, j'ai nommé Marek Young !

Des sifflements accueillirent la nouvelle, et la foule s'écarta, telle la mer Rouge, lorsque Marek entra dans la salle, sous des sifflets et des huées de provocation. Arrivé sur le ring, il sautilla sur place un instant, s'étira le cou en penchant la tête d'un côté, puis de l'autre, le visage sévère, concentré. Le public se calma, et mes mains volèrent au secours de mes oreilles quand la sono installée à l'autre bout de la salle déversa ses montagnes de décibels.

— Notre combattant suivant n'a pas besoin d'être présenté mais, comme il me fout une trouille monstre, je vais le faire quand même ! Attention, attention, tremblez dans vos bottes, les mecs, et virez vos petites culottes, les filles, voici Travis « Mad Dog » Maddox !

La foule explosa quand Travis apparut dans l'encadrement d'une porte, de l'autre côté de la salle. Il fit son entrée torse nu, détendu, détaché, presque, marchant jusqu'au centre du ring avec la décontraction de celui qui entame une nouvelle journée au bureau. Ses muscles tout en finesse roulèrent sous sa peau tatouée quand il cogna ses poings contre ceux de

Marek. Travis lui murmura quelque chose à l'oreille, et Marek eut visiblement du mal à garder son apparence sévère. Face à face, ils se regardèrent dans les yeux. L'expression de Marek était meurtrière. Travis, lui, semblait légèrement amusé.

Les deux hommes reculèrent de quelques pas, et Adam fit sonner le mégaphone. Le combat commença. Marek en position défensive, Travis en attaque. Je me dressai sur la pointe des pieds, me penchant d'un côté, puis de l'autre, pour essayer de mieux voir, avant de me frayer un chemin entre les spectateurs hurlants. Des coudes s'enfoncèrent dans mes côtes, des épaules me bousculèrent violemment, me repoussant comme une vulgaire boule de flipper. Enfin, peu à peu, j'aperçus la tête des combattants, et poursuivis ma progression.

Au moment où j'arrivais au premier rang, Marek attrapa Travis et tenta de le plaquer à terre. Mais comme il se penchait pour ce faire, Travis lui envoya son genou en plein visage et, sans lui laisser le temps de se remettre, lui colla une série de crochets au même endroit. Il y avait du sang partout.

Cinq doigts me pincèrent l'avant-bras, et je sursautai.

— Putain, mais qu'est-ce que tu fais, Abby ? demanda Shepley.

— Je n'y voyais rien, là-bas derrière ! hurlai-je en guise de réponse.

Je me retournai juste à temps pour voir Marek lancer son droit. Travis pivota. Je crus qu'il avait esquivé, néanmoins, il fit un tour complet et planta son coude en plein dans le nez de Marek. Le sang gicla sur mon visage et macula mon cardigan. Marek fit un bruit sourd en tombant sur le sol de béton brut et, l'espace d'un instant, la salle tout entière se tut.

Quand Adam jeta un carré de tissu rouge sur le corps inerte de Marek, les gens se déchaînèrent de nouveau. Les billets se remirent à circuler, des sommes considérables changèrent de mains, et les visages se scindèrent en deux groupes : les satisfaits et les écœurés.

Ballottée par la foule autour de moi, j'avais beau entendre America m'appeler du fond de la salle, les dégoulinades rouges sur mon cardigan m'empêchaient de bouger ; j'étais comme hypnotisée.

Deux grosses bottes noires se plantèrent soudain devant moi. Lentement, je levai les yeux. Jean couvert de sang, tablettes de chocolat, torse nu, tatoué, luisant de sueur, et enfin, deux yeux marron, attentifs. Quelqu'un me poussa par-derrière, et Travis me rattrapa par le bras avant que je ne tombe en avant.

— Hé ! Tu la laisses tranquille, OK ? lança-t-il ensuite à tous ceux qui m'approchaient.

Puis en voyant l'état de mon cardigan, il sourit, et tamponna mon visage avec une serviette.

— Désolé, Poulette.

Adam lui donna un coup affectueux sur l'arrière de la tête.

— Allez, ramène-toi, Mad Dog ! T'as du blé à palper !

Le regard de Travis ne quitta pas le mien.

— C'est vraiment dommage pour ton pull. Il t'allait bien.

Et l'instant d'après, il disparut, englouti par la foule, repartant d'où il était venu.

— Mais t'es dingue, ou quoi ? hurla America en me tirant par le bras.

— Je suis venue voir un combat, non ? répondis-je en souriant.

— Tu n'étais même pas censée être ici, Abby, me reprocha Shepley.

— America non plus.

— Sauf qu'elle n'a pas essayé d'entrer dans le Cercle, elle ! Bon allez, on y va.

America sourit et essuya mon visage.

— T'es vraiment une chieuse, Abby. Je t'aime tellement !

Passant un bras autour de mon cou, elle m'entraîna vers la sortie.

Elle me raccompagna jusqu'à ma chambre, et fit la grimace en voyant ma coloc, Kara. Je retirai aussitôt mon cardigan et le jetai dans le panier à linge sale.

— Quelle horreur, d'où vous sortez ? demanda Kara depuis son lit.

Je me tournai vers America.

— Saignement de nez, dit-elle. T'as jamais assisté à ce spectacle ? Abby est pourtant connue pour ça. Elle perd des litres chaque fois.

Kara remonta ses lunettes et secoua la tête.

— Tu verras, un jour. Des litres ! continua America, avant de me faire un clin d'œil et de refermer la porte derrière elle.

Moins d'une minute plus tard, mon portable émit sa petite musique. Comme à son habitude, America m'envoyait un texto, à peine quelques secondes après qu'on se fut quittées.

J dors cz Shep, à 2m1 reine du Cercle.

Je regardai Kara, qui me fixait comme si mon nez allait saigner d'un moment à l'autre.

— Elle plaisantait, précisai-je.

Kara hocha la tête, indifférente, et contempla l'océan de bouquins qui occupaient son lit.

— Je vais prendre une douche, dis-je en prenant ma serviette et mes affaires de toilette.

— Je préviens les médias, répliqua Kara du tac au tac, sans lever la tête.

Le lendemain, Shepley et America se joignirent à moi pour le déjeuner. J'avais d'abord eu l'intention de manger seule mais, tandis que les étudiants affluaient vers la cafétéria, les places autour de moi avaient été progressivement occupées soit par les membres de la fraternité de Shepley, soit par ceux de l'équipe de foot. J'avais aperçu certains d'entre eux au combat, mais aucun n'évoqua ma présence aux abords du ring.

— Salut, Shep, lança une voix.

Ce dernier répondit d'un hochement de tête, et Travis s'installa au bout de notre table. Il était accompagné de deux blondes pulpeuses portant des tee-shirts Sigma Kappa. La première s'installa sur les genoux de Travis, la seconde à côté. Elle ne cessait de poser la main sur lui.

— Je crois que je viens de vomir un petit peu, murmura America.

La blonde assise sur les genoux de Travis se retourna.

— Je t'ai entendue, connasse.

America saisit son pain et le lança, manquant de peu le visage de la fille. Celle-ci n'eut pas le temps de dire quoi que ce soit, Travis écarta les genoux, et elle tomba par terre.

— Aïe ! brailla-t-elle en le regardant.

— America est une de mes copines. Il va falloir que tu trouves d'autres genoux, Lex.

— Travis ! gémit-elle en se relevant.

Mais ce dernier ne s'intéressait plus qu'à son assiette, ne lui prêtant aucune attention. Elle regarda sa sœur, poussa un soupir outré, et toutes deux s'éloignèrent en se tenant la main.

Travis fit un clin d'œil à America et continua son repas comme si de rien n'était. Je remarquai alors la petite coupure sur son arcade sourcilière. Il échangea un regard avec Shepley, et entama une conversation avec un joueur de foot assis en face de lui.

Bientôt, la salle commença à se vider mais Shepley, America et moi avions à discuter de nos projets pour le week-end. Travis se leva pour partir, et s'arrêta près de nous au passage.

— Quoi ? demanda Shepley en mettant une main en cornet sur son oreille.

Je fis de mon mieux pour l'ignorer le plus long-temps possible, mais quand je levai les yeux, Travis me regardait.

— Tu la connais, Trav. La meilleure amie d'America. Elle était avec nous, l'autre soir, dit Shepley.

Travis m'offrit un sourire, que j'interprétai comme étant charmeur. Avec ses cheveux bruns en bataille et ses avant-bras tatoués, il n'était que sensualité et rébellion, et cette tentative de séduction me fit lever les yeux au ciel.

— Depuis quand tu as une meilleure amie ? demanda-t-il à America.

— Depuis le lycée, répondit-elle en me regardant avec un sourire. Tu ne te souviens pas d'elle ? Tu lui as bousillé un gilet.

Travis sourit.

— J'en bousille beaucoup, des gilets.

— Beurk... murmurai-je.

Travis fit pivoter la chaise libre à côté de moi et s'installa à califourchon, les bras sur le dossier.

— Alors c'est toi, Poulette, c'est ça ?

— Non, rétorquai-je. J'ai un prénom.

Ma façon de le regarder sembla l'amuser, et cela ne fit qu'aiguiser ma colère.

— Ah bon ? Et c'est quoi ?

Je mordis dans ma pomme sans répondre.

— Bon, alors ce sera Poulette, dit-il en haussant les épaules.

Je jetai un œil en direction d'America, puis de Travis.

— J'essaie de finir mon déjeuner, là.

Mais Travis aimait les challenges, et j'en étais un, désormais.

— Moi c'est Travis. Travis Maddox.

Je levai les yeux au ciel.

— Comme si je ne le savais pas.

— Ah bon, tu le savais ? s'étonna Travis en dressant son sourcil blessé.

— Ne joue pas les modestes. Quand cinquante mecs bourrés scandent ton nom, c'est difficile de ne pas le retenir.

Travis bomba le torse.

— Ah, oui. Ça arrive souvent.

Je levai de nouveau les yeux au ciel, et Travis eut un petit rire.

— T'as un tic, ou quoi ?

— Un quoi ?

— Un tic. Tes yeux n'arrêtent pas de monter et descendre.

Mon regard noir le fit encore rire.

— Mais je dois reconnaître qu'ils sont impressionnants, dit-il en se penchant vers moi. C'est quoi, cette couleur, exactement ? Gris ?

Je regardai mon assiette, laissant les longues mèches de mes cheveux tirer entre nous un rideau caramel. Je n'aimais pas ce que j'éprouvais lorsqu'il était si près de moi. Je ne tenais pas à faire partie des dizaines de filles sur le campus qui rougissaient en sa présence, et ne voulais pas qu'il provoque cette réaction chez moi.

— Oublie ça tout de suite, Travis, dit America. Elle est comme ma sœur.

— C'est malin, soupira Shepley. Maintenant que tu lui as dit ça, il ne va plus avoir qu'une idée en tête.

— Tu n'es pas son genre, insista America.

Travis fit mine d'être vexé.

— Mais je suis le genre de toutes les filles !

Je ne pus m'empêcher de relever les yeux et de sourire.

— Ah ! Tu vois ! Un sourire ! Je ne suis pas un sale enfoiré, finalement, dit-il avec un clin d'œil. J'ai été ravi de te rencontrer, Poulette.

17

Il contourna la table et se pencha à l'oreille d'America.

Shepley lui jeta une frite.

— Éloigne-toi tout de suite de l'oreille de ma copine, Trav !

— J'élargis mon réseau, c'est tout ! Mon réseau ! dit Travis en reculant, les mains en l'air.

Quelques filles le suivirent hors de la cafétéria, gloussant et passant les mains dans leurs cheveux, cherchant par tous les moyens à attirer son attention. Quand il leur ouvrit la porte, elles faillirent hurler de bonheur.

America éclata de rire.

— Ouh là. T'es pas sortie de l'auberge, Abby.

— Qu'est-ce qu'il t'a dit ? demandai-je, un peu inquiète.

— Il veut que tu l'amènes à l'appart, c'est ça ? dit Shepley.

America hocha la tête, et Shepley se tourna vers moi.

— Abby, t'es une fille intelligente. Alors je vais mettre les choses au point tout de suite : si tu te laisses embobiner et qu'au bout du compte tu es furieuse contre lui, tu ne pourras le reprocher ni à America ni à moi, d'accord ?

Je souris.

— Pas question que je me laisse embobiner par qui que ce soit, Shepley. Est-ce que j'ai l'air d'être l'une des jumelles Barbie ?

— Elle ne se laissera pas avoir, confirma America en posant une main rassurante sur le bras de Shepley.

— Écoute, on me la fait pas, Mare. T'imagines pas le nombre de fois où il m'a mis dans le pétrin en couchant une nuit avec la super copine, et alors tout à coup, sortir avec moi provoque un conflit d'intérêts parce que ça équivaut à pactiser avec l'ennemi ! Je te préviens, Abby, ne viens pas dire à America qu'elle ne peut plus passer à l'appart ou sortir avec moi parce que Travis t'aura jetée comme un Kleenex !

— C'est inutile, mais j'apprécie ta mise en garde.

Je tentai de rassurer Shepley d'un sourire, mais il était de nature pessimiste et cela ne s'arrangeait pas au contact de Travis. Essuyer les revers des frasques de son cousin avait fini par laisser des traces.

America me fit un petit signe de la main, et Shepley et elle s'éloignèrent tandis que je prenais le chemin de mon cours de l'après-midi. Le soleil brillait et je plissai les yeux, agrippant les bretelles de mon sac à dos. Entre les classes peu chargées et l'anonymat total dont j'avais besoin, Eastern University était exactement ce que j'avais espéré. Pour moi, c'était un nouveau départ. Je pouvais enfin marcher sans entendre les chuchotements de ceux qui connaissaient – ou pensaient connaître – mon passé. Je me fondais dans la masse, comme tous les autres étudiants de première année qui se rendaient à leur cours. Pas de regards, pas de rumeurs, pas de pitié, et pas de jugement. Juste l'image que je voulais donner : Abby Abernathy, la fille qui aime les cardigans en cachemire et n'est pas là pour rigoler.

Arrivée dans l'amphi, je posai mon sac et me laissai tomber sur le banc avant de sortir mon ordinateur. Au moment où je l'ouvrais, Travis se glissa à la table d'à côté.

— Super, tu vas pouvoir prendre des notes pour moi, dit-il.

Il mâchonnait un stylo et me sourit, indubitablement en pleine démonstration de charme.

Je lui renvoyai un regard dégoûté.

— Tu n'es même pas inscrit à ce cours.

— Ça, ça m'étonnerait. Même que je suis assis là-haut, en général, dit-il en indiquant le dernier rang.

Un petit groupe de filles me regardait, et je remarquai une place restée vacante, au milieu.

— Hors de question que je prenne des notes pour toi, répliquai-je en allumant mon ordi.

Travis se pencha si près que je sentis son souffle contre ma joue.

— Excuse-moi... j'ai dit ou fait quelque chose qu'il ne fallait pas ? (Je secouai la tête en soupirant.) Alors c'est quoi, ton problème ?

— Je ne coucherai pas avec toi, dis-je à mi-voix. Donc calme-toi, maintenant.

Un sourire se dessina lentement sur ses lèvres.

— Mais je ne te l'ai pas demandé... Si ?

— Je ne suis pas une des jumelles Barbie, ni une de tes groupies. Elles sont derrière, si tu les cherches. Tes tatouages ne m'impressionnent pas, ton charme de gamin et ton indifférence forcée non plus. Alors arrête, avec tes gros sabots.

— D'accord, Poulette.

Il était absolument imperméable à ma rudesse, et cela me mettait hors de moi.

— Pourquoi tu passerais pas ce soir à l'appart, avec America ? J'essaie pas d'emballer, souffla-t-il devant mon sourire narquois. Je veux juste qu'on passe un moment ensemble.

— Emballer ? Mais comment fais-tu pour arriver à conclure, avec des expressions pareilles ?

Travis éclata de rire et secoua la tête.

— Allez, viens. Je ne te draguerai même pas. Promis.

— Je vais y réfléchir.

M. Chaney entra, et Travis concentra son attention sur le contenu du cours. Malgré tout, il gardait l'esquisse d'un sourire sur les lèvres et une fossette au creux de la joue. Plus il souriait, plus je voulais le détester, mais ce sourire était justement ce qui m'empêchait de le détester.

— Qui peut me dire quel président avait une femme qui louchait et était un pur laideron ? demanda M. Chaney.

— Note bien la réponse, me souffla Travis. Je vais avoir besoin de savoir ça pour mes entretiens d'embauche.

— Chuuut, dis-je en tapant tout ce que Chaney disait.

Travis sourit et se carra contre son dossier. Il passa le reste de l'heure à bâiller et à se pencher pour voir ce que je tapais. L'ignorer me demanda un véritable effort. Sa proximité, et les muscles qui roulaient sous la peau de son avant-bras me rendaient la tâche difficile. Il joua avec le bracelet de cuir noir qu'il portait au poignet jusqu'à ce que Chaney ait terminé.

Je quittai la salle en vitesse et courus dans le couloir. Au moment où je ralentissais, ayant le sentiment d'avoir mis suffisamment de distance entre Travis Maddox et moi, ce dernier apparut à mon côté.

— Alors, t'as réfléchi ? demanda-t-il en mettant ses lunettes noires.

Une petite brune se planta devant nous et leva un regard plein d'espoir vers Travis.

— Coucou, Travis, susurra-t-elle en jouant avec une mèche de ses cheveux.

Je pilai, retins une remarque acerbe sur ce ton sirupeux, et la contournai. Je l'avais déjà vue, parlant normalement, dans la salle commune de la résidence Morgan. Elle m'avait même semblé plutôt mûre, comme fille. Qu'est-ce qui pouvait bien lui faire croire que cette voix de bébé allait séduire Travis ? Elle continua deux octaves trop haut encore un moment, puis Travis reparut à ma hauteur.

Il sortit un briquet de sa poche, s'alluma une cigarette et souffla un épais nuage de fumée.

— Où en étais-je ? Ah, oui. Tu réfléchissais.

Je fis une grimace.

— De quoi tu parles ?

— Tu as réfléchi ? À passer à l'appart ?

— Si j'accepte, tu arrêteras de me suivre partout ?

Il réfléchit à ma condition, puis hocha la tête.

— Oui.

— Alors je viendrai.

— Quand ?

Soupir.

— Ce soir. Je viendrai ce soir.

Travis sourit et s'arrêta net.

— Super. À ce soir, alors, Poulette, lança-t-il comme je m'éloignais.

Je retrouvai America un peu plus loin, en compagnie de Finch. Nous l'avions rencontré pendant la semaine d'intégration des première année, et je savais qu'il serait le troisième acolyte idéal à notre duo déjà bien rodé. Il n'était pas très grand mais me dépassait d'une bonne tête. Ses yeux ronds contrastaient avec ses traits allongés et fins. Ses cheveux décolorés étaient en général dressés sur sa tête à la mode punk.

— Travis Maddox ? Depuis quand tu pêches en eaux troubles, Abby ? lâcha-t-il d'un ton désapprobateur.

— Tu aggraves ton cas en le repoussant, tu sais, ajouta America. Il n'a pas l'habitude.

— Et tu suggères quoi, exactement ? Que je couche avec lui ?

Elle haussa les épaules.

— Ce serait un gain de temps.

— Je lui ai dit que je passerais, ce soir. (Finch et America échangèrent un regard.) Quoi ? Il a promis d'arrêter de me harceler si j'acceptais. Tu y vas aussi, non ?

— Ben, oui, répondit America. Tu vas vraiment venir ?

Je souris et entrai dans notre résidence en me demandant si Travis tiendrait sa promesse de ne pas me draguer. C'était un mec assez prévisible. Pour lui, j'étais soit un nouveau challenge, soit une fille suffisamment repoussante pour en faire une bonne copine.

Laquelle de ces deux éventualités me dérangeait-elle le plus ? En vérité, je n'aurais su le dire.

Quatre heures plus tard, America passa me chercher pour aller chez Shepley et Travis. Ma tenue l'horrifia.

— Abby ! On dirait une SDF !

— Parfait ! dis-je en souriant.

J'avais remonté mes cheveux n'importe comment, je m'étais démaquillée, et j'avais remplacé mes lentilles de contact par une paire de lunettes carrées à grosse monture noire. Mon tee-shirt et mon jogging étaient miteux, et j'avais mis des tongs. Quelques heures plus tôt, j'en avais conclu qu'avoir l'air d'un thon était la meilleure option. Dans l'idéal, Travis serait aussitôt dégoûté et cesserait d'insister. Et s'il cherchait une bonne copine, mon look ingrat le dissuaderait de s'afficher en ma compagnie.

Dans la voiture, America baissa sa vitre et cracha son chewing-gum dehors.

— On voit clair dans ton jeu, tu le sais, ça ? Roule-toi dans une merde de chien, pendant que tu y es. Qu'on te remarque vraiment.

— Je n'essaie pas de me faire remarquer.

— Ben voyons.

Elle se gara sur le parking de l'immeuble où habitait Shepley, et je la suivis dans l'escalier. En me voyant, Shepley éclata de rire.

— Qu'est-ce qui t'est arrivé ?

— Elle essaie de passer inaperçue, répondit America avant de suivre Shepley dans sa chambre.

Ils fermèrent la porte derrière eux, et je restai seule, pas tout à fait à mon aise. Il y avait un fauteuil près de la fenêtre, je m'y installai et quittai mes tongs.

L'appartement était plus agréable, esthétiquement parlant, qu'un studio typique de célibataire. Les posters de playmates et les panneaux de signalisation piqués dans la rue étaient là, normal, mais l'ensemble était propre, les meubles étaient neufs, et il ne flottait ni effluves de bière éventée ni odeur de linge sale.

— Ah ben t'as fini par arriver, dit Travis en se laissant tomber sur le canapé.

Je souris et remontai mes lunettes sur mon nez, impatiente de voir sa réaction de dégoût.

— America avait un devoir à finir.

— Tiens, en parlant de devoir, tu as commencé celui d'histoire ?

Mes cheveux en pétard ne lui avaient même pas tiré un haussement de sourcil. Cette attitude m'intrigua.

— Non, et toi ?

— Je l'ai terminé cet après-midi.

— Mais il est seulement pour mercredi, fis-je, étonnée.

— Comme ça c'est fait. Et puis, deux pages sur Grant, franchement, c'est pas la mer à boire.

— Je repousse toujours les choses, c'est mon problème. Je ne m'y mettrai sans doute pas avant ce week-end.

— Bon, si t'as besoin d'aide, n'hésite pas.

J'attendis qu'il éclate de rire ou me fasse comprendre qu'il plaisantait, mais il était sincère. Je haussai un sourcil.

— Tu vas m'aider à faire mon devoir ?

— J'assure en histoire, rétorqua-t-il, un peu vexé par mon incrédulité.

— Il assure dans toutes les matières. Ce type est un génie, ça fait peur. Je le hais, dit Shepley, entrant dans le salon avec America.

Je fixai Travis, dubitative.

— Quoi ? Pour toi, un mec tatoué qui fait des combats pour gagner sa vie ne peut pas être un étudiant brillant ? Je suis pas à la fac pour passer le temps, moi.

— Mais pourquoi tous ces combats, alors ? Pourquoi tu n'as pas essayé d'avoir une bourse, plutôt ?

— C'est ce que j'ai fait. La moitié de mes frais scolaires est prise en charge. Après il reste les bouquins, la bouffe, et l'autre moitié, qu'il faut bien que je paie de temps en temps. Non, sérieux, Poulette, si tu as besoin d'aide pour quoi que ce soit, demande, n'hésite pas.

— Je n'ai pas besoin de ton aide. Je sais rédiger un devoir.

Je voulais en rester là. J'aurais dû en rester là, mais cette nouvelle facette du personnage Travis avait titillé ma curiosité.

— Et tu n'as rien trouvé d'autre, comme petit boulot ? Un truc un peu moins... je sais pas, moi... sado-maso ?

Travis haussa les épaules.

— C'est un moyen assez facile de se faire du fric. Servir des cafés me rapporterait moins.

— Facile ? Et si tu prends un coup en pleine figure ?

— Oh oh ! Tu t'inquiètes pour moi ? dit-il avec un clin d'œil avant de rire devant ma grimace. Je ne prends pas tant de coups que ça. Quand je vois venir, j'esquive. C'est pas si compliqué.

— Et bien sûr, personne n'a jamais fait ce rapprochement.

— Quand je frappe, mon adversaire encaisse, puis essaie de frapper à son tour. C'est pas comme ça qu'on gagne un combat.

Je levai les yeux au ciel.

— Tu te prends pour un Karaté Kid, ou quoi ? Où as-tu appris à te battre ?

Shepley et America se regardèrent, puis baissèrent les yeux. OK. J'avais posé la mauvaise question.

Mais Travis ne se laissa pas désarçonner.

— Mon père avait un problème avec l'alcool, et très mauvais caractère. Et mes quatre frères aînés avaient tous hérité de ses gènes.

— Ah.

J'avais les joues en feu.

— Te prends pas la tête, Poulette. Mon père a arrêté de boire et mes frères ont grandi.

— Je ne me prends pas la tête.

Je jouai un moment avec les mèches de cheveux qui me tombaient devant le visage, puis les détachai pour me refaire un chignon plus ordonné, tentant d'ignorer le silence gêné qui s'était installé.

— J'aime bien ton côté naturel. Les filles qui viennent ici le sont jamais vraiment.

— J'ai été contrainte de venir ici. Je n'avais pas l'intention de t'impressionner.

J'étais furieuse que mon plan ait échoué. Travis eut ce sourire de gamin, amusé, qui fit monter ma colère d'un cran. J'espérai que cela cacherait mon malaise. J'ignorais ce qu'éprouvaient les filles en sa présence, mais j'avais vu comment elles se comportaient. Personnellement, j'avais le sentiment vaguement nauséeux d'avoir perdu mes repères, et non celui de vivre un coup de cœur niaiseux. D'ailleurs, plus il cherchait à me faire sourire, plus je me sentais déstabilisée.

— Mais c'est déjà fait. En général, je n'ai pas à supplier les filles pour qu'elles viennent chez moi.

— Je n'en doute pas, répliquai-je avec une expression de dégoût.

Son assurance était incroyable. Non seulement il était tout à fait conscient de son charme, mais il avait tellement l'habitude que les filles se jettent à son cou qu'il considérait ma froideur comme rafraîchissante plutôt qu'insultante. J'allais devoir changer de stratégie. Vite.

America pointa la télécommande en direction de la télé, et l'alluma.

— Il y a un bon film, ce soir. Ça vous dit de savoir ce qui est arrivé à Baby Jane ?

Travis se leva.

— J'allais sortir manger un morceau. T'as faim, Poulette ?

— J'ai déjà dîné.

— Mais non, t'as pas... commença America avant de comprendre qu'elle avait fait une gaffe. Oh... ah... mais si, j'avais oublié que t'avais fait chauffer... une pizza ? Avant qu'on parte.

Cette tentative malheureuse pour retomber sur ses pattes m'arracha une grimace. J'attendis la réaction de Travis.

Il traversa la pièce et ouvrit la porte.

— Allez, viens. Tu dois avoir faim.

— Tu vas où ?

— Où tu veux. Pizzeria, si ça te dit.

Je baissai les yeux sur mes vêtements.

— Je suis pas précisément en tenue.

Il m'examina de la tête aux pieds, puis sourit.

— Tu es très bien. Allez, on y va ? J'ai la dalle.

Après un petit signe de la main à America, je suivis Travis. Sur le parking, je pilai net en le voyant enfourcher une moto noire.

— Heu... lâchai-je en fixant mes pieds nus.

Il eut un regard impatient dans ma direction.

— Allez, monte. Je conduirai lentement.

— C'est quoi, cette moto ? demandai-je avant d'avoir vu l'inscription peinte sur le réservoir.

— C'est une Harley Night Rod. C'est l'amour de ma vie, alors ne raie pas la peinture en montant.

— Je suis en tongs !

Il me regarda comme si j'avais parlé dans une autre langue.

— Et moi, en bottes. Allez, monte.

Il mit ses lunettes noires, le moteur gronda. Je m'installai et cherchai derrière moi une poignée où m'agripper, mais mes doigts ne se refermèrent que sur du cuir, puis sur le plastique du garde-boue.

Travis attrapa mes poignets et referma mes bras autour de lui.

— Il n'y a rien pour s'accrocher, à part moi. Ne lâche pas, surtout, dit-il en poussant la moto en avant.

D'un mouvement du poignet, il propulsa le bolide sur la chaussée et le lança dans la nuit comme une fusée. Mes mèches folles me revenaient dans la figure. Je me cachai derrière Travis pour éviter les moucherons qui ne manqueraient pas de s'écraser sur mes lunettes si je regardais par-dessus son épaule.

Il donna un puissant coup d'accélérateur à l'arrivée sur le parking du restaurant. À peine avait-il arrêté son engin que je descendis.

— T'es complètement dingue ?

Il eut un petit rire, appuya la moto sur sa béquille avant de descendre à son tour.

— J'ai respecté les limites de vitesse.

— Les limites sur autoroute, oui ! Grognai-je en défaisant mon chignon pour tenter de me recoiffer.

Travis me regarda tirer mes cheveux en arrière, puis alla jusqu'à la porte et la tint ouverte.

— Je ne voudrais pas qu'il t'arrive quoi que ce soit, Poulette.

En entrant dans le restaurant, ma tête ne fonctionnait pas tout à fait en cohésion avec mes pieds. Une odeur de graisse et d'herbes de Provence régnait un peu partout dans la salle, la moquette rouge était couverte de miettes. Il choisit une table dans un coin, à l'écart des groupes d'étudiants et des familles, et commanda deux bières. Mon regard balaya la pièce, s'arrêta sur des parents qui peinaient à faire manger leurs enfants turbulents, évita ceux, inquisiteurs, des étudiants.

— Tout de suite, Travis, dit la serveuse en prenant notre commande avant de repartir en direction des cuisines d'un pas tout guilleret.

Je ramenai mes cheveux derrière mes oreilles, soudain très gênée d'être habillée comme un sac.

— Tu viens souvent, on dirait, remarquai-je d'un ton acerbe.

Travis se pencha par-dessus la table, appuyé sur ses coudes, et planta ses yeux noisette dans les miens.

— Alors, dis-moi, Poulette. C'est quoi, ton problème ? T'es une mangeuse d'hommes en général, ou c'est juste moi, que tu hais ?

— Je crois que c'est juste toi, grommelai-je.

Il rit, amusé par mon humeur de chien.

— J'ai du mal à capter. T'es la première fille à me trouver repoussant sans avoir couché avec moi. Tu rougis pas comme une tomate quand tu me parles, et t'essaies pas d'attirer mon attention.

— Je ne t'aime pas, c'est tout.

— Si tu ne m'aimais pas, tu ne serais pas là.

Malgré moi, mon air boudeur se relâcha un peu.

— J'ai pas dit que tu étais quelqu'un de mauvais, soupirai-je. C'est juste que j'aime pas l'idée d'être une affaire réglée juste parce que j'ai un vagin.

Je me concentrai sur les grains de sel épars sur la table, jusqu'à ce que j'entende comme un bruit d'étouffement venant de Travis.

Il avait les yeux écarquillés et tremblait d'un fou rire contenu.

— Putain ! J'y crois pas ! T'es géniale ! Faut qu'on devienne amis, vraiment ! Je t'interdis de refuser !

— Amis, ça me va, mais ça ne veut pas dire que tu peux essayer de me sauter dessus toutes les cinq secondes.

— Tu ne veux pas coucher avec moi. J'ai compris.

J'essayai de ne pas sourire, sans succès.

Le regard de Travis s'illumina.

— Tu as ma parole. Je ne te sauterai pas dessus. Sauf si tu me le demandes.

À mon tour, je posai les coudes sur la table et me penchai en avant.

— Et cela n'arrivera pas, donc nous pouvons être amis.

Un sourire coquin souligna ses traits tandis qu'il s'approchait un peu plus.

— Ne dis jamais : « Fontaine, je ne boirai pas de ton eau. »

— Alors, raconte, enchaînai-je. Tu as toujours été Travis « Mad Dog » Maddox, ou bien c'est ici qu'on t'a surnommé comme ça ?

J'avais insisté d'un ton ironique sur « Mad Dog » et, pour la première fois, son assurance sembla ébranlée. Il parut gêné.

— Non, c'est Adam qui a trouvé ça, juste après le premier combat.

— C'est tout ? Tu ne vas rien me dire d'autre sur toi ?

Ses réponses lapidaires commençaient à me taper sur le système.

— Qu'est-ce que tu veux savoir ?

— Les trucs classiques. D'où tu viens, ce que tu veux faire quand tu seras grand... ce genre de choses.

— Je suis d'ici, j'y suis né, j'y ai grandi, et je me spécialise en droit pénal.

Avec un soupir, il déroula sa serviette pour en sortir ses couverts, qu'il disposa de part et d'autre de son assiette. Puis il regarda par-dessus son épaule, un peu tendu. L'équipe de foot d'Eastern occupait deux tables un peu plus loin, et riait à gorge déployée, ce qui semblait l'agacer.

— Tu plaisantes, dis-je, stupéfaite.

— Non, non, je suis d'ici, répondit-il d'un ton distrait.

— Je parlais de ta spécialité.

Il fronça les sourcils, soudain concentré sur notre conversation.

— Pourquoi ?

Mon regard glissa sur les tatouages qui couvraient son bras.

— Disons juste que je te voyais plutôt côté accusé que côté défenseur.

— Je ne suis pas un délinquant... la plupart du temps. Papa était très sévère.

— Et ta mère ?

— Elle est morte quand j'étais petit.

— Oh. Je suis désolée.

Sa réponse m'avait désarçonnée. Je secouai la tête. Il balaya ma compassion d'un revers de la main.

— Je n'ai aucun souvenir d'elle. Mes frères, oui, mais moi, j'avais à peine trois ans quand elle est décédée.

— Quatre frères, alors, c'est ça ? Comment tu faisais pour te souvenir des prénoms ? plaisantai-je.

— C'était assez simple. Ça marchait par ordre décroissant, en partant de celui qui frappait le plus fort. Et il s'est trouvé que cet ordre était aussi celui de leur naissance. Il y avait Thomas, puis les jumeaux, Taylor et Tyler, et enfin Trenton. Il ne fallait jamais, *ja-mais* se trouver seul dans une pièce avec Taylor et Tyler. Ce sont eux qui m'ont appris la moitié de ce que je fais dans le Cercle. Trenton était le plus petit, mais le plus rapide. Aujourd'hui, c'est le seul à arriver encore à me mettre un direct du droit.

Imaginer cinq Travis courant partout dans le même appartement me donna le tournis.

— Ils sont tous tatoués aussi ?

— Oui, sauf Thomas. Il est cadre sup dans la pub, en Californie.

— Et ton père, il est où ?

— Ici et là.

À nouveau, l'équipe de foot sembla l'agacer.

— Pourquoi ils rigolent comme ça ? demandai-je en désignant leurs tables.

Travis secoua la tête. Il ne voulait pas répondre. Je croisai les bras et me tortillai sur ma chaise, nerveuse de voir à quel point ce que racontaient les footeux le mettait en colère.

— Dis-moi.

— Ils se foutent de ma gueule en disant que j'ai été obligé de t'inviter à dîner d'abord. En général... c'est pas comme ça que ça se passe.

— D'abord ?

Quand je compris ce qu'il voulait dire, mon expression lui arracha une moue gênée.

— Moi qui avais peur qu'ils se moquent de toi parce que je suis habillée comme une plouc... alors qu'ils me voient déjà dans ton lit...

— Pourquoi aurais-je peur d'être vu avec toi ?

— Heu... de quoi on parlait, déjà ?

Je sentais la moutarde me monter au nez.

— De toi. C'est quoi, ta spécialité ?

— Oh... heu... j'ai pas encore décidé. Mais je penche plutôt pour la compta.

— Tu n'es pas du coin, si ?

— Non. Je viens de Wichita. Comme America.

— Comment as-tu atterri ici, en venant du Kansas ?

— Disons... qu'il fallait qu'on prenne le large.

— De quoi ?

— De mes parents.

— Ah. Et America, elle a des problèmes avec ses parents, elle aussi ?

— Non, Mark et Pam sont géniaux. C'est quasiment eux qui m'ont élevée. Elle m'a suivie, d'une certaine manière. Elle ne voulait pas que je vienne ici seule.

Travis hocha la tête.

— Et pourquoi Eastern ?

Les questions étaient de plus en plus personnelles, et je me sentais mal à l'aise.

Il y eut un bruit de chaises, l'équipe de foot se leva pour se diriger vers la sortie en échangeant quelques

dernières plaisanteries. Quand Travis se leva, ils accélérèrent le pas. Ceux qui se trouvaient à l'arrière du
groupe poussèrent les autres pour sortir avant que
Travis ne traverse la salle. Il se rassit, ravalant sa
colère.

Je haussai un sourcil.

— Tu allais me dire pourquoi tu avais choisi Eastern,
reprit-il.

— C'est difficile à expliquer, dis-je en haussant les
épaules. Ça me semblait être le bon choix, c'est tout.

Il sourit et ouvrit son menu.

— Je vois ce que tu veux dire.

2

Porc

Seules des têtes familières occupaient notre table de prédilection. Je me trouvais entre America et Finch, Shepley et ses copains de Sigma Tau occupaient le reste des places. Le brouhaha était tel dans la grande salle qu'on s'entendait difficilement. La climatisation paraissait avoir encore rendu l'âme et l'air était chargé d'effluves mêlant friture et transpiration. Malgré cela, tout le monde semblait déborder d'énergie, plus encore que d'ordinaire.

— Salut, Brazil, lança Shepley au jeune homme assis en face de moi.

Sa peau pain d'épice et ses yeux chocolat contrastaient avec la casquette Eastern Football blanche vissée sur sa tête, dont la visière cachait presque tout son visage.

— Salut, Shep. Tu nous as manqué samedi après le match. J'ai bu une bière ou six à ta santé, répondit-il avec un grand sourire, découvrant des dents d'une blancheur éclatante.

— Sympa. J'ai invité Mare à dîner, dit Shepley en se penchant pour embrasser les longs cheveux blonds d'America.

— Tu es assis à ma place, Brazil.

Brazil se retourna, vit Travis debout derrière lui et me regarda, étonné.

— Oh. Je savais pas que c'était une de tes groupies.

— Mais pas du tout ! démentis-je en secouant vigoureusement la tête.

Brazil se tourna à nouveau vers Travis, qui le fixait, attendant qu'il bouge. Il haussa les épaules et alla s'asseoir au bout de la table avec son plateau.

— Quoi de neuf, Poulette ? demanda Travis en s'installant en face de moi avec un sourire.

— Qu'est-ce que c'est que ce truc ?

Le contenu de son plateau ressemblait à un moulage en cire.

Travis éclata de rire et but une gorgée d'eau.

— Les nanas de la cafétéria me font flipper. Tu ne m'entendras jamais critiquer leur savoir-faire culinaire.

Autour de nous, les regards appuyés ne m'avaient pas échappé. Le comportement de Travis aiguisait la curiosité et, intérieurement, je souris à l'idée d'être la seule fille avec qui ce dernier insistait pour manger.

— Pfff, on a le partiel de biologie, après, soupira America.

— T'as bien révisé ? demandai-je.

— Non. J'ai passé la nuit à rassurer mon mec qui avait peur que tu couches avec Travis.

Les footeux assis en bout de table cessèrent de rire comme des baleines pour écouter plus attentivement. En conséquence, les autres étudiants tendirent l'oreille à leur tour. Je fusillai America du regard, mais elle s'en fichait complètement et donna un coup d'épaule à Shepley.

— Bordel, Shep, t'es malade à ce point ? demanda Travis en lançant un sachet de ketchup sur son cousin.

Shepley ne répondit pas, mais je souris à Travis, reconnaissante qu'il ait fait diversion.

America lui frotta le dos.

— Mais ça va mieux, maintenant. Il va juste lui falloir un peu de temps pour arriver à croire qu'Abby est capable de résister à ton charme.

— Je ne lui ai pas fait de charme, rétorqua Travis, feignant d'être offensé. On est amis.

— Tu vois, dis-je à Shepley. Tu n'as pas à t'inquiéter.

Celui-ci croisa enfin mon regard et, devant ma sincérité, sembla être un peu rassuré.

— T'as révisé ? me demanda Travis.

Je fis la moue.

— Révisions ou pas, en bio, c'est plantage assuré pour moi. J'y arrive pas. Ça rentre pas.

— Arrête ton char.

— Quoi ?

— Viens, on va aller chercher tes notes et je vais t'aider à réviser.

— Travis...

— Allez, Poulette, bouge tes fesses. Tu vas cartonner à cet exam.

En passant, je tirai sur une des tresses blondes d'America.

— On se retrouve en amphi.

Elle sourit.

— Je te garde une place. Je vais avoir besoin d'aide.

Travis m'accompagna jusqu'à ma chambre et je sortis mes cours tandis qu'il ouvrait le manuel. Sans relâche, il m'interrogea sur des points théoriques puis clarifia les quelques notions que je ne comprenais pas. Sa façon d'expliquer les choses transformait tous les concepts abscons en évidences.

— ... Et les cellules somatiques ont recours à la mitose pour se reproduire. C'est là que tu as les phases. Pour les retenir, dis-toi que c'est un nom de femme : Prométa Anatéla.

J'éclatai de rire.

— Prométa Anatéla ?

— Prophase, métaphase, anaphase et télophase.

— Prométa Anatéla, répétai-je en acquiesçant.

— C'est tout bon ! déclara-t-il en me donnant une tape sur la tête avec une liasse de notes. Tu connais le sujet à fond, maintenant.

Je soupirai.

— Mouais... On verra.

— Allez, je vais t'accompagner jusqu'à ta salle de cours, et je t'interrogerai en route.

— Tu ne piqueras pas une colère si je me plante, hein ? dis-je en refermant la porte derrière nous.

— Mais tu ne vas pas te planter, Poulette. Le seul truc, pour le prochain partiel, c'est qu'il faudra qu'on s'y prenne plus tôt.

— On peut savoir comment tu comptes jouer les répétiteurs avec moi, faire ton boulot à toi, et t'entraîner pour les combats ?

Travis rigola.

— Je ne m'entraîne pas. Adam m'appelle, me dit où ont lieu les réjouissances, et j'y vais.

Je secouai la tête, incrédule, tandis qu'il me reposait les mêmes questions. Quand nous arrivâmes devant l'amphi de sciences, nous avions presque terminé de revoir les cours pour la seconde fois.

— Allez, déchire tout ! m'encouragea Travis en me tendant mes notes.

— Salut, Trav !

Je me retournai. Un grand type dégingandé lui souriait.

— Salut, Parker, répondit Travis.

Les yeux de Parker brillèrent un peu plus en me regardant.

— Salut, Abby.

— Salut, répondis-je, surprise qu'il connaisse mon prénom.

Je l'avais déjà croisé en cours, mais nous ne nous étions jamais parlé.

— Qui est-ce ? demandai-je à Travis tandis que Parker allait s'installer.

Travis haussa les épaules, mais il semblait plus tendu.

— Parker Hayes. C'est un Sig Tau aussi.

— T'es dans une fraternité ? m'étonnai-je.

— Ben oui. Sigma Tau. Comme Shepley. Je pensais que tu le savais.

De loin, il continuait d'observer Parker.

— C'est que... t'as pas trop le style.

Voyant mes yeux posés sur ses tatouages, il sourit.

— Mon père en faisait partie, et tous mes frères y sont passés. C'est comme qui dirait une affaire de famille.

— Et ils t'ont demandé de prêter serment ? demandai-je, sceptique.

— Non, pas vraiment. C'est juste un groupe de bons gars, tu sais. Allez, vas-y, c'est l'heure.

— Merci pour ton aide ! soufflai-je en lui donnant un petit coup de coude.

America venait d'arriver, je la rejoignis et nous nous installâmes.

— Alors, ça s'est passé comment ? demanda-t-elle.

— C'est un bon répétiteur.

— Juste un répétiteur ?

— Un ami sympa, aussi.

Face à son air déçu, je ne pus m'empêcher de rire.

Le rêve d'America avait toujours été qu'on sorte avec des garçons qui soient amis ; alors coloc *et* cousins, pour elle, c'était carrément le jackpot. À notre arrivée à Eastern, elle aurait aimé qu'on partage une chambre, mais j'avais résisté, espérant pouvoir prendre un peu d'indépendance. Elle avait boudé un moment, puis s'était résignée et fixé pour objectif de trouver un ami de Shepley à me présenter.

L'intérêt que m'avait porté Travis dépassait toutes ses espérances.

Je répondis sans aucune difficulté à toutes les questions du devoir, et sortis attendre America sur les marches, devant l'amphi. Quand elle se laissa tomber à côté de moi, défaite, j'attendis qu'elle prenne la parole.

— Jamais rien vu d'aussi horrible !

— Tu devrais réviser avec nous. Travis explique vraiment très bien.

America émit un grognement et posa la tête sur mon épaule.

— Tu ne m'as pas aidée du tout ! Tu aurais au moins pu hocher la tête pour m'encourager, non ?

Un bras autour de ses épaules, je la raccompagnai jusqu'à la résidence.

Pendant la semaine qui suivit, Travis m'aida à faire mon devoir d'histoire et m'interrogea en biologie. Quand nous nous retrouvâmes ensemble devant le tableau des notes, à côté du bureau de M. Campbell, je découvris que j'avais la troisième meilleure note au partiel de biologie.

— Troisième ! Pas mal, Poulette ! s'exclama Travis en me serrant dans les bras.

Son enthousiasme, son regard pétillant de fierté me mirent mal à l'aise. Je me dégageai.

— Merci, Travis. Sans toi, je n'y serais pas arrivée.

Sans prévenir, il me prit par la taille, me hissa sur son épaule, et se fraya un passage dans le couloir bondé.

— Dégagez, dégagez ! Faites place au cerveau monstrueusement gigantesque qui défigure cette pauvre jeune fille ! Faites place au génie !

L'amusement et la curiosité que je lus sur les visages de mes condisciples me firent éclater de rire malgré moi.

Au cours des jours suivants, les rumeurs persistantes concernant nos liens enflèrent nettement, mais la réputation de Travis aida à calmer les ragots. Personne ne l'avait jamais vu passer plus d'une nuit avec la même fille, donc plus on nous apercevait ensemble, plus le caractère platonique de notre relation devenait plausible. Et malgré les interrogations incessantes sur la nature exacte de nos sentiments, l'attention de la gente féminine pour Travis ne faiblit pas.

Il continua de s'asseoir à côté de moi en cours d'histoire et nous déjeunions ensemble tous les jours. Il me fallut peu de temps pour comprendre que je m'étais trompée sur lui, et bientôt, j'eus même des réactions assez vives envers ceux et celles qui le jugeaient et ne le connaissaient pas comme moi.

— Tiens.

Nous étions à la cafétéria. Travis posa devant moi un jus d'orange.

— Merci, fallait pas. J'étais sur le point d'aller en chercher un, dis-je en retirant mon blouson.

— Eh ben, comme ça, t'as plus à te lever, répondit-il avec un demi-sourire qui creusa la fossette de sa joue gauche.

— Ma parole, mais elle a fait de toi un boy, Travis ! railla Brazil. Encore quelque temps et tu lui feras de l'air en slip de bain avec une branche de palmier.

Travis le fusilla du regard et je montai à la charge pour le défendre.

— Toi, t'aurais rien à mettre dans ce slip, Brazil, alors ferme-la.

— Ouh là ! Calmos, Abby ! Je plaisantais ! s'écria Brazil en levant les mains.

— Peut-être... mais ne parle pas de lui comme ça.

Sur le visage de Travis, je lus un mélange de surprise et de reconnaissance.

— Alors là, c'est le pompon. Je viens d'être défendu par une fille, dit-il en se levant.

Avant de quitter la table avec son plateau, il lança un dernier regard noir à Brazil puis sortit rejoindre un petit groupe de fumeurs, devant la cafétéria.

J'eus du mal à ne pas le regarder parler et rire avec eux. Toutes les filles du groupe manœuvraient discrètement pour s'approcher de lui. America me donna un coup de coude dans les côtes quand elle remarqua que mon attention était ailleurs.

— Qu'est-ce que tu fixes comme ça ?

— Rien. Je regarde dans le vide.

Elle posa le menton sur sa main et secoua la tête.

— Elles sont tellement prévisibles. Regarde la rousse. Elle a passé la main dans ses cheveux au moins autant de fois qu'elle a battu des paupières. Je me demande si Travis en a pas marre, parfois.

— Bien sûr que si, intervint Shepley. Tout le monde le prend pour un connard, mais s'ils savaient la dose de patience qu'il faut pour supporter toutes les nanas qui pensent pouvoir l'apprivoiser... Partout où il va, elles lui tombent dessus. Des vraies sangsues. À sa place, moi, je serais nettement moins poli.

— Arrête, t'adorerais ça, souffla America en l'embrassant sur la joue.

Travis finissait sa cigarette quand je passai à côté du groupe.

— Attends, Poulette. Je t'accompagne, dit-il en m'emboîtant le pas.

— Tu n'es pas obligé de m'accompagner à tous mes cours, Travis. Je sais me déplacer sur le campus sans me perdre.

Une belle brune à longs cheveux et jupe très courte ne tarda pas à le faire bifurquer, de toute façon. Elle nous croisa en lui souriant. Il la suivit du regard, hocha la tête dans sa direction et jeta sa cigarette.

— Bon, à plus tard !

— C'est ça, dis-je en levant les yeux au ciel tandis qu'il rattrapait la bimbo à petites foulées.

En classe, sa chaise resta vide, et j'éprouvai une certaine irritation à l'idée qu'il ait raté un cours pour une fille qu'il ne connaissait pas. M. Chaney nous libéra un peu plus tôt. Il fallait que je retrouve Finch à 15 heures pour lui donner les notes du cours de musique de Sherri Cassidy, et je partis d'un bon pas en jetant un coup d'œil à ma montre.

— Abby ?

Parker me rattrapa en courant.

— Je ne crois pas qu'on ait été présentés, dit-il en me tendant la main. Parker Hayes.

Je la lui serrai en souriant.

— Abby Abernathy.

— J'étais derrière toi quand tu es allée voir les notes de l'exam de bio. Félicitations.

— Merci. Si Travis ne m'avait pas aidée à réviser, j'aurais été tout en bas de la liste, crois-moi.

— Oh... vous... vous êtes... ?

— Amis.

Il hocha la tête et sourit.

— Il t'a dit qu'il y avait une soirée à la fraternité, ce week-end ?

— On parle surtout biologie et nourriture.

— C'est tout Travis ! dit Parker en rigolant.

Devant l'entrée de la résidence Morgan, il plongea ses grands yeux verts dans les miens.

— Tu devrais venir. Ça va être bien.

— J'en parlerai à America. Je ne sais pas si on a des projets.

— Vous êtes toujours ensemble, toutes les deux ? Tir groupé ?

— On a passé un accord cet été. Pas de soirées en solo.

— Pas bête, fit Parker avec un hochement de tête approbateur.

— Elle a rencontré Shepley dès la semaine d'intégration, alors on n'a pas non plus été scotchées. En fait, ce sera la première fois que je lui demande si elle veut m'accompagner, je suis sûre qu'elle sera ravie de venir.

Intérieurement, je grimaçai. Non seulement je parlais pour ne rien dire, mais en plus, j'avais clairement énoncé que je n'étais jamais invitée aux soirées.

— Super. On se voit samedi, alors !

Un sourire éclatant, façon éphèbe d'Abercrombie & Fitch, illumina le visage bronzé de Parker, et il bifurqua.

Je le regardai s'éloigner. Il était grand, rasé de près, en jean et chemise à petites rayures parfaitement repassée, et ses cheveux blonds ondulés flottaient souplement quand il marchait.

Je me mordis la lèvre. Son invitation me flattait.

— C'est plus ton style, celui-là, murmura Finch à mon oreille.

— Il est mignon, hein ? dis-je, incapable de cesser de sourire.

— Carrément, oui. Ce petit côté BCBG en position missionnaire, c'est bandant.

Je lui donnai un coup sur l'épaule.

— Finch !

— Tu as les cours de Sherri ?

— Oui.

Je les sortis de mon sac. Finch alluma une cigarette et les feuilleta en plissant les yeux.

— Putain, c'est super, dit-il en les parcourant.

Il plia les feuilles, les glissa dans une poche, et tira sur sa cigarette.

— Heureusement que la chaudière de la résidence Morgan est H-S. Vu comme ce grand échalas t'a matée, il te faut au moins une douche froide.

— Y a plus d'eau chaude à la résidence ?!

— Il semblerait. Bon, moi, j'ai cours d'algèbre, je file. Tu peux dire à Mare de ne pas m'oublier, ce week-end ?

— Je lui dirai, grommelai-je en fixant le vieux bâtiment de briques rouges abritant notre résidence.

— Y a pas d'eau chaude ! me lança Kara depuis son bureau dès l'instant où je mis un pied dans l'appart.

— Je sais.

Mon portable vibra. C'était un texto d'America maudissant la chaudière. Quelques instants plus tard, on toqua à notre porte.

America entra et se laissa tomber sur mon lit, les bras en croix.

— Non mais t'y crois, à ces conneries ? On paie une fortune et on peut même pas prendre une douche chaude ?

Kara soupira.

— Arrête de geindre comme ça. Va t'installer chez ton mec, il a de l'eau chaude, lui. Et de toute façon, t'y es fourrée en permanence, non ?

— Hé ! Super idée, Kara ! Finalement, ça sert, des fois, que tu sois aussi conne !

Le regard de Kara ne quitta pas un instant l'écran de son ordinateur. Les remarques de mon amie la laissaient de marbre.

America sortit son portable et rédigea un message avec une précision et une rapidité incroyables. Son téléphone vibra peu après, et elle me sourit.

— On s'installe chez Shep et Travis jusqu'à ce que la chaudière soit réparée !

— Quoi ?! C'est hors de question ! En ce qui me concerne, en tout cas !

— Allez, arrête ! Tu vas pas rester ici à te geler sous la douche alors que Travis et Shep ont deux salles de bains !

— Je n'ai pas été invitée.

— Je t'invite, moi. Et Shep a déjà dit que c'était OK. Tu dormiras sur le canapé... si Travis ne s'en sert pas.

— Et s'il s'en sert ?

— Eh bien tu dormiras dans son lit.

— Certainement pas !

Elle leva les yeux au ciel.

— Arrête de faire l'enfant, Abby. Vous êtes copains, tous les deux, non ? S'il n'a pas déjà tenté sa chance, ça m'étonnerait qu'il essaie un jour.

J'en restai bouche bée. Cela faisait des semaines que Travis et moi ne nous quittions plus ou presque, soirées comprises. Occupée à m'assurer que tout le monde comprenne que nous n'étions « que » des amis, je ne m'étais pas rendu compte que Travis ne cherchait auprès de moi « que » de l'amitié. Sans vraiment savoir pourquoi, je me sentis insultée.

Kara nous regarda, incrédule.

— Travis Maddox n'a pas essayé de coucher avec toi ?

— On est amis ! rétorquai-je, sur la défensive.

— Je sais, mais… il n'a pas essayé ? Il a couché avec toutes les filles du campus.

— Sauf nous, intervint America. Et toi.

Kara haussa les épaules.

— Forcément, je ne l'ai jamais rencontré. C'est juste ce que j'ai entendu dire.

— CQFD, lâchai-je sèchement. Tu ne le connais même pas.

Kara retourna à son écran et nous oublia complètement.

— Bon, soupirai-je. Il faut que je fasse mes bagages, alors.

— Prévois pour plusieurs jours, on ne sait pas combien de temps il va leur falloir pour réparer la chaudière ! lança America, beaucoup trop excitée à l'idée de déménager.

Une angoisse s'empara de moi, j'eus soudain le sentiment de me préparer à pénétrer en territoire ennemi.

— À vos ordres…

Elle me prit dans ses bras en sautant sur place.

— Tu vas voir, ça va être génial !

Une demi-heure plus tard, valises entassées dans sa Honda, nous prenions le chemin de l'appartement des garçons. America parla pendant presque tout le trajet.

En arrivant sur le parking, elle donna un coup de klaxon. Shepley descendit nous aider à porter nos bagages.

— C'est ouvert, dit-il, à bout de souffle, comme nous arrivions devant la porte.

America poussa le battant et le laissa passer. Il lâcha les bagages dans l'entrée et poussa un grognement.

— La vache, qu'est-ce que t'as mis là-dedans, chérie ? demanda-t-il à America. Ta valise fait dix kilos de plus que celle d'Abby !

Une jeune femme sortit alors de la salle de bains en reboutonnant son chemisier. Nous nous figeâmes.

— Oh, salut ! lança-t-elle, surprise, avant de poser les yeux sur nos bagages.

Son mascara avait coulé, mais je reconnus la jolie brune que Travis avait suivie en sortant de la cafétéria. America fusilla Shepley du regard. Celui-ci leva les mains.

— Hé ! C'est pas moi, c'est Travis !

Ce dernier apparut alors, en caleçon, et bâilla. Il regarda la fille, puis lui donna une petite tape sur les fesses.

— Mes invitées sont là. Il vaut mieux que tu y ailles.

Elle sourit, l'enlaça et l'embrassa dans le cou.

— Je te laisse mon numéro dans la cuisine.

— Heu... c'est pas la peine, répondit Travis d'un ton léger.

La brune se redressa et le regarda en face.

— Quoi ?!

— Chaque fois c'est pareil ! s'exclama America. J'arrive pas à croire que ça t'étonne ! Tu t'adresses à Travis Maddox le Baiseur, ma belle ! Il est connu pour *ça*, justement ! Mais chaque fois, elles tombent des nues !

Elle se tourna vers Shepley, qui passa un bras autour de son épaule et lui fit signe de se calmer.

La fille jeta un regard meurtrier à Travis, ramassa son sac et quitta l'appartement en claquant la porte.

Travis alla dans la cuisine et ouvrit le frigo, comme si rien ne s'était passé.

America secoua la tête et se dirigea vers la chambre de Shepley, au fond du couloir. Ce dernier la suivit, ployant sous le poids de sa valise.

Je me laissai tomber sur le fauteuil en soupirant. Avais-je fait une grosse connerie en acceptant de venir ? L'appartement de Shepley était visiblement une plaque tournante de bimbos, et cela m'avait échappé.

— Un souci, Poulette ? me demanda Travis, debout derrière le bar. Tu as eu une journée difficile ?

— Non, je suis juste dégoûtée.

— À cause de moi ?

Il souriait. J'aurais dû me douter qu'il s'attendait à cette conversation. Du coup, je me lâchai plus facilement.

— Oui. Comment peux-tu te servir de quelqu'un et le traiter comme ça ?

— Je l'ai traitée comment ? Elle m'a proposé son numéro, et j'ai décliné.

Devant une telle absence de remords, je restai bouche bée.

— Tu couches avec elle, mais tu ne veux pas son numéro ?

— Pourquoi le voudrais-je puisque je n'ai pas l'intention de l'appeler ?

— Pourquoi couches-tu avec elle si tu n'as pas l'intention de l'appeler ?

— Je ne promets rien à personne, Poulette. Elle n'a pas parlé de relation à long terme avant de s'allonger bras et cuisses écartés sur mon canapé.

Malgré moi, j'eus un regard révulsé en direction du canapé en question.

— C'est la fille de quelqu'un, Travis. Que ferais-tu si quelqu'un traitait ta fille de la sorte ?

— Disons que... ma fille a intérêt à ne pas ôter sa petite culotte en présence d'un connard qu'elle vient juste de rencontrer.

Logique imparable. Je croisai les bras, furieuse.

— Donc, en dehors du fait que tu reconnaisses être un connard, tu estimes que, parce qu'elle a couché avec toi, elle mérite d'être jetée comme une vieille chaussette ?

— Je dis juste que j'ai été franc avec elle. C'est une adulte, la relation était consentie... un peu trop facilement, même, si tu veux tout savoir. Tu réagis comme si j'avais commis un crime.

— Elle n'avait pas l'air aussi sûre de tes intentions que toi, Travis.

— Les femmes justifient souvent leurs actes par tout un tas d'idées qu'elles se font sur la vie. Elle ne m'a pas expliqué qu'elle voulait une relation durable, et je ne lui ai pas précisé que je voulais juste baiser sans m'engager. Je ne vois pas pourquoi j'aurais tort et pas elle.

— Tu es un porc.

Travis haussa les épaules.

— On m'a traité de bien pire.

Je fixai à nouveau le canapé et ses coussins encore de travers après l'usage qui en avait été fait. Combien de filles s'étaient-elles offertes dessus ? Rien que d'y penser, j'eus la nausée. En plus, le tissu devait gratter.

— Bon, ben, je passerai la nuit dans le fauteuil, grommelai-je.

— Pourquoi ?

Son expression étonnée me mit hors de moi. Je lui lançai un regard noir.

— Il est hors de question que je me couche sur ce truc ! Dieu sait dans quoi je m'allongerais !

Il alla chercher ma valise.

— Tu ne dormiras ni dans le fauteuil ni sur le canapé, mais dans mon lit.

— Qui est encore plus... « douteux » que le canapé, à coup sûr.

— En dehors de moi, personne n'a jamais approché mon lit.

— Ben voyons ! Arrête, un peu !

— Je suis tout à fait sérieux. Je baise toujours sur le canapé. Elles n'entrent jamais dans ma chambre.

— Alors pourquoi j'ai le droit de dormir dans ton lit ?

À la commissure de ses lèvres apparut le plus coquin des sourires.

— Tu envisages de coucher avec moi cette nuit ?

— Non !

— Voilà pourquoi. Maintenant, bouge un peu tes fesses, remballe cette humeur de chien, prends une douche chaude et on se met au boulot. On a de la bio à réviser.

Je m'exécutai à contrecœur et passai beaucoup trop de temps sous la douche pour tenter de me débarrasser de la colère qui m'animait. En me lavant les cheveux, je soupirai. C'était tellement agréable d'avoir sa salle de bains à soi. Pas besoin de mettre des tongs, de penser à prendre sa trousse de toilette et sa serviette. Il suffisait de s'abandonner au jet chaud.

La porte s'ouvrit soudain, me tirant de mes pensées.

— Mare, c'est toi ? dis-je en sursautant.

— Non, c'est Travis.

Mes mains se posèrent sur les parties de mon corps que je ne voulais pas qu'il voie.

— Qu'est-ce que tu fais ? Sors !

— T'as oublié de prendre une serviette, je t'ai aussi apporté tes vêtements, plus ta brosse à dents, et une crème un peu bizarre que j'ai trouvée dans ta valise.

— Tu as fouillé dans mes affaires ? m'écriai-je, horrifiée.

Il ne répondit pas. Mais bientôt, je compris qu'il ouvrait le robinet du lavabo et se brossait les dents.

— Sors d'ici, Travis, dis-je en me drapant dans le rideau de douche.

Il me regarda, les lèvres pleines de dentifrice.

— Je ne peux pas me coucher sans me brosser les dents.

— Si tu approches à moins de cinquante centimètres de ce rideau, je te crève les yeux dans ton sommeil.

Il rigola.

— Calme-toi, je vais pas te mater !

J'attendis sous la douche, les bras serrés autour de la poitrine. Je l'entendis se rincer la bouche une fois, deux fois, puis la porte de la salle de bains se referma. Je sortis, me séchai aussi rapidement que possible, passai mon tee-shirt et mon short, mis mes lunettes et me coiffai. La crème hydratante de nuit apportée par Travis attira mon regard, et je ne pus m'empêcher de sourire. Quand il le voulait, il était attentionné, et presque gentil.

La porte s'ouvrit à nouveau.

— Allez, Poulette ! Magne-toi, quoi !

Je lui jetai mon peigne à la figure, il esquiva et referma la porte avant de regagner sa chambre en riant. Je me brossai les dents, et le rejoignis.

— Bonne nuit, Abby, me lança America comme je passai devant la chambre de Shepley.

— Bonne nuit !

J'hésitai un peu avant de toquer deux petits coups à la porte de Travis.

— Entre ! Pas besoin de frapper.

Il ouvrit la porte. Je m'attendais presque à ce que les murs soient couverts de posters de bombes en petite tenue, mais non. Même pas une pub pour de la bière. Seul un sombrero avait été accroché au-dessus de la tête de lit. Le lit était en métal sombre, les draps noirs, la moquette grise, et tout le reste, dans la pièce, était blanc. On aurait dit qu'il venait d'emménager.

— Joli pyjama, dit Travis en désignant mon short écossais jaune et bleu et mon tee-shirt gris aux armes de la fac.

Il s'installa sur son lit et me fit signe de le rejoindre.

— Allez, viens. Je ne vais pas te mordre.

— Je n'ai pas peur de toi, dis-je en lâchant mon manuel de biologie à côté de lui. Tu as un stylo ?

Il indiqua sa table de nuit.

— Dans le tiroir du haut.

Penchée par-dessus le lit, j'ouvris ledit tiroir, et y trouvai trois stylos, un crayon à papier, un tube de vaseline et un récipient en verre débordant de préservatifs de différentes marques. Écœurée, je pris un stylo et le refermai brusquement.

— Quoi ? demanda-t-il en tournant une page de mon manuel.

— Tu as braqué le planning familial ?

— Non, pourquoi ?

Je retirai le bouchon du stylo, incapable de ravaler ma grimace de dégoût.

— Tu as de quoi tenir jusqu'à la fin de tes jours, question capotes.

— Mieux vaut prévenir que guérir, non ?

Je levai les yeux au ciel. Travis retourna à sa lecture avec un sourire en coin. Il me lut les points importants du cours, me posa des questions, et m'expliqua patiemment tout ce que je ne comprenais pas. Au bout d'une heure, je retirai mes lunettes pour me frotter les yeux.

— J'en peux plus. Mémoriser une macromolécule de plus est au-dessus de mes forces.

Il sourit, referma le livre.

— OK.

Il se leva et sortit de la chambre. Je l'entendis murmurer quelque chose en passant devant la chambre de Shepley, puis entrer dans la salle de bains et tirer le rideau de douche. Ne sachant trop comment m'installer, je retournai les draps du lit avant de me glisser dedans, écoutant le bruit de l'eau dans les canalisations.

Dix minutes plus tard, le bruit s'arrêta, et le plancher craqua sous les pas de Travis. Il entra dans la chambre, une serviette nouée autour de la taille. Il était tatoué sur les deux pectoraux, et ses épaules musclées étaient couvertes de dessins noirs inspirés de l'art tribal.

Sur le bras droit, les lignes et les symboles s'étiraient de l'épaule au poignet. Sur le gauche, les tatouages s'arrêtaient au coude, et seule une ligne de caractères descendait le long de son avant-bras. Je lui tournai délibérément le dos au moment où il retirait sa serviette pour passer un caleçon.

Il éteignit la lumière, et se glissa dans le lit à côté de moi.

— Tu dors ici aussi ? demandai-je en tournant la tête.

La pleine lune projetait des ombres sur son visage.

— Ben... oui. C'est mon lit.

— Je sais, mais...

Bon... Mes seules autres solutions étant le fauteuil ou le canapé, je n'insistai pas. Travis sourit et secoua la tête.

— Tu n'as pas confiance, depuis le temps ? Je serai le plus sage des garçons. Promis, juré, dit-il en levant deux doigts que les scouts n'avaient sûrement jamais envisagé d'utiliser pour manifester quoi que ce soit.

Je ne discutai pas, me retournai et posai la tête sur l'oreiller, bordant la couverture derrière moi pour faire barrière entre le corps de Travis et le mien.

— Bonne nuit, Poulette, murmura-t-il à mon oreille.

Je sentis son souffle mentholé contre ma joue et en eus des frissons partout. Dieu merci, il faisait sombre et il ne s'en aperçut pas. Il ne vit pas non plus mes joues passer juste après du rose au cramoisi.

Lorsque le réveil sonna, j'eus l'impression de n'avoir fermé les yeux que depuis quelques instants. Je tendis un bras pour l'éteindre et le retirai aussitôt, horrifiée de sentir quelque chose de chaud sous ma main. Où étais-je ? Quand la lumière se fit dans mon esprit, je fus mortifiée à l'idée que Travis puisse penser que je l'avais fait exprès.

— Travis ? murmurai-je. Ton réveil.

Il ne bougea pas.

— Travis ! insistai-je en le poussant.

Comme il ne bougeait toujours pas, je me penchai par-dessus lui, tâtonnant ici et là pour trouver le réveil sur la table de nuit. Ne sachant trop comment l'arrêter, je tapai dessus jusqu'à obtenir le résultat souhaité. Au moment où je reprenais ma place en soupirant, j'entendis Travis rire sous cape.

— Tu étais réveillé ?

— J'avais promis de bien me tenir. Je ne pensais pas que tu t'allongerais sur moi.

— Je ne me suis pas allongée sur toi. Je n'arrivais pas à atteindre le réveil. Jamais entendu une sonnerie aussi agaçante. On dirait un animal à l'agonie.

Il tendit un bras, appuya sur un bouton.

— Tu veux prendre un petit déjeuner ?

— J'ai pas faim.

— Ben moi, si. Tu m'accompagnes au café ? Il est juste un peu plus loin dans la rue.

— Je ne pense pas pouvoir supporter ta façon de conduire si tôt le matin, répondis-je en me levant.

— Tu vas où, là ?

— M'habiller pour aller en cours. Tu veux mon itinéraire, pendant que j'y suis ?

Travis s'étira, puis se leva et me rejoignit.

— Dis donc, t'es toujours aussi soupe au lait, ou est-ce que ça se calmera quand t'auras compris que je ne cherche pas à me glisser dans ta petite culotte ?

Il posa les mains sur mes épaules, et je sentis ses pouces caresser ma peau.

— Je ne suis pas soupe au lait.

Il se pencha, et murmura à mon oreille :

— Je ne veux pas coucher avec toi, Poulette. Tu me plais trop.

Et il alla dans la salle de bains, me laissant muette.

Les mots de Kara me revinrent à l'esprit. Travis Maddox couchait avec toutes les filles. Comment pouvais-je croire que rien ne clochait chez moi sachant qu'il n'avait aucune envie de tenter l'expérience en ma compagnie ?

America sortit alors de la chambre de Shepley.

— Debout, les gars, réveillez-vous ! lâcha-t-elle en bâillant.

— Tu ressembles de plus en plus à ta mère, toi, grommelai-je en farfouillant dans ma valise.

— Hou... j'en connais une qui n'a pas beaucoup dormi, cette nuit...

— Je n'ai pratiquement pas vu son visage, répliquai-je d'un ton acerbe.

— Hoooo, fit America d'un ton entendu.

— Quoi, hoooo ?

— Rien, rien, dit-elle en regagnant la chambre de Shepley.

Travis était dans la cuisine et préparait des œufs brouillés en fredonnant.

— Tu es sûre que tu n'en veux pas ?

— Certaine. Mais merci quand même.

Nos colocataires arrivèrent, et Shepley sortit deux assiettes. Travis les servit, et ils s'installèrent pour rassasier l'appétit qu'ils avaient à n'en pas douter creusé ensemble la veille au soir.

— Me regarde pas comme ça, Shep, dit America. Je ne veux pas y aller, c'est tout.

— Bébé, la fraternité organise une soirée couples deux fois par an. C'est dans un mois, ça te laisse tout le temps de trouver une robe et de te préparer.

— C'est pas le problème. Je connaîtrai personne.

— La plupart des filles qui viennent sont dans le même cas, répondit Shepley, surpris par cet argument.

America soupira.

— Toutes les connasses des sororités sont invitées à ces fêtes. Et elles se connaissent toutes.

— Allez, Mare, sois sympa, ne me laisse pas y aller tout seul.

— Pfff... Alors tu crois que tu pourrais trouver un cavalier à Abby ?

Elle posa les yeux sur moi, puis sur Travis, qui haussa un sourcil. Shepley secoua la tête.

— Travis ne va pas à ces soirées. C'est pour les couples, on s'y rend avec son mec ou sa nana. Et Travis ne... enfin, tu vois.

America haussa les épaules.

— On pourrait lui trouver une cavalière.

Je la fixai d'un air soupçonneux.

— Je vois où tu veux en venir, figure-toi.

Elle m'adressa un regard suppliant, celui auquel je n'arrivais jamais à résister.

— S'il te plaît, Abby... On te trouvera un mec sympa, drôle, intelligent et vraiment canon, tu peux me faire confiance. Je te promets que tu passeras une bonne soirée !

Travis posa la poêle dans l'évier.

— Je n'ai pas dit que je ne l'accompagnerai pas.

— Arrête, tu n'as pas à me rendre ce genre de service.

— Ce n'est pas ce que je voulais dire, Poulette. Les soirées couples sont pour les mecs qui ont des copines, et tout le monde sait que ce n'est pas mon truc, les copines attitrées. Mais comme ça, je n'aurai pas à m'inquiéter, tu ne me demanderas pas de bague de fiançailles à la sortie.

— Allez, Abby... s'il te plaît, me supplia America.

— Ne me regarde pas comme ça ! Travis n'a pas envie d'y aller, je n'ai pas envie d'y aller... On risque de ne pas être très distrayants.

Travis croisa les bras, appuyé contre l'évier.

— Je n'ai pas dit que je ne voulais pas. Je pense même que ce serait assez cool de faire ça tous les quatre.

Tous les regards se tournèrent vers moi.

— Et pourquoi on n'organiserait pas une soirée à quatre ici, à la place ?

America fit la moue et Shepley se pencha vers moi.

— Parce que je *dois* y aller, Abby. Tous les première année sont obligés de s'y rendre, parce que ce sont eux qui doivent faire en sorte que la soirée se passe bien, que personne ne manque de bière, tout ça...

Travis s'approcha et passa un bras autour de mes épaules.

— Allez, Poulette. Tu veux bien être ma cavalière ?

Je regardai America, puis Shepley, et enfin, Travis.

— Bon... soupirai-je. D'accord.

America poussa un cri de joie et se leva pour m'embrasser. Puis je sentis une petite tape fraternelle dans mon dos.

— Merci, Abby, dit Shepley.

3

Soirée arrosée

Finch tira une nouvelle bouffée, souffla la fumée par le nez. Je levai le visage en direction du soleil, l'écoutant me raconter son week-end de folie. Alcool, fête et un nouvel ami très... collant.

— Pourquoi tu le laisses te payer à boire, s'il te saoule ? demandai-je en riant.

— C'est très simple, Abby. Je suis fauché.

Apercevant Travis, il me donna un coup de coude.

— Tiens, voilà Travis.

— Salut, Finch, dit ce dernier avec un petit hochement de tête.

Il avait ses clés à la main et les agita.

— Je rentre au bercail, Poulette. Je t'emmène ?

— J'allais chez moi, répondis-je en lui souriant.

— Tu ne dors pas à l'appart, ce soir ? s'étonna Travis, à la fois étonné et déçu.

— Si, si. Mais il faut que je passe prendre quelques trucs.

— Comme quoi ?

— Ben, comme mon rasoir, par exemple. Qu'est-ce que ça peut te faire ?

— Je me demandais quand tu allais te décider à te raser les jambes. Les miennes sont pleines de griffures, dit-il avec un sourire narquois.

Finch ouvrit des yeux comme des soucoupes ; je fis la grimace à Travis.

— C'est comme ça qu'on lance une rumeur, non ? Je dors dans son lit, ajoutai-je à l'intention de Finch. Et je ne fais qu'y dormir.

— Bien sûr, dit Finch avec un sourire entendu.

Je lui donnai un coup dans le bras et les plantai là tous les deux pour monter jusqu'à ma chambre. J'étais au deuxième étage quand Travis me rattrapa.

— Arrête de faire la tête. Je plaisantais.

— Tout le monde croit déjà qu'on couche ensemble. Tu ne fais qu'aggraver les choses.

— On se fout de l'opinion des gens, non ?

— Non, Travis, je ne m'en fous pas, moi !

J'ouvris ma porte, fourrai différentes choses dans un sac et ressortis d'un pas pressé, Travis sur mes talons. Il empoigna mon sac en rigolant.

— Y a vraiment rien de drôle, figure-toi ! Tu tiens vraiment à ce que tout le campus me prenne pour l'une de tes conquêtes ? Une de celles qui ouvrent les bras et les cuisses sur ton canapé, comme tu dis ?

Travis se rembrunit.

— Personne ne pense une chose pareille. Et si quelqu'un ose le faire, il a intérêt à ce que je ne sois pas au courant.

Il ouvrit la porte de la résidence et s'effaça pour me laisser passer. Je la franchis avant de piler net sur le seuil, juste devant lui.

— Ouh là, attention ! fit-il en me heurtant.

Je me retournai.

— Et je viens de songer à un truc horrifiant. Les gens imaginent qu'on est ensemble, alors que tu continues à mener ta vie de... de... dévergondé ! Je dois passer pour la pire des connes ! Il faut que je retourne chez moi. Qu'on ne se voie plus pendant quelque temps.

Je lui arrachai mon sac, il me le reprit.

— Personne ne croit qu'on est ensemble, Poulette. Et cesser de me voir pour prouver ta théorie est idiot.

Nous nous disputâmes mon sac un moment. Il refusait de le lâcher et, au comble de la frustration, je finis par grogner :

— Est-ce que tu as déjà invité une fille – une amie – à passer quelques jours chez toi ? As-tu déjà accompagné une fille à ses cours avant de l'escorter jusque chez elle ? As-tu déjà déjeuné avec elle tous les jours ? Personne ne sait que penser de nous, même quand on le leur explique !

Il se dirigea vers le parking avec mes affaires en otage.

— Je vais m'occuper de tout ça, d'accord ? Et ça va changer. Je ne veux pas que l'on dise du mal de toi à cause de moi, affirma-t-il, visiblement ému.

Puis son regard s'éclaira à nouveau, et il me sourit.

— Pour me racheter, je t'invite au *Dutch*, ce soir.

— C'est un bar de bikers, raillai-je en le regardant attacher mon sac sur sa moto.

— Bon, alors en boîte. J'invite à dîner, et après on sort au *Red Door*.

— Je vois mal comment un dîner en tête à tête et une sortie en boîte vont arranger nos affaires. Quand les gens nous verront ensemble, les choses ne feront que s'aggraver.

Il enfourcha son engin.

— Réfléchis. Moi, ivre, dans une salle bourrée de filles en tenues minimalistes ? Il ne faudra pas bien longtemps aux gens pour comprendre qu'on ne forme pas un couple.

— Et je suis censée faire quoi, moi ? Ramasser un type au bar et lui demander de me ramener chez moi ?

— Je n'ai pas dit ça. Tu te laisses emporter, là.

Je m'installai derrière lui en secouant la tête, et passai les bras autour de sa taille.

— Une fille rentrera avec nous, alors ? C'est comme ça que tu comptes te racheter ?

— T'es pas jalouse, quand même ?

— Jalouse de quoi ? De la connasse à MST que tu vas jeter le lendemain matin ?

Travis éclata de rire et démarra sa Harley. Il prit le chemin de l'appart en dépassant allègrement la vitesse autorisée et je fermai les yeux pour ne pas voir les arbres et les autres véhicules défiler.

À l'arrivée, je me défoulai en lui donnant un coup de poing dans l'épaule.

— Il y avait une passagère, derrière toi, tu avais oublié, peut-être ? Tu essaies de m'éliminer ou quoi ?

— Oublier que tu es derrière, ça me paraît difficile. Avec tes cuisses qui me prennent en étau, j'arrive à peine à respirer ! Mais quand j'y pense, c'est une façon particulièrement délicieuse de mourir, ajouta-t-il avec un sourire en coin.

— T'es complètement barré, tu le sais, ça ?

À peine étions-nous entrés dans l'appartement qu'America débeula de la chambre de Shepley.

— On pensait sortir, ce soir. Ça vous dit de venir ?

Je regardai Travis et souris.

— On a prévu de manger japonais avant d'aller au *Red*.

— Super ! Shep ! lança America en entrant dans la salle de bains. On sort ce soir !

Je fus la dernière à prendre ma douche, et Shepley, America et Travis m'attendaient impatiemment à côté de la porte quand je sortis de la salle d'eau en petite robe noire et talons aiguilles rose fuchsia.

— Waouh ! siffla America. Super top !

— Jolies jambes, dit Travis en me tendant la main.

— Je ne t'avais pas dit que c'était un rasoir magique ?

— Je ne suis pas sûr que ce soit le rasoir, sourit-il en m'entraînant dehors.

Nous avions mis une sacrée ambiance au bar à sushis et bu plus que de raison avant d'arriver au *Red Door*. Shepley tourna longtemps sur le parking, à la recherche d'une place.

— C'est quand tu veux, Shep, grommela America.

— Faut bien que je trouve une place large ! J'ai pas envie qu'un connard ivre me raie les portières.

Une fois garés, Travis abaissa son siège pour m'aider à sortir.

— Il faut que vous me disiez d'où viennent vos permis, les filles. Ils sont impeccables. Vous ne les avez pas fait faire ici, si ?

— On les a depuis un moment, déjà. À Wichita, c'était indispensable.

— Indispensable ?

— Heureusement que mademoiselle avait des relations, gloussa America en ravalant un hoquet.

— Ma fille, tiens-toi un peu, soupira Shepley en la soutenant. Je crois que vous avez déjà trop bu pour la soirée.

— De quoi tu parles, Mare ? demanda Travis. De quelles relations ?

— Abby a des vieux potes qui...

— Ce sont de faux permis, Trav, l'interrompis-je. Pour qu'ils passent pour des vrais, il faut trouver des gens compétents, d'accord ?

America détourna le regard et j'attendis.

— Je vois, lâcha finalement Travis en me tendant la main.

Je la pris et souris, consciente que mon explication ne lui avait pas suffi.

— Bon, on va picoler ? lançai-je pour changer de sujet.

— Ouaiiiis ! Vodka ! hurla America.

Shepley leva les yeux au ciel.

— Ben voyons. Comme si tu en avais besoin.

À l'intérieur, America m'entraîna aussitôt vers la piste de danse. Ses cheveux blonds virevoltaient, et j'aimais bien sa façon de danser. À la fin du morceau, nous rejoignîmes les garçons au bar. Une blonde platine particulièrement pulpeuse s'était déjà installée à côté de Travis, America prit alors un air dégoûté.

— Ça va être comme ça toute la soirée, Mare. Ne fais pas attention, dit Shepley en indiquant un petit groupe de filles qui se tenait à quelques mètres de là. Toutes fixaient la blonde, et attendaient leur tour.

— On dirait que Las Vegas nous a envoyé quelques vautours, ironisa America.

Travis alluma une cigarette et commanda deux autres bières. La blonde se mordit la lèvre – botoxée et chargée de gloss – et sourit. Le barman ouvrit les bouteilles et les fit glisser devant Travis. La blonde en prit une, mais Travis la lui retira des mains.

— Heu, c'est pas pour toi, dit-il en me la tendant.

J'eus d'abord envie de jeter la bouteille directement à la poubelle, mais la fille sembla si outrée que je souris et bus une gorgée. Elle s'éloigna en haussant les épaules, ce que Travis ne sembla même pas remarquer.

— Payer une bière à une fille dans un bar, c'est pas mon style, dit-il en secouant la tête.

Je montrai la mienne d'un air interrogateur. Il eut un sourire en coin.

— Toi, c'est pas pareil.

Nous trinquâmes.

— À la fille avec qui le débauché du campus ne veut pas coucher, dis-je avant de boire une gorgée.

— Tu rigoles ? dit-il en m'ôtant la bouteille de la bouche.

Comme je ne répondais pas, il se pencha vers moi.

— D'abord… Je ne suis pas un débauché. J'ai des valeurs. Je ne me suis jamais tapé de fille moche. Jamais. Ensuite, je voulais coucher avec toi. J'ai imaginé te jeter sur mon canapé de cinquante manières, mais je ne suis pas passé à l'acte parce que je ne te vois plus comme ça. Ce n'est pas que tu ne m'attires pas, je pense juste que tu vaux mieux que ça.

Je ne pus retenir un sourire satisfait.

— Tu penses que je suis trop bien pour toi.

Cette seconde insulte lui arracha un rire.

— Des mecs qui soient assez bien pour toi, ça, c'est sûr, j'en connais pas.

Dans mon sourire, la satisfaction céda le pas à l'appréciation, et à l'émotion.

— Merci, Trav, dis-je en reposant ma bouteille vide sur le bar.

Il me prit la main.

— Allez, viens, on va danser.

— J'ai trop bu, je vais tomber !

Il sourit et me prit par les hanches.

— Ferme-la, et danse !

America et Shepley étaient déjà sur la piste. Shep se déhanchait comme un type qui regarde trop les clips de Usher, et Travis me fit presque paniquer avec sa façon de se plaquer contre moi. S'il bougeait de la même façon sur son canapé, je comprenais pourquoi tant de filles étaient prêtes à affronter l'humiliation du lendemain matin.

Il me maintenait fermement par les hanches, et je remarquai que son expression était différente, presque sérieuse. Au gré de nos mouvements, je laissai courir mes mains sur son torse parfait, dont les muscles roulaient sous le tissu de sa chemise. Quand il me fit tourner, dos contre lui, je souris. Associés aux effets de l'alcool, les sentiments que faisait naître en moi le contact de son corps contre le mien n'avaient plus rien d'amicaux.

Le morceau suivant s'enchaîna et Travis ne manifesta aucune intention de retourner au bar. Je sentais les gouttes de sueur perler sur ma nuque, et les lumières multicolores du stroboscope me faisaient tourner un peu la tête. Je fermai les yeux et posai la tête contre son épaule. Il me prit les mains et les posa autour de son cou, puis, d'une seule et longue caresse, il laissa glisser les siennes le long de mes bras et de mon torse avant de les reposer sur mes hanches. Quand je sentis ses lèvres, puis sa langue contre mon cou, je me dégageai.

Il eut un petit rire, visiblement surpris.

— Ben quoi ?

Je sentis la colère monter en moi et, au lieu de prononcer les paroles acerbes qui me piquaient la gorge, je regagnai le bar et commandai une autre Corona. Travis s'installa sur le tabouret voisin du mien et fit signe au barman de lui apporter la même chose. Je vidai presque la moitié de ma bouteille d'un trait, avant de la reposer violemment sur le bar.

— Tu penses vraiment que c'est avec un comportement comme celui-là que tu vas changer l'opinion des gens sur nous ?

Nouveau petit rire.

— Mais je me fous de ce qu'ils pensent de nous.

Je me tournai pour lui faire face. J'étais hors de moi.

— Écoute, Poulette... commença-t-il en posant une main sur mon bras.

Je me dégageai.

— Arrête. Jamais je ne boirai suffisamment pour te laisser me faire ce que tu veux sur ton canapé.

La colère lui tordit les traits, mais il n'eut pas le temps de réagir. Une bombe brune aux lèvres énormes, aux yeux bleus énormes et aux seins énormes s'approcha de lui.

— Ça alors... Travis Maddox ! s'exclama-t-elle en minaudant.

Il but une gorgée et me regarda droit dans les yeux.

— Salut, Megan.

— Tu me présentes ta copine ? demanda-t-elle en souriant.

Je levai les yeux au ciel.

Travis jeta la tête en arrière pour finir sa bière et fit glisser la bouteille vide le long du bar. Tous les clients accoudés la regardèrent passer jusqu'à ce qu'elle tombe dans la poubelle, au bout du zinc.

— Ce n'est pas ma copine.

Il prit Megan par la main et l'entraîna vers la piste de danse. Elle suivit en se trémoussant. Ils se pelotèrent allègrement pendant un morceau, puis un autre, et un troisième. Elle le laissa aller si loin que, bientôt, ils attirèrent tous les regards. Quand il la fit basculer en arrière, plaqué contre ses fesses, je leur tournai le dos.

— T'as pas l'air jouasse, me dit un type, en s'installant à côté de moi. C'est ton mec, sur la piste ?

— Non, juste un ami.

— Ah bon, c'est aussi bien. T'aurais vraiment eu la honte, sinon, dit-il avant de se tourner vers la piste en secouant la tête.

— C'est rien de le dire, soupirai-je.

Je vidai ma bière. J'avais à peine goûté les deux précédentes, et j'avais la mâchoire raide à force de serrer les dents.

— Tu en veux une autre ? proposa-t-il.

Je me tournai vers lui et il sourit.

— Je m'appelle Ethan.

— Moi, c'est Abby, dis-je en serrant la main qu'il me tendait.

Il fit signe au barman qu'il voulait deux bières.

— Merci, fis-je.

— Tu es du coin ? demanda-t-il.

— J'habite sur le campus. Résidence Morgan.

— J'ai un appart à Hinley.

— Tu es à State University ? C'est au moins à une heure d'ici, non ? Qu'est-ce que tu fais dans les parages ?

67

— J'ai fini mes études en mai dernier. Ma petite sœur est à Eastern, je suis venu passer une semaine chez elle, pour passer des entretiens.

— Hou... c'est la vraie vie qui commence, alors ?

Ethan rigola.

— Et c'est exactement comme on le décrit.

Je sortis mon gloss pour m'en remettre en profitant du miroir qui se trouvait derrière le bar.

— Jolie teinte, dit Ethan en me regardant serrer les lèvres pour uniformiser le brillant.

— Tu pourras peut-être l'essayer, un peu plus tard, soufflai-je, sans doute mue à la fois par ma colère contre Travis et par l'alcool.

Les yeux d'Ethan brillèrent quand je me penchai vers lui, et je souris en sentant sa main sur mon genou. Il la retira quand Travis se glissa entre nous deux.

— T'es prête, Poulette ? On y va ?

— J'étais en train de parler, là, Travis, dis-je en le repoussant.

Sa chemise était trempée de sueur après son spectacle sur la piste de danse, et j'essuyai ma main sur ma jupe d'un geste ostentatoire.

Travis fit la grimace.

— Tu le connais, ce type ? J'en suis pas sûr.

— Je te présente Ethan, dis-je en décochant à ce dernier mon sourire le plus charmeur.

Ethan me fit un clin d'œil, puis regarda Travis et lui tendit la main.

— Enchanté.

Travis me fixa longuement, jusqu'à ce que je cède et le présente.

— Ethan, Travis, grommelai-je.

— Travis Maddox, précisa-t-il en regardant la main d'Ethan comme s'il allait la lui arracher.

Ethan ouvrit des yeux comme des soucoupes et ôta sa main, gêné tout à coup.

— Travis Maddox ? *Le* Travis Maddox d'Eastern ?

Je posai la tête sur mon poing, redoutant l'inévitable échange testostéroné qui allait bientôt suivre.

Travis passa un bras derrière moi et agrippa le bar.

— C'est ça. Et ?

— Je t'ai vu combattre contre Shawn Smith l'an dernier, mec ! J'ai cru que j'allais assister à la mort d'un type !

— Et ça te dirait de revoir ça ?

Ethan eut un petit rire. Son regard naviguait de Travis à moi, un peu hésitant. Quand il comprit que Travis ne plaisantait pas, il m'adressa un sourire d'excuse et s'en alla.

— Bon, t'es prête, maintenant ? lâcha sèchement Travis.

— T'es un connard fini, tu le sais, ça ?

— On m'a traité de bien pire, répliqua-t-il en m'aidant à descendre de mon tabouret.

Nous suivîmes America et Shepley jusqu'à la voiture, et quand Travis voulut me prendre la main pour m'aider à traverser le parking, je la retirai violemment. Il fit volte-face. Je m'arrêtai, et me penchai en arrière quand il s'approcha.

— Je vais t'embrasser un bon coup, comme ça, ce sera fait ! hurla-t-il à quelques centimètres de mon visage. T'es complètement ridicule ! Je t'ai embrassée dans le cou, et alors ?

Je sentais l'alcool et la fumée dans son souffle ; je le repoussai.

— Je suis pas ta copine de baise, Travis.

Il secoua la tête, incrédule.

— Et j'ai jamais dit que c'était le cas ! On passe quasiment toutes nos journées ensemble, tu dors dans mon lit, mais la moitié du temps, tu te comportes comme si tu ne voulais pas qu'on nous voie ensemble !

— Je suis venue ici ce soir !

— Je t'ai toujours respectée, non ?

— C'est du respect, de me traiter comme ta propriété ? Tu n'avais pas le droit de faire fuir Ethan comme ça !

— Tu sais qui c'est, Ethan ? Tu sais qui c'est, hein ?

Je secouai la tête. Travis en profita pour s'approcher à nouveau.

— Moi, je sais. Il a été arrêté l'an dernier pour agression sexuelle, mais les charges ont été abandonnées.

Je croisai les bras.

— Ah bon ? Ça vous fait un point commun, alors.

Travis plissa les yeux, je vis sa mâchoire se crisper.

— Tu me traites de violeur, c'est ça ? dit-il d'une voix sourde.

J'étais allée trop loin et je le savais. Ma colère n'en fut que plus vive.

— Non ! Je suis juste furieuse après toi !

— J'avais bu, d'accord ? Ta peau était à trois centimètres de mon visage, tu es belle, et putain, tu sens bon quand tu transpires ! Je t'ai embrassée ! Toutes mes excuses ! Remets-toi !

Je ne pus m'empêcher de sourire.

— Tu me trouves belle ?

Il eut une moue dégoûtée.

— Tu es magnifique et tu le sais. Pourquoi tu souris ?

— Pour rien. Allez, on y va ?

J'étais ravie. Travis secoua la tête.

— Qu'est-ce que... ? Tu... ? T'es vraiment une emmerdeuse, tu le sais, ça ? s'emporta-t-il.

Comme je souriais toujours, il secoua de nouveau la tête et, au bout de quelques secondes, sourit à son tour, avant de passer un bras autour de mon cou.

— Tu me rends dingue. Mais ça aussi, tu le sais, non ?

De retour à l'appartement, je pris aussitôt la direction de la salle de bains pour me débarrasser de l'odeur de cigarette. En sortant de la douche, je vis que Travis m'avait apporté un de ses tee-shirts, et un caleçon pour que je puisse me changer.

Le tee-shirt me faisait une robe jusqu'à mi-cuisse, et le caleçon disparaissait dessous. Je me laissai tomber sur le lit et soupirai, souriant encore après ce que j'avais entendu sur le parking du bar.

Travis me regarda un moment, et je sentis mon cœur se mettre à battre un peu plus vite. Un besoin presque irrésistible de prendre son visage entre mes mains et de l'embrasser m'envahit, mais je résistai à l'alcool et aux hormones qui faisaient rage dans mes veines.

— Bonne nuit, Poulette, dit-il en me tournant le dos.

Mais je n'avais plus vraiment sommeil.

— Travis ? fis-je en posant le menton sur son épaule.

— Quoi ?

— Je sais que j'ai trop bu, et qu'on vient de se friter sur le sujet, mais...

— Je ne coucherai pas avec toi, alors arrête de poser la question, dit-il sans se retourner.

— Quoi ?!? Mais non ! Pas du tout !

Travis rigola et se retourna.

— Qu'est-ce que tu veux, Poulette ? demanda-t-il d'un ton très doux.

— Ça.

Et dans un soupir, je posai la tête sur son torse, un bras sur son ventre pour me blottir contre lui.

Il se raidit, leva les bras comme s'il ne savait plus ou les mettre.

— T'es ivre.

— Je sais, répondis-je, trop alcoolisée pour être gênée.

Lentement, il se détendit, posa une main dans mon dos, l'autre sur mes cheveux encore humides, et m'embrassa sur le front.

— Tu es la fille la plus déconcertante que je connaisse.

— C'est le moins que tu puisses consentir, après avoir fait fuir le seul mec qui ait osé m'approcher ce soir.

— Tu parles d'Ethan le violeur ? Ouais, c'est ça. Je dois vraiment me faire pardonner.

— Laisse tomber, dis-je, le sentant sur le point de me repousser.

Mais il prit mon bras et le maintint sur son ventre pour m'empêcher de m'en aller.

— Blague à part, il faut que tu fasses plus attention. Si je n'avais pas été là… Je préfère ne pas y penser. Et en plus, tu veux que je m'excuse de l'avoir fait fuir ?

— Je ne veux pas d'excuses. Le problème n'est pas là.

— Il est où, alors ? demanda-t-il en cherchant mon regard.

Son visage était à quelques centimètres du mien, je sentais son souffle sur mes lèvres. Je fis les gros yeux.

— Je suis ivre, Travis. C'est ma seule excuse.

— Tu veux que je te serre dans mes bras jusqu'à ce que tu t'endormes ?

Je ne répondis pas.

Il changea de position pour me regarder droit dans les yeux.

— Je devrais refuser, juste pour que les choses soient claires. Mais je sais que je m'en voudrais à mort de dire non et que tu ne me le redemandes plus jamais.

Je nichai mon visage contre son cou et il me serra contre lui.

— T'as pas besoin d'excuse, Poulette. C'est quand tu veux.

Le soleil baignant la chambre et la sonnerie du réveil me tirèrent un peu violemment du sommeil. Travis dormait toujours, les bras et les jambes repliés autour de moi. Je me contorsionnai pour tendre une main et assommer le réveil, puis je regardai Travis, profondément endormi à quelques centimètres de moi.

— Meeerde… soufflai-je, ne comprenant pas comment nous avions pu finir enlacés ainsi.

En retenant mon souffle, je tentai de me dégager complètement pour me lever.

— Arrête, Poulette, je dors, marmonna-t-il en me serrant un peu plus contre lui.

Après plusieurs tentatives, je finis par me libérer et m'assis au bord du lit, regardant son corps à moitié nu entortillé dans les draps. Les limites n'étaient plus claires du tout, et c'était ma faute.

Sa main glissa sur les draps et se posa sur la mienne.

— Qu'est-ce qui va pas, Poulette ? demanda-t-il, les yeux mi-clos.

— Je vais chercher un verre d'eau. Tu veux quelque chose ?

Travis secoua la tête et referma les yeux, la joue écrasée sur le matelas.

— Bonjour, Abby, me lança Shepley depuis le fauteuil quand j'entrai dans le salon.

— Où est Mare ?

— Elle dort encore. Qu'est-ce que tu fais debout si tôt ?

— Le réveil a sonné, mais de toute façon, quand je bois, je n'arrive jamais à faire la grasse mat'. C'est l'horreur.

— Ouais, moi, c'est pareil.

— Tu devrais réveiller Mare, quand même, parce qu'on a cours dans une heure, ajoutai-je en me penchant sur l'évier pour boire au robinet.

— Tu crois ? Je pensais la laisser dormir.

— Non, vaut mieux pas, elle serait furieuse de rater un cours.

Shepley se leva.

— Ah bon. Ben j'y vais, alors.

Sur le seuil de la pièce, il se retourna.

— Abby ?

— Mmmh ?

— Je ne sais pas exactement ce qu'il y a entre Travis et toi, mais je sais que tôt ou tard, il fera un truc idiot pour te faire enrager. C'est une manie, chez lui. C'est rare qu'il laisse quelqu'un devenir proche de lui, et pour une raison que j'ignore, il t'a laissée entrer dans ce cercle-là. Mais tu vas devoir passer outre ses démons. Il n'y a que comme ça qu'il saura.

— Qu'il saura quoi ? demandai-je, haussant un sourcil devant une tirade aussi théâtrale.

— Qu'il saura si tu es partante pour franchir le mur, répondit simplement Shepley.

Je secouai la tête avec un petit rire.

— Si tu le dis...

Il disparut dans le couloir puis j'entendis quelques murmures, un grognement de protestation, et les petits rires d'America quand on la chatouille.

Je mélangeai mes flocons d'avoine avec du sirop de chocolat.

— C'est dégueu, ton mélange, Poulette.

Travis était torse nu, en caleçon écossais. Il se frotta les yeux et sortit une boîte de céréales d'un placard.

— Bonjour à toi aussi, dis-je en refermant la bouteille.

— J'ai entendu dire que c'était bientôt ton anniversaire. Le dernier avant un changement de décennie, en plus, dit-il en souriant.

Il avait les yeux rouges et bouffis.

— Mouais. J'aime pas trop les anniversaires d'une manière générale. Je crois que Mare va m'inviter au restau, ou un truc dans ce genre. Tu peux venir, si tu veux, dis-je en souriant.

— D'accord. C'est dimanche prochain, c'est ça ?

— Oui. Et toi, c'est quand ?

Il versa du lait dans son bol et noya ses céréales à l'aide de sa cuillère.

— Pas avant avril. Le 1er.

— Tu déconnes.

— Non, non, pas du tout.

— T'es né le 1er avril ? Avec le poisson ?

Cela le fit rire.

— Ben oui, quoi ! Allez, magne-toi, tu vas être en retard. Faut que j'aille m'habiller, moi.

— Je pars avec Mare.

— Ah bon, OK, dit-il avec un air qu'il avait voulu indifférent, sans y parvenir vraiment.

Puis il me tourna le dos pour terminer ses céréales.

4

Le pari

— Je t'assure, il te regarde, murmura America en se penchant en arrière pour observer de l'autre côté de la salle.

— Arrête, imbécile, il va te voir.

America sourit et agita la main.

— C'est fait. Et il te regarde toujours.

J'hésitai un moment, puis trouvai le courage de me tourner dans sa direction. Parker me fixait avec un grand sourire.

Je souris à mon tour et feignis de taper quelque chose sur mon ordi.

— Il regarde toujours ? demandai-je à mi-voix.

America pouffa.

— Oui !

À la fin du cours, Parker vint me voir.

— N'oublie pas la soirée, ce week-end, hein !

J'essayai de ne pas battre des paupières ni de faire quoi que ce soit de ridicule.

— Je n'oublie pas.

America en riait encore quand Shepley et Travis nous rejoignirent, sur le chemin de la cafétéria.

— Salut, bébé, lança America en embrassant Shepley sur les lèvres.

— Qu'est-ce qu'il y a de si drôle ?

— Oh, juste un type qui n'a pas arrêté de mater Abby pendant le cours. C'était mignon comme tout.

— Ah bon. Du moment que c'était Abby qu'il regardait... fit Shepley avec un clin d'œil.

— Qui c'était, ce type ? demanda Travis en me prenant mon sac pour le porter.

— Pfff, Mare se fait des films, répondis-je.

— Abby ! s'exclama America. Quelle menteuse ! C'était Parker Hayes, et il te regardait, c'était évident ! Il bavait presque, même.

L'expression dubitative de Travis se changea en mépris.

— Parker Hayes.

Shepley prit America par la main.

— Bon, allez, on va manger. La cuisine gastronomique de la cafétéria n'attend pas !

À table, je m'installai entre America et Finch, mais Travis ne s'assit pas en face de moi comme à son habitude. Il alla trois places plus loin, et je réalisai alors qu'il n'avait pas dit un mot sur le chemin de la cafétéria.

— Ça va, Travis ? lançai-je.

— Moi ? Oui, pourquoi ?

— On ne t'a pas beaucoup entendu.

Plusieurs membres de l'équipe de foot arrivèrent et s'installèrent en riant. Travis sembla un peu agacé par leur présence. Il jouait avec sa nourriture plus qu'il ne mangeait.

Chris Jenks jeta une frite sur son plateau pour attirer son attention.

— Quoi d'neuf, Trav ? J'ai entendu dire que tu t'étais fait Tina Martin. Elle traîne ton nom dans la boue depuis ce matin.

— La ferme, Jenks, répondit-il sans lever les yeux.

Je me penchai en avant pour que le géant baraqué assis en face de Travis voie bien mon regard noir.

— Lâche l'affaire, Chris.

Le regard de Travis plongea dans le mien.

— Je peux me défendre tout seul, Abby.

— Excuse-moi, je...

— Je ne veux pas que tu t'excuses. Je ne veux pas que tu fasses quoi que ce soit ! lança-t-il en repoussant sa chaise avant de quitter la cafétéria en claquant la porte.

Finch me regarda, étonné.

— Ouh là. C'était quoi, ça ?

— Pfff... J'en sais rien, soupirai-je en picorant dans mon assiette.

— Ça n'a rien à voir avec toi, Abby, dit Shepley en me donnant une petite tape dans le dos.

— Il a des soucis, en ce moment, c'est tout, ajouta America.

— Quel genre de soucis ?

Shepley haussa les épaules et retourna à son assiette.

— Tu devrais le savoir, maintenant, qu'il faut de la patience et de la mansuétude pour être amie avec Travis. C'est un univers à lui tout seul.

Je secouai la tête.

— Non, ça, c'est le Travis que tout le monde voit... pas le Travis que je connais.

Shepley se pencha vers moi.

— Ça ne change rien. Tu ne peux que suivre le mouvement.

Après les cours, je rentrai avec America. La moto de Travis n'était pas là. Je m'allongeai sur son lit en chien de fusil, la tête sur le bras. Le matin, Travis allait bien. Vu le temps que nous passions ensemble, comment avais-je pu ne pas remarquer qu'il était soucieux ? Mais ce qui m'énervait surtout, c'était qu'America semblait en savoir bien plus que moi.

Fatiguée, je m'assoupis assez vite. Quand j'ouvris les yeux, il faisait nuit, et des voix étouffées me parvenaient depuis le salon. Celle, plus grave, de Travis, en faisait partie. J'ouvris la porte de la chambre et sortis dans le couloir, quand j'entendis que l'on prononçait mon nom. Je me figeai.

— Abby a pigé, Trav, disait Shepley. Pourquoi tu te prends la tête comme ça ?

— De toute façon, tu y vas, à cette soirée couples, alors pourquoi tu lui demandes pas de t'accompagner ? renchérit America.

Je me raidis, attendant sa réponse.

— Je n'ai pas envie de sortir avec elle. J'ai juste envie d'être avec elle. Elle est… pas comme les autres.

— Comment ça, « pas comme les autres » ? demanda America, d'un ton agacé.

— Elle n'est pas dupe, avec moi. Elle se laisse pas berner par mes conneries. Ça fait du bien. Tu l'as dit toi-même, Mare, je suis pas son type. Entre nous, c'est juste… pas fait pour marcher.

— Tu es plus son type que tu ne le crois, dit America.

Je reculai le plus discrètement possible mais, quand le plancher craqua sous mes pas, je claquai la porte de la chambre de Travis et remontai le couloir.

— Salut, Abby, dit America en souriant. Ça fait du bien, un petit somme ?

— Un petit somme de cinq heures ! On est plus proche du coma, là.

Travis me fixa un instant et, quand je lui souris, il se leva, me prit la main et m'entraîna jusqu'à sa chambre. Il ferma la porte derrière lui. Le cœur battant, je me préparai à entendre une nouvelle remarque du type de celles qui massacrent l'ego.

L'air le plus sérieux du monde, Travis me regarda et dit :

— Je suis vraiment, vraiment désolé, Poulette. Je me suis vraiment comporté comme un connard, tout à l'heure.

Je me détendis, percevant le remords dans son regard.

— Je ne savais pas que tu m'en voulais.

— Je ne t'en voulais pas. J'ai juste la très mauvaise habitude de maltraiter les gens que j'aime. Je sais que c'est une excuse à deux balles, mais je suis vraiment désolé.

Il me prit dans ses bras. Je posai la tête contre son torse.

— Et qu'est-ce qui t'a mis dans cet état, alors ?

— Rien d'important. La seule chose qui m'importe, c'est toi.

Je levai les yeux vers lui.

— Tes sautes d'humeur, je suis capable de les affronter, tu sais.

Il me regarda longuement, laissant ses yeux courir sur mon visage, puis sourit.

— Je ne sais pas comment tu peux me supporter, et je ne sais pas non plus comment je ferais si tu ne me supportais pas.

Un mélange de tabac et de menthe parfumait son haleine et mes yeux se posèrent sur ses lèvres, tandis qu'à la proximité du sien mon corps réagissait en frissonnant. L'expression de Travis changea, son souffle se fit plus court – lui aussi avait ressenti quelque chose.

Il se pencha imperceptiblement, et nous fîmes tous les deux un bond quand son téléphone sonna. Il soupira, le tira de sa poche.

— Ouais ? Hoffman ? Putain... D'accord. Encore du blé facile. Bâtiment Jefferson ?

Il me regarda et me fit un clin d'œil.

— On y sera.

Il raccrocha, me prit par la main, et m'entraîna dans le couloir.

— Viens avec moi.

Dans le salon, il lança à Shepley :

— C'était Adam. Brady Hoffman sera à Jefferson dans une heure et demie.

Shepley hocha la tête, se leva pour sortir son téléphone de sa poche, y inscrire les informations qu'on venait de lui donner et envoyer par SMS les invitations exclusives à une dizaine de membres du Cercle. À leur tour, chacun de ces dix membres relaierait l'info à dix autres membres, et ainsi de suite, jusqu'à ce que tous sachent où le ring nomade allait poser ses cordes pour le combat suivant.

— Et c'est reparti ! lança America en souriant. On ferait mieux de se refaire une beauté !

Dans l'appartement, l'atmosphère était à la fois tendue et allègre. Travis semblait être le moins concerné, il mit ses bottes et passa un débardeur blanc, comme s'il s'apprêtait à aller faire une course.

— Faut que tu te changes, Abby, me conseilla America en m'accompagnant dans la chambre de Travis. Tu peux pas aller comme ça au combat.

— J'étais en cardigan la dernière fois, et tu ne m'as rien dit ! protestai-je.

— Je ne pensais pas que tu viendrais, la dernière fois. Tiens, dit-elle en me jetant des vêtements.

— Ça va pas ? Je vais pas y aller comme ça !

— On est partis ! lança Shepley depuis le salon.

— Dépêche-toi ! m'ordonna America avant de courir dans la chambre de Shepley.

Je mis le débardeur jaune très décolleté et le jean slim taille basse qu'America m'avait lancés, puis j'enfilai une paire d'escarpins. Dans le couloir, je trouvai America, en petite robe verte très courte et chaussures assorties. Travis et Shepley nous attendaient devant la porte.

Travis en resta bouche bée.

— Bordel, non. T'as décidé d'avoir ma peau ? Il faut que tu te changes, Poulette.

— Qu'est-ce qu'il y a ? demandai-je en baissant le regard sur ma tenue.

— Elle est parfaite, Trav, intervint America. Laisse-la tranquille, un peu.

Mais il me prit par la main et m'entraîna jusqu'à sa chambre.

— Mets un tee-shirt et des baskets, quelque chose de confortable.

— Quoi ? Mais pourquoi ?

— Parce que sinon je vais tellement chercher à voir qui te mate que je ne pourrai plus regarder Hoffman, répondit-il en s'arrêtant sur le seuil.

— Je croyais que tu te fichais complètement de ce que pensaient les autres ?

— C'est différent, là.

Il regarda ma poitrine, puis leva les yeux.

— Non, tu peux pas porter ça ce soir, alors s'il te plaît... c'est juste que... Change-toi, c'est tout !

Il me poussa dans la chambre et referma la porte.

Furieuse, je retirai mes escarpins pour me glisser dans mes Converse et jetai mon débardeur à travers la pièce, enfilant le premier tee-shirt venu avant d'attacher mes cheveux en une queue-de-cheval.

— Voilà, ça te va, comme ça ? demandai-je en rejoignant les garçons.

— Oui ! soupira Travis, soulagé. Allez, on y va !

Nous descendîmes en courant et je m'installai à l'arrière de la moto tandis que Travis faisait rugir son moteur. Nous fûmes sur le campus en un éclair. Le départ précipité ajouté à la vitesse provoqua en moi une vraie montée d'adrénaline.

Travis se gara dans un endroit discret, à l'arrière du bâtiment Jefferson, celui des arts et des lettres. Il remonta ses lunettes sur son front, me prit par la main en souriant, et alla sans faire de bruit jusqu'à un fenestron ouvert à hauteur du sol.

— Noooon… lâchai-je en ouvrant des yeux comme des soucoupes.

— C'est l'entrée VIP, ça. Tu devrais voir comment les autres arrivent jusqu'au sous-sol.

Il glissa ses jambes à l'intérieur, puis disparut complètement. Je me penchai pour passer la tête dans l'ouverture.

— Travis ? T'es où ?

— En bas, Poulette. Passe les pieds d'abord et laisse-toi tomber. Je te rattrape.

— Moi ? Sauter dans le noir ? Tu rigoles ?

— Je te rattrape, je te dis ! Promis ! Allez, ramène tes fesses, quoi !

— J'y crois pas… soupirai-je.

J'obtempérai et me glissai à l'intérieur jusqu'à la taille. Je pivotai ensuite sur le ventre pour essayer de toucher le sol de la pointe des pieds. Mais j'étais mal accrochée et, avant d'avoir trouvé Travis, je perdis prise et tombai en arrière. Deux mains m'attrapèrent au vol, et j'entendis la voix de Travis dans le noir.

— Tu tombes comme une fille, dit-il en rigolant.

Il me déposa sur le sol et m'entraîna dans l'obscurité. Bientôt, autour de nous résonna le brouhaha familier des voix hurlant des chiffres et des noms, puis une lumière s'alluma. C'était une petite lanterne dans un coin, qui éclairait à peine, et me permit juste de distinguer le visage de Travis ainsi que la pièce exiguë dans laquelle nous nous trouvions.

— Qu'est-ce qu'on fait ?

— On attend. Adam doit faire son petit speech avant que j'entre en scène.

J'étais mal à l'aise.

— Et moi, j'attends ici ou j'entre aussi ? Et quand le combat commence, je vais où ? Ils sont où, Shep et Mare ?

— Ils sont passés par l'autre côté. Suis-moi quand j'entrerai, je ne veux pas que tu te retrouves seule dans la fosse aux lions. Reste près d'Adam, il fera en sorte que la foule ne te piétine pas. Je ne peux pas m'occuper de toi et balancer des patates en même temps.

— Piétinée ?

— Il va y avoir beaucoup, beaucoup de gens, ce soir. Brady Hoffman est de State University. Ils ont leur propre Cercle, là-bas, donc il y aura leurs supporteurs, plus les nôtres, ça va chauffer dans la salle.

— Tu as peur ? demandai-je.

Il sourit, me regarda.

— Non. Toi, par contre, t'as l'air un peu nerveuse.

— Un peu, oui.

— Si ça peut te rassurer, je l'empêcherai de me toucher. Je ne vais même pas le laisser m'en mettre un pour faire plaisir à ses fans.

— Comment peux-tu en être si sûr ?

Il haussa les épaules.

— En général, je les laisse placer un coup, pour que le combat ait l'air équitable.

— Tu... tu laisses l'autre te frapper ?

— Ça serait pas drôle si je massacrais mes adversaires sans jamais prendre un coup, non ? Et puis, c'est pas bon pour les affaires, personne ne parierait contre moi.

— Arrête tes conneries, dis-je en croisant les bras.

Travis haussa un sourcil.

— Tu crois que je te raconte des craques ?

— J'ai du mal à croire que tu te prennes des coups uniquement lorsque tu te laisses faire.

— Serais-tu prête à parier là-dessus, Abby Abernathy ? dit-il en souriant, le regard pétillant.

— Oui. Je prends le pari. Je gage qu'il te donnera un coup.

— Et s'il n'y arrive pas ? Je gagne quoi ?

Je haussai les épaules. De l'autre côté du mur, le brouhaha avait grimpé d'un cran pour devenir rugissement. Adam venait de saluer la foule et rappelait les règles.

Un large sourire barra le visage de Travis.

— Si tu gagnes, j'arrête le sexe pendant un mois. Mais si je gagne, tu passes un mois avec moi.

— Quoi ? Mais je passe déjà tout mon temps avec toi ! C'est quoi, ce défi foireux ? hurlai-je pour couvrir les cris.

— La chaudière a été réparée aujourd'hui, à la résidence Morgan.

Un sourire en coin vint adoucir mon regard noir.

— Après tout... je donnerais n'importe quoi pour te voir essayer l'abstinence.

Dans la salle, Adam avait prononcé le nom de Travis. Il m'embrassa sur la joue et entra, droit et fier. Je le suivis. La salle n'était pas très grande, mais absolument noire de monde. Il n'y avait pas de gradins ni aucun siège et, dès notre entrée, les cris et les mouvements de foule se firent plus violents. Travis fit un signe dans ma direction, et Adam posa une main sur mon épaule pour m'installer à côté de lui.

Je me penchai vers son oreille.

— Deux sur Travis.

Il haussa les sourcils en me voyant sortir deux billets de cent dollars de ma poche, mais tendit la main. Je plaquai les billets sur sa paume.

— T'es pas la petite fille modèle que je croyais, finalement, dit-il en me dévisageant.

Brady faisait au moins une tête de plus que Travis, c'était une armoire à glace, deux fois plus large et musclé et, à en croire son expression, il était là pour gagner. Ma gorge se serra quand je les vis face à face.

— Je serais toi, je me boucherais les oreilles maintenant, dit Adam.

Je m'exécutai, et une sonnerie retentit dans le mégaphone. Au lieu d'attaquer, Travis recula de quelques pas. Brady lança son poing, Travis esquiva et passa de l'autre côté du ring.

— Putain, mais c'est quoi, ça ? hurla Adam. T'es pas à un match de boxe, Travis !

Travis frappa Brady au nez puis, d'un crochet du gauche, lui écrasa la mâchoire. Autour de nous, le bruit était assourdissant. Brady tenta une réplique mais, chaque fois, son coup ne fit que fendre l'air. Il tomba contre ceux qui l'avaient accompagné quand Travis lui planta son coude en plein visage. Au moment où je crus que c'était terminé, il revint au centre, donnant des coups dans tous les sens. Mais Travis était plus précis et plus rapide. Bientôt, il fut évident que Brady n'arrivait plus à suivre la cadence. Tous deux étaient couverts de sueur, et je ne pus retenir un cri quand Brady rata à nouveau sa cible pour frapper de toutes ses forces un pilier en ciment. Quand il se plia en deux, tenant son poing de l'autre main, Travis arriva pour le coup de grâce.

Sans pitié, il lui balança d'abord son genou en plein visage, puis frappa, encore et encore, jusqu'à ce que Brady titube et tombe à terre. Les hurlements atteignirent leur paroxysme quand Adam jeta le carré de tissu rouge sur le visage ensanglanté de Brady.

Travis disparut derrière ses supporteurs et, le dos collé au mur, je me dirigeai vers la porte par laquelle nous étions arrivés. L'atteindre fut un réel soulagement. J'avais vraiment eu peur d'être piétinée.

Pendant un long moment, j'attendis, redoutant de voir déferler une marée humaine. Puis, ne voyant ni foule ni Travis, je me décidai à regagner à tâtons le fenestron par lequel nous étions entrés. Vu le nombre de spectateurs ce soir, il aurait été stupide de vouloir sortir par la porte.

Je venais de m'enfoncer dans la pénombre quand des pas résonnèrent sur le sol en béton. Travis me cherchait, complètement paniqué.

— Poulette !

— Je suis là ! lançai-je avant de me ruer dans ses bras.

— Putain, tu m'as fichu une de ces trouilles ! J'ai failli devoir me battre une seconde fois rien que pour te rejoindre... J'arrive, et paf, plus personne !

— Je suis contente que tu sois là. Retrouver mon chemin dans le noir, c'est pas trop mon truc.

L'inquiétude s'effaça rapidement, laissant place à un large sourire.

— Tu as perdu ton pari, il me semble.

Adam arriva, me regarda, et fusilla Travis du regard.

— Faut qu'on parle.

Travis me fit un clin d'œil.

— Bouge pas, je reviens.

Ils disparurent dans la pénombre. Adam haussa la voix plusieurs fois, mais je n'entendais pas ce qu'il disait. Quand Travis reparut, il fourrait une liasse de billets dans sa poche et dit juste, avec un demi-sourire :

— Tu vas avoir besoin de fringues supplémentaires.

— Tu vas vraiment m'obliger à rester avec toi pendant un mois ?

— Tu m'aurais obligé à arrêter le sexe pendant un mois ?

J'éclatai de rire, car la réponse était oui, bien sûr.

— Bon, on ferait mieux de s'arrêter à la résidence, alors.

— Hou, je sens que ça va être intéressant, lâcha Travis, radieux.

Avant de retourner se fondre dans la foule, Adam vint me donner ce que j'avais gagné. Travis haussa un sourcil.

— Tu avais misé ?

— Ben... oui. Autant faire les choses à fond, non ?

De retour à l'air libre, les criquets se turent le temps de nous laisser passer. Les herbes hautes qui bordaient le trottoir ondoyaient dans une douce brise qui me rappela le bruit du ressac quand on est à distance du rivage. Il ne faisait ni trop chaud ni trop frais. C'était la nuit idéale.

— J'aimerais quand même savoir ce qui te fait envie dans la perspective de passer un mois en ma compagnie, dis-je.

Travis haussa les épaules, enfonçant ses mains dans ses poches.

— Je sais pas. Quand t'es dans les parages, tout me semble mieux.

La chaleur et les frissons que ces paroles provoquèrent en moi s'évanouirent assez rapidement quand je vis que son tee-shirt était couvert de sang.

— Beurk... t'as du sang partout.

Travis baissa un regard indifférent sur lui, puis ouvrit la porte et me fit signe d'entrer. Kara bossait sur son lit, retenue captive par les bouquins qui l'encerclaient.

— La chaudière a été réparée ce matin, annonça-t-elle.

— Je sais, répondis-je, passant en revue le contenu de mon placard pour bourrer des vêtements dans un sac.

— Salut, dit Travis à Kara.

Devant ce type couvert de sang et de sueur, elle fit la grimace.

— Travis, je te présente ma coloc, Kara Lin. Kara, Travis Maddox.

— Enchantée, dit Kara en remontant ses lunettes sur son nez. Tu déménages ? ajouta-t-elle à mon intention.

— Non. J'ai perdu un pari.

Travis éclata de rire et prit mes affaires.

— Prête ?

— Oui. Mais je vois pas comment on va emporter tout ça sur ta moto.

Travis sourit et sortit son portable. Il porta mes bagages jusqu'en bas et, quelques minutes plus tard, le bolide noir de Shepley apparut.

La vitre du passager descendit, et America sortit la tête.

— Coucou !

— Coucou. La chaudière est réparée. Tu restes quand même chez Shep ?

— Oui. Au moins pour cette nuit. J'ai entendu dire que t'avais perdu un pari.

Mais Travis refermait déjà le hayon et Shepley redémarra. Sous l'effet de l'accélération, America bascula en arrière dans un éclat de rire.

Travis et moi nous dirigeâmes vers la Harley. Quand je passai les bras autour de lui, il posa une main sur les miennes.

— J'étais content que tu sois là, ce soir, Poulette. C'est la première fois que je m'amuse autant à un combat.

Le menton sur son épaule, je souris.

— Ça, c'est parce que tu essayais de gagner notre pari.

— Évidemment !

Il se retourna et je vis qu'il ne plaisantait pas. Et qu'il tenait à ce que je le sache.

— C'est pour ça que tu étais de si mauvais poil, aujourd'hui ? Parce que tu savais que la chaudière allait être réparée et que je repartirais ce soir ?

Il ne répondit pas, se contenta de sourire et de démarrer. Il regagna l'appartement sans faire de pointe de vitesse, ce qui ne lui ressemblait pas. À chaque feu, il posait une main sur les miennes, ou sur mon genou. Une nouvelle fois, les limites n'étaient plus très claires et je me demandai comment nous allions parvenir à passer un mois ensemble sans tout ficher en l'air. Notre amitié un peu « spéciale » prenait un tour que je n'avais pas imaginé.

Sur le parking de l'appartement, la voiture de Shepley était à sa place habituelle.

— J'aime pas arriver après eux, soupirai-je. Chaque fois, j'ai l'impression qu'on va les interrompre...

— Tu ferais mieux de t'y faire, dit Travis en souriant. Tu vas passer ici les quatre prochaines semaines. Allez, monte, ajouta-t-il en me tournant le dos.

— Quoi ?

— Monte, je te porte.

Je grimpai sur son dos en rigolant et il gravit l'escalier au pas de course. America nous ouvrit la porte et sourit.

— Ben dites donc... si je n'étais pas au courant de vos histoires, je me poserais des questions...

— Arrête un peu, Mare, lança Shepley depuis le canapé.

Elle s'effaça pour nous laisser passer et Travis se laissa tomber sur le fauteuil – sans me lâcher. Un peu écrasée, je poussai un cri étouffé.

— Dis donc, Travis, t'as l'air de super humeur, ce soir, dit America. On peut savoir ?

Je me penchai en avant pour le regarder. Jamais je ne l'avais vu aussi joyeux.

— Je viens de me faire un fric monstre. Deux fois plus que ce que j'avais prévu. Y a de quoi être content, non ?

— Nan nan, dit America avec un grand sourire. Il y a autre chose.

Ses yeux s'arrêtèrent sur la main de Travis posée sur ma cuisse. Elle avait raison. Il était différent. Une sensation de calme se dégageait de lui, comme si une certaine forme de contentement l'avait gagné tout entier.

— Mare, arrête, demanda Shepley.

— D'accord. On change de sujet. Dis donc, Abby, Parker t'a invitée à la soirée Sigma Tau ce week-end, non ?

Le sourire de Travis s'évanouit et il se tourna vers moi, attendant une réponse.

— Heu... oui. On y va tous, non ?

— Moi, j'y serai, dit Shepley, distrait par la télévision.

— Ce qui veut dire que moi aussi, ajouta America avant d'adresser un regard interrogateur à Travis.

Celui-ci me fixa un long moment, puis me pinça la cuisse.

— Il te drague, ou quoi ?

— Non, il m'a juste parlé de la soirée.

— Mais il a quand même dit qu'il t'y retrouverait, ajouta America d'un air coquin. Et il est vraiment mignon.

Travis lui lança un regard irrité puis se tourna vers moi.

— Tu y vas, alors ?

— Je lui ai dit que j'y serais, oui. Et toi, tu y vas ?

— Oui, répondit-il sans hésitation.

Shepley quitta l'écran des yeux.

— La semaine dernière, tu as dit que tu n'irais pas.

— J'ai changé d'avis, Shep. Ça pose un problème ?

— Non, non, grommela Shepley en se levant pour aller dans sa chambre.

America fixa Travis d'un regard de reproche.

— Tu sais très bien que si, ça en pose un justement, dit-elle. Ce qui serait bien, c'est que tu arrêtes de le rendre dingue comme ça. Y a un moment où ça suffit.

Elle rejoignit Shepley, et le murmure de leurs voix nous parvint de derrière la porte fermée.

— Bon. À part moi, tout le monde a l'air de savoir ce qui se passe, c'est déjà ça, soupirai-je.

— Je vais prendre une douche, annonça Travis en se redressant.

— Il y a un souci, avec Shep et America ?

— Non, il est un peu parano, c'est tout.

— C'est à cause de nous ?

Le regard de Travis brilla, et il acquiesça de la tête.

— Qu'est-ce que j'ai dit ?

— Tu as raison. C'est à cause de nous. Ne t'endors pas tout de suite, d'accord ? Il faut que je te parle d'un truc.

Il disparut dans la salle de bains, et je restai dans le fauteuil, repensant à la phrase dans laquelle il avait insisté sur le mot « nous » et à son regard quand il l'avait prononcé. Y avait-il jamais eu des limites, et n'étais-je pas la dernière à nous voir, Travis et moi, comme des amis ?

Shepley sortit soudain en trombe de sa chambre, suivi de près par America.

— Shep, ne fais pas ça !

Il regarda la porte de la salle de bains, puis se tourna vers moi.

— Tu avais promis, Abby, lâcha-t-il d'une voix sourde et chargée de colère. Quand je t'ai demandé de ne pas le juger, je ne voulais pas dire qu'il fallait que vous deveniez un couple ! Je croyais que vous étiez juste amis !

— Mais c'est le cas... répondis-je, désarçonnée par cette attaque surprise.

— Arrête, un peu ! C'est faux, et tu le sais très bien !

America posa une main sur son épaule.

— Shep... tout va bien se passer, tu verras.

Il se dégagea.

— Pourquoi tu encourages ça, Mare ? Je t'ai dit ce qui allait arriver, non ?

Elle prit son visage entre ses mains.

— Et moi, je t'ai dit que cela n'arriverait pas. Tu n'as pas confiance en moi ?

Shepley soupira, la regarda, puis regagna sa chambre. America se laissa tomber sur un bras du fauteuil.

— Pfff... j'arrive pas à lui faire admettre que, quoi qu'il arrive entre Travis et toi, cela n'aura pas de conséquences sur nous. Mais il s'est fait avoir trop souvent. Il ne me croit pas.

— De quoi tu parles ? Travis et moi, on n'est pas ensemble, on est juste amis. Tu l'as entendu, tout à l'heure… je ne l'intéresse pas de ce point de vue.

— Il a dit ça ?

— Oui.

— Et tu l'as cru ?

— Peu importe. De toute façon, ça n'arrivera jamais, lui et moi. Il ne me voit pas comme une fille avec qui l'on sort. Et comme en plus c'est un phobique de l'engagement… En dehors de toi, je crois qu'il a couché avec toutes mes copines. Comment Shep peut-il croire que…

— Il le croit parce que non seulement il connaît très bien Travis, mais qu'en plus il a discuté avec lui.

— C'est-à-dire ?

— Mare ? appela Shepley depuis la chambre.

America soupira.

— Écoute, t'es ma meilleure amie. Et il m'arrive de me dire que je te connais mieux que tu ne te connais toi-même. Je vous vois, tous les deux, et la seule différence entre Shep et moi, et Travis et toi, c'est que nous, on couche ensemble. Pour tout le reste, c'est exactement pareil.

— Ben non, justement, ce n'est pas pareil du tout. Est-ce que Shep ramène une nouvelle conquête tous les soirs ? Est-ce que tu te rends à la soirée demain juste pour accompagner un mec qui va draguer tout ce qui bouge ? Tu sais que je ne peux pas sortir avec Travis, Mare. Je ne comprends même pas pourquoi on en discute.

La déception se lut sur le visage d'America.

— Je n'ai pas de visions, Abby. Ça fait pratiquement un mois que vous ne vous quittez plus, Travis et toi. Reconnais-le, tu éprouves des sentiments pour lui.

— Arrête, Mare, intervint Travis, nouant une serviette autour de sa taille.

Nous sursautâmes. Il n'y avait plus aucune gaieté dans le regard de Travis. Sans rien ajouter, il se dirigea vers sa chambre. America me regarda d'un air triste.

— Je pense que tu te trompes, chuchota-t-elle. Tu n'as pas besoin d'aller à cette soirée pour trouver un mec, tu en as un sous le nez qui est fou de toi.

Et elle se leva, me laissant seule dans le salon.

Les événements de cette dernière semaine défilèrent dans mon esprit. Shepley m'en voulait, j'avais déçu America et, après avoir manifesté une véritable allégresse, Travis s'était senti offensé à un point tel qu'il en avait perdu la parole. Trop mal pour aller m'allonger à côté de lui, je regardai s'égrener les minutes.

Une heure s'était écoulée quand j'entendis Travis sortir de la chambre. Je m'attendais à ce qu'il me dise de venir dormir, mais il était habillé et avait les clés de sa moto à la main. Ses lunettes noires lui cachaient les yeux, et il glissa une cigarette entre ses lèvres avant d'ouvrir la porte.

— Tu t'en vas ? demandai-je en me redressant. Tu vas où ?

— Je sors, répondit-il avant de claquer le battant derrière lui.

Je me laissai retomber dans le fauteuil en soupirant. Sans savoir comment ni pourquoi, j'étais apparemment devenu la méchante dans cette histoire.

À 2 heures du matin, je me résignai enfin à aller me coucher. Le lit me sembla trop grand pour moi toute seule, et l'idée me titilla d'appeler Travis sur son portable. J'allais m'endormir quand j'entendis sa moto sur le parking. Deux portières de voitures claquèrent juste après que le moteur se fut tu, et il y eut des bruits de pas dans l'escalier. Plusieurs personnes, apparemment. Travis eut du mal à trouver la serrure, mais la porte finit par s'ouvrir. Il tenta d'étouffer un rire puis marmonna quelque chose, et j'entendis non pas une, mais deux voix féminines. Leurs petits rires laissèrent place à des bruits de baisers et des gémissements. Mon cœur cessa de battre un instant, et je m'en voulus aussitôt de réagir de la sorte. Je fermai les yeux quand l'une des filles cria, et le bruit qui suivit ne me laissa plus aucun doute : ils étaient tous les trois sur le canapé.

J'envisageai d'aller demander ses clés à America, mais la chambre de Shepley donnait directement sur le salon, et il était hors de question que je sois confrontée à l'image qui accompagnait la bande-son. J'avais mis la tête sous l'oreiller et fermé les yeux quand la porte de la chambre s'ouvrit. Travis entra, se dirigea vers la table de nuit, farfouilla dans son bocal de capotes, referma le tiroir et repartit. Les filles gloussèrent pendant ce qui me sembla être une demi-heure, puis il y eut un silence.

Quelques secondes plus tard, des geignements, des bruits de bouche et des petits cris résonnèrent dans l'appartement. On aurait dit qu'un tournage de film porno avait lieu dans le salon. Le visage enfoui dans les mains, je secouai la tête. Les limites, si elles avaient existé, avaient soit pâli, soit disparu au cours de cette semaine, et un mur impénétrable les avait remplacées. Je ravalai mes émotions ridicules et tentai de me détendre. Travis était Travis, et nous étions amis, point. Sans le moindre doute.

Les cris et autres bruits écœurants se calmèrent au bout d'une heure environ. Suivirent quelques suppliques, puis des reproches quand les filles furent renvoyées dans leur foyer. Travis prit une douche et vint s'effondrer sur son côté du lit en me tournant le dos. Malgré sa douche, il empestait le whisky, et l'idée qu'il ait conduit sa moto dans cet état me rendit malade.

Dormir ne me semblant plus envisageable, j'attendis que Travis respire de façon régulière et me redressai pour regarder le réveil. Le jour poindrait très bientôt. Je me levai, allai prendre une couverture dans le placard de l'entrée et m'installai pour somnoler un moment dans le fauteuil. Les seules traces de la partie fine de Travis étaient deux étuis de capote vides sur la moquette.

Quand je rouvris les yeux, America et Shepley étaient assis sur le canapé. Ils regardaient la télé sans le son. Le soleil baignait l'appartement, et mon dos m'arracha une vilaine grimace quand je voulus me redresser.

— Abby ? dit America en venant aussitôt à côté de moi.

Elle me dévisagea d'un regard inquiet. Visiblement, elle attendait de la colère, des larmes, ou n'importe quelle manifestation émotionnelle un peu spectaculaire.

Shepley, quant à lui, semblait très mal à l'aise.

— Je suis désolé pour hier soir, Abby. C'est ma faute.

— C'est pas grave, Shep. T'as pas à t'excuser.

Ils échangèrent un regard, puis America me prit la main.

— Travis est allé faire des courses. C'est vraiment un... heu, enfin, peu importe ce qu'il est. J'ai préparé tes affaires et je vais te ramener à la résidence avant son retour, comme ça, tu n'auras pas à l'affronter.

Ce n'est qu'à partir de là que j'eus envie de pleurer. J'étais mise à la porte. Un effort considérable me permit de demander d'une voix neutre :

— Je peux prendre une douche, avant ?

— Non, répondit America. Il vaut mieux qu'on y aille tout de suite, je ne veux pas que tu le voies. Il ne mérite pas de...

La porte s'ouvrit d'un coup, et Travis entra, les bras chargés de sacs. Il alla directement dans la cuisine et entreprit de ranger boîtes de conserve et paquets de pâtes dans les placards avec un air affairé.

— Quand Poulette se réveille, dites-le-moi, d'accord ? dit-il à voix basse. J'ai acheté des spaghettis, des pancakes et des fraises. Et aussi ce truc aux flocons d'avoine, avec la sauce au chocolat. Et puis les céréales aux fruits qu'elle préfère, je crois. C'est ça, non, Mare ? demanda-t-il en se retournant.

En me voyant, il se figea. Il y eut un silence gêné, puis son visage se radoucit et d'une voix calme, il me lança :

— Hey... Salut, Poulette.

Je n'aurais pas été plus déconcertée si je m'étais réveillée dans un autre pays. Plus rien n'avait de sens. J'avais d'abord cru qu'on me mettait dehors, et voilà que Travis rentrait avec des sacs bourrés de tout ce que je préférais.

Il nous rejoignit dans le salon, plongeant les mains dans ses poches, visiblement nerveux.

— T'as faim, Poulette ? Je vais te faire des pancakes. Ou il y a des flocons d'avoine, si tu veux. Et je t'ai pris une bombe de ce truc qui fait de la mousse rose que les filles utilisent pour se raser les jambes, et un sèche-cheveux, et un... un... Attends, il est là, dit-il en courant vers la chambre.

La porte s'ouvrit, se referma et, quand il reparut, il était livide. Il inspira un grand coup.

— Tes bagages sont faits.

— Je sais.

— Tu t'en vas... lâcha-t-il, défait.

Je regardai America, qui fusilla Travis du regard.

— Tu pensais réellement qu'elle allait rester ?

— Chérie, non... gémit Shepley.

— Commence pas, Shep. Je t'interdis de le défendre devant moi, répliqua sèchement America.

Travis semblait au bord du désespoir.

— Écoute, je suis vraiment désolé, Poulette. Je ne sais pas quoi dire.

— Allez, viens, Abby, dit America en me tirant par le bras.

Travis fit un pas en avant, mais elle pointa un doigt sur lui.

— Je te préviens, Travis ! Tu essaies de l'arrêter, je t'arrose d'essence pendant ton sommeil et je te grille !

— America, intervint Shepley, qui semblait lui aussi un peu désespéré.

Il était déchiré entre son cousin et la fille qu'il aimait, et je me sentis mal pour lui. Cette situation était exactement celle qu'il avait tenté d'éviter depuis le début.

— Ça va, ça va, arrêtez, je vais bien ! lâchai-je, exaspérée par la tension qui régnait dans la pièce.

— Comment ça, tu vas bien ? demanda Shepley, presque rassuré.

— Travis a ramené deux filles du bar hier soir, et alors ?

Cette fois, America sembla réellement inquiète.

— Heu... Abby ? Tu veux dire que ce qui s'est passé ne te pose pas de problème ?

Je les regardai tous les uns après les autres.

— Travis invite qui il veut. Il est chez lui.

America me fixa comme si j'étais devenue folle. Shepley esquissa un sourire, et Travis eut l'air encore plus perdu.

— Ce n'est pas toi qui as préparé tes bagages ? demanda-t-il.

Je secouai la tête, et regardai la pendule. Il était 14 heures passées.

— Non. Et maintenant il va falloir que je les défasse. Il faut aussi que je mange, que je prenne une douche et que je m'habille...

Je me dirigeai vers la salle de bains, refermai la porte derrière moi, m'y appuyai et me laissai glisser jusqu'au sol. J'étais certaine d'avoir blessé America profondément, mais j'avais fait une promesse à Shepley que j'entendais bien tenir.

On frappa quelques coups discrets à la porte.

— Poulette ? dit Travis.

— Oui ? répondis-je d'un ton aussi normal que possible.

— Tu restes ?

— Je peux m'en aller, si tu veux, mais un pari est un pari.

La porte vibra un peu plus fort. Travis avait posé son front contre le chambranle.

— Je ne veux pas que tu partes, mais je ne t'en voudrais pas si tu le faisais.

— Tu veux dire que je ne suis plus tenue par mon pari ?

Il y eut un long silence, puis :

— Si j'accepte, est-ce que tu partiras ?

— Ben... oui. Je n'habite pas ici, banane, dis-je avec un petit rire forcé.

— Alors non. Le pari vaut toujours.

Je levai la tête, sentant les larmes me brûler les yeux. J'aurais été incapable de dire pourquoi je pleurais, mais je ne pouvais pas m'en empêcher.

— Bon, je peux prendre une douche, maintenant ?

Il soupira.

— Oui.

J'entendis America passer dans le couloir d'un pas furieux.

— T'es qu'un enfoiré d'égoïste, lâcha-t-elle en passant près de Travis.

Puis la porte de la chambre de Shepley claqua violemment.

Je me relevai et me glissai sous la douche. Il y eut un nouveau petit coup à la porte, et Travis s'éclaircit la gorge.

— Poulette ? Je t'ai apporté des affaires.

— Pose-les sur le lavabo.

Travis entra et referma la porte derrière lui.

— J'étais fou. Je vous ai entendu parler de moi avec America, et ça m'a mis hors de moi. Au départ, j'avais juste l'intention de sortir boire quelques coups et essayer de réfléchir, mais je me suis retrouvé pété comme un coing, et ces filles... Bref, ce matin, quand j'ai ouvert les yeux et que t'étais pas dans le lit, je me suis levé, et je t'ai trouvée sur le fauteuil, et j'ai vu les emballages de capotes par terre... J'ai eu la nausée.

— Au lieu d'essayer de m'acheter avec toutes ces bonnes choses qui ont dû te coûter un bras, tu aurais pu me poser la question, tout bêtement. Me demander si je voulais bien rester.

— Je me fous de cette tune, Poulette. J'avais peur que tu partes et que tu ne m'adresses plus jamais la parole.

Son explication me fit grimacer.

— Je ne voulais pas te blesser, dis-je, toujours sous la douche.

— Je sais. Et je sais aussi que quoi que je dise, maintenant, ça n'a plus d'importance. J'ai tout fichu en l'air... comme d'habitude.

— Trav ?

— Quoi ?

— Ne prends plus ta moto quand tu as bu, OK ?

Plus d'une minute s'écoula avant qu'il n'inspire profondément et ne me réponde.

— Ouais. D'accord, lâcha-t-il simplement avant de quitter la salle de bains.

5

Parker Hayes

— Entre ! lançai-je en entendant frapper.

Travis se figea sur le seuil.

— Waouh.

Je souris et baissai les yeux sur ma robe. Ce bustier en dentelle noire sur doublure chair prolongé d'une minijupe évasée était indéniablement plus osé que ce que je portais d'ordinaire. Parker serait à la soirée, et mon intention était de ne pas passer inaperçue.

— Carrément canon, dit-il tandis que je mettais mes escarpins.

Je balayai d'un regard approbateur sa chemise blanche impeccablement repassée et son jean.

— Tu n'es pas mal non plus.

Il avait remonté ses manches au-dessus du coude, révélant ses tatouages, et portait son bracelet de cuir favori.

America et Shepley nous attendaient dans le salon.

— Parker va grimper aux rideaux, quand il te verra, commenta America tandis que nous descendions jusqu'au parking.

Travis m'ouvrit la portière, je me glissai à l'arrière de la voiture de Shepley, puis il s'installa à côté de moi. Nous avions voyagé ainsi des dizaines de fois mais, ce soir-là, cela me semblait soudain bizarre.

Il y avait des voitures partout dans la rue. Certaines étaient même stationnées sur la pelouse, devant la maison. L'endroit était plein à craquer, et les gens continuaient d'arriver. Shepley alla se garer sur le parking, derrière, et nous entrâmes tous les quatre.

Travis m'apporta un gobelet de bière, puis se pencha pour me chuchoter à l'oreille :

— N'accepte que les verres venant de moi ou de Shepley. Je ne veux pas que quelqu'un puisse glisser quoi que ce soit dans ta boisson.

Je levai les yeux au ciel.

— Personne ne glissera rien dans mon verre, Travis.

— Peut-être, mais ne bois pas si ce n'est pas moi qui te l'apporte, d'accord ? T'es plus dans le Kansas, Poulette.

— Ah bon ? lâchai-je avec sarcasme avant d'avaler une gorgée.

Une heure passa, et Parker n'était toujours pas là. America et Shepley dansaient un slow dans le salon quand Travis me tira par la manche.

— On danse ?

— Non, merci.

Il eut une moue contrariée.

— Je suis juste fatiguée, Travis, dis-je en posant ma main sur son épaule.

Il posa sa main sur la mienne et se mit à parler, mais derrière lui, j'aperçus Parker. Travis remarqua mon expression et se retourna.

— Hé ! Abby ! T'es venue, super ! sourit Parker.

— Oui, on est là depuis une petite heure, dis-je en ôtant ma main.

— T'es superbe ! hurla Parker pour couvrir la musique.

— Merci !

Je jetai un coup d'œil en direction de Travis. Il avait le visage fermé et fronçait les sourcils.

— Tu veux danser ? proposa Parker avec un mouvement de tête en direction du salon.

— Heu... non, je suis un peu crevée.

Parker se tourna vers Travis.

— Je croyais que tu ne venais pas.

— J'ai changé d'avis, répondit Travis, irrité d'avoir à se justifier.

— Je vois ça.

Puis, s'adressant de nouveau à moi :

— Tu veux sortir prendre l'air ?

Je hochai la tête et suivis Parker au premier étage. Sur le palier, il s'arrêta et me prit la main pour monter au deuxième. Là, il ouvrit une grande porte-fenêtre donnant sur un balcon.

— Tu as froid ? demanda-t-il.

— Un peu.

Il retira sa veste et la posa sur mes épaules.

— Merci.

— Tu es venue avec Travis ?

— Dans la même voiture, oui.

Un large sourire illumina le visage de Parker, et il se tourna vers le jardin. Un groupe de filles se tenait là, serrées les unes contre les autres pour lutter contre le froid. Il y avait des papiers et des canettes de bière un peu partout dans l'herbe, de même que des bouteilles d'alcool vides. Au centre de la pelouse, des membres de la fraternité Sigma Tau admiraient leur chef-d'œuvre, une pyramide de fûts de bière décorée d'une guirlande lumineuse.

Parker secoua la tête.

— Ça va pas être beau, tout ça, demain matin. L'équipe de nettoyage va avoir un sacré boulot.

— Vous avez une équipe de nettoyage ?

Il sourit.

— Ouais. On les appelle les « première année ».

— Pauvre Shep...

— Il n'en fait pas partie. Il est dispensé parce que c'est le cousin de Travis et qu'il n'habite pas dans la maison.

— Tu y habites, toi ?

— Oui, depuis deux ans. Mais il faut que je me trouve un appart. J'ai besoin d'un endroit calme pour bosser.

— Laisse-moi deviner... Gestion et administration des entreprises ?

— Biologie, avec option anatomie. Il me reste un an à faire, ensuite je passe le concours de médecine et, en principe, je pars à Harvard.

— Tu sais déjà que tu seras accepté ?

— Mon père y est allé. Bon, c'est pas sûr à cent pour cent, mais c'est un ancien élève très généreux, si tu vois ce que je veux dire. J'ai cartonné aux tests de fin d'études secondaires, j'ai 16 de moyenne sur mes deux années ici, ça devrait le faire.

— Ton père est médecin ?

Parker confirma d'un sourire débonnaire.

— Chirurgien orthopédique.

— Impressionnant.

— Et toi ?

— Je ne sais pas encore.

— Ça, c'est bien une réponse de première année.

Je poussai un soupir délibérément long et affecté.

— Bon, j'ai raté l'occasion de devenir exceptionnelle, on dirait.

— Oh, t'as pas à t'inquiéter pour ça. Je t'ai remarquée dès le premier jour de cours. Qu'est-ce que tu fais en troisième année d'algèbre ?

Je souris et fis tourner une mèche de cheveux entre mes doigts.

— J'ai quelques facilités en maths. Au lycée, je finissais les programmes les doigts dans le nez, et deux années de suite, j'ai suivi des cours d'été à l'université de Wichita.

— Ça, c'est impressionnant.

Nous discutâmes ainsi pendant plus d'une heure, parlant de tout et de rien, des endroits où bien manger autour de la fac, et de la façon dont j'étais devenue amie avec Travis.

— Je ne sais pas si tu es au courant, mais tous les deux, vous êtes LE sujet de conversation, sur le campus.

— Génial... soupirai-je.

— C'est juste que ça surprend tout le monde, de voir Travis ami avec une fille. C'est pas son truc, d'habitude. En général, il s'en fait plutôt des ennemies, d'ailleurs.

— Ah bon ? Je ne suis pas sûre... J'en ai vu un certain nombre qui avaient soit la mémoire courte, soit un don pour l'indulgence.

Parker rigola. Ses dents d'un blanc parfait soulignaient son bronzage.

— Les gens ne comprennent pas votre relation. Reconnais quand même que c'est un peu ambigu.

— Tu veux savoir si je couche avec lui, c'est ça ?

Il sourit.

— Tu ne serais pas ici avec lui si c'était le cas. Je le connais depuis que j'ai quatorze ans, et je sais parfaitement comment il fonctionne. Mais j'avoue que votre amitié m'intrigue.

— Elle est ce qu'elle est, dis-je en haussant les épaules. On traîne ensemble, on regarde la télé, on bosse et on discute. C'est à peu près tout.

Ma franchise le fit éclater de rire.

— J'ai entendu dire que tu étais la seule personne capable de le remettre à sa place. C'est un titre tout à fait honorable.

— Si tu le dis. Il n'est pas aussi mauvais que tout le monde voudrait le croire.

Le ciel vira au violet, puis au rose quand le soleil apparut à l'horizon. Parker regarda sa montre avant de jeter un œil sur la pelouse, où la foule était moins dense.

— On dirait que la fête est finie.

— Je ferais mieux de voir si je trouve Shep et Mare.

— Ça t'embête si je te ramène ?

Je tentai de cacher mon enthousiasme.

— Pas du tout. Je vais prévenir America.

Je rentrai et ravalai une grimace avant de faire volte-face.

— Tu sais où vit Travis ?

Parker fronça les sourcils.

— Oui, pourquoi ?

— C'est là que j'habite en ce moment... lâchai-je, redoutant sa réaction.

— Tu habites avec Travis ?

— Comment dire... J'ai perdu un pari. Alors j'y suis pour un mois.

— Un mois ?

— C'est une longue histoire, soupirai-je.

— Mais vous n'êtes qu'amis ?

— Oui.

— Bon, alors je te ramène chez Travis, conclut Parker en souriant.

Je descendis chercher America, et aperçus au passage un Travis visiblement mort d'ennui et irrité par la fille ivre accrochée à ses basques. Il me suivit jusqu'à la pièce où se trouvait America.

— Vous pouvez rentrer de votre côté, Parker me raccompagne, annonçai-je.

— Quoi ? s'écria America, enthousiaste.

— Quoi ? demanda Travis, en colère.

— Ça te pose un problème ? lui lança America.

Il la fusilla du regard puis me prit par le bras et m'entraîna dans un coin, la mâchoire crispée.

— Tu ne connais même pas ce type.

Je me dégageai.

— Cela ne te regarde pas, Travis.

— Bien sûr que si, ça me regarde ! Je ne te laisse pas rentrer avec un inconnu ! Et s'il tente quoi que ce soit, tu feras quoi ?

— Je serai ravie. Il est super canon !

La surprise puis la fureur se lurent sur son visage.

— Parker Hayes ? Sérieusement ? Parker Hayes, répéta-t-il avec mépris. C'est quoi, ce nom ridicule, d'abord ?

— Arrête, Trav. Tu me gaves, là, lâchai-je en croisant les bras.

Il se tut, apparemment décontenancé.

— Je te préviens : s'il te touche, je le tue.

— Il. Me. Plaît, dis-je en insistant sur chaque mot.

Mon aveu sembla le surprendre ; il prit alors un air sévère.

— Très bien. S'il te viole sur la banquette arrière de sa voiture, ne viens pas me chercher en pleurant.

J'en restai bouche bée. J'étais à la fois offensée et furieuse.

— T'inquiète. Ça, ça risque pas, dis-je en le bousculant pour m'éloigner.

Travis m'attrapa la main et soupira.

— C'est pas ce que je voulais dire... Mais s'il te fait du mal, et même s'il te met dans une situation embarrassante, dis-le-moi, OK ?

La colère se dissipa, je me détendis.

— Je sais bien, mais il faut que tu arrêtes avec cette attitude protectrice de grand frère. C'est pesant, à la fin.

Travis eut un petit rire.

— Je ne joue pas au grand frère, Poulette. T'es loin du compte.

Parker apparut, les mains dans les poches, et m'offrit son bras.

— On y va ?

Travis serra les dents, je me plaçai entre les deux pour que Parker ne voie pas son expression.

— On y va.

Je fis quelques pas avant de me retourner pour faire un petit signe à Travis, mais celui-ci fixait d'un air meurtrier le dos de Parker. Quand il me vit, son expression s'adoucit.

— Ça suffit, articulai-je à son intention avant de suivre Parker jusqu'à sa voiture.

— C'est la grise, annonça-t-il.

Les feux clignotèrent deux fois quand il actionna le déverrouillage des portes à distance. Il m'ouvrit la portière, et je ne pus retenir un rire.

— Tu as une Porsche ?

— Pas une simple Porsche, une Porsche 911 GT3. C'est pas pareil.

— Laisse-moi deviner, c'est l'amour de ta vie ? dis-je en reprenant les mots qu'avait eus Travis pour sa moto.

— Non, c'est une voiture. L'amour de ma vie sera une femme, qui portera mon nom.

Je fis de mon mieux pour ne pas fondre devant un garçon aussi romantique. Il m'aida à monter dans l'habitacle, puis s'installa à son tour et me sourit.

— Qu'est-ce que tu fais, ce soir ?

— Ce soir ???

— On est le matin, là. Je voudrais t'inviter à dîner avant que quelqu'un d'autre ne le fasse.

— Heu... je n'ai rien de prévu.

— Je passe te chercher à 18 heures ?

— D'accord, dis-je en regardant ses doigts se glisser entre les miens.

Il me raccompagna directement chez Travis, en respectant les limites de vitesse, et sans lâcher ma main. Il s'arrêta juste derrière la Harley, et descendit pour ouvrir ma portière. Sur le palier, il se pencha et m'embrassa sur la joue.

— Repose-toi bien. À ce soir, murmura-t-il.

— À ce soir, soufflai-je, la main sur la poignée.

La porte s'ouvrit sans que je la pousse, et je faillis tomber en avant. Travis me rattrapa juste à temps.

— Oh là, tout doux !

Je vis Parker nous fixer d'un drôle d'air. Il se pencha pour regarder dans l'appartement.

— Pas de demoiselles humiliées et coincées ici que je pourrais raccompagner ?

Travis lui jeta un regard noir.

— Commence pas avec moi.

Parker sourit et me fit un clin d'œil.

— Je le charrie tout le temps. Mais ça arrive de moins en moins souvent depuis qu'il a compris que c'était plus simple s'il les persuadait de venir avec leur voiture.

— Effectivement, c'est beaucoup plus pratique, dis-je pour taquiner Travis.

— T'es pas drôle, Poulette.

— Poulette ? s'étonna Parker.

— Ouais... c'est juste un petit nom qu'il me donne. Je ne sais même pas d'où ça sort.

C'était la première fois que le surnom dont m'avait affublée Travis le soir de notre rencontre me mettait mal à l'aise.

— Quand tu sauras, faudra que tu me racontes... Il doit y avoir une sacrée histoire derrière tout ça. Allez, bonne nuit, Abby.

— Bonne journée plutôt, non ? lançai-je en le regardant descendre les marches.

— Aussi ! répondit-il avec un adorable sourire.

Travis claqua la porte, et je dus reculer pour ne pas la prendre dans la tête.

— T'as un problème ? fis-je d'un ton sec.

Il secoua la tête et se dirigea vers sa chambre. Je le suivis.

— Il est sympa, tu sais, dis-je en sautillant sur place pour me déchausser.

— Tu vas te faire mal, soupira Travis.

Il s'approcha pour me prendre par la taille, me retirer un escarpin, puis l'autre, et les jeter dans le placard. Puis il ôta sa chemise et se dirigea vers le lit.

Je défis ma robe, m'en extirpai à grand renfort de contorsions, et passai un tee-shirt avant d'ôter mon soutien-gorge. Je nouais mes cheveux en chignon quand je vis qu'il me regardait.

— Tu as déjà vu tout ce qu'il y avait à voir, je pense, dis-je en levant les yeux au ciel.

Je me glissai sous les couvertures et me pelotonnai, la tête bien calée sur mon oreiller. Je l'entendis défaire sa ceinture et retirer son jean.

Il resta un long moment debout sans rien dire. Que faisait-il donc, là, en silence ? Enfin, je sentis le lit ployer sous son poids. Sa main se posa sur ma hanche. Je me raidis.

— J'ai manqué un combat, ce soir, dit-il. Adam m'a appelé, et je n'y suis pas allé.

Je lui fis face.

— Pourquoi ?

— Je voulais être sûr que tu rentrerais à bon port.

— Tu n'es pas obligé de jouer les baby-sitters, tu sais.

Lentement, du bout de l'index, il remonta le long de mon bras. Un long frisson me parcourut.

— Je sais, dit-il. Mais je m'en voulais encore pour hier soir.

— Je t'ai dit que je m'en fichais.

Il se redressa sur un coude, l'air dubitatif.

— C'est pour ça que tu as dormi dans le salon ? Parce que tu t'en fichais ?

— Je n'arrivais pas à trouver le sommeil, après le départ de... tes amies.

112

— Mais dans le fauteuil, tu as très bien dormi. Pourquoi tu ne pouvais pas rester près de moi ?

— Tu veux dire près d'un mec qui sent encore le parfum des deux pétasses qu'il vient de renvoyer chez elles ? Je ne sais pas ! Qu'est-ce que je suis égoïste, comme fille, alors !

Travis fit la grimace.

— Je t'ai dit que j'étais désolé.

— Et je t'ai dit que je m'en fichais ! Bonne nuit.

Un long moment s'écoula, puis il posa sa main sur la mienne et la caressa délicatement, avant d'approcher ses lèvres de mes cheveux.

— J'avais vraiment très peur que tu ne veuilles plus me parler... mais le pire, ce serait que tu sois indifférente.

Je fermai les yeux.

— Qu'est-ce que tu veux exactement, Travis ? Il ne faut pas que je me mette en colère à cause de toi, mais il faut que je te prête attention. Tu dis à America que tu ne veux pas sortir avec moi, mais m'entendre affirmer la même chose à ton sujet te met dans un tel état que tu sors te bourrer la gueule de façon ridicule. Tout cela n'a aucun sens.

— Pourquoi as-tu dit cela à America ? Parce que j'avais soutenu que je ne voulais pas sortir avec toi ?

Je serrai les dents. Il venait d'insinuer que je me livrais à je ne sais quel jeu avec lui. Je tentai de répondre le plus clairement possible.

— Non. Je le pensais vraiment. Je ne cherchais pas à t'insulter, c'est tout.

— Moi, j'ai dit ça parce que... je ne veux pas tout foutre en l'air. Je ne sais même pas comment il faudrait que je sois pour te mériter. J'essayais juste de mettre un peu les choses au clair dans ma tête.

— Si tu le dis. Écoute, il faut que je dorme, maintenant. Je sors ce soir.

— Avec Parker ?

Déjà, la colère reprenait le dessus.

— Oui. S'il te plaît, je voudrais dormir.

— Je t'en prie.

Il rejeta les couvertures, se leva et quitta la chambre en claquant la porte. J'entendis le fauteuil grincer quand il se laissa tomber dedans, puis le son, très bas, de la télévision. Je me forçai à fermer les yeux et tentai de me calmer pour m'assoupir, ne serait-ce que quelques heures.

Le réveil affichait 15 heures quand j'émergeai d'un profond sommeil. Je pris une serviette, mon peignoir, et gagnai la salle de bains au radar. À peine avais-je tiré le rideau de la douche que la porte s'ouvrit et se referma. J'attendis que quelqu'un parle, mais le seul bruit qui me parvint fut celui de la lunette des toilettes tombant sur la porcelaine.

— Travis ?

— Non, c'est moi, répondit America.

— T'es obligée de venir ici ? Vous avez votre salle d'eau, avec Shep, non ?

— Ça fait une demi-heure qu'il est enfermé dedans avec les boyaux en pagaille à cause de la bière. Personne n'entre plus là-bas.

— Super.

— J'ai entendu que t'avais rendez-vous, ce soir. Travis est furax ! chantonna-t-elle.

— Il passe me chercher à 18 heures... Il est tellement gentil... Je suis...

Je soupirai. Je devenais sentimentale et ce n'était pas mon genre. Je n'arrêtais pas de me dire qu'il avait été parfait sur toute la ligne, dès l'instant où nous nous étions rencontrés. Parker était exactement ce dont j'avais besoin : l'opposé absolu de Travis.

— ... Sans voix ? suggéra America en pouffant.

Je passai la tête par le rideau.

— Je n'avais pas envie de rentrer ! J'aurais pu lui parler encore pendant des heures !

— Tout cela semble très prometteur. Mais c'est pas un peu bizarre que tu sois ici, quand même ?

— Je lui ai expliqué la situation, dis-je en retournant sous la douche.

America tira la chasse et se lava les mains, ce qui eut pour effet de couper l'eau chaude sous la douche. Sous l'effet de la surprise, je poussai un hurlement. La porte s'ouvrit aussitôt.

— Un problème ? s'enquit Travis.

America éclata de rire.

— J'ai juste tiré la chasse, Trav, pas de panique.

— Oh. Ça va, Poulette ?

— Ça va. Sors.

La porte se referma.

— C'est trop demander, un verrou dans cette salle de bains ? soupirai-je.

Silence.

— Mare ?

— C'est vraiment dommage que ça le fasse pas, vous deux. T'es la seule fille qui aurait pu… Mais bon, tant pis. Ça n'a plus d'importance, maintenant.

Je sortis de la douche et m'enveloppai dans une serviette.

— T'es comme lui, en fait… C'est une maladie qui frappe tous les habitants de cet appart ? Personne ici n'est logique avec soi-même. Je te rappelle que tu es furieuse contre lui.

— Je sais, dit-elle en hochant la tête.

Je branchai mon sèche-cheveux et entamai le processus consistant à me faire belle pour ma soirée avec Parker. Boucles dans les cheveux, ongles vernis et lèvres d'un rouge profond. C'était peut-être un peu trop pour un premier rendez-vous. Je me regardai dans le miroir, pas vraiment satisfaite. Ce n'était pas Parker que j'essayais d'impressionner. Et Travis n'avait peut-être pas tout à fait tort en sous-entendant que je jouais un drôle de jeu.

Un sentiment de culpabilité m'envahit. Travis faisait beaucoup d'efforts, et moi je me comportais comme une petite fille gâtée.

Je quittai la salle de bains pour le salon. En me voyant, Travis sourit. Pas exactement la réaction à laquelle je m'attendais.

— T'es... très belle.

— Merci, répondis-je, déconcertée par l'absence d'irritation et de jalousie dans sa voix.

— T'as fait le bon choix, Abby, commenta Shepley après un sifflement. Les mecs aiment le rouge.

— Et les boucles, c'est carrément top, ajouta America.

On sonna, et elle sourit, agitant les mains comme si l'excitation lui coupait le souffle.

— Hou ! Amuse-toi bien !

J'allai ouvrir. Parker était en costume-cravate, il me tendit un petit bouquet. D'un rapide coup d'œil, il me regarda de la tête aux pieds.

— Tu es la créature la plus magnifique que je connaisse, dit-il d'un ton enamouré.

Je fis un petit signe à America, qui souriait béatement. Shepley affichait l'expression d'un père fier de voir sa fille au bras d'un garçon comme Parker. Travis fixait l'écran de la télé.

Une fois installés dans la Porsche, Parker poussa un soupir de soulagement.

— Qu'est-ce qu'il y a ? demandai-je.

— Je dois reconnaître que j'étais un peu nerveux à l'idée de passer chercher la fille dont Travis Maddox est amoureux... chez lui, en plus. Tu n'as pas idée du nombre de gens qui m'ont traité de dingue, aujourd'hui.

— Travis n'est pas amoureux de moi. À certains moments, il ne supporte même pas qu'on soit dans la même pièce.

— C'est une relation passionnelle, alors ? Parce que quand j'ai annoncé aux membres de la fraternité que je sortais avec toi ce soir, ils m'ont tous dit la même chose. Travis se comporte de façon tellement erratique, depuis quelque temps, encore plus que d'habitude, qu'ils en avaient tous tiré la même conclusion.

— Ils se trompent, insistai-je.

Parker secoua la tête comme si je ne me rendais pas compte de la situation, puis posa sa main sur la mienne.

— On y va ? J'ai réservé une table.

— Où ?

— Chez *Biasetti*. J'ai choisi pour nous deux... j'espère que tu aimes la cuisine italienne.

Je haussai un sourcil.

— Au dernier moment, comme ça ? Et tu as eu une table ? C'est toujours plein, là-bas.

— Oui, mais... l'établissement appartient à ma famille. Enfin, la moitié.

— J'apprécie la cuisine italienne, oui.

Sur le trajet, Parker respecta les limitations de vitesse, mit son clignotant quand cela fut nécessaire, et ralentit sans piler chaque fois qu'un feu passa à l'orange. Quand il parlait, il quittait rarement la route des yeux. En arrivant au restaurant, je ne pus m'empêcher de rire.

— Qu'est-ce qu'il y a ? demanda-t-il.

— C'est juste que... tu es un conducteur très prudent. C'est bien.

— Ça change des trajets en Harley avec Travis ? dit-il en souriant.

J'aurais dû acquiescer, mais entamer un jeu des différences me paraissait mal choisi pour cette soirée.

— Je suggère qu'on ne parle pas de Travis ce soir, d'accord ?

— D'accord, dit Parker en descendant de voiture pour venir ouvrir ma portière.

On nous installa aussitôt à une table près d'une grande baie vitrée. J'étais en robe, mais comparée aux autres clientes du restaurant, ma tenue faisait cheap. Elles dégoulinaient de diamants et ne portaient que des robes de cocktail très habillées. Je n'avais jamais dîné dans un endroit aussi raffiné.

Après avoir passé notre commande, Parker referma son menu et sourit au serveur.

— Et apportez-nous une bouteille de l'Allegrini Amarone, s'il vous plaît.

— Bien, monsieur, répondit le serveur en prenant nos menus.

— Cet endroit est incroyable, chuchotai-je en me penchant vers Parker.

— Merci, je ferai part de tes impressions à mon père.

Une femme s'arrêta à notre table. Ses cheveux blonds étaient rassemblés en un chignon élégant et très sophistiqué. Je fis de mon mieux pour ne pas fixer les bijoux qui scintillaient autour de son cou et à ses oreilles, mais ceux-ci étaient faits pour attirer l'attention. Son regard bleu perçant me dévisagea, puis elle se détourna vivement pour s'adresser à mon chevalier servant.

— Peut-on savoir qui est ton amie, Parker ?

— Maman, je te présente Abby Abernathy. Abby, voici ma mère, Vivienne Hayes.

Je lui tendis la main, qu'elle serra brièvement. L'intérêt se lut sur ses traits – assez marqués – et elle regarda Parker.

— Abernathy ?

Ma gorge se serra. Avait-elle reconnu mon nom ? Mais Parker coupa court, agacé.

— Elle vient de Wichita, Maman. Tu ne connais pas sa famille. Elle est inscrite à Eastern.

Vivienne me toisa une nouvelle fois.

— Ah bon ? Parker s'en va à Harvard, l'an prochain.

— C'est ce qu'il m'a dit. C'est fantastique. Vous devez être très fière de lui.

Son visage se détendit un peu, et un sourire satisfait apparut au coin de ses lèvres.

— Nous le sommes, en effet. Merci.

Sa politesse était infinie, et pourtant, chacun de ses mots suintait le mépris. De toute évidence, il s'agissait là d'un talent pratiqué de longue date. Mme Hayes devait s'employer depuis des années à faire ainsi passer à ses semblables le message de sa supériorité.

— Bonne soirée, Maman, dit Parker.

Elle l'embrassa sur la joue, effaça du pouce la trace de son rouge à lèvres et retourna à sa table.

— Je suis désolé, je ne savais pas qu'elle serait ici.

— Ce n'est pas grave. Elle a l'air... gentille.

Parker rigola.

— Pour un piranha, oui, elle est sympa.

J'étouffai un fou rire, et il eut un sourire gêné.

— Elle est toujours un peu froide au premier abord. Mais elle finira par se dérider.

— Avant que tu partes pour Harvard, j'espère.

Nous discutâmes toute la soirée sans interruption : de la nourriture, de la fac, d'algèbre, et même du Cercle. Parker était charmant et drôle, il disait toujours ce que j'avais envie d'entendre. Plusieurs personnes vinrent le saluer ; chaque fois, il me présenta avec un sourire très fier. Il était considéré comme une célébrité dans ce restaurant et, quand nous nous levâmes pour partir, je sentis les regards appréciateurs de tous les convives.

— On fait quoi, maintenant ? demandai-je.

— J'ai peur d'avoir un exam d'anatomie comparée chez les vertébrés lundi à la première heure. Il faut que je bosse, dit-il en posant sa main sur la mienne.

— J'aime mieux être à ma place qu'à la tienne... soupirai-je en tentant de masquer ma déconvenue.

Il me reconduisit à l'appartement et monta avec moi en me tenant la main.

— Merci, Parker, j'ai passé une soirée fantastique.

Je devais être ridicule, à sourire de toutes mes dents.

— Est-ce que c'est trop tôt pour t'inviter un autre soir ?

— Pas du tout !

— Je t'appelle demain, alors ?

— Demain. Parfait.

Vint ce silence gêné, le moment que je détestais dans une soirée en galante compagnie. L'embrasser ou pas, telle était la question.

Je n'eus pas vraiment le temps d'y réfléchir. Il prit délicatement mon visage entre ses mains, m'attira à lui et posa ses lèvres sur les miennes. Elles étaient douces et chaudes, et merveilleuses. Il s'écarta un instant, puis m'embrassa de nouveau.

— À demain, Ab.

Je le suivis des yeux dans l'escalier, et lui fis un petit signe de la main.

— Salut.

Cette fois encore, quand je voulus ouvrir la porte, celle-ci céda d'un coup et je tombai en avant. Travis me rattrapa.

— Tu veux bien arrêter ça ? fis-je en me redressant pour refermer derrière moi.

— « Ab » ? Il te prend pour une vidéo d'exercices adbos-fessiers ?

— Poulette ? rétorquai-je sur le même ton méprisant. Un gallinacé sans cerveau qui pond et caquette toute la journée ?

— T'aime bien, Poulette. Une poulette, c'est une jolie fille, une gamine qu'on taquine. T'es ma Poulette.

Je m'appuyai sur lui pour ôter mes chaussures, puis allai me mettre en pyjama, faisant de mon mieux pour rester en colère contre lui. Travis s'assit sur le lit et croisa les bras.

— Alors, t'as passé une bonne soirée ?

— Oui. Géniale. Parfaite. Il est…

Je ne trouvais pas le mot adéquat pour décrire Parker, alors je me contentai de secouer la tête.

— Il t'a embrassée ?

Je répondis d'un hochement de tête.

— Il a des lèvres tellement douces…

Travis fit la grimace.

— Je me fous de savoir comment sont ses lèvres.

— Crois-moi, c'est important. Les premiers baisers, ça me stresse complètement, mais celui-ci n'était vraiment pas mal.

— Un baiser, ça te stresse ? demanda Travis d'un air amusé.

— Juste les premiers. Je n'aime pas du tout ça.

— Je n'aimerais pas non plus, s'il fallait que j'embrasse Parker Hayes.

J'éclatai de rire et allai dans la salle de bains pour me démaquiller. Travis me suivit et s'appuya contre l'encadrement de la porte.

— Donc vous allez ressortir ensemble ?

— Oui. Il m'appelle demain.

De retour dans la chambre, je me glissai dans le lit. Travis se mit en caleçon, et s'assit de son côté en me tournant le dos. Il était un peu voûté, semblait fatigué.

— Pourquoi t'es rentrée si tôt, si la soirée était géniale ? demanda-t-il en se retournant.

— Il a un exam lundi.

— Et ?

— Il essaie d'entrer à Harvard, il faut qu'il bosse.

Travis eut un soupir un peu méprisant, puis s'allongea sur le ventre et glissa les mains sous son oreiller.

— Ouais, il raconte ça à tout le monde.

— Arrête. Il a des priorités, c'est tout. Je trouve ça plutôt responsable, comme attitude.

— Et sa nana, elle devrait pas faire partie de ses priorités ?

121

— Je ne suis pas sa nana. On est sortis ensemble une fois, Trav.

— Et vous avez fait quoi ?

J'eus un regard méchant, et il rigola.

— Quoi ? J'aimerais savoir, c'est tout !

Voyant qu'il était sincère, je lui racontai notre soirée, du grand restaurant aux choses gentilles que Parker m'avait dites, en passant par ce qu'on avait mangé. J'affichai sans discontinuer un sourire ridicule, je le savais, mais raconter ces moments idylliques autrement qu'en souriant m'était impossible.

Travis me regardait avec un air amusé, m'écoutait me complaire dans mes descriptions et, même si ma relation avec Parker l'agaçait, je voyais bien qu'il était content de me voir heureuse.

Finalement, face à face dans le lit, nous nous regardâmes un long moment, puis il soupira.

— Je suis content que tu aies passé une bonne soirée, Poulette. Tu le mérites.

— Merci, dis-je, toujours avec le même sourire.

Sur la table de nuit, mon portable sonna. Je sursautai et jetai un coup d'œil au réveil.

— Allô ?

— C'est déjà demain, dit Parker.

Il était 00 h 01. J'éclatai de rire.

— En effet. C'est demain.

— Bon, lundi soir, ça te va ?

J'inspirai un grand coup, le cœur battant.

— Heu… oui, lundi soir, c'est très bien.

— Super. À lundi, alors, dit Parker.

J'entendais son sourire dans sa voix. Je raccrochai et regardai Travis, que ce coup de fil avait visiblement agacé. Au comble de l'excitation, je lui tournai le dos et me mis en chien de fusil.

— T'es bien une fille, tiens, grommela Travis en faisant de même.

Je levai les yeux au ciel. Au même instant, il se retourna et me tira par l'épaule pour que je le regarde.

— Il te plaît vraiment, Parker ?

— Ne me casse pas mon coup, Travis !

Il me fixa longuement, puis secoua la tête et se tourna de nouveau.

— Parker Hayes... Pfff.

6

Tournant capital

La soirée de lundi fut conforme en tout point à mes attentes. Nous mangeâmes chinois, et la dextérité de Parker avec les baguettes me fit beaucoup rire. Quand il me raccompagna à l'appartement, Travis ouvrit la porte sans laisser à Parker le temps de m'embrasser. Le mercredi soir suivant, nous sortîmes à nouveau et, cette fois, il m'embrassa dans la voiture, c'était plus sûr.

Jeudi, à la cafétéria, Parker me rejoignit pour le déjeuner et surprit tout le monde en s'asseyant à la place que prenait habituellement Travis. Quand ce dernier arriva, il alla s'installer au bout de la table sans prêter la moindre attention à Parker. Megan voulut se mettre à côté de lui, mais il l'envoya balader. Plus personne ne disait rien à notre table, et j'eus du mal à me concentrer sur la conversation de Parker.

— Je suppose qu'on a oublié de m'inviter.

Sa remarque éveilla mon attention.

— De quoi tu parles ?

— J'ai entendu dire que la fête, pour ton anniversaire, était dimanche. Je ne suis pas invité ?

America se tourna vers Travis, qui lança un regard noir à Parker, comme s'il était sur le point de le pulvériser.

— C'était une surprise, Parker, dit doucement America.

— Oh... mince. Désolé.

— Vous m'organisez un anniversaire surprise ? demandai-je à America.

— C'est Travis qui a eu l'idée. Chez Brazil, dimanche à partir de 18 heures.

Parker rougit comme une tomate.

— Bon, je suppose que cette fois, c'est officiel, je ne suis pas invité.

— Mais bien sûr que si ! m'écriai-je en lui prenant la main.

Douze paires d'yeux se posèrent sur nos doigts. Je vis que cela gênait Parker autant que moi, et le lâchai.

— J'ai deux, trois trucs à faire avant mon cours, dit Parker en se levant. Je t'appelle, d'accord ?

— OK, fis-je avec un sourire navré.

Parker se pencha par-dessus la table et m'embrassa sur les lèvres avant de s'éloigner. Cette fois, le silence se fit dans toute la cafétéria. America me donna un coup de coude.

— Dis donc, c'est carrément flippant, tout le monde vous observe !

Elle balaya la salle d'un regard circulaire, l'air ulcérée.

— Quoi ? lança-t-elle à la cantonade. Vous avez un problème ? Occupez-vous de vos affaires, bande de pervers !

Une par une, les têtes se baissèrent, se détournèrent, et les chuchotements reprirent.

J'enfouis mon visage dans mes mains.

— Jusque-là, on me prenait pour la pauvre fille qui sort avec Travis et n'a rien compris, j'avais presque droit à de la compassion, mais maintenant, je suis le diable parce que tout le monde pense que je passe de Travis à Parker comme une balle de ping-pong.

Comme America ne disait rien, je levai la tête.

— Quoi ? Ne me dis pas que, toi aussi, tu crois ces conneries ?

— J'ai rien dit ! se défendit-elle.

— Mais c'est ce que tu penses ? répliquai-je, incrédule.

America secoua la tête sans répondre. Les regards glacés des autres étudiants me furent soudain insupportables et je me levai pour aller voir Travis.

— Faut qu'on parle, dis-je en lui donnant une petite tape sur l'épaule.

Je voulais rester polie, mais la fureur que je sentais monter en moi teintait ma voix d'une certaine agressivité. Tous les étudiants du campus, y compris ma meilleure amie, pensaient que je jonglais avec deux hommes. Il n'y avait qu'une solution.

— Ben vas-y, parle, dit Travis en enfournant une bouchée de son repas.

J'étais à cran. Autour de nous, chacun tendait l'oreille d'un air curieux. Comme Travis ne bougeait pas, je le tirai par le bras. Il se leva enfin et me suivit dehors avec un large sourire.

— Qu'est-ce qu'il y a, Poulette ? demanda-t-il en regardant ma main sur son bras avant de lever les yeux vers moi.

— Il faut que tu me laisses repartir chez moi. On annule le pari.

Il se décomposa.

— Tu veux t'en aller ? Pourquoi ? Qu'est-ce que j'ai fait ?

— Tu n'as rien fait, Trav. Mais tu n'as pas remarqué que tout le monde me regardait ? Je suis en train de devenir la pestiférée du campus.

Il secoua la tête et alluma une cigarette.

— Ça, c'est pas mon problème.

— Si, ça l'est, justement. D'après Parker, le bruit court qu'il a juré sa mort parce que tu es amoureux de moi.

Travis ouvrit des yeux grands comme des soucoupes et s'étouffa avec la fumée.

— Les gens racontent des conneries pareilles ? s'exclama-t-il entre deux quintes de toux.

Je hochai la tête. Il prit une nouvelle bouffée, songeur.

— Travis, il faut que tu me libères de ce pari ! Je ne peux pas sortir avec Parker et habiter avec toi en même temps ! Ça fait vraiment pas sérieux !

— Eh ben, arrête de sortir avec Parker.

— Grrr... Ce n'est pas le problème et tu le sais très bien.

— C'est la seule raison qui te pousse à vouloir partir ? Ce que disent les autres ?

— Au moins, avant, je passais pour une pauvre fille qui n'a rien compris, et toi, t'étais le sale macho profiteur, maugréai-je.

— Réponds à ma question, Poulette.

— Oui !

Travis regarda par-dessus mon épaule les étudiants qui entraient et sortaient de la cafétéria. Il réfléchissait, prenait son temps avant de se décider. Je piaffais d'impatience.

Enfin, il se redressa, résolu.

— Non.

Je secouai la tête, certaine d'avoir mal compris.

— Pardon ?

— Non. Tu l'as dit toi-même. Un pari est un pari. Quand le mois sera écoulé, tu t'en iras avec Parker, il deviendra médecin, vous vous marierez, vous aurez les deux enfants et demi réglementaires, et je ne te reverrai plus jamais.

Ses propres paroles lui tirèrent une grimace.

— Il me reste trois semaines, reprit-il. Je refuse d'y renoncer juste parce que ça jase à la cafétéria.

Je regardai de l'autre côté de la paroi vitrée. La salle tout entière nous observait. J'en eus les larmes aux yeux. Sans un mot, je partis pour mon cours.

— Hé, Poulette ! appela Travis.

Je ne répondis pas.

Ce soir-là, assise par terre dans la salle de bains pendant que je me coiffais, America ne parla que des garçons. Je n'écoutais qu'à moitié, songeant à la patience dont Travis avait fait preuve – à sa manière – dans la mesure où il n'appréciait guère que Parker passe me prendre chez lui un soir sur deux.

Je repensai à son expression, lorsque j'avais demandé à me retirer du pari, puis quand j'avais raconté que, sur le campus, on le disait amoureux de moi. Une question me taraudait : pourquoi n'avait-il pas nié ?

— Shep pense que t'es un peu trop dure avec lui. Il n'a jamais été attaché à quelqu'un au point de...

Travis passa la tête dans l'entrebâillement de la porte et sourit en me voyant batailler avec ma queue-de-cheval.

— Coucou. Dîner ?

America se leva et se recoiffa d'une main.

— Shep avait envie d'essayer le mexicain, en ville, si ça vous dit.

Travis secoua la tête.

— Heu, je voulais dire Poulette et moi, tous les deux.

— Je sors avec Parker.

— Encore ?!? lâcha-t-il, agacé.

— Encore, chantonnai-je.

On sonna et je courus ouvrir. Parker se tenait devant moi, cheveux blonds naturellement ondulés et joues rasées de frais.

— Est-ce qu'il t'arrive parfois d'être moins que magnifique ? me demanda-t-il.

129

— Si j'en crois la première fois où elle a mis les pieds ici, je dirais que oui, intervint Travis.

Je souris et signifiai à Parker d'attendre un instant. Je me retournai alors et pris Travis dans mes bras. Surpris, il se raidit d'abord, puis se détendit et me serra à son tour contre lui.

— Merci d'organiser ma fête d'anniversaire, dis-je en le regardant dans les yeux. Pour le dîner de ce soir, est-ce que je peux passer mon tour ?

Une multitude d'émotions différentes défila sur le visage de Travis, puis il sourit.

— Demain, alors ?

— Demain. Super.

Je lui fis un petit signe et Parker me prit la main.

— C'est quoi, ce dîner ? me demanda-t-il dans l'escalier.

— On a eu pas mal de différends, dernièrement. C'était ma version de la branche d'olivier.

— Est-ce que ça doit m'inquiéter ?

Je l'embrassai sur la joue.

— Pas du tout.

Pendant le repas, Parker parla de Harvard et de ses recherches d'appartement.

— Est-ce que c'est Travis qui t'accompagnera à ta fête d'anniversaire ? finit-il par demander.

— Je n'en sais rien. Il n'en a pas parlé.

Il me prit la main et déposa un baiser sur mes doigts.

— S'il n'y voit pas d'inconvénient, j'aimerais bien être ton chevalier servant, ce soir-là.

— Je lui poserai la question. Comme c'était son idée, cette soirée...

— Je comprends. Sinon, je te retrouverai sur place, dit Parker en souriant.

Il me ramena et arrêta la voiture sur le parking. Quand il m'embrassa, ses lèvres s'attardèrent sur les miennes, puis glissèrent jusqu'à mon oreille avant de descendre dans mon cou. Prise par surprise, je laissai échapper un petit gémissement.

— Tu es tellement belle, murmura-t-il. Toute la soirée, je n'ai pas arrêté de te regarder, avec tes cheveux relevés sur la nuque.

Il déposa ici et là de petits baisers dans mon cou et je soupirai d'aise.

— Mmmh... il t'en a fallu, du temps, dis-je en souriant, levant le menton pour lui faciliter la tâche.

Mais il revint à mes lèvres. Cette fois, son baiser fut plus ferme que d'habitude, plus profond. Nous n'avions pas beaucoup de place, mais ce problème d'espace ne nous arrêta pas, car bientôt, il fut sur moi. Adossée à la portière, je relevai un genou. Sa langue se glissa dans ma bouche, il m'attrapa la cheville avant de remonter lentement le long de ma jambe, jusqu'en haut de ma cuisse. En quelques minutes, les vitres de la voiture se couvrirent de buée. Ses lèvres s'attardèrent à la naissance de mon cou, au creux de mon épaule. Il se redressa brusquement quand plusieurs coups secouèrent la voiture.

Il se rassit au volant et je rajustai ma robe. Quand ma portière s'ouvrit, je sursautai. Travis et America. Là, sur le parking. America, avec un petit sourire compatissant, Travis, visiblement hors de lui.

— Bordel, Travis, ça commence à bien faire !

Un sentiment de danger m'envahit. Je n'avais jamais entendu Parker hausser le ton ainsi, Travis avait les poings serrés, prêt à en découdre, et moi, j'étais au milieu. La main d'America me sembla toute petite quand elle se posa sur le biceps musclé de Travis. À l'intention de Parker, elle secoua la tête, comme pour lui demander de ne pas aller plus loin.

— Descends, Abby, il faut que je te parle, dit-elle.

— De quoi ?

— Pose pas de questions ! Viens, c'est tout, répliqua-t-elle sèchement.

Je me tournai vers Parker et lus son énervement dans son regard.

— Excuse-moi. Il vaut mieux que j'y aille.

— Ce n'est pas grave. Vas-y.

Travis m'aida à descendre de la Porsche, puis referma la portière d'un coup de pied. Je me dégageai et le poussai d'un coup à l'épaule.

— Mais c'est quoi, ton problème à la fin ? T'arrête un peu tes conneries ?

America ne semblait pas rassurée et je compris rapidement pourquoi. Travis empestait le whisky. Elle avait sans doute insisté pour descendre avec lui, à moins que lui-même ne le lui ait demandé. Dans un cas comme dans l'autre, elle était là pour empêcher toute violence.

Les pneus de la Porsche crissèrent sur le bitume du parking et Parker s'en alla. Travis alluma une cigarette.

— Tu peux remonter maintenant, Mare.

Elle tira sur ma robe.

— Allez, viens, Abby.

— Non, reste un peu, Ab, railla Travis.

Je fis signe à America d'y aller, elle obtempéra à contrecœur. Je croisai les bras. S'il voulait une dispute, il allait en avoir une. J'allais écouter son sermon, et ensuite, je balancerais tout ce que j'avais sur le cœur. Néanmoins, Travis prit le temps de fumer sa cigarette et, quand il fut évident qu'il n'avait pas l'intention de s'expliquer, ma patience céda.

— Pourquoi as-tu fait ça ?

— Pourquoi ? Parce qu'il te pelotait juste devant chez moi !

Il parlait trop fort, son regard était flou. Une conversation rationnelle n'allait pas être possible, de toute évidence. Je tâchai de rester calme.

— Écoute, j'habite avec toi, d'accord, mais ce que je fais et avec qui ne regarde que moi.

D'une pichenette, il jeta sa cigarette par terre.

— Tu vaux tellement mieux que ça, Poulette. Ne le laisse pas te baiser dans sa caisse comme la première pétasse venue.

— Je n'avais pas l'intention de coucher avec lui !

— Ah bon ? Et vous faisiez quoi, exactement ?

— Tu n'as jamais eu de flirt poussé avec une fille, Travis ? Tu n'as jamais joué un peu sans aller jusqu'au bout ?

Il secoua la tête, comme si je lui parlais une autre langue.

— Pour quoi faire ?

— Eh bien figure-toi que c'est un concept que beaucoup de gens mettent en pratique... en particulier ceux qui cherchent à établir une relation privilégiée.

— Il y avait de la buée sur les vitres et la voiture bougeait... je pouvais pas deviner, moi...

— Et si tu arrêtais de me surveiller, pour commencer ?

Il passa une main sur son visage, secoua la tête une nouvelle fois.

— Tu sais quoi ? Je supporte plus tout ça, Poulette. J'ai l'impression de devenir fou.

— Quoi ? Qu'est-ce que tu ne supportes plus ?

— Si tu couches avec lui, je ne veux pas être au courant. Je risquerais perpète si je découvrais qu'il... alors ne me dis rien.

— Travis, soufflai-je entre mes dents. Comment peux-tu dire une chose pareille ! C'est important pour moi !

— C'est ce que disent toutes les filles !

— Je ne parle pas des pétasses que tu ramasses partout ! Je parle de moi ! Je n'ai jamais... Oh, et puis laisse tomber.

Je m'éloignai en direction de l'immeuble mais il m'attrapa par le bras et me força à me retourner.

— Tu n'as jamais quoi ?

133

Je ne répondis pas. C'était inutile. Je vis sur son visage qu'il comprenait où je voulais en venir. Il eut un petit rire.

— T'es vierge ?

Je sentis mes joues virer au cramoisi.

— Et alors ?

Il quitta mon regard, et je vis qu'il essayait de réfléchir malgré le whisky.

— C'est pour ça qu'America était sûre que ça n'irait pas trop loin ce soir...

— J'ai eu le même petit ami pendant tout le lycée. Il voulait devenir pasteur de l'Église baptiste. Autant te dire que la question ne s'est jamais posée.

La colère de Travis se dissipa en un instant, et je lus un réel soulagement dans ses yeux.

— Un pasteur ? Et après tant d'années d'abstinence, que s'est-il passé ?

— Il voulait se marier et s'installer... au Kansas. Pas moi.

J'aurais tout donné pour changer de sujet. L'amusement que je lisais dans le regard de Travis était suffisamment humiliant pour ne pas le laisser en plus fouiller dans mon passé.

Il s'avança vers moi et prit mon visage entre ses mains.

— Vierge... dit-il en secouant la tête. Jamais je n'aurais imaginé une chose pareille après t'avoir vue danser au *Red*.

— Très drôle.

Je me dirigeai vers l'escalier. Travis me suivit, mais il tituba et tomba en roulant sur le dos. Un rire hystérique s'empara de lui.

— Mais qu'est-ce que tu fais ? Relève-toi ! dis-je en me penchant pour l'aider.

Il passa un bras autour de mon cou, et je le hissai dans l'escalier. Shepley et America étaient déjà couchés, il n'y avait aucune aide à espérer de ce côté-là.

Alors pour éviter de me tordre une cheville, j'ôtai mes escarpins et tirai Travis jusqu'à la chambre. Il tomba sur le lit, m'entraînant avec lui.

Nos deux visages étaient à quelques centimètres l'un de l'autre. Il était redevenu sérieux, soudain. Il leva la tête pour m'embrasser, mais je le repoussai.

— Arrête ton char, Trav.

Il me tint toutefois serrée contre lui jusqu'à ce que je cesse de me débattre. Il fit alors glisser une bretelle de ma robe sur mon épaule.

— Depuis que le mot « vierge » est sorti de tes lèvres magnifiques... j'ai très, très envie de t'aider à te séparer de ta robe.

— Dommage pour toi. Il y a vingt minutes, tu étais prêt à tuer Parker pour la même raison, donc ne sois pas hypocrite.

— J'emmerde Parker. Il ne t'aime pas autant que moi.

— Allez, Trav, arrête. Tu vas te déshabiller et te coucher.

Il partit d'un grand éclat de rire.

— C'est exactement ça !

— Tu as beaucoup bu, on dirait... dis-je en parvenant enfin à me redresser.

— Pas mal, ouais.

Il attrapa le bas de ma robe.

— « Pas mal », c'était au moins un litre de whisky, non ? nuançai-je en lui donnant une petite tape sur la main.

À genoux sur le lit, je lui retirai sa chemise. Il chercha à m'attraper de nouveau mais je lui saisis le poignet.

— Beurk ! Tu pues le Jack Daniel's, Travis !

— C'était du Jim Beam, corrigea-t-il.

— Ça sent le bois brûlé et les produits chimiques.

— Ça en a le goût aussi, dit-il en se marrant.

Je détachai sa ceinture et l'enlevai d'un coup sec. Il éclata de rire et leva la tête.

— Ouh là, fais gaffe à ta virginité, Poulette. J'aime bien l'amour vache, moi, tu sais.

— La ferme, dis-je en déboutonnant sa braguette pour baisser son jean sur ses hanches avant de le tirer par le bas.

Quand je me redressai, essoufflée par les efforts fournis, pour jeter son pantalon sur le sol, Travis avait les yeux clos et les jambes pendantes, sa respiration était profonde et régulière. Il s'était endormi.

Je me dirigeai vers le placard et y cherchai un tee-shirt. Entre mes affaires et celles de Travis, il était bourré à craquer. Tout en retournant les piles de vêtements, je descendis la fermeture de ma robe et la laissai tomber sur mes chevilles. Puis je défis ma coiffure et secouai la tête pour libérer mes cheveux. Je venais de sortir un tee-shirt quand Travis se plaqua contre mon dos et m'enlaça.

— Mais ça va pas ? Tu m'as foutu une de ces trouilles ! m'exclamai-je.

Il laissa courir ses mains sur ma peau. Le geste était lent, délibéré, différent. Mes yeux se fermèrent lorsqu'il me serra contre lui et enfouit son visage dans mes cheveux, contre ma nuque. Je sentais sa peau nue contre la mienne, et il me fallut un moment avant de pouvoir protester.

— Travis...

Il écarta mes cheveux et laissa courir sa bouche sur mon cou, puis d'une épaule à l'autre, et défit mon soutien-gorge au passage. La douceur tiède de ses lèvres était trop agréable pour lui demander d'arrêter. Un léger gémissement monta de sa gorge quand il se plaqua contre mes fesses, et je sentis à quel point il me désirait. Je retins mon souffle. Deux fins morceaux de tissus, voilà la seule chose qui nous empêchait désormais de franchir le pas, de faire ce que j'avais refusé à peine quelques instants plus tôt.

Travis me fit pivoter et me poussa doucement contre le mur pour se coller à moi. Dans ses yeux, tandis qu'il regardait ma peau nue, je vis la douleur du désir. Je l'avais déjà observée quand il regardait les femmes, mais là, c'était différent. Il ne voulait pas me conquérir, il voulait que je lui dise oui.

Il se pencha pour m'embrasser, mais s'arrêta à quelques centimètres de mes lèvres. Je sentais sa chaleur irradier contre mon visage et dus faire un réel effort pour me retenir de l'attirer jusqu'à moi. Ses doigts se figèrent sur ma peau, puis ses mains quittèrent mon dos pour s'immobiliser à la lisière de ma culotte. D'un geste habile, précis, il introduisit deux doigts entre mes hanches et la dentelle, mais hésita au moment de faire glisser la soie le long de mes jambes. Au moment où j'ouvrais la bouche pour lui dire oui, il ferma les yeux.

— Pas comme ça, murmura-t-il en effleurant mes lèvres. J'ai envie de toi, mais pas comme ça.

Alors, titubant, il se laissa tomber en arrière sur le lit. Je restai un moment debout, les bras croisés. Quand je l'entendis respirer régulièrement, j'enfilai le tee-shirt que j'avais toujours entre les mains. Travis ne bougea pas, et je soupirai, consciente que je ne pourrais plus rien empêcher si je dormais à ses côtés et qu'il se réveillait avec de moins honorables résolutions.

Je courus presque jusqu'au salon et m'installai dans le fauteuil. Différentes frustrations s'affrontaient en moi. Parker était parti avec le sentiment d'être méprisé, Travis avait attendu que je sorte avec quelqu'un qui me plaisait vraiment pour manifester de l'intérêt à mon égard, et j'étais apparemment la seule fille avec qui il n'arrivait pas à coucher, même quand il avait bu.

Le lendemain matin, je me servis un grand verre de jus d'orange et le sirotai en écoutant de la musique sur mon iPod. J'avais ouvert les yeux avant le lever du soleil et fait la larve dans le fauteuil jusqu'à 8 heures.

Ensuite, j'avais décidé de nettoyer la cuisine en attendant le réveil de mes colocataires. J'avais rempli le lave-vaisselle, balayé, lavé par terre puis nettoyé le plan de travail. Une fois la cuisine étincelante, j'avais ramassé la panière de linge propre et plié tous les vêtements. Une dizaine de piles différentes m'entouraient sur le canapé.

Des murmures me parvinrent de la chambre de Shepley. Le rire d'America tinta, puis ce fut à nouveau le silence, suivi de bruits qui me mirent un peu mal à l'aise, assise toute seule dans le salon.

Je réunis les vêtements propres dans la panière et portai le tout dans la chambre de Travis. Il n'avait pas bougé depuis la veille, et cela me fit sourire. Posant la corbeille dans un coin, je ramenai sur lui une couverture, ravalant un rire quand il se retourna.

— Vue, Poulette, marmonna-t-il avant de prononcer des paroles inaudibles et de sombrer à nouveau dans un profond sommeil.

Je ne pus m'empêcher de le regarder dormir. Imaginer qu'il rêvait de moi me fit frissonner sans que je sache vraiment pourquoi. À l'autre bout du couloir, les gémissements de Shepley et d'America avaient grimpé d'un ton, et le lit cognait contre le mur selon un rythme aisément identifiable. Espérant indiquer la présence éveillée de quelqu'un d'autre dans l'appartement, je décidai de prendre une douche. Néanmoins, quand j'éteignis le robinet, je compris qu'ils se fichaient complètement qu'on les entende.

Je me brossai les cheveux, levant les yeux au ciel. America poussait de petits cris haut perchés qui évoquaient plus le jappement d'un caniche que les plaintes de plaisir d'une star du porno. Quand on sonna à la porte, je passai mon peignoir et courus ouvrir. Dans la chambre de Shepley, les bruits se turent instantanément.

— Bonjour ! lança Parker, plus jovial que jamais.

Je passai une main dans mes cheveux mouillés.

— ... Qu'est-ce que tu fais là ?

— Je n'ai pas tellement aimé la façon dont on s'est quittés, hier. Ce matin, je suis allé acheter ton cadeau d'anniversaire, et j'avais trop hâte de te l'offrir. Alors voilà...

De la poche de son blouson, il sortit un petit paquet enveloppé de papier argenté, qu'il déposa au creux de ma main.

— Joyeux anniversaire, Ab.

Je l'embrassai sur la joue.

— Merci.

— Vas-y, ouvre-le. Je veux voir ta tête quand tu découvriras ce que c'est.

Je retirai le papier d'emballage et le tendis à Parker, puis j'ouvris la boîte. Une rangée de diamants étincelants se nichait au creux d'un bracelet en or blanc.

— Parker...

Il était radieux.

— Ça te plaît ?

— Évidemment ! dis-je en levant le présent devant mes yeux, impressionnée. Mais c'est beaucoup trop. Je ne pourrais pas accepter après un an de relation, alors après moins d'une semaine...

Parker fit la grimace.

— J'étais sûr que tu dirais ça. J'ai passé la matinée à chercher le cadeau idéal et, quand j'ai vu ce bracelet, j'ai tout de suite su quelle était sa place, dit-il en le prenant pour l'ouvrir et le mettre à mon poignet. Et j'avais raison. Il est magnifique sur toi.

Je levai le bras, hypnotisée par le scintillement des pierres dans la lumière du soleil.

— C'est le plus beau bijou que j'aie jamais vu. Personne ne m'a jamais rien offert de si...

« Cher » était le mot qui me venait à l'esprit, mais je ne voulais pas l'employer.

— ... sophistiqué. Je ne sais pas quoi dire.

Parker rit et m'embrassa sur la joue.

— Dis juste que tu le porteras demain.

Je m'exécutai avec bonheur.

— Je le porterai demain !

— Je suis heureux qu'il te plaise. Te voir aussi contente valait les sept boutiques que j'ai écumées.

— Tu es allé dans sept boutiques ?

Il hocha la tête ; je pris son visage entre mes mains.

— Merci. Il est splendide, soufflai-je en l'embrassant délicatement.

Il me serra dans ses bras.

— Il faut que j'y aille. Je déjeune avec mes parents, mais je t'appelle après, OK ?

— D'accord. Merci encore ! lançai-je tandis qu'il repartait d'un pas léger.

Dans l'appartement, j'eus du mal à quitter mon poignet des yeux.

— La vache ! s'exclama America en m'attrapant le bras. D'où tu sors ça ?

— C'est Parker. Pour mon anniversaire.

America resta bouche bée, me regarda, puis observa le bracelet.

— Il t'a acheté un bracelet avec des diamants ? Et ça ne fait qu'une semaine que vous sortez ensemble ? Si je ne te connaissais pas, je dirais que t'es la reine de la brouette thaïlandaise !

J'éclatai de rire ; elle m'imita et, pendant un moment, le salon fut le théâtre d'un irrépressible fou rire collectif. Shepley émergea de sa chambre, l'air à la fois fatigué et satisfait.

— On peut savoir pourquoi ça caquette dans tous les sens, ici ?

America saisit mon poignet.

— Regarde ! C'est le cadeau d'anniversaire de Parker !

Shepley plissa les yeux, puis les ouvrit grands.

— Waouh !

— Carrément, hein ? renchérit America.

140

Travis apparut à son tour, l'air franchement décalqué.

— Putain, vous faites un de ces boucans, les mecs, grogna-t-il en boutonnant sa braguette.

— Désolée, dis-je en récupérant mon poignet.

Ce qui s'était presque passé entre nous me traversa l'esprit, et le regarder dans les yeux me fut vraiment difficile.

— Quel est le crétin qui m'a laissé boire autant hier ?

— Toi, répliqua America d'un ton railleur. Quand Abby est partie avec Parker, tu es allé t'acheter une bouteille, et quand elle est rentrée, tu l'avais finie.

Il vida mon verre de jus d'orange d'un trait et s'essuya la bouche.

— T'as passé une bonne soirée ? demanda-t-il en se tournant vers moi.

— Tu plaisantes ? lâchai-je sans réfléchir.

— Quoi ?

America rigola.

— Quand ils se sont mis à se baisouiller comme deux collégiens, tu l'as sortie de la voiture de Parker. Y avait de la buée partout, on ne voyait plus l'intérieur de la caisse. T'as vu rouge, mon pote !

Travis resta interdit un moment, cherchant visiblement dans sa mémoire les événements qu'on venait de lui rapporter. De mon côté, je fis de mon mieux pour ravaler ma fureur. S'il ne se souvenait pas de m'avoir arrachée à la voiture de Parker, il avait sûrement oublié à quel point j'avais été près de lui offrir ma virginité sur un plateau d'argent.

— T'es... super en colère ? s'enquit-il, très embêté.

— Pas mal, oui.

Mais je regrettais surtout que mes sentiments ne concernent en aucun cas Parker. Je rajustai mon peignoir et me dirigeai vers la chambre. Travis m'emboîta le pas.

— Poulette ! lança-t-il comme je lui claquais la porte au nez.

Il l'entrouvrit tout doucement et se tint droit devant moi, prêt à affronter mon humeur.

— Est-ce que tu te souviens de ce que tu m'as dit hier soir ? Au moins en partie ? demandai-je.

— Non. Pourquoi ? J'ai été méchant avec toi ?

Ses yeux injectés de sang n'exprimaient qu'inquiétude et remords, et cela ne fit qu'amplifier ma rancœur.

— Non, t'as pas été méchant avec moi, non ! Tu... nous...

J'enfouis mon visage entre mes mains, et me figeai quand il referma la sienne sur mon poignet.

— D'où ça vient, ce truc ? demanda-t-il d'un air mauvais.

— C'est à moi, répondis-je en me dégageant.

— C'est la première fois que je le vois. On dirait qu'il est tout neuf.

— Effectivement.

— D'où tu le sors ?

— Parker me l'a offert il y a un quart d'heure environ.

Sur le visage de Travis, la confusion se transforma en rage.

— Qu'est-ce qu'il faisait ici, ce connard ? Il a passé la nuit là ?

— Il est allé acheter mon cadeau d'anniversaire ce matin et me l'a apporté.

— Mais c'est pas encore ton anniversaire !

Il tentait de se contrôler, ses joues virèrent au rouge sombre.

— Il ne pouvait pas attendre, rétorquai-je en relevant fièrement le menton.

— Pas étonnant que j'aie dû te sortir de sa caisse. On dirait que t'étais...

Il ne termina pas sa phrase.

— Quoi ? On dirait que j'étais quoi ?

Il serra les dents, inspira profondément, souffla lentement.

— Rien. Je suis en colère, et j'allais dire un truc méchant que je ne pensais pas.

— Ça ne t'a jamais trop gêné, jusqu'à présent.

— Je sais. Mais je fais des efforts pour que ça change, dit-il en se dirigeant vers la porte. Je te laisse t'habiller.

Il tendit la main vers la poignée, s'arrêta, se frotta le bras. Quand ses doigts palpèrent une zone violacée, il leva le coude et remarqua le bleu. Il le regarda un moment, puis se retourna.

— Je suis tombé dans l'escalier hier soir. Et tu m'as aidé à me coucher... commença-t-il, plongeant dans le flou de ses souvenirs.

Le cœur battant, je le regardai. Ma gorge se serra quand je vis sur son visage qu'il se rappelait.

Il s'approcha, regarda le placard, puis le lit.

— Nous avons...

— Non, nous n'avons pas. Il ne s'est rien passé, l'interrompis-je en secouant la tête.

Mais il cherchait toujours à reconstituer la soirée, faisait de visibles efforts pour y parvenir.

— Les vitres de la voiture de Parker sont embuées, je te sors de là, et ensuite, j'essaie de...

Il se tut et pivota vers la porte.

— Je deviens complètement dingo avec toi, Poulette, grommela-t-il par-dessus son épaule. J'arrive plus à réfléchir comme il faut quand t'es dans les parages.

— Et c'est ma faute, peut-être ?

Il me considéra longuement.

— J'en sais rien. J'ai la mémoire qui flanche un peu... mais je ne me souviens pas de t'avoir entendue dire non.

Je me redressai, prête à discuter de ce fait mineur et peu pertinent... sans succès.

— Que veux-tu que je dise, Travis ?

Il examina le bracelet, puis me fixa d'un air accusateur.

— Tu espérais que j'aurais oublié ?

— Non ! J'étais furieuse que tu aies oublié !

Il plongea ses yeux dans les miens.

— Pourquoi ?

— Parce que si j'avais... si nous avions... et que tu ne... J'en sais rien, pourquoi ! J'étais furieuse, point barre !

Il traversa la chambre d'un pas décidé, s'arrêta à quelques centimètres de moi et posa ses mains sur mes joues. Son souffle était court, il scruta mon visage.

— Qu'est-ce qu'on fait, Poulette ?

D'un long regard, je suivis les tatouages sur son ventre et son torse, pour enfin m'arrêter sur le brun si chaud de ses yeux.

— C'est à toi de me le dire.

7

Dix-neuf

Shepley frappa à la porte.

— Abby ? Mare sort faire des courses, elle veut savoir si tu veux venir.

Mes yeux n'avaient pas quitté ceux de Travis.

— Poulette ?

— Oui ! lançai-je à l'intention de Shepley. J'arrive, j'ai des choses à faire.

— D'accord. C'est quand tu veux, alors. Elle est prête, je crois, répondit Shepley en s'éloignant.

— Poulette ?

J'allai prendre quelques affaires dans le placard.

— On en reparle plus tard, tu veux bien ? J'ai plein de trucs à régler aujourd'hui.

— Pas de problème, dit-il avec un sourire forcé.

Je m'échappai en direction de la salle de bains, soulagée, et refermai vite la porte derrière moi. Il me restait deux semaines à passer dans cet appartement, et je n'arriverais pas à repousser éternellement cette conversation. La partie rationnelle de mon cerveau hurlait que Parker était mon type d'homme : séduisant, intelligent, et attiré par moi. Pourquoi est-ce que je me compliquais la vie avec Travis ? Ça, c'était une question à laquelle je n'avais pas de réponse.

Une chose était sûre, cette histoire nous rendait dingues tous les deux. J'étais devenue deux personnes différentes. Il y avait celle, docile, polie, qui accompagnait Parker, et l'autre, irritable, perdue et frustrée, qui naissait au contact de Travis. Et tout le campus avait vu Travis passer d'imprévisible à carrément insaisissable.

Je m'habillai rapidement et nous allâmes en ville, laissant Travis et Shepley à l'appartement. America me raconta en gloussant ses exploits matinaux avec Shepley, auxquels je me contentai de répondre par quelques hochements de tête appropriés. J'avais du mal à me concentrer, le bracelet scintillant à mon poignet me rappelant de façon insistante le choix que j'allais devoir faire très vite. Travis voulait une réponse, et je n'en avais pas.

— Bon, qu'est-ce qui ne va pas ? finit par me demander America. Tu ne dis rien.

— C'est cette histoire, avec Travis... c'est du délire.

— Pourquoi ?

— Il m'a demandé ce qu'on allait faire.

— Comment ça ? T'es avec Parker ou pas ?

— Il me plaît beaucoup, mais ça ne fait qu'une semaine. C'est pas encore sérieux sérieux...

— Tu as des sentiments pour Travis, c'est ça ?

— Non, pas exactement. Je ne sais pas ce que j'éprouve pour lui. Simplement, je ne vois pas comment ce serait possible entre nous. Travis, c'est le plan galère en personne.

— Le problème, c'est que vous n'oserez ni l'un ni l'autre vous lancer. Vous avez tous les deux tellement peur de ce qui pourrait arriver que vous vous battez bec et ongles pour que ça ne marche pas. Moi, ce que je sais, c'est que si tu regardais Travis en face en lui disant que c'est lui que tu veux, il ne poserait plus jamais les yeux sur une autre femme.

— Tu sais ça, toi ?

— Oui. J'ai une source digne de confiance, je te rappelle.

Je réfléchis un moment. Travis avait parlé de moi à Shepley, mais j'étais sûre que Shepley n'avait rien raconté à America de peur qu'elle me balance tout. Elle avait donc entendu les garçons discuter. Je mourais d'envie de lui demander ce qu'ils avaient dit, mais optai pour une autre stratégie.

— Il est incapable de rester fidèle, dis-je en secouant la tête. Sortir avec lui, c'est signer pour avoir le cœur brisé.

— Il n'était pas apte à avoir une relation amicale avec une fille non plus mais, à la surprise générale, c'est ce que vous êtes arrivés à bâtir.

Je soupirai en faisant rouler mon bracelet entre mes doigts.

— Je ne sais pas... ça me convient bien, comme ça. On peut juste rester amis.

America secoua la tête.

— Sauf que vous n'êtes pas *juste* des amis. Bon, tu sais quoi ? dit-elle en changeant de ton. J'en ai marre de cette conversation. On va aller se faire coiffer et maquiller, et je vais t'offrir des fringues pour ton anniv.

— Exactement ce dont j'ai besoin !

Quelques heures plus tard, coiffée, manucurée, les jambes impeccables et le nez poudré, je glissai mes pieds dans des escarpins jaune canari et lissai ma nouvelle robe gris perle.

— Ah, c'est comme ça que je l'aime, mon Abby ! s'exclama America. Tu dois absolument porter ça demain soir pour ta soirée d'anniversaire.

— C'est bien ce que j'avais prévu, répondis-je en riant.

Mon portable sonna, je décrochai.

— Allô ?

— C'est l'heure du dîner, où est-ce que vous avez disparu, toutes les deux ? demanda Travis.

— Nous nous sommes offert un peu de douceur. Vous saviez comment faire à manger, Shep et toi, avant qu'on arrive. Je suis sûre que ça devrait revenir très vite.

— Haha, très drôle. On s'inquiétait, figurez-vous.

Je regardai America et souris.

— Tout va bien.

— Dis-lui que je te ramène très vite. Il faut que je passe chez Brazil récupérer des cours pour Shepley, ensuite on rentre.

— Tu as entendu ? demandai-je à Travis.

— Ouais. À tout à l'heure, alors.

Le trajet jusque chez Brazil se fit en silence. America arrêta la voiture et regarda la maison qui s'élevait devant nous. J'étais un peu étonnée que Shepley demande à America de passer chez Brazil. Nous n'étions qu'à un pâté de maisons de l'appartement des garçons.

— Qu'y a-t-il, Mare ?

— Brazil me fiche les jetons. La dernière fois que j'étais chez lui avec Shep, il m'a draguée.

— Bon, je t'accompagne, alors. Et s'il te fait ne serait-ce qu'un clin d'œil, je lui plante un talon entre les deux yeux. Un talon tout neuf, en plus !

America sourit.

— Merci, Abby !

Nous passâmes par-derrière. America inspira un grand coup avant de frapper. Nous attendîmes. Rien.

— Apparemment, il n'y a personne, dis-je, prête à m'en aller.

— Mais si, il est là, fit America d'un ton irrité avant de tambouriner un peu plus fort.

Cette fois, la porte s'ouvrit toute grande.

— JOYEUX ANNIVERSAIRE ! cria la foule à l'intérieur.

Le plafond disparaissait sous des ballons roses et bleus gonflés à l'hélium dont les ficelles argentées descendaient en vrilles sur les invités. Les gens s'écartèrent et Travis apparut avec un grand sourire. Il prit mon visage entre ses mains et m'embrassa sur le front.

— Joyeux anniversaire, Poulette.

— Mais... c'est demain...

Encore sous le choc, j'essayai de sourire à tous ceux qui nous entouraient. Travis haussa les épaules.

— Comme quelqu'un avait vendu la mèche, on a dû procéder à quelques changements de dernière minute pour que tu aies quand même une surprise. Surprise ?

— Très !

Finch vint me faire la bise.

— Joyeux anniversaire, ma belle !

America me donna un coup de coude.

— Heureusement que j'ai réussi à te faire faire des courses aujourd'hui, sinon tu serais venue habillée comme une souillon !

— Tu es ravissante, commenta Travis en regardant ma robe.

Brazil m'embrassa.

— Et j'espère que tu as compris que le petit couplet d'America – « Brazil me fout les jetons » – était juste un prétexte pour te faire venir jusque-là !

Je me tournai vers America, qui éclata de rire.

— Ça a marché, non ?

Après avoir embrassé et reçu tous les vœux de bon nombre des convives, je me penchai vers America et murmurai :

— Où est Parker ?

— Il sera là plus tard, murmura-t-elle en retour. Shepley n'a pas réussi à le joindre avant cet après-midi.

Brazil augmenta le volume de la musique et tout le monde se mit à hurler.

— Viens par ici, dit-il en se dirigeant vers la cuisine.

149

Sur le plan de travail, il aligna des petits verres et sortit une bouteille de tequila de derrière le bar.

— Joyeux anniversaire de la part de toute l'équipe de foot, mon ange ! dit-il en remplissant les verres. Voilà comment on célèbre ça chez nous : tu fêtes tes dix-neuf ans, tu as dix-neuf shots. Tu peux les boire ou les donner à quelqu'un, mais plus tu en bois, plus tu gagnes de belles images comme celles-ci.

Il agita devant moi une liasse de billets de vingt dollars.

— Waouh ! m'écriai-je.

— Allez, Poulette, lève le coude ! lança Travis. Montre-leur de quoi tu es capable !

Je me tournai vers Brazil, méfiante.

— C'est un billet de vingt par verre ?

— C'est ça, petite. Et si je me fie à ton gabarit, je dirais qu'on devrait s'en sortir avec une addition de... soixante dollars d'ici à la fin de la soirée.

— Ne jamais se fier aux apparences, Brazil, répliquai-je en m'emparant du premier verre, que je portai à mes lèvres tout en basculant la tête en arrière avant de le rattraper de la main gauche.

— Alors ça, c'est la meilleure ! s'exclama Travis.

— C'est dommage de servir du Patrón pour ça, Brazil, dis-je en m'essuyant la commissure des lèvres. Ce genre de compétition, ça se fait au Cuervo.

Le sourire satisfait de Brazil s'évanouit, il secoua la tête.

— Vas-y alors, lâche-toi. J'ai dix coéquipiers prêts à parier que tu n'arrives pas jusqu'à dix.

— Quitte ou double que j'en bois quinze.

— Ouh là ! intervint Shepley. C'est peut-être pas la peine de viser le coma éthylique le soir de ton anniversaire, Abby !

— Elle en est capable, dit America en regardant Brazil.

— Quarante par verre ? dit Brazil, moins sûr de lui tout à coup.

— T'as la trouille ?

— Tu me prends pour qui ? On dit vingt par verre, et je double le tout si tu vas jusqu'à quinze.

— C'est comme ça qu'on fête les anniversaires, au Kansas, dis-je en avalant le verre suivant.

Une heure et trois shots plus tard, j'étais dans le salon et je dansais avec Travis sur une ballade rock dont il fredonnait les paroles. À la fin du premier refrain, il me renversa comme au tango. Je laissai mes bras tomber en arrière, puis il me redressa.

— Tu pourras plus faire ça quand j'aurai dépassé les dix verres, dis-je en soupirant.

— Est-ce que je t'ai dit que tu étais magnifique, ce soir ?

Je secouai la tête et refermai les bras autour de lui avant de poser la tête sur son épaule. Je sentis qu'il me serrait un peu plus fort et enfouissait son visage dans mon cou. Je ne pensais plus ni à la décision qu'il me fallait prendre, ni à mon bracelet, ni à mon dédoublement de personnalité. J'étais exactement là où j'avais envie d'être.

La musique venait de changer pour un rythme plus rapide quand la porte s'ouvrit.

— Parker ! Tu as pu venir !

Je courus dans ses bras.

— Je suis désolé d'être en retard, dit-il en posant ses lèvres sur les miennes. Joyeux anniversaire.

— Merci !

Du coin de l'œil, je vis que Travis nous observait. Parker souleva mon poignet.

— Tu l'as mis.

— Je t'avais dit que je le porterais. On danse ?

Il secoua la tête.

— Heu... je ne danse pas, en général.

— Ah. Bon, alors viens, il faut que je boive ma sixième tequila, dis-je en montrant les cinq billets de vingt que j'avais déjà gagnés. Je gagne le double si j'arrive jusqu'à quinze.

— C'est un peu dangereux, non ?

Je me penchai à son oreille.

— Ils ne savent pas à qui ils ont affaire ! Je joue à ce jeu avec mon père depuis que j'ai seize ans. Du coup, c'est un peu de l'arnaque de ma part, mais bon...

Parker eut un froncement de sourcil désapprobateur.

— Tu bois de la tequila avec ton père ?

— C'est sa façon à lui de tisser des liens père-fille.

Cela ne sembla pas impressionner Parker. Il balaya la pièce d'un regard.

— Je ne peux pas rester longtemps. Je pars très tôt à la chasse avec mon père demain.

— Finalement, c'est bien que ma fête ait eu lieu ce soir, sinon tu n'aurais pas pu venir, dis-je, étonnée d'apprendre ses projets.

Il sourit et me prit la main.

— J'aurais été de retour à temps.

Je l'entraînai dans la cuisine, bus ma tequila cul sec et reposai vivement le verre sur le bar, comme je l'avais fait pour les cinq précédents. Brazil me tendit un nouveau billet de vingt et je partis vers le salon en sautillant. Travis m'attrapa au passage, nous dansâmes avec Shepley et America.

Shepley me donna alors une claque sur les fesses.

— Un !

America m'en donna une deuxième, et d'autres suivirent, venant de chaque invité, sous le regard de Parker, qui s'abstint.

Pour la dix-neuvième, Travis se frotta les mains.

— C'est mon tour !

Je frictionnai mon postérieur, qui commençait à être douloureux.

— Vas-y doucement, hein ! J'ai mal aux fesses !

Avec un sourire menaçant, il leva la main haut, très haut. Je fermai les yeux. Quand je les entrouvris, il venait de baisser le bras mais, juste avant de me toucher, il se retint et se contenta d'une gentille petite tape sur le derrière.

— Dix-neuf ! cria-t-il.

Les invités manifestèrent leur joie, et America entonna une version alcoolisée de *Joyeux Anniversaire*. Au moment de dire mon nom, tout le monde hurla « Poulette », et j'éclatai de rire.

Un slow commença, Parker m'entraîna vers la piste de danse improvisée. Il ne me fallut pas très longtemps pour comprendre pourquoi il ne dansait pas.

— Excuse-moi, dit-il en m'écrasant les pieds pour la troisième fois.

Je posai la tête sur son épaule.

— Tu t'en sors très bien, mentis-je.

Les lèvres contre ma tempe, il murmura :

— Qu'est-ce que tu fais, lundi soir ?

— Je dîne avec toi.

— Exact. Dans mon nouvel appartement.

— Tu en as trouvé un !

— Oui. Mais on commandera des plats tout prêts, parce que je ne suis pas vraiment un cordon-bleu.

— Ça ne fait rien, tu sais.

Parker regarda autour de nous avant de m'entraîner dans un couloir. Il me plaqua doucement contre le mur et m'embrassa de ses lèvres si douces. Ses mains étaient partout sur moi. Je le suivis d'abord dans cette direction mais, quand sa langue se glissa dans ma bouche, j'eus le sentiment de me fourvoyer.

— Écoute, Parker, dis-je en me dégageant.

— Quelque chose ne va pas ?

— Je pense juste que ce n'est pas très poli de ma part de me laisser bécoter dans un coin alors que j'ai des invités qui m'attendent.

Il sourit, m'embrassa de nouveau.

— Tu as raison, pardonne-moi. Je voulais juste te donner un baiser d'anniversaire un peu plus... profond avant de m'éclipser.

— Tu t'en vas ?

Il me caressa la joue.

— Je me lève dans quatre heures, Ab.

— Ah. Bon. On se voit lundi, alors ?

— On se voit demain, je passerai à mon retour.

À la porte, il m'embrassa sur la joue, puis s'en alla. En me retournant, je vis que Travis, Shepley et America m'observaient.

— Papa est parti, la soirée peut commencer ! lança Travis.

Tout le monde rigola, et Travis m'attira au centre de la piste de danse.

— Attends, j'ai des engagements... dis-je en l'entraînant vers la cuisine.

Je bus une autre tequila, et il m'imita. J'en bus encore une autre, il continua également.

— Plus que sept, Abby, me dit Brazil en me tendant deux billets de vingt.

Je m'essuyai la bouche et Travis me ramena vers le salon. Après avoir dansé avec America, j'accompagnai Shepley, mais quand Chris Jenks, de l'équipe de foot, s'approcha de moi, Travis le tira par le pan de sa chemise et lui fit comprendre que ce n'était pas possible. Chris haussa les épaules et s'éloigna sans discuter pour se coller à la première fille trouvée sur son chemin.

La dixième tequila fut un peu difficile, et j'avais la tête qui tournait quand, avec America, nous nous trémoussâmes debout sur le canapé de Brazil en gloussant comme des collégiennes et en agitant les bras au rythme de la musique.

Je faillis tomber en arrière, mais les mains de Travis se posèrent aussitôt sur mes hanches pour m'aider à retrouver l'équilibre.

— Bon, je crois que tu as fait passer le message, dit-il. Tu as plus bu que toutes les filles qu'on connaît. Je te mets à l'eau.

— Alors là, ça m'étonnerait, marmonnai-je d'une voix hésitante. Y a six cents dollars qui m'attendent au bout de ces verres, et c'est certainement pas toi qui vas me dire qu'on ne va pas si loin pour du cash.

— Si t'as des problèmes d'argent, Poulette...

— Je ne t'en emprunterai pas.

— J'allais suggérer que tu mettes ton bracelet au clou, dit-il en souriant.

Je lui donnai un coup sur le bras au moment où America commençait le compte à rebours avant minuit. Quand les aiguilles de la pendule atteignirent le douze, la foule se mit à hurler.

J'avais dix-neuf ans.

America et Shepley m'embrassèrent, puis Travis me souleva et me fit tournoyer dans ses bras.

— Joyeux anniversaire, Poulette, dit-il d'un ton affectueux.

Il me fixa longuement, et j'eus le sentiment de me perdre dans ce regard noisette. C'était comme si autour de nous tout s'était arrêté le temps de ce regard. Il était tout près de moi, je sentais son souffle sur ma peau.

— À boire ! décrétai-je en titubant jusqu'au bar.

— T'as l'air complètement déchirée, Abby. Je pense qu'il vaut mieux qu'on s'arrête là, dit Brazil.

— J'abandonne jamais, moi. Et je veux ma tune.

Brazil plaça un billet sous les derniers verres et lança à l'intention de ses coéquipiers :

— Elle va les boire ! J'ai besoin de quinze billets de vingt !

Tous grommelèrent en sortant leurs portefeuilles pour aligner l'argent manquant.

— J'aurais jamais imaginé perdre cinquante dollars sur un pari pareil avec une meuf, se plaignit Chris.

— Et maintenant, tu peux y croire, Jenks, dis-je en prenant un verre dans chaque main.

Je les vidai coup sur coup, et attendis que s'estompe la nausée qui me prit la gorge.

— Poulette ? fit Travis en s'approchant.

Je levai un doigt, et Brazil sourit.

— Elle va perdre, dit-il.

— Non, intervint America. Respire à fond, Abby.

Je fermai les yeux, et inspirai en soulevant le dernier verre.

— Fais gaffe, merde, tu vas te payer un coma éthylique ! s'alarma Shepley.

— T'inquiète, le rassura America. Elle sait ce qu'elle fait.

Je renversai la tête et laissai l'alcool couler dans ma gorge. Toutes les muqueuses de ma bouche étaient anesthésiées depuis le shot numéro huit, et la brûlure de l'alcool avait depuis longtemps perdu de son mordant. Autour de moi, un concert de sifflets et de cris salua ma performance tandis que Brazil me tendait l'argent.

— Merci, dis-je, toute fière, en glissant la liasse dans mon soutien-gorge.

— Tu n'as pas idée à quel point tu es sexy, là, tout de suite, chuchota Travis à mon oreille tandis que nous regagnions le salon.

Nous dansâmes jusqu'au matin, et la tequila courant dans mes veines m'accompagna doucement jusqu'au black-out.

8

Rumeurs

Quand mes yeux réussirent enfin à s'ouvrir, je vis que des jambes vêtues de jean me servaient d'oreiller. Travis était assis dos à la baignoire, la tête appuyée contre le mur, et encore complètement dans les vapes. Il avait l'air aussi mal en point que moi. Repoussant la couverture, je me levai. Dans le miroir, mon reflet me fit frémir d'horreur.

Mon mascara avait coulé, mon rouge à lèvres avait débordé, on aurait dit un raton laveur ayant trouvé un coin à framboises. Avec une perruque blonde mise n'importe comment.

Travis gisait au milieu d'une grande quantité de serviettes, de draps et de couvertures. Il en avait fait une sorte de petit matelas tandis que j'expulsais les quinze verres de tequila avalés dans la soirée. Il m'avait tenu le front, empêchant mes cheveux de tomber dans le lavabo, et était resté avec moi toute la nuit.

J'ouvris le robinet et plaçai mes mains sous le jet pour m'asperger le visage. J'achevais de nettoyer les dernières traces de mascara quand j'entendis un gémissement du côté de la baignoire. Travis bougea, se frotta les yeux, s'étira, puis regarda autour de lui, comme pris de panique.

— Je suis là, le rassurai-je. Tu devrais peut-être aller te coucher ? Dormir un peu ?

— Comment tu te sens ? demanda-t-il en se frottant une nouvelle fois les yeux.

— Ça va. Mais ça ira mieux quand j'aurai pris une douche.

— Tu m'as détrôné, hier soir, dit-il en se levant. Autant que tu le saches. Je sais pas d'où tu sors une descente pareille, mais je ne veux plus que tu recommences.

— Le milieu dans lequel j'ai grandi, voilà d'où ça sort, Trav. Rien de bien grave.

Il me prit le menton et fit disparaître les dernières traces de mascara sur mes joues avec ses pouces.

— Pour moi, si. C'était grave.

— D'accord. Je ne le ferai plus. Content ?

— Oui. Mais il faut que je te dise quelque chose, si tu me promets de ne pas péter un câble.

— Oh non... Qu'est-ce que j'ai fait ?

— Rien. Mais tu dois appeler America.

— Où est-elle ?

— Dans sa piaule, à la résidence Morgan. Elle s'est engueulée avec Shep, hier soir.

Douchée et habillée, je sortis de la salle de bains un peu plus présentable. Travis et Shepley étaient assis dans le salon.

— Qu'est-ce que tu lui as fait ? demandai-je.

— Elle m'en veut à mort, lâcha Shep, décomposé.

— Que s'est-il passé ?

— J'étais furieux qu'elle t'encourage à boire autant. J'étais certain que ça finirait à l'hôpital. Un mot en a entraîné un autre, et on a commencé à se hurler dessus. On avait tous les deux trop bu, Abby. J'ai dit des trucs qu'elle ne pourra pas oublier.

Il secoua la tête, les yeux rivés au sol.

— Quel genre de choses ?

— Je l'ai traitée de tous les noms, puis je lui ai dit de se barrer.

— Tu l'as laissée partir alors qu'elle était ivre ? T'es complètement débile ou quoi ? m'exclamai-je en prenant mon sac.

— Doucement, Poulette, intervint Travis. Il est assez mal comme ça.

Je sortis mon téléphone et composai le numéro d'America.

— Allô ? répondit-elle avec une voix de déterrée.

— Je viens d'apprendre, soupirai-je. Comment ça va ?

Après un dernier regard noir à l'intention de Shepley, je me dirigeai vers le couloir pour être tranquille.

— Ça va. C'est un connard.

Les mots étaient durs, mais j'entendais la douleur dans sa voix. America était maîtresse dans l'art de masquer ses sentiments et aurait pu cacher sa fureur à n'importe qui, sauf à moi.

— Je suis désolée de ne pas être partie avec toi.

— T'étais complètement à l'ouest, Abby, dit-elle pour m'excuser.

— Tu passes me chercher ? Qu'on discute un peu ?

Elle soupira.

— Je sais pas. J'ai pas vraiment envie de le voir.

— Je lui dirai de rester dans l'appart.

Il y eut un long silence, puis j'entendis un bruit de clé.

— D'accord. J'arrive.

Je retournai chercher mon sac dans le salon. Les garçons me regardèrent ouvrir la porte et attendre America. Shepley se redressa.

— Elle va venir ?

— Elle ne veut pas te voir, Shep. Je lui ai dit que tu resterais à l'intérieur.

Il se laissa retomber sur les coussins en soupirant.

— Elle me déteste.

— Je vais lui parler. Mais t'as quand même intérêt à préparer une excuse de première classe.

Dix minutes plus tard, on klaxonna deux fois sur le parking et je refermai la porte derrière moi. J'arrivais en bas de l'escalier quand Shepley me doubla en courant et se précipita vers la Honda rouge d'America. Celle-ci l'ignora un moment, fixant droit devant elle, les mains sur le volant. Puis elle baissa sa vitre, et Shepley sembla chercher à s'expliquer. Une discussion débuta, assez vive. Je rentrai pour les laisser tranquilles.

— Poulette ? appela Travis en me rejoignant.

— Ça n'a pas l'air de vraiment s'arranger.

— Laisse-les se débrouiller. Allez, viens, dit-il en me prenant la main pour regagner l'appartement.

— Ils se sont vraiment disputés fort ?

— Très fort. Mais c'est normal, ils sortent de la période lune de miel. Un premier obstacle à surmonter. Ça va aller.

— Pour quelqu'un qui n'a jamais eu de petite amie, tu as l'air de t'y connaître, en relations amoureuses.

— J'ai quatre frères et beaucoup d'amis, dit-il avec un grand sourire.

Shepley remonta sur nos talons et claqua la porte derrière lui.

— Putain, elle est pas possible, cette fille !

J'embrassai Travis sur la joue.

— Bon, on dirait que c'est mon tour.

— Bonne chance.

Quand je me glissai aux côtés d'America, elle soupira, furieuse.

— Putain, il est pas possible, ce mec !

J'eus un petit rire, et elle me fusilla du regard.

— Désolée, m'excusai-je en reprenant mon sérieux.

America redémarra et exposa les faits. Il y eut des cris, des pleurs, et encore des cris. Parfois, elle partait dans d'interminables considérations, et s'adressait à moi comme si j'étais Shepley. J'écoutai sans faire de commentaires. C'était sa façon à elle d'évacuer.

— Il m'a traitée d'irresponsable ! Moi ! Comme si je ne te connaissais pas ! Comme si je ne t'avais pas vu délester ton père de centaines de dollars en buvant deux fois plus ! Il ne sait pas de quoi il parle ! Il ne sait pas ce qu'était ta vie, avant. Il ignore tout ce que je sais, et il me traite comme si j'étais une gamine, et pas sa copine !

Je posai ma main sur la sienne, mais elle la repoussa.

— Il a dit que si ça ne marchait pas entre nous, ce serait sans doute à cause de toi et, pour finir, c'est lui qui a tout foutu en l'air ! Et puisqu'on parle de toi, tiens, c'était quoi, ce délire avec Parker, hier soir ?

Le changement soudain de sujet me prit au dépourvu.

— Que veux-tu dire ?

— C'est Travis qui a organisé cette fête pour toi, Abby. Et toi, tu disparais avec Parker pour aller vous tripoter dans un coin.

— Attends ! D'abord, j'ai dit à Parker que ce n'était pas une bonne idée. Ensuite, quelle importance ça a, que Travis ait organisé ça pour moi ou pas ? On n'est pas ensemble, que je sache !

America eut une moue dubitative.

— Arrête, Mare, ça va, là. C'est quoi, le problème ? T'es en colère contre moi, maintenant ?

— Mais bien sûr que non. Seulement, j'aime pas quand les gens se conduisent comme des imbéciles.

Je secouai la tête et regardai défiler le paysage pendant un moment. Mieux valait me taire plutôt que dire quelque chose que j'aurais regretté. America avait toujours su s'y prendre pour qu'au final je me sente minable.

— Est-ce que tu vois seulement ce qui se passe autour de toi ? demanda-t-elle. Travis ne fait plus de combats. Il ne sort plus jamais sans toi. Il n'a pas

161

ramené de filles à la maison depuis les jumelles en rut, n'a pas encore assassiné Parker, et toi, tu as peur que les gens pensent que tu sors avec les deux. Tu sais pourquoi, Abby ? Parce que c'est la vérité !

Je tournai lentement la tête et lui lançai le regard le plus noir qui fût.

— Mais qu'est-ce que t'as, à la fin ?

— Tu sors avec Parker, maintenant, alors puisque tu es *si heureuse*... pourquoi tu n'es pas retournée à la résidence ?

— Parce que j'ai perdu un pari, tu le sais très bien !

— Arrête un peu, Abby ! Tu nous racontes combien Parker est parfait, tu vas avec lui dans des restaurants super chicos, tu passes des heures au téléphone avec lui, et tu reviens te coucher à côté de Travis tous les soirs. Il n'y a rien qui te choque dans cette situation ? Rien qui cloche un peu ? Si Parker te plaisait vraiment, tes affaires seraient chez toi, en ce moment.

Je serrai les dents.

— Tu sais que j'ai toujours respecté un pari, Mare.

— C'est bien ce que je pensais, dit-elle en malaxant le volant. Travis est celui que tu veux, et Parker est celui dont tu crois avoir besoin.

— Je sais que c'est l'impression que ça donne, mais...

— C'est l'impression que tout le monde a. Alors si tu n'aimes pas ce qu'on dit de toi, change, ma vieille. Travis n'est pour rien dans tout ça. Il a fait un virage à cent quatre-vingts degrés. C'est toi qui en récoltes tous les bénéfices, mais c'est Parker qui en profite.

— Il y a une semaine, tu voulais que je fasse mes bagages et que je ne laisse plus jamais Travis m'approcher ! Et maintenant, tu le défends ?

— Mais bien sûr que non, je ne le défends pas ! Je m'inquiète pour toi, c'est différent. Vous êtes fous l'un de l'autre, alors fais quelque chose !

— Comment peux-tu penser une seconde que je devrais sortir avec lui ? Tu es censée me tenir éloignée des types comme Travis !

Elle pinça les lèvres, visiblement à court de patience.

— Tu as tant cherché à te séparer de ton père. C'est uniquement pour cela que tu envisages une histoire avec Parker ! C'est l'opposé absolu de Mick, et tu penses qu'avec Travis, en revanche, c'est retour à la case départ. Mais il n'est pas comme ton père, Abby.

— Je n'ai pas dit ça. Simplement, il me remet sur la même voie. Celle de mon père.

— Travis ne te ferait jamais une chose pareille. Je pense que tu sous-estimes l'attachement qu'il a pour toi. Si seulement tu lui disais...

— Non. On n'a pas tout laissé derrière nous pour que les gens ici nous regardent comme ceux de Wichita. Concentrons-nous sur le problème le plus urgent. Shep t'attend.

— Je ne veux pas parler de Shep.

— Il est triste, Mare. Il t'aime.

Les larmes lui montèrent aux yeux, et je vis sa lèvre trembler.

— Je m'en fous.

— Non, tu ne t'en fous pas.

— Je sais...

Arrêtée à un feu, elle laissa glisser sa tête sur mon épaule, et pleura.

— Faut y aller, lui soufflai-je quand le feu passa au vert.

Elle se redressa, s'essuya le nez.

— J'ai été plutôt dure avec lui tout à l'heure. Ça m'étonnerait qu'il accepte de me parler.

— Bien sûr que si. Il savait que tu étais en colère.

Lentement, America fit demi-tour. Je redoutai d'avoir à argumenter pour la convaincre de monter avec moi, mais Shepley déboula de l'escalier avant même qu'elle ait coupé le moteur. Il ouvrit sa portière et la prit par les mains pour l'aider à descendre.

— Pardon, pardon, bébé. J'aurais dû m'occuper de ce qui me regardait, je... s'il te plaît, reste. Je sais pas ce que je ferais sans toi.

America prit son visage entre ses mains et sourit.

— T'es un petit connard arrogant, mais je t'aime quand même.

Shepley l'embrassa, encore et encore, comme s'il ne l'avait pas vue depuis des mois. Je les regardai en souriant, et m'éloignai avec le sentiment d'avoir fait du bon travail. Travis m'attendait sur le seuil de l'appartement.

— Ils vécurent heureux et eurent beaucoup d'enfants, dit-il en refermant la porte derrière moi.

Je me laissai tomber sur le canapé, il s'installa à côté de moi et prit mes jambes sur ses genoux.

— Qu'est-ce que tu veux faire, aujourd'hui, Poulette ?

— Dormir... ou me reposer... ou dormir.

— Je peux te donner ton cadeau, avant ?

Je lui donnai un petit coup à l'épaule.

— Arrête. Tu m'as fait un cadeau ?

— C'est pas un bracelet de diamants, dit-il avec un sourire un peu nerveux. Mais je me suis dit que ça te plairait.

— Ça me plaît déjà !

Il disparut dans la chambre de Shepley. Je l'entendis murmurer, et haussai un sourcil. Puis il reparut avec une boîte en carton, qu'il posa par terre, à mes pieds, avant de s'agenouiller à côté.

— Dépêche, je veux que tu sois surprise.

— Dépêche ?

Je soulevai le couvercle. Et restai bouche bée. Deux grands yeux noirs me regardaient.

— Un chiot ?!?

Je pris la chose poilue et la levai devant moi. De chaleureux et humides coups de langue me répondirent.

— Il te plaît ? demanda Travis, radieux.

— Lui ? Je l'adore ! Tu m'as offert un chiot !

— C'est un cairn-terrier. J'ai fait trois heures de route pour aller le chercher jeudi après les cours.

— Et tu m'as dit que tu allais au garage avec Shepley...

— Mais on allait acheter ton cadeau.

— Il est tout agité !

— Toutes les filles du Kansas doivent avoir un Toto, dit Travis en m'aidant à poser la petite boule de poils sur mes genoux.

— C'est vrai qu'il ressemble au Toto du *Magicien d'Oz* ! D'ailleurs, c'est comme ça que je vais l'appeler !

— Il peut rester ici, je m'en occuperai pour toi quand tu retourneras à la résidence. Et comme ça, je suis sûr que tu passeras de temps en temps... conclut-il avec un demi-sourire.

— Travis... je serais passée de toute façon.

— Je ferais n'importe quoi pour le sourire que tu as en ce moment.

— Je crois que tu as besoin de faire un petit somme, Toto. Si, si, dis-je en cajolant le chiot.

Travis hocha la tête, me prit dans ses bras et me porta jusqu'à sa chambre pour m'installer dans le lit. Puis il tira les rideaux et se laissa tomber sur son oreiller.

— Merci de m'avoir tenu le front cette nuit, dis-je en caressant la fourrure soyeuse du chien. Tu n'étais pas obligé de dormir par terre dans la salle de bains.

— Cette nuit a été l'une des plus belles de toute ma vie.

Je me retournai pour voir son expression. Comprenant qu'il était sérieux, j'eus un regard dubitatif.

— Dormir entre la cuvette des toilettes et la baignoire sur des carreaux froids et durs en compagnie d'une idiote qui vomit tripes et boyaux ? Tu appelles ça l'une des meilleures nuits de ta vie ? C'est pathétique, Trav.

— Non, rester avec toi quand tu es malade et te voir t'endormir sur mes genoux, voilà ce que j'appelle l'une des meilleures nuits de ma vie. Ce n'était pas le grand confort, j'ai très mal dormi, mais j'ai vécu ton dix-neuvième anniversaire à tes côtés, et tu es plutôt sympa quand tu es bourrée.

— Oh, entre les gémissements de douleur et les éclaboussures de vomi, je suis sûre que j'étais tout à fait adorable.

Il m'attira contre lui et caressa Toto, qui s'était pelotonné dans mon cou.

— Tu es la seule femme que je connaisse qui reste séduisante la tête dans la cuvette des chiottes. C'est dire.

— Merci, Trav. C'est la dernière fois que tu auras à jouer les baby-sitters avec moi.

Il reposa la tête sur l'oreiller.

— Comme tu veux. Mais personne ne te tiendra le front aussi bien que moi. Et les cheveux, tu y as pensé, aux cheveux ?

Je rigolai, fermai les yeux, et m'abandonnai au sommeil.

— Abby ! Debout ! hurla America en me secouant.

Toto me lécha la joue.

— OK, OK ! Je me lève !

— On a cours dans une demi-heure !

Je bondis.

— Mais... je dors depuis... 14 heures ? C'est quoi, ce bazar ?

— Allez, file sous la douche. Si t'es pas prête dans dix minutes, je pars sans toi !

— J'ai pas le temps de prendre une douche ! dis-je en retirant les vêtements dans lesquels j'avais dormi.

Travis se redressa dans le lit.

— Les filles, vous êtes ridicules, dit-il en riant. C'est pas la fin du monde, d'arriver en retard à un cours.

— Ça l'est si tu t'appelles America. Elle ne rate jamais un cours et déteste être à la bourre.

Je passai un tee-shirt, enfilai mon jean et mes bottes.

— Laisse-la courir. Je t'emmènerai, moi.

— Mon sac est dans sa voiture.

— Comme tu voudras.

Il se leva, prit Toto dans ses bras, le tint comme un petit ballon de rugby et s'en alla.

Quelques instants plus tard, America me poussait dehors.

— J'arrive pas à croire qu'il t'ait offert un chiot, dit-elle en reculant pour sortir du parking.

Travis était dehors, en caleçon, pieds nus sur le perron. Il surveillait Toto, occupé à renifler un carré herbu. On aurait dit un père tout fier des premiers pas de son fils.

— J'ai jamais eu de chien. Ça devrait être intéressant, comme expérience.

— Non mais regarde-le, dit America en secouant la tête. Travis Maddox est devenu papa.

— Toto est adorable. Même toi, tu fondras, tu verras.

— Tu ne vas pas pouvoir l'emmener à la résidence, tu le sais, ça ? Je ne crois pas que Travis ait pensé à ce détail.

— Il m'a dit qu'il le garderait ici pour moi.

— Bien sûr. Travis pense à l'avenir, maintenant. J'avais oublié.

Elle enfonça l'accélérateur.

Nous arrivâmes en cours avec juste une minute d'avance. Une fois l'adrénaline retombée, une torpeur postcomateuse m'envahit. America me donna un coup de coude à la fin du cours, et je la suivis à la cafétéria.

Shepley nous attendait à l'entrée, et je vis tout de suite que quelque chose ne tournait pas rond.

— Mare, dit-il en la prenant par le bras.

Travis arriva à petites foulées, essoufflé, et attrapa Shepley par la taille.

— T'es poursuivi par une horde de femmes en colère ? plaisantai-je.

Il secoua la tête.

— Non... je... je voulais te voir avant que tu entres là-dedans.

— Que se passe-t-il ? demanda America.

— Une rumeur court... commença Shepley. Tout le monde raconte que Travis a ramené Abby chez lui et que... les détails varient, mais dans l'ensemble, c'est pas terrible.

— Quoi ?!? Tu plaisantes ? m'écriai-je.

America leva les yeux au ciel.

— Mais on s'en fout, Abby. Les gens se font des films sur Travis et toi depuis des semaines. C'est pas la première fois qu'on croit que vous couchez ensemble.

Travis et Shepley échangèrent un regard qui m'inquiéta.

— Quoi ? Y a autre chose, c'est ça ?

Shepley fit la grimace.

— D'après la rumeur, tu as couché avec Parker chez Brazil et ensuite, tu t'es laissé raccompagner par Travis... si tu vois ce que je veux dire.

— Génial. Donc je suis la salope du campus, en gros, c'est ça ?

Le regard de Travis s'assombrit. Il était visiblement tendu.

— C'est ma faute. Si ç'avait été quelqu'un d'autre que moi, personne ne raconterait ce genre de choses sur toi, dit-il avant d'entrer dans la cafétéria, les poings serrés.

America et Shepley le suivirent.

— Pourvu que personne ne soit assez con pour lui dire quoi que ce soit... soupira America.

Travis s'installa à la même table, mais pas à côté de moi. J'attendis qu'il me regarde pour lui offrir un sourire de réconfort, mais il semblait ruminer sur son sandwich et ne leva pas les yeux.

Shepley me donna un coup de coude.

— Il se sent mal, c'est tout. À mon avis, là, il essaie de faire taire la rumeur.

— Trav, lançai-je en montrant la chaise vide en face de moi. Reste pas tout seul, viens t'asseoir.

— J'ai entendu dire que tu t'étais sacrément éclatée, à ton anniversaire, Abby, allégua Chris Jenks en jetant une feuille de laitue sur le plateau de Travis.

— Tu la lâches, Jenks, grogna Travis en le fusillant du regard.

Chris sourit.

— Parker est furax, à ce qu'il paraît. Il a dit qu'il était passé chez toi hier et que vous étiez encore au lit, Travis et toi.

— Ils faisaient la sieste, Chris, intervint America.

Je me tournai vers Travis.

— Parker est passé ?

Il changea de position, gêné.

— J'avais l'intention de t'en parler.

— Quand ? fis-je sèchement.

America se pencha pour me chuchoter à l'oreille.

— Parker a entendu la rumeur, et il est venu pour t'en parler. J'ai essayé de le retenir, mais il est allé dans le couloir et... y a eu méprise, quoi.

— Oh non... soupirai-je, le visage enfoui entre mes mains. De mieux en mieux.

— Donc, vous n'êtes pas passés à la vitesse supérieure ? demanda Chris. Merde, ça craint. Je trouvais qu'elle te convenait bien, pourtant, Travis.

— Arrête, Chris, rétorqua Shepley. Tu vas trop loin, là.

— Si t'as pas couché avec elle, tu vois un inconvénient à ce que je tente ma chance ? dit Chris en rigolant bien fort pour que ses coéquipiers entendent.

J'étais rouge pivoine à cause de sa première remarque, quand America hurla à côté de moi : Travis s'était rué sur Chris et l'avait attrapé par le cou. Une bonne centaine de chaises raclèrent le sol ; la moitié de la cafétéria s'était levée pour voir ce qui se passait. Travis le cogna en pleine face à plusieurs reprises, levant haut le coude avant d'assener chaque coup. La seule chose que pouvait faire Chris, c'était se couvrir le visage avec les mains.

Personne n'intervint. Travis était hors de lui, et sa réputation dissuadait quiconque de s'en mêler. Les membres de l'équipe de foot se contentèrent de compatir.

— Travis ! hurlai-je en contournant la table.

Il retint son coup, poing levé, et lâcha Chris, qui s'effondra sur le sol. Il se tourna vers moi, à bout de souffle. Je ne l'avais jamais vu ainsi, effrayant, menaçant, et je reculai d'un pas lorsqu'il passa près de moi pour gagner la sortie.

Je voulus le suivre, mais America m'en empêcha. Shepley l'embrassa, et suivit son cousin.

— Seigneur... murmura America.

Les camarades de Chris ramassèrent leur copain au visage tuméfié. Il saignait du nez, et Brazil lui tendit une serviette en papier.

— Il est complètement dingue, ce fils de pute ! grogna Chris en s'asseyant. Excuse-moi, Abby. Je plaisantais, rien de plus.

Je ne trouvai rien à lui répondre. Je n'avais pas plus d'explications que lui à ce qui venait de se passer.

— Elle n'a couché avec aucun des deux, précisa America.

— T'as jamais su fermer ta gueule, Jenks, dit Brazil d'un air dégoûté.

America me tira par la manche.

— Allez, viens, on y va.

— Où ça ?

— À l'appart. Je ne veux pas que Shepley soit seul avec Travis. Tu l'as vu ? Il a carrément pété les plombs !

— J'ai pas envie de le voir non plus.

Elle me regarda, incrédule.

— Écoute, de toute évidence, il ne va pas bien. Tu ne veux pas savoir ce qu'il a ?

— Là, tout de suite, me protéger compte plus que satisfaire ma curiosité.

— La seule chose qui l'ait arrêté, c'est ta voix, Abby. Il t'écoutera. Tu dois lui parler.

Je soupirai.

— Bon... d'accord. On y va.

America se gara entre la Harley de Travis et la voiture de Shepley. Je la suivis à reculons, en traînant volontairement. Elle était sur le perron quand Shepley déboula dans l'escalier et lui chuchota quelque chose à l'oreille. Puis il me regarda, secoua la tête, et chuchota de nouveau.

— Qu'est-ce qu'il y a ? demandai-je en avançant.

— Shep pense que... Il dit que c'est peut-être pas une bonne idée qu'on y aille. Travis est encore très à cran.

— Tu veux dire que ce n'est pas une bonne idée que, *moi*, j'y aille, plutôt. C'est ça ?

Elle haussa les épaules, gênée, puis regarda Shepley.

Il posa une main sur mon épaule.

— T'as rien fait de mal, Abby. C'est juste que... Il ne veut pas te voir pour l'instant.

— Mais pourquoi est-ce qu'il ne veut pas me voir, si j'ai rien fait de mal ?

— J'en sais rien, il ne veut pas me le dire. Je crois qu'il s'en veut d'avoir pété un câble devant toi.

— Il a pété un câble devant toute la cafétéria ! En quoi ça me concerne ?

— Ça te concerne plus que tu ne le penses, dit Shepley en évitant mon regard.

Je les regardai tous les deux un moment, puis me lançai dans l'escalier. J'entrai en trombe dans l'appartement, mais le salon était désert. La porte de la chambre de Travis était fermée. Je frappai.

— Travis ? C'est moi, ouvre.

— Va-t'en, Poulette ! répondit-il.

J'entrouvris la porte et jetai un œil dans la chambre. Il était assis sur le lit, face à la fenêtre. Toto lui donnait de petits coups de patte dans le dos, mécontent d'être ignoré.

— Qu'est-ce que tu as, Trav ? dis-je en avançant jusqu'à lui.

Comme il ne répondait pas, je croisai les bras et attendis. Il était encore très tendu, mais l'expression qui m'avait tant fait peur dans la cafétéria avait disparu de son visage. La tristesse l'avait remplacée. Une tristesse profonde, infinie.

— Tu ne veux pas me parler ?

J'eus beau attendre, il ne prononça pas un mot. J'avais regagné la porte et m'apprêtais à quitter la chambre quand il lâcha enfin :

— Tu te rappelles quand Brazil m'a traité de je sais plus quoi et que tu t'es précipitée pour me défendre ? Ben... c'est ce qui s'est passé. Mais je me suis un peu emporté...

Je revins vers le lit et m'assis à côté de lui.

— Tu étais en colère avant même que Chris dise quoi que ce soit.

— Je t'ai demandé de t'en aller, tout à l'heure. Je le pensais vraiment. Tu dois t'en aller, Poulette. Parce que moi, je n'y arrive pas.

— Mais tu n'as pas envie que je m'en aille.

Il fixait toujours la fenêtre. Je l'effleurai de la main. Il se raidit, puis passa un bras autour de mes épaules. Nous restâmes ainsi un long moment, puis il m'embrassa sur le front et posa sa joue contre ma tempe.

— J'essaie de toutes mes forces, mais... Au bout du compte, tu me détesteras, quoi qu'il arrive.

Je l'enlaçai.

— « Faut qu'on devienne amis, vraiment ! Je t'interdis de refuser ! », le citai-je.

Il me fixa, interloqué, puis me serra contre lui.

— Je te regarde beaucoup dormir. Tu as toujours l'air tellement paisible. Moi, je ne connais pas cette paix. Il n'y a que de la colère et de la rage en moi – sauf quand je te regarde dormir. C'est ce que je faisais quand Parker est arrivé. J'étais réveillé, il est entré dans la chambre et nous a regardés, horrifié. Je savais ce qu'il pensait, mais je n'ai rien dit pour le détromper. Je n'ai rien expliqué parce que je voulais qu'il croie que quelque chose s'était passé entre nous. Et maintenant, tout le campus pense que tu as couché avec nous deux le même soir.

Toto se fraya un chemin jusqu'à mes genoux. Je lui caressai les oreilles. Travis tendit la main pour faire de même, et la posa sur la mienne.

— Je suis désolé.

Je haussai les épaules.

— S'il croit à ces ragots, il ne peut s'en prendre qu'à lui-même.

— C'est difficile de faire autrement en nous voyant tous les deux au lit.

— Il sait que j'habite avec toi. Et j'étais habillée, quand même !

Travis soupira.

— Il était sans doute trop furax pour s'en apercevoir. Je sais qu'il te plaît, Poulette. J'aurais dû lui expliquer. J'aurais dû le faire pour toi.

— Ça n'a pas d'importance.

— Tu n'es pas fâchée ?

173

— C'est ça qui te tourmente ? Tu croyais que je t'en voudrais de me dire la vérité ?

— Tu pourrais. Si quelqu'un me bousillait ma réputation de A à Z, je me mettrais en colère.

— Je me fous de ma réputation. Et d'ailleurs, il est où, le Travis qui se moque de ce que pensent les gens ? le taquinai-je.

— J'ai vu ton expression quand tu as entendu quel genre de bruits couraient à ton sujet. Je ne veux pas que tu souffres à cause de moi.

— Mais jamais tu ne feras quoi que ce soit qui me fasse souffrir.

— Plutôt me couper un bras...

Je le sentis se détendre contre moi. Je n'avais pas de réponse, et Travis semblait avoir dit tout ce qu'il avait sur le cœur, alors nous restâmes ainsi en silence. De temps à autre, il resserrait son étreinte. Ne sachant quoi faire d'autre pour qu'il se sente mieux, je le laissai me tenir dans ses bras.

Le soleil commençait à descendre vers l'horizon quand on frappa doucement à la porte.

— Abby ? fit America d'une voix ténue.

— Entre, Mare, dit Travis.

America entra, suivie de Shepley, et sourit en nous voyant tous les deux enlacés.

— On allait sortir dîner. Ça vous dirait, *Pei Wei* ?

— Heu... Encore chinois, Mare ? Sérieusement ? demanda Travis.

Je souris. Il était redevenu lui-même. America le remarqua aussi.

— Oui, tout à fait. Alors, vous venez ou pas ?

— Je meurs de faim, dis-je.

— Évidemment, t'as pas pu déjeuner, finalement, dit Travis en se levant. Allez, on va te trouver à manger.

Il ne me lâcha qu'au moment de nous asseoir à une table chez *Pei Wei*. Comme il s'éloignait pour aller aux toilettes, America se pencha vers moi.

— Alors ? Qu'est-ce qu'il a dit ?

— Rien, répondis-je avec un haussement d'épaules.

— Vous avez passé deux heures dans sa chambre, et il n'a rien dit.

— C'est vrai qu'il n'est pas bavard quand il est en colère, remarqua Shepley.

— Naaan. Il a forcément parlé de quelque chose, insista America.

— Il m'a expliqué qu'il s'était un peu emporté en voulant prendre ma défense, et qu'il n'avait pas dit la vérité à Parker quand il nous a vus ensemble. C'est tout.

Je replaçai la salière et la poivrière. Shepley secoua la tête, les yeux fermés.

— Qu'est-ce qu'il y a ? lui demanda America.

— Travis est... Oh et puis laisse tomber, soupira-t-il.

— Ah non, tu peux pas commencer par...

America s'interrompit. Travis venait de s'asseoir et passait un bras autour de mes épaules.

— Bordel, on a pas encore été servis ?

Le reste de la soirée s'écoula dans la joie et la bonne humeur. De retour à l'appart, Shepley porta America sur son dos dans l'escalier, mais Travis resta un peu en arrière et me tira par la manche pour m'empêcher de les suivre. Il les regarda disparaître, puis se tourna vers moi avec un sourire contrit.

— Je te dois une excuse pour aujourd'hui. Alors voilà, je suis désolé.

— Tu t'es déjà excusé. Ça suffit.

— Non, je me suis excusé pour Parker. Je ne veux pas que tu voies en moi un dingue qui saute sur les gens à la moindre broutille. Mais je te dois surtout une excuse parce que je ne t'ai pas défendue pour la bonne raison.

— Et c'est quoi, la bonne raison ?

— Je l'ai tabassé parce qu'il a dit qu'il voulait être le suivant sur la liste, pas parce qu'il te vannait.

— Insinuer qu'il y a une liste mérite une correction, Trav.

— Voilà où je veux en venir. J'étais furax parce que ça signifiait qu'il voulait coucher avec toi.

Je réfléchis un instant à ce que Travis insinuait, puis posai mon front contre le sien.

— Tu sais quoi ? Je m'en fous. Je me fous de ce que disent les gens, je me fous que tu aies pété un câble et de la raison qui t'a poussé à massacrer Chris. Je me passerais volontiers d'une mauvaise réputation, mais j'en ai ras le bol de devoir expliquer notre amitié à tout le monde. Qu'ils aillent se faire voir.

Le regard de Travis s'adoucit, et un sourire s'esquissa sur ses lèvres.

— « Notre amitié » ? Parfois je me demande si tu écoutes ce que je te dis.

— Comment ça ?

— Allez, viens, on rentre. Je suis fatigué.

Shepley et America étaient déjà couchés. Je pris une douche pendant que Travis jouait avec Toto. Une demi-heure plus tard, nous étions au lit.

Allongée, le bras replié sous la tête, je poussai un long soupir.

— Plus que deux semaines. Qu'est-ce que tu vas faire pour pimenter ta vie quand j'aurai regagné ma résidence ?

— Je ne sais pas, répondit Travis.

Malgré la pénombre, je vis que quelque chose le tourmentait.

— Hé, dis-je en posant une main sur son bras. Je plaisantais.

Pendant un long moment, je le regardai respirer, battre des paupières, tenter de se détendre. Il chercha une position, puis se tourna vers moi.

— Est-ce que tu me fais confiance, Poulette ?

— Oui, pourquoi ?

— Viens, dit-il en m'ouvrant ses bras.

Je me raidis un instant, puis posai la tête sur son torse. J'ignorais ce qui le préoccupait, mais il avait besoin de moi près de lui, et lui dire non m'était impossible, même si j'en avais eu envie. Parce qu'être ainsi allongée avec lui, en cet instant précis, c'était LA réponse à toutes nos questions.

9

Promesse

Finch secoua la tête.

— Mais t'es avec Parker ou avec Travis alors ? J'y comprends rien.

— Parker ne me parle plus, donc disons que c'est en suspens de ce côté-là, expliquai-je en rajustant mon sac sur mon épaule.

Il souffla la fumée de sa cigarette et ôta un morceau de tabac collé sur sa langue.

— Donc, t'es avec Travis.

— On est amis, Finch.

— Tu te rends compte que tout le monde pense que c'est du pipeau, votre histoire d'amitié ?

— Je m'en fous. Les gens peuvent penser ce qu'ils veulent.

— Depuis quand ? Elle est passée où, la fille pleine de mystère, un peu angoissée et très secrète que je connais et apprécie ?

— Elle a succombé à une vague de stress provoquée par toutes ces rumeurs et ces suppositions.

— Dommage, vraiment dommage. Ça va me manquer de ne plus pouvoir la montrer du doigt en me moquant d'elle.

Je lui donnai une tape sur le bras, et il éclata de rire.

— Ah, je préfère. Faut que t'arrêtes de faire semblant, ça devient flippant.

— Où veux-tu en venir ?

— Tu causes à un type qui a passé l'essentiel de sa vie à faire semblant, ma belle. Je t'ai repérée à des kilomètres.

— Qu'est-ce que t'essaies de me dire, Finch ? Que je suis une lesbienne qui n'a pas fait son coming out ?

— Non, que tu caches quelque chose. Les cardigans en cachemire, la jeune femme à la modestie affectée qui dîne dans les restaurants chics avec Parker Hayes... c'est pas toi du tout, ça. Soit tu as fait les quatre cents coups dans un trou de province, soit tu sors d'une cure de désintox. Je pencherais plutôt pour la seconde option.

J'éclatai de rire.

— Tu penches terriblement mal !

— Alors, c'est quoi, ton secret ?

— Si je te le dis, ça n'en sera plus un, t'es d'accord ?

Il eut un sourire espiègle.

— Je t'ai révélé le mien, c'est ton tour maintenant !

— Écoute, Finch, je n'aime pas annoncer les mauvaises nouvelles, mais tes préférences sexuelles ne sont un secret pour personne, ici.

— Merde ! Et moi qui pensais avoir tout bon avec ce personnage de minette super sexy et mystérieuse...

Sa description m'arracha une grimace.

— C'était comment chez toi, Finch ? Quand t'étais gamin ?

— C'était pas mal. Ma mère est géniale... et mon père et moi, on a eu pas mal de différends, mais ça va aujourd'hui.

— Moi, mon père s'appelle Mick Abernathy.

— C'est qui ?

J'eus un petit rire.

— Tu vois ? Mon cas n'est pas si grave, si tu ignores qui c'est.

— C'est qui ?

— C'est un cas. Le jeu, l'alcool, la violence, c'est héréditaire dans la famille. Venir ici, c'était un nouveau départ pour moi. Sans que soit collée sur mon front l'étiquette « fille de ringard alcoolique ».

— Un ringard alcoolique de Wichita ?

— Je suis née dans le Nevada. Là-bas, tout ce que Mick touchait se transformait en or. Et quand j'ai eu treize ans, la chance a tourné.

— Et c'est à toi qu'il en a voulu.

— America a renoncé à beaucoup de choses pour m'accompagner et me permettre de tout quitter, mais j'arrive ici, et je me retrouve face à Travis.

— Et quand tu le regardes...

— Je ne vois que des choses que je connais et que je redoute.

D'un hochement du menton, Finch me fit signe qu'il avait compris. Il jeta sa cigarette par terre et l'écrasa.

— Putain, c'est dur, ça.

Je cherchai son regard et le fixai.

— Si tu racontes à qui que ce soit ce que je viens de te dire, j'appelle la mafia. J'ai encore des contacts, tu sais.

— Arrête tes conneries.

Je haussai les épaules.

— Crois ce que tu veux.

Il me scruta, méfiant, puis sourit.

— Tu es officiellement la personne la plus cool que je connaisse.

— C'est triste, ça, Finch. Tu devrais sortir plus souvent, voir plus de monde.

Je m'arrêtai devant l'entrée de la cafétéria. Il me prit le menton pour que je le regarde.

— Ça finira par s'arranger, tu verras. Je crois dur comme fer que les choses se produisent toujours pour une raison. Tu es venue ici, America a rencontré Shep, tu as réussi à entrer dans le Cercle et quelque chose en toi a bouleversé le monde de Travis Maddox. Penses-y.

Il m'embrassa sur la joue.

— Hé, pas touche !

Travis arriva et me prit par la taille.

— T'es pourtant la dernière personne dont j'aurais cru devoir me méfier, Finch !

Finch se pencha pour me faire un clin d'œil aguicheur.

— À plus tard, choupette.

Quand Travis se tourna vers moi, son sourire disparut.

— C'est quoi, cet air soucieux ?

Je secouai la tête, tentant de surmonter les effets de l'adrénaline.

— Je n'aime pas ce surnom, « choupette ». Il me rappelle de mauvais souvenirs.

— Tu veux que je lui casse la gueule ? Que je lui donne une bonne leçon ? Ça devrait le calmer, non ?

Je ne pus m'empêcher de sourire.

— Si je voulais calmer Finch, je lui dirais que Prada a déposé le bilan.

Travis éclata de rire et me poussa vers la cafétéria.

— Bon, allez, à table !

Nous passâmes le repas à nous asticoter l'un l'autre, une tape sur l'épaule par-ci, un coup de coude dans les côtes par-là. Travis était d'une humeur aussi allègre que le soir où j'avais perdu mon pari. Tout notre entourage le remarqua et, quand il entama une minibataille de petits pois, l'attention des tables voisines se porta aussi sur nous.

— J'ai l'impression d'être un animal en cage, soupirai-je.

Travis me considéra un moment, regarda ceux qui nous fixaient, et hurla :

— STOP !

Toutes les têtes se tournèrent dans notre direction. Shepley ferma les yeux, abattu.

— Oh, non...

Travis secouait la tête, comme s'il battait la mesure. Puis il sourit, et reprit :

— ... « *In the name of love, before you break my heart...* »

Il monta alors sur la table et interpréta le tube des Supremes de toute la force de ses poumons, sous les regards ébahis des autres étudiants. Il passa et repassa devant moi son poing en guise de micro, avant de se tourner vers l'équipe de foot. Il leur fit un signe, et les gars reprirent le refrain en cœur. Toute la salle, qui marquait déjà le rythme en tapant dans les mains, se mit à chanter à son tour.

Les ondulations du bassin de Travis lui valurent de longs sifflets, et de nombreuses demoiselles hurlèrent leur approbation. Bientôt, on se mit à danser un peu partout dans la cafétéria, mais la plupart des spectateurs restaient immobiles, fascinés. L'équipe de foot se concentrait sur la ligne de basse, j'avais l'impression de m'être endormie dans mon assiette et de me réveiller dans *High School Musical*.

Travis sauta sur la table d'à côté, tendit le « micro » à l'assistance, puis descendit et revint vers moi pour me chanter le dernier couplet. La salle applaudit à tout rompre dès qu'il prononça le dernier mot. Il se redressa, radieux et à bout de souffle, m'embrassa sur le front, et salua son public. Puis il se rassit face à moi et rigola.

— Bon, ça va là ? Tu n'es plus l'attraction du jour ?

— Merci. Tu n'aurais pas dû, vraiment.

— Ab ?

Je levai les yeux. Parker se tenait au bout de la table. Et tous les regards se posèrent de nouveau sur moi.

— Il faut qu'on parle, dit-il, visiblement nerveux.

Je me tournai vers America et Travis, puis revins à lui.

— S'il te plaît, insista-t-il.

Je me levai et le suivis dehors. Il marcha jusqu'au coin d'un bâtiment, un endroit plus tranquille.

— Je ne voulais pas attirer l'attention sur toi. Je sais que tu détestes ça.

— Alors tu aurais pu me passer un coup de fil.

Il hocha la tête, les yeux rivés au sol.

— Je ne pensais pas te trouver à la cafétéria. J'ai vu la foule en délire, puis je t'ai aperçue et je suis entré. Excuse-moi.

J'attendis qu'il reprenne la parole.

— Je ne sais pas ce qui s'est passé entre Travis et toi. Cela ne me regarde pas... on n'est sortis ensemble que quelques fois, toi et moi. J'ai d'abord été furieux, ensuite j'ai réalisé que si je n'avais pas eu de sentiments pour toi, ça ne m'aurait pas gêné.

— Je n'ai pas couché avec lui, Parker. Il m'a tenu le front pendant que je vomissais un litre de tequila dans ses toilettes. Ça n'est pas allé plus loin. Rien de très romantique, donc.

Il eut un petit rire.

— Je crois qu'on n'est pas vraiment partis sur de bonnes bases, tous les deux. Pas avec toi habitant chez lui. Le fait est que tu me plais, Abby. Beaucoup. Pour tout te dire, je n'arrête pas de penser à toi.

Il sourit, me prit la main et fit tourner mon bracelet.

— J'ai dû te faire un peu peur, avec ce cadeau ridicule, mais c'est la première fois que je suis dans cette situation. J'ai l'impression de me battre en permanence contre Travis pour obtenir ton attention.

— Tu ne m'as pas fait peur avec ce bijou.

— Écoute... J'aimerais bien qu'on ressorte ensemble... mais pas avant quelques semaines. Quand le mois chez Travis sera écoulé. À ce moment-là, on pourra se

184

concentrer sur nous deux, apprendre à mieux se connaître sans être distraits.

— Bonne idée.

Il se pencha vers moi, les yeux clos, et posa ses lèvres sur les miennes.

— Je t'appelle très vite.

Je le regardai s'éloigner, puis regagnai la cafétéria. Travis m'attrapa quand je passai à côté de lui et m'assit sur ses genoux.

— C'est dur de rompre ?

— Il veut qu'on réessaie quand je n'habiterai plus avec toi.

— Merde. Il va falloir que je trouve un autre pari, dit-il en faisant glisser mon assiette devant moi.

Les deux semaines qui suivirent filèrent à toute vitesse. En dehors des cours, je passais ma vie avec Travis et, la plupart du temps, nous étions seuls. Il m'invita à dîner, à danser, au bowling, et fut appelé pour deux combats. Quand nous ne rigolions pas bêtement, nous chahutions ou nous regardions des films pelotonnés sur le canapé, avec Toto. Travis mit un point d'honneur à ignorer toutes celles qui battaient des cils pour lui, et partout sur le campus, on se mit à parler du « nouveau Travis ».

Le dernier soir à l'appartement, America et Shepley étaient absents, et Travis œuvra à un dîner spécial. Il acheta du vin, sortit de vraies serviettes de table et fit même l'acquisition de nouveaux couverts pour l'occasion. Il installa nos assiettes sur le bar et tira son tabouret de l'autre côté pour que nous soyons assis face à face. Pour la première fois, j'avais la nette impression que nous étions en rendez-vous amoureux.

— C'est vraiment très bon, Trav. Tu m'avais caché ce don pour la cuisine, dis-je en savourant les pâtes au poulet sauce cajun qu'il avait préparées.

Il eut un sourire forcé, et je vis qu'il faisait beaucoup d'efforts pour que la conversation reste frivole.

— Si je t'en avais parlé, tu aurais voulu que je fasse la cuisine tous les soirs.

Son sourire disparut, il baissa les yeux.

— Toi aussi, tu vas me manquer, Trav, dis-je en jouant avec mes pâtes du bout de ma fourchette.

— Tu passeras quand même de temps en temps ?

— Tu sais très bien que oui. Et toi, tu viendras m'aider à bosser, exactement comme tu l'as fait jusqu'à maintenant.

— Mais ce sera plus pareil, soupira-t-il. Tu seras avec Parker, on aura chacun des trucs à faire. On prendra... des directions différentes.

— Rien de bien nouveau de ce point de vue-là.

Il eut du mal à rire.

— Qui aurait pensé, la première fois qu'on s'est vus, qu'on serait ici ce soir ? Il y a trois mois, je ne t'aurais jamais crue si tu m'avais affirmé que dire au revoir à une fille me rendrait aussi malheureux.

Mon cœur se serra.

— Je ne veux pas que tu sois malheureux.

— Alors ne t'en va pas.

Il semblait si désespéré qu'un sentiment de culpabilité m'étreignit.

— Je ne peux pas m'installer ici, Trav. Ce serait de la folie.

— Qui a dit ça ? Je viens de passer les deux plus chouettes semaines de mon existence !

— Moi aussi.

— Alors pourquoi est-ce que j'ai l'impression que je te vois pour la dernière fois ?

Je ne sus que répondre. Je vis ses traits se raidir, mais il n'était pas en colère. Incapable de résister, je me levai et contournai le bar pour aller m'asseoir sur ses genoux. Comme il ne me regardait pas, je posai une joue contre la sienne.

— Tu vas te rendre compte de l'emmerdeuse que je suis, et je ne te manquerai plus du tout, lui soufflai-je à l'oreille.

Il me caressa le dos.

— Tu me le promets ? dit-il en levant les yeux.

Je pris son visage entre mes mains. Il semblait tellement accablé que mon cœur se serra. Je fermai les yeux et me penchai pour l'embrasser au coin des lèvres, mais il tourna légèrement la tête, et nos bouches se touchèrent.

Ce baiser me surprit, mais je ne bougeai pas. Travis ne s'écarta pas non plus, sans chercher à aller plus loin.

Je me dégageai finalement, cachant ma gêne derrière un sourire.

— J'ai une grosse journée demain. Je vais débarrasser et aller me coucher.

— Je vais t'aider.

La vaisselle faite et rangée, il me prit la main pour se diriger vers sa chambre, en me serrant peut-être un peu trop fort. Le couloir me sembla interminable. Nous savions tous les deux que quelques heures plus tard, ce serait le moment des adieux.

Cette fois, il ne fit même pas semblant de ne pas regarder quand je me déshabillai pour enfiler l'un de ses tee-shirts. À son tour, il ôta ses vêtements avant de se glisser dans le lit et attendit que je l'y rejoigne pour éteindre la lumière.

Il me prit contre lui, sans demander la permission ni s'excuser de cette familiarité. Je l'entendis soupirer et enfouis mon visage dans son cou, fermant les yeux pour savourer ce moment. Je savais que je passerais le reste de mon existence à regretter qu'une telle expérience prenne fin, j'allais donc vivre cet instant de toute mon âme.

Travis regardait par la fenêtre, les arbres projetaient leur ombre sur son visage. Il ferma les yeux, et un sentiment de chute libre me fit battre le cœur. Le voir souffrir m'était insupportable, sachant que j'étais la cause de cette peine... et la seule à pouvoir l'effacer.

— Trav ? Ça va ?

Il y eut un long silence, puis il murmura enfin :

— Ça n'est jamais allé aussi mal de ma vie.

Je collai mon front contre son cou, il me serra un peu plus fort.

— C'est idiot, dis-je. On va se voir tous les jours.

— Tu sais très bien que ce n'est pas vrai.

Le poids du chagrin que nous éprouvions tous les deux était écrasant, et le besoin irrépressible de nous sortir de là m'envahit. Je levai la tête, hésitai. Ce que j'étais sur le point de faire changerait tout. Mais Travis considérait que les relations intimes étaient une façon comme une autre de passer le temps, alors... Je ravalai mes peurs. Il fallait que je fasse quelque chose, sans quoi nous passerions le reste de la nuit à redouter chaque minute.

Mon cœur battait à tout rompre quand je posai mes lèvres sur son cou et goûtai sa peau d'un long et tendre baiser. Il me regarda, surpris, puis son regard s'adoucit quand il comprit ce que je voulais.

Il se pencha, m'embrassa avec une délicatesse infinie. La chaleur de ses lèvres fusa en moi et je le serrai plus fort encore. Puisque nous avions fait le premier pas, j'étais décidée à aller jusqu'au bout.

J'entrouvris les lèvres, et laissai la langue de Travis se glisser jusqu'à la mienne.

— J'ai envie de toi, murmurai-je.

Le baiser devint plus lent, soudain, et Travis fit mine de s'écarter. J'avais cependant l'intention de finir ce que j'avais commencé, et ma bouche se plaqua plus avidement sur la sienne. Il se redressa, s'agenouilla sur le lit. Je fis de même, sans quitter ses lèvres.

— Attends, dit-il en me prenant par les épaules pour me maintenir à distance.

Il avait le souffle court et souriait légèrement.

— T'es pas obligée, Poulette. On ne fêtait pas *ça* ce soir.

Il se contrôlait, mais je voyais dans ses yeux qu'il ne parviendrait plus très longtemps à se maîtriser.

Je me penchai à nouveau vers lui et, cette fois, il me laissa approcher jusqu'à ce que nos lèvres s'effleurent. Je le regardai par en dessous, résolue. Il me fallut un moment pour parvenir à le dire, mais je savais que j'y arriverais.

— Ne me force pas à te supplier, murmurai-je contre sa bouche.

Ces quelques mots eurent raison de sa réserve. Il m'embrassa, délibérément, avec force. Mes doigts coururent le long de son dos, s'arrêtant à la ceinture de son caleçon pour la suivre nerveusement. Ses lèvres se firent plus pressantes encore, et je tombai à la renverse sur le lit. Il me plaqua de tout son corps, sa langue retrouva la mienne et quand, rassemblant mon courage, je glissai une main entre sa peau et son vêtement, il émit un grognement.

D'un geste brusque, il m'enleva mon tee-shirt, et sa main descendit sur moi, impatiente de se débarrasser de ma petite culotte. À nouveau, nos bouches se retrouvèrent tandis qu'il remontait lentement sur l'intérieur de ma cuisse. Je laissai échapper un long soupir haletant quand ses doigts s'aventurèrent là où aucun homme ne m'avait jamais touchée. Chaque caresse, chaque mouvement de sa main me faisait sursauter et cambrer le dos. Quand j'enfonçai les ongles dans sa peau, il se plaça au-dessus de moi.

— Poulette, souffla-t-il, on n'est pas forcés de le faire ce soir. Je peux attendre que tu te sentes prête.

J'ouvris en hâte le tiroir de sa table de nuit, pris un préservatif et déchirai l'étui avec les dents. Sa main libre quitta mon dos et envoya balader son caleçon, comme s'il ne supportait plus le contact de cette étoffe entre nous.

J'entendis l'étui crisser entre ses doigts, et quelques secondes plus tard, Travis se glissa entre mes cuisses. Je fermai les yeux.

— Regarde-moi, Poulette.

J'obéis. Il me fixait avec intensité et bienveillance. Doucement, il se pencha et m'embrassa tendrement, je sentis alors son corps se raidir et il s'introduisit en moi. Lentement, délicatement. Quand il se retira, je me mordis la lèvre, sentant monter la douleur. Il revint en moi et, cette fois, je fermai les yeux pour avoir moins mal. Mes cuisses l'enserrèrent, il m'embrassa encore.

— Regarde-moi, répéta-t-il.

Quand j'ouvris les yeux, il se coula plus loin en moi, et la merveilleuse chaleur que j'éprouvai m'arracha un cri. Je me détendis enfin, laissant les mouvements de son corps contre le mien devenir plus rythmés. La peur qui m'avait étreinte s'était évanouie, Travis semblait vouloir me dévorer tout entière, sa bouche était partout. Je l'attirai plus près encore, et il poussa un gémissement quand la pression monta en lui.

— J'ai envie de toi depuis tellement longtemps, Abby. Tu es tout ce que j'ai toujours désiré, murmura-t-il.

Il fit glisser ma jambe par-dessus sa hanche et se redressa au-dessus de moi ; un voile de sueur nous recouvrait tous deux. Travis posa ses lèvres sur mon visage et descendit lentement jusqu'à mon cou.

— Travis... murmurai-je en me cambrant.

M'entendre prononcer son nom sembla augmenter son ardeur. Il posa sa joue contre la mienne et ses mouvements se raidirent. De sa gorge montèrent des gémissements plus puissants et, sur un cri, il s'enfonça soudain au plus profond de moi, le corps agité de soubresauts.

Quelques instants passèrent, puis il se détendit et retrouva son souffle.

— Pas mal, pour un premier baiser, dit-il, l'air épuisé mais satisfait. Ton dernier premier baiser, ajouta-t-il en me souriant.

J'étais trop bouleversée pour répondre.

Il se laissa tomber sur le ventre à côté de moi, un bras en travers de ma poitrine, le front contre ma joue. Je caressai son dos du bout des doigts jusqu'à ce que sa respiration devienne légère et régulière.

Je restai plusieurs heures à écouter le souffle de Travis endormi et le vent, dehors, qui faisait bruisser les feuilles. America et Shepley rentrèrent sur la pointe des pieds, je les entendis parler à voix basse puis fermer la porte de leur chambre.

Nous avions préparé mes bagages un peu plus tôt dans la journée, et la perspective des adieux et de la gêne qu'il y aurait sans doute entre nous me fit frissonner. J'avais cru qu'après avoir couché avec moi la curiosité de Travis serait satisfaite, mais voilà qu'il parlait d'avenir. Je fermai les yeux en imaginant son expression quand il apprendrait que ce qui venait d'arriver marquait une fin et non un début. Je ne pouvais pas prendre ce chemin-là, et quand je le lui aurais annoncé, sa fureur serait terrible.

Je me dégageai doucement pour me lever et me préparer. Ensuite, mes chaussures à la main, je sortis de la chambre et allai frapper à la porte de Shep et America. Elle était assise sur le lit tandis que Shep se déshabillait devant le placard.

— Un souci, Abby ? me lança-t-il.

Je fis signe à America de me rejoindre dans le couloir. Elle me suivit, l'air inquiète.

— Qu'est-ce qui se passe ?

— J'aimerais que tu m'emmènes à la résidence. Je ne peux pas attendre demain.

Un sourire entendu apparut sur ses lèvres.

— Oh... Toi, t'as jamais su gérer les adieux.

Shepley nous aida à descendre mes bagages, et le trajet jusqu'à la résidence Morgan se fit en silence. Après avoir posé les derniers sacs dans ma chambre, America me prit dans ses bras.

— Ça va drôlement nous changer à l'appart, tu sais.

— Merci pour le coup de main. Le soleil ne va pas tarder à se lever, tu devrais filer.

À mon tour, je la serrai contre moi puis la laissai s'en aller.

Elle ne se retourna pas en quittant ma chambre et je me mordis la lèvre, sachant combien elle serait furieuse quand elle apprendrait ce que j'avais fait.

Quand je me déshabillai, mon tee-shirt crépita. Avec l'arrivée de l'hiver et du froid, l'électricité statique s'était intensifiée. Je me pelotonnai sous la couette, un peu perdue, et inspirai profondément. L'odeur de Travis était encore sur ma peau.

Le lit me parut froid et inconnu, contrastant violemment avec la chaleur du matelas de Travis. Je venais de passer trente jours dans un appartement minuscule en compagnie du mauvais garçon le plus célèbre de la fac et, malgré toutes les chamailleries et les invitées nocturnes, cet endroit était le seul où j'avais envie d'être.

Les appels commencèrent à 8 heures le lendemain matin. Ils se répétèrent toutes les cinq minutes pendant une heure.

— Abby ! grogna Kara. Réponds à ce putain de téléphone, merde !

Je pris mon portable et l'éteignis. Ce n'est qu'en entendant les coups à la porte que je compris à quel point passer la journée seule dans ma chambre comme prévu était compromis.

— Quoi ?!? fit Kara en ouvrant brusquement le battant.

America entra et fila droit dans ma direction.

— On peut savoir ce qui se passe ? hurla-t-elle.

Elle avait les yeux rouges et enflés, et était encore en pyjama.

— Qu'est-ce qu'il y a ? demandai-je en m'asseyant sur mon lit.

— Travis est parti en vrille ! Il ne veut pas nous parler, il a mis l'appartement sens dessus dessous, a balancé la chaîne à travers le salon... Shep n'arrive plus à le raisonner !

Je me frottai les yeux.

— Je ne sais pas ce...

— Arrête tes conneries ! Tu vas me dire ce qui s'est passé, et tout de suite !

Kara prit ses affaires de toilette et s'éclipsa en claquant la porte. L'espace d'un instant, je redoutai qu'elle informe les responsables de la résidence de ce qui se tramait.

— Hé America, moins fort s'il te plaît...

Elle serra les dents.

— Qu'est-ce que tu as fait ?

Je savais qu'il m'en voudrait. Je n'avais pas imaginé qu'il serait furieux à ce point.

— Je... je ne sais pas, dis-je, la gorge nouée.

— Il a essayé de mettre un pain à Shepley quand il a découvert qu'on t'avait aidée à partir. Abby ! Je t'en prie, dis-moi ! Ça me fout la trouille, cette histoire !

La crainte que je lisais effectivement dans son regard me poussa à lui révéler une partie de la vérité.

— Je ne pouvais pas lui dire au revoir. Tu sais combien j'ai du mal avec ce genre de circonstances.

— Il y a autre chose, Abby. Il est hors de lui, il a pété un câble, je t'assure. Je l'ai entendu t'appeler quand il s'est réveillé, ensuite il a fouillé tout l'appartement à ta recherche. Il a déboulé dans la chambre de Shep en exigeant qu'on lui dise où tu étais. Ensuite, il a essayé de te téléphoner. Des millions de fois... Bon sang, Abby, tu aurais vu sa tête... Je ne l'ai jamais, jamais vu comme ça. Il a arraché les draps de son lit et les a jetés, ainsi que les oreillers, il a balancé son poing dans la glace de sa chambre, a donné tellement de coups de pied dans sa porte que les gonds ont pété – les GONDS ! J'ai jamais eu aussi peur de ma vie !

Je fermai les yeux, les larmes roulèrent sur mes joues. America me tendit son portable.

— Passe-lui un coup de fil. Au moins pour lui dire que tu vas bien.

— D'accord. Je l'appellerai.

— Non, fais-le maintenant.

Je pris son téléphone et le fis tourner entre mes mains, cherchant ce que j'allais pouvoir dire à Travis. America me l'arracha, composa le numéro et me le tendit à nouveau. J'inspirai un grand coup.

— Mare ? répondit Travis en décrochant, la voix empreinte d'inquiétude.

— C'est moi.

Il y eut un long silence, puis il éclata enfin :

— Mais qu'est-ce qui t'est arrivé, putain ? J'ouvre les yeux ce matin et t'es plus là, et tu... tu te tires sans dire au revoir, c'est ça ? Pourquoi ?

— Je suis désolée, je...

— T'es désolée ? Je suis comme un dingue là, moi ! Tu disparais, tu réponds pas au téléphone, et... pourquoi ? Je pensais qu'on avait enfin tout réglé !

— J'avais besoin de réfléchir.

— À quoi ?

Il y eut une pause avant qu'il ne reprenne :

— Est-ce que... est-ce que je t'ai fait mal ?

— Non ! Non, ce n'est pas ça. Je suis vraiment désolée. America te l'a sûrement expliqué. Je ne sais pas dire au revoir.

— J'ai besoin de te voir, dit-il, désespéré.

Je soupirai.

— Écoute, j'ai beaucoup de trucs à faire aujourd'hui, Travis. Il faut que je défasse mes bagages et j'ai une tonne de linge sale.

— Tu regrettes...

Sa voix se brisa.

— Ce n'est pas... Ce n'est pas ce que tu penses. Nous sommes amis. Ça, ça ne change pas.

— Amis ? Mais putain, qu'est-ce que c'était hier soir, alors ? s'emporta-t-il soudain.

Je fermai les yeux.

— Je sais ce que tu veux. Mais pour l'instant, moi... je ne peux pas.

— Alors tu as juste besoin de temps ? Tu aurais pu me le dire en face au lieu de te barrer comme une voleuse.

— Cela me semblait plus facile de cette manière.

— Plus facile pour qui ?

— Je n'arrivais pas à dormir. Je n'arrêtais pas de penser à ce qui nous attendait le lendemain, au chargement de la voiture de Mare, et puis... je n'en étais pas capable, Trav.

— C'est déjà dur que tu partes d'ici, tu peux pas disparaître de ma vie comme ça, tu le sais, hein ?

Je me forçai à sourire.

— On se voit demain, OK ? Je ne veux pas que ça devienne bizarre entre nous. Mais il faut que je règle deux, trois petites choses. C'est tout.

— Bon. D'accord. Demain, ça me va. Je peux attendre.

Je raccrochai. America me fusilla du regard.

— Tu as couché avec lui ? Et t'allais même pas m'en parler ?

Je me laissai tomber sur mon oreiller, les yeux dans le vague.

— T'es pas concernée, Mare. T'as pas idée à quel point cette histoire s'est transformée en magma merdique et compliqué.

195

— Je vois ce qu'elle a de merdique ! Vous devriez être sur un petit nuage, tous les deux ! Au lieu de quoi, Monsieur défonce les portes pendant que Madame se retranche dans sa petite chambre !

— Je ne peux pas sortir avec Travis.

America s'approcha et me prit la main.

— Travis, c'est du boulot, dit-elle doucement. Crois-moi, je comprends toutes les réserves que tu peux avoir à son sujet. Mais regarde combien il a déjà changé pour toi. Repense à ces deux dernières semaines, Abby. Il n'est pas comme Mick.

— Mais *moi*, je suis comme Mick ! Je couche avec Travis et tout ce qu'on a essayé de mettre en place... pouf ! Ça disparaît en un clin d'œil !

— Travis ne laisserait pas faire une chose pareille.

— Sauf que ça ne dépend plus de lui, désormais.

— Tu vas lui briser le cœur, Abby. Tu vas lui briser le cœur ! Toi, la seule fille en qui il ait suffisamment confiance pour tomber amoureux, tu vas le clouer au mur !

Je détournai les yeux, incapable de supporter l'expression qui accompagnait cette supplique.

— J'ai besoin d'un happy end. C'est pour ça qu'on est venues ici.

— Rien ne te pousse à fuir. Ça pourrait marcher entre vous.

— Jusqu'à ce que ma chance tourne.

America leva les mains et les laissa retomber sur ses cuisses.

— Merde, Abby, arrête avec ces conneries. On en a déjà parlé.

Mon téléphone sonna, je regardai l'écran.

— C'est Parker.

— Laisse courir, on n'a pas fini de parler.

— Allô ? répondis-je en évitant le regard d'America.

— Ab ! Premier jour de liberté ! Comment tu te sens ? demanda Parker.

— Je me sens... libre, répondis-je sans parvenir à manifester le moindre enthousiasme.

— On dîne ensemble demain soir ? Tu m'as manqué.

Je m'essuyai les joues d'un revers de manche.

— Heu oui, demain, c'est bien.

Je raccrochai. America repartit aussitôt à l'attaque.

— Travis va me demander, quand je rentrerai. Il va vouloir savoir de quoi on a parlé. Qu'est-ce que je suis censée lui dire ?

— Dis-lui que je tiendrai ma promesse. Demain à la même heure, je ne lui manquerai plus.

10

Poker face

America et Shepley étaient installés deux tables plus loin, dans l'autre rangée. D'où je me trouvais, je les voyais à peine, et je devais me pencher pour apercevoir Travis fixer la place vide en face de lui, celle que j'occupais habituellement. Je me sentais ridicule de me cacher ainsi, mais passer une heure à ses côtés m'était impossible pour le moment. Mon repas terminé, j'inspirai un grand coup et me dirigeai vers l'endroit où Travis fumait sa cigarette.

J'avais passé l'essentiel de la nuit à tenter d'échafauder un plan qui nous permettrait de repartir comme « avant ». Si je considérais nos ébats de la même façon que Travis concevait le sexe en général, j'avais sans doute de meilleures chances d'y parvenir. Je risquais aussi de le perdre définitivement, mais j'avais l'espoir que son ego surdimensionné de macho le pousserait à jouer la même comédie que moi.

— Salut ! lançai-je.

Il fit une grimace.

— Salut. Je pensais qu'on se verrait pour le déjeuner.

— J'ai mangé en coup de vent. Trop de boulot, lâchai-je avec un haussement d'épaules qui se voulait décontracté.

— Besoin d'aide ?

— C'est de l'algèbre. En principe, je maîtrise.

— Je peux aussi faire du soutien psychologique, dit-il en souriant.

Il enfonça ses mains dans ses poches. Les muscles massifs de ses bras roulèrent sous sa peau et, l'espace d'un instant, je les revis très distinctement se tendre tandis que Travis allait et venait en moi. Cette pensée érotique me troubla.

— Heu... comment ?

— Est-ce qu'on est censés faire comme s'il ne s'était rien passé l'autre soir ?

— Non, pourquoi ?

Je feignis l'étonnement et il soupira, agacé par mon attitude.

— Je sais pas... parce que je t'ai dépucelée par exemple ? dit-il d'une voix rauque en se penchant vers moi.

Je levai les yeux au ciel.

— Trav... Je me doute bien que ce n'est pas la première fois que tu déflores une vierge, quand même.

Exactement comme je l'avais redouté, mon comportement détaché le mit en colère.

— Et pourtant, c'est le cas.

— Arrête... j'ai dit que je ne voulais pas de gêne entre nous.

Travis tira une dernière bouffée de sa cigarette et la jeta par terre d'une pichenette.

— En tout cas, si j'ai appris une chose ces derniers jours, c'est qu'on n'obtient pas toujours ce qu'on veut.

— Salut, Ab, dit Parker en m'embrassant sur la joue.

Travis lui lança un regard meurtrier.

— Je passe te chercher à 18 heures ?

— OK.

— À tout' ! ajouta-t-il en poursuivant son chemin.

Je le regardai s'éloigner, redoutant les conséquences de ces dix dernières secondes.

— Tu sors avec lui ce soir ? siffla Travis entre ses dents.

Les muscles de sa mâchoire se crispaient sous sa peau.

— Je t'avais dit qu'il avait prévu de m'inviter quand j'aurais réintégré la résidence. Il m'a appelée hier.

— Mais les choses ont un peu changé depuis cette conversation, non ?

— Pourquoi ?

Travis s'en alla sans un regard et je fis de mon mieux pour garder mes larmes. Il s'arrêta soudain et revint sur ses pas.

— C'est pour ça que tu disais qu'après aujourd'hui tu ne me manquerais plus ? Tu savais que je l'apprendrais, pour toi et Parker, et tu t'es dit que je... que je quoi ? Que je t'oublierais ? Que je passerais à autre chose ? Mais c'est quoi, le problème ? Tu ne me fais pas confiance ou bien je ne suis juste pas assez bien pour toi ? Dis-moi, bordel ! Dis-moi ce que j'ai fait pour que tu en arrives là ?

Je ne baissai pas les yeux, il fallait tenir bon.

— Tu n'as rien fait. Depuis quand le cul est-il une affaire de vie ou de mort, pour toi ?

— Depuis que je couche avec toi !

Je jetai un coup d'œil autour de nous. Les gens nous regardaient, ralentissaient en passant, et se murmuraient des choses. Je me sentis rougir jusqu'aux oreilles. J'eus tellement chaud que les larmes me montèrent aux yeux.

Travis s'efforça de se reprendre.

— C'est ça, alors ? Tu pensais que ça n'avait pas d'importance pour moi ?

— J'ai affaire à Travis Maddox, non ?

Il secoua la tête d'un air écœuré.

201

— Si je ne te connaissais pas un peu mieux que ça, je dirais que tu es en train de me jeter mon passé à la figure.

— Je ne considère pas le mois dernier comme le passé.

Une grimace lui tordit le visage, et j'éclatai de rire.

— Je plaisante, Travis ! Je plaisante, tout va bien. Je vais bien, tu vas bien. Pas la peine d'en faire tout un plat.

Toute émotion disparut de ses traits, il inspira profondément.

— Je sais ce que tu essaies de faire. Alors il ne me reste plus qu'à te le prouver.

Il me fixa avec l'air aussi déterminé que celui qu'il réservait à ses adversaires avant les combats.

— Si tu crois que je vais me remettre à baiser tout ce qui bouge, tu te trompes ! Je ne veux personne d'autre. Tu veux qu'on soit amis ? Très bien, on est amis. Mais tu sais aussi bien que moi que ce qui s'est passé l'autre soir n'était pas une simple histoire de cul.

Il s'en alla, furieux. Les yeux fermés, je soufflai longuement. Je ne m'étais même pas aperçue que j'avais arrêté de respirer. Travis se retourna une fois, puis disparut pour se rendre en cours. Une larme solitaire roula sur ma joue, que j'essuyai d'un geste rapide avant de reprendre mon chemin. Dans mon dos, je sentais les regards curieux de mes condisciples.

Parker était au deuxième rang, je me glissai à côté de lui. Un grand sourire éclaira son visage.

— J'ai hâte d'être à ce soir.

Je souris à mon tour et pris sur moi pour passer à autre chose après ma conversation avec Travis.

— C'est quoi, le plan ?

— Alors, vu que maintenant je suis bien installé dans mon appartement, je me disais qu'on aurait pu dîner chez moi.

— Moi aussi, j'ai hâte d'être à ce soir.

J'avais surtout beaucoup de mal à m'en convaincre.

America ayant refusé de m'aider, Kara se prêta à contrecœur au rôle d'assistante pour le choix d'une robe. Toutefois, à peine l'eus-je passée que je la retirai pour mettre un jean à la place. J'avais ruminé tout l'après-midi sur l'échec de mon plan concernant Travis, et je n'étais pas du tout d'humeur coquette. Comme il faisait assez froid, j'enfilai un pull en cachemire ivoire par-dessus un débardeur en coton marron avant d'attendre à la porte de la résidence. Quand la Porsche rutilante de Parker entra dans le parking, je sortis et le rejoignis.

— J'allais monter te chercher, dit-il, visiblement déçu.

— Ça t'a évité un voyage, comme ça.

Il m'ouvrit la portière, je m'installai et bouclai ma ceinture. Il monta à son tour et se pencha pour prendre mon visage entre ses mains. Ses lèvres étaient toujours aussi agréables.

— Mmm... souffla-t-il. Ta bouche m'a manqué.

Il avait l'haleine mentholée, son eau de toilette sentait très bon, ses mains étaient chaudes et douces et il était très séduisant avec son jean et sa chemise verte, mais quelque chose me manquait. L'excitation que j'avais éprouvée au début de notre relation avait totalement disparu. Intérieurement, je maudis Travis, responsable de ce changement.

— Je vais prendre ça comme un compliment, dis-je en souriant.

Son appartement était tel que je l'avais imaginé : immaculé, équipé de tous les appareils dernier cri, et probablement décoré par sa mère.

— Alors ? Ça te plaît ? demanda-t-il avec l'expression réjouie d'un enfant qui montre son nouveau jouet.

— Beaucoup.

Il me prit dans ses bras, plus sérieux soudain, et m'embrassa dans le cou. Chaque muscle de mon corps se raidit. J'aurais préféré être n'importe où ailleurs que dans cette pièce.

Mon téléphone sonna, je décrochai avec une petite grimace en guise d'excuse.

— Salut, Poulette, ça se passe bien, ton rendez-vous ?

Je tournai le dos à Parker.

— Qu'est-ce que tu veux ?

J'avais essayé de parler d'un ton sec, mais entendre sa voix était un tel soulagement que ce fut sans résultat.

— Je voulais aller au bowling demain, et j'ai besoin de ma partenaire.

— Au bowling ? Et tu pouvais pas attendre pour appeler ?

Ces mots me semblaient tellement hypocrites. J'avais cherché une excuse pour éviter les lèvres de Parker, et cet appel était venu à point nommé.

— Comment veux-tu que je sache quand vous aurez terminé ? Heu... C'est pas comme ça que je voulais le formuler...

Mais son sourire s'entendait à distance. Il s'amusait beaucoup.

— Je t'appelle demain et on en reparle, d'accord ?

— Non, pas d'accord. Tu veux qu'on soit amis, mais on peut pas se voir tranquilles. Alors, tu viens ou pas ? Et ne lève pas les yeux au ciel, je t'ai vue.

— Comment sais-tu que j'ai levé les yeux au ciel ? Tu me suis ? Tu m'épies ?

Sauf que les rideaux étaient tirés.

— Tu fais toujours ça. Bon, oui ? Non ? Tu es en train de perdre du temps, là. Et le temps passé avec Parker, c'est précieux.

Il me connaissait tellement bien. Je luttai contre l'envie de lui demander de passer me chercher, là, tout de suite, mais ne pus retenir un sourire à cette idée.

— Oui ! soufflai-je. OK !

— Je passe te prendre à 19 heures.

Je raccrochai et me tournai vers Parker avec le sourire du chat d'*Alice au pays des merveilles*.

— Travis ? demanda-t-il d'un air entendu.

— Heu... oui.

Prise la main dans le sac. Je remballai mon sourire.

— Vous êtes toujours seulement amis ?

— Seulement amis.

Le dîner se passa plutôt bien. Autour de plats chinois réchauffés, je finis par me détendre et Parker me rappela pourquoi je l'avais trouvé aussi charmant. Je me sentais plus légère, presque frivole. Mais j'avais beau essayer de le nier, c'était la perspective de voir Travis le lendemain soir qui me mettait dans cet état.

Après le repas, installés sur le canapé, nous regardâmes un film, et avant même la fin du générique, Parker m'avait allongée sur le dos. Je me félicitai d'avoir mis un jean. Le repousser aurait été plus difficile si j'avais été en robe. Ses lèvres étaient partout dans mon cou, et bientôt, une main tenta de défaire la ceinture de mon pantalon. Parker était maladroit, il s'y reprit à plusieurs fois. Quand le bouton céda, je me dégageai et me levai.

— Bon, je crois que pour la première base, c'est bien pour ce soir, dis-je en me rajustant.

— La quoi ?

— Première base, seconde base... comme au base-ball... ? Laisse tomber. Il est tard, je ferais mieux d'y aller.

Il se redressa, m'attrapa par la taille et m'attira sur ses genoux.

— Non, reste. Je ne veux pas que tu penses que je t'ai amenée ici pour ça.

— Parce que ce n'est pas le cas ?

— Bien sûr que non. Je n'ai pensé qu'à toi pendant ces deux dernières semaines. J'étais impatient. Excuse-moi.

Il m'embrassa sur la joue, je me détendis et souris quand son souffle me chatouilla le cou. Je posai mes lèvres sur les siennes, faisant de mon mieux pour ressentir quelque chose. Mais non. Rien. Je m'écartai en soupirant.

Parker se rembrunit.

— J'ai dit que j'étais désolé.

— J'ai dit qu'il était tard.

Il me reconduisit jusqu'à la résidence et serra fort ma main dans la sienne après m'avoir embrassée.

— On retente le coup demain ? Chez *Biasetti* ?

— Je... je vais au bowling avec Travis, demain.

— Mercredi alors ?

— Mercredi, parfait.

Mais Parker ne partait pas et se dandinait sur son siège. Visiblement, il avait quelque chose derrière la tête.

— Ab ? Il y a une soirée couples dans deux semaines à la fraternité...

Intérieurement, je fis la grimace, redoutant la discussion que nous allions inévitablement avoir.

— Quoi ? demanda Parker avec un petit rire nerveux.

— Je ne peux pas y aller avec toi, dis-je en descendant de la voiture.

Il me suivit jusqu'à l'entrée de la résidence.

— Tu as déjà quelque chose de prévu ?

— Travis m'a déjà proposé.

— Il t'a proposé quoi ?

— D'aller à la soirée avec lui, expliquai-je d'un ton un peu agacé.

Parker rougit, semblant mal à l'aise, soudain.

— Tu accompagnes Travis à la soirée couples ? Mais il ne va jamais à ce genre d'événements. Et vous êtes juste amis. Ça n'a pas de sens de t'y rendre avec lui.

— America a refusé d'y aller avec Shep si je n'étais pas là.

Il se détendit.

— Alors tu peux venir avec moi, dit-il en glissant ses doigts entre les miens.

Je fis la moue.

— Je ne peux pas annuler avec Travis et y aller avec toi.

— Je vois pas où est le problème. Tu seras présente, donc America sera satisfaite, et Travis pourra s'éviter un truc qu'il déteste. Il dit toujours que ce genre de soirées est organisé uniquement par nos copines pour nous forcer à officialiser la relation.

— C'est moi qui ne voulais pas y aller. Il a fini par me convaincre.

— Eh bien voilà, c'est une excellente excuse, dit-il en haussant les épaules.

Il semblait absolument certain d'arriver à me faire changer d'avis. C'était très agaçant.

— Je ne voulais pas y aller du tout.

La patience de Parker commençait à s'émousser.

— Bon, alors si je résume : tu ne veux pas te rendre à cette soirée. Travis veut y aller, il t'a demandé de l'accompagner et tu ne veux pas lui faire faux bond pour y aller avec moi, alors que tu n'étais pas partante au départ ?

J'eus du mal à lui faire face.

— Je ne peux pas lui faire ça, Parker. Je suis désolée.

— Est-ce que tu sais ce que c'est, une soirée couples ? C'est une fête à laquelle tu vas avec ton petit ami.

Le ton supérieur qu'il venait d'adopter fit s'évanouir en moi tout élan de compassion.

— Sauf que je n'ai pas de petit ami, donc techniquement, je ne devrais pas y aller du tout.

— Je pensais qu'on se donnait une nouvelle chance. Il me semblait qu'entre nous... il y avait quelque chose.

— Peut-être...

— Qu'est-ce que je suis censé faire ? Rester tout seul chez moi pendant que tu vas à la soirée couples de ma fraternité avec un autre mec ? Ou plutôt inviter une autre fille ?

Cette façon de me menacer m'irrita profondément.

— Tu fais ce que tu veux.

Il regarda ailleurs, secoua la tête.

— Mais je n'ai pas envie d'inviter une autre fille.

— Je ne veux pas te priver de ta soirée. On se verra là-bas.

— Donc tu préfères que j'invite quelqu'un d'autre ? Et toi, tu iras avec Travis ? T'as pas l'impression que c'est complètement absurde, tout ça ?

Je croisai les bras, prête à l'affrontement.

— J'ai accepté son invitation avant que, toi et moi, on ne sorte ensemble pour la première fois, Parker. Je ne peux pas annuler.

— Tu ne peux pas ou tu ne veux pas ?

— C'est la même chose. Je suis désolée que tu ne comprennes pas.

Je posai la main sur la porte et la poussai. Parker retint mon geste.

— OK, soupira-t-il, résigné. Visiblement, il va falloir que je prenne sur moi. Travis est l'un de tes meilleurs amis, je peux comprendre ça. Mais je n'ai pas envie que cela affecte notre relation. Tu vois ?

— Je vois.

Il ouvrit la porte et s'effaça pour me laisser entrer, déposant au passage un baiser sur ma joue.

— À mercredi alors ? 18 heures ?

— 18 heures, dis-je avec un petit signe de la main avant de m'engager dans l'escalier.

America sortit de la douche au moment où j'arrivais dans le couloir. En me voyant, son regard s'éclaira.

— Coucou ! Comment ça s'est passé ?

— Ça s'est passé, lâchai-je d'un ton las.

— Ouh là.

— Tu n'en parles pas à Travis, d'accord ?

— Pfff, bien sûr que non ! Raconte.

— Parker m'a invitée à la soirée couples de la fraternité.

— Oups. Tu ne vas pas laisser tomber Trav, j'espère ?

— Non. Et Parker le prend plutôt mal.

— Je peux comprendre. C'est vraiment trop con.

Elle rajusta sa serviette de bain et ramena ses cheveux mouillés par-dessus son épaule. Des gouttes d'eau roulèrent sur sa peau nue. Cette fille était la contradiction incarnée. Elle s'était inscrite à Eastern pour que l'on puisse y partir ensemble. Elle s'était attribué le rôle de ma conscience, intervenant dès que je cédais à ma tendance naturelle qui consistait à partir en vrille. Que je fréquente Travis allait à l'encontre de toutes les résolutions que nous avions prises, et pourtant, elle était devenue sa groupie la plus enthousiaste.

Je m'adossai au mur.

— Ça t'embêterait vraiment que je ne vienne pas ?

— Non, c'est pas que ça m'embêterait, ça me mettrait surtout dans une colère folle et définitive après toi. Je suis capable d'en venir aux mains sur ce sujet, Abby.

— Bon. Alors je vais y aller, je crois.

Je glissai ma clé dans la serrure. Mon téléphone sonna, et une photo de Travis faisant une grimace apparut à l'écran.

— Allô ?

— T'es rentrée ?

— Oui. Il m'a déposée il y a cinq minutes.

— Cinq de plus, et j'arrive.

— Attends ! Travis ?

Il avait déjà raccroché. America éclata de rire.

— Tu sors d'une soirée décevante avec Parker, et tu souris quand Travis t'appelle. Que faut-il en déduire ? rigola America.

— Je n'ai pas souri, protestai-je. Il arrive. Tu veux bien l'attendre et lui dire que je suis allée me coucher ?

— Si, tu as souri, et non, t'as qu'à le lui dire toi-même.

— Ben voyons, je vais ressortir pour lui dire que je suis couchée. Il va me croire, tiens...

Déjà, elle tournait les talons et s'éloignait.

— Mare ! S'il te plaît !

— Bonne fin de soirée, Abby, lança-t-elle avant de disparaître dans sa chambre.

Je descendis au moment où Travis garait sa moto devant le perron. Il portait un tee-shirt blanc décoré d'un dessin noir qui faisait ressortir les tatouages sur ses avant-bras.

— T'as pas froid ? demandai-je en serrant les pans de mon blouson.

— C'est joli, cette tenue. T'as passé une bonne soirée ?

— Heu... oui, merci. Qu'est-ce que tu fais ici ?

Il n'avait pas coupé le moteur, et le fit ronfler d'un coup d'accélérateur.

— J'étais parti pour faire un tour et m'éclaircir un peu les idées. Je voudrais que tu viennes avec moi.

— Il fait froid, Trav.

— Tu préfères que j'aille emprunter la voiture de Shep ?

— On a dit qu'on allait au bowling demain, ça ne peut pas attendre jusque-là ?

— Je suis passé d'une présence continue à tes côtés à une conversation de dix minutes par jour si j'ai de la chance.

Je souris et secouai la tête.

— Ça ne fait que quarante-huit heures, Trav.

— Tu me manques. Pose tes fesses là-dessus et on y va.

Comment discuter ? Il me manquait aussi. Plus que je n'étais prête à le reconnaître. Je fermai mon blouson et grimpai derrière lui. J'allais glisser mes doigts dans les passants de sa ceinture pour m'accrocher, mais il me prit les poignets et referma mes bras sur lui. Une fois certain que je le tenais bien, il démarra. Sur les chapeaux de roue.

Je posai la joue sur son dos et fermai les yeux pour mieux sentir son odeur. Cela me rappela son appartement, ses draps, et l'effluve qu'il laissait dans son sillage quand il sortait de la douche, une serviette nouée à la taille. La ville défilait à toute vitesse ; je me fichais qu'il dépasse les limites et que le vent glacé fouette ma peau. Je n'avais même pas prêté attention à la direction que nous avions prise. La seule chose à laquelle je pensais, c'était à son corps contre le mien. Nous n'avions ni destination ni horaire, et nous roulâmes ainsi bien longtemps après que les rues se furent désertées.

Finalement, Travis s'arrêta à une station-service.

— Tu veux quelque chose ?

Je secouai la tête, descendant moi aussi de la moto pour me dégourdir les jambes. Il me regarda passer une main dans mes cheveux emmêlés, et sourit.

— Arrête. T'es belle, putain.

— Comme dans un clip rock des années 1980, peut-être.

Son éclat de rire se termina en un bâillement. Le pistolet distributeur d'essence cliqueta dans la nuit silencieuse. C'était comme si nous étions seuls au monde.

Je sortis mon téléphone pour regarder l'heure.

— Mince ! Il est 3 heures du mat', Trav !

— Tu veux rentrer ? s'étonna-t-il, visiblement déçu.

— Heu... je crois que c'est mieux, en effet.

— Mais on va quand même au bowling ce soir ?

— Je t'ai dit oui.

— Et tu viendras quand même à la fête de Sigma Tau dans deux semaines, hein ?

— Chercherais-tu à insinuer que je ne respecte pas mes engagements ? Je trouve ça un poil insultant.

Il retira le pistolet de son réservoir et le replaça sur sa base.

— Je n'arrive plus à prévoir ce que tu vas faire, c'est tout.

Il monta et m'aida à m'installer. Je glissai les doigts dans les passants de sa ceinture, puis changeai d'avis et l'enlaçai.

Il soupira, redressa la moto pour démarrer, mais hésita. Je vis qu'il serrait le guidon de toutes ses forces. Il inspira un grand coup, fut sur le point de dire quelque chose, avant de renoncer.

— Tu comptes beaucoup pour moi, tu sais, dis-je en le serrant dans mes bras.

— Je ne te comprends pas, Poulette. Je pensais connaître les femmes, mais toi... Je sais jamais sur quel pied danser, t'es d'un compliqué.

— Je ne te comprends pas non plus. Tu es censé être le chéri de ces dames à Eastern. Dans la brochure, ils promettaient de nous faire vivre à fond notre première année, et franchement, je reste sur ma faim, plaisantai-je.

— C'est nouveau, ça. Jamais une fille n'a couché avec moi pour que je la laisse tranquille.

— Tu te trompes, Travis, mentis-je, honteuse qu'il ait deviné mes intentions sans réaliser à quel point il voyait juste.

Il secoua la tête et se mit enfin en route. Sur le trajet du retour, il conduisit lentement, s'arrêtant à tous les feux orange et prenant le chemin le plus long pour regagner le campus.

Quand il s'arrêta devant la résidence Morgan, j'éprouvai la même tristesse que le soir où j'avais quitté son appartement. Un tel sentimentalisme était idiot, mais chaque fois que je faisais quelque chose pour l'éloigner de moi, je redoutais que cela fonctionne.

Il me raccompagna jusqu'à ma porte ; je sortis mes clés, évitant son regard. Sa main se glissa soudain sous mon menton et, du pouce, il caressa mes lèvres.

— Est-ce qu'il t'a embrassée ?

Je m'écartai, surprise par la chaleur que ses doigts venaient de provoquer en moi.

— Tu sais vraiment t'y prendre pour bousiller une soirée formidable, toi, hein ?

— Tu as trouvé ça formidable alors ? Ça veut dire que tu as passé un bon moment ?

— Je passe toujours de bons moments avec toi.

Il baissa la tête, les yeux rivés sur le sol.

— Est-ce qu'il t'a embrassée ?

— Oui, soupirai-je, agacée.

Il ferma les yeux.

— Et c'est tout ?

J'ouvris la porte d'un mouvement brusque.

— Ça, ça ne te regarde pas !

Travis la referma et se mit en travers de mon chemin.

— J'ai besoin de savoir.

— Non tu n'as besoin de rien savoir ! Laisse-moi passer !

— Poulette !

— Maintenant que je ne suis plus vierge, tu penses que je vais m'envoyer en l'air avec n'importe qui ? Merci !

— Mais j'ai pas dit ça, merde ! C'est trop demander, un peu de tranquillité d'esprit ?

— Et en quoi cela te tranquilliserait-il de savoir si je couche ou non avec Parker ?

— Tu sais très bien pourquoi, enfin ! C'est évident pour tout le monde sauf pour toi ! lâcha-t-il, exaspéré.

— Ben c'est que je dois être la dernière des connes, alors. De mieux en mieux, Trav.

Il me prit par les épaules.

— Ce que je ressens pour toi... c'est fou.

— Fou, oui, je pense que c'est le mot, répliquai-je en me dégageant.

— J'ai pas arrêté de repenser à tout ça ce soir, sur la moto, alors maintenant, tu vas m'écouter.

— Travis...

— Je sais qu'on est mal barrés, d'accord ? Je suis impulsif, je pars en vrille sans prévenir, et je t'ai dans la peau comme jamais personne auparavant. Tu agis comme si tu me détestais, et l'instant d'après, tu as besoin de moi. Je ne fais jamais ce qu'il faut comme il faut, et je ne te mérite pas... mais putain, je t'aime, Abby. Je t'aime plus que je n'ai jamais aimé qui que ce soit ou quoi que ce soit. Quand tu es près de moi, je n'ai plus besoin d'alcool, ni d'argent, ni de combats, ni de baise facile. Je n'ai plus besoin que de toi. Je ne pense qu'à toi, je ne rêve que de toi. Je ne veux que toi.

J'avais prévu de feindre l'indifférence, mais ce fut un échec total, et mémorable. Comment le regarder de haut alors qu'il venait d'abattre toutes ses cartes ? Le jour où nous nous étions rencontrés, quelque chose avait changé en chacun de nous. Ce quelque chose, sans que l'on sache ce que c'était, nous avait rendus dépendants l'un de l'autre. Pour des raisons que j'ignorais, j'étais son exception, et j'avais beau lutter contre mes sentiments, il était la mienne.

Il posa les mains sur mes joues et me regarda dans les yeux.

— Est-ce que tu as couché avec lui ?

De chaudes larmes me montèrent aux yeux tandis que je secouais la tête négativement. Il plaqua ses lèvres sur les miennes et sa langue glissa dans ma bouche sans hésitation. Incapable de me contrôler, j'agrippai son tee-shirt et l'attirai contre moi. Il émit un grognement sourd qui me vit vibrer, et me serra si fort que j'eus du mal à respirer.

Puis il s'écarta, à bout de souffle.

— Appelle Parker. Dis-lui que tu ne veux plus le voir. Dis-lui que tu es avec moi.

Je fermai les yeux.

— Je ne peux pas être avec toi, Travis.

— Mais pourquoi, bordel ?

J'avais peur de sa réaction quand il entendrait la vérité. Je me tus.

Il eut un éclat de rire.

— Incroyable ! La seule fille que je désire ne veut pas de moi !

Je déglutis, la gorge serrée. J'allais devoir m'approcher d'une vérité que je m'étais efforcée d'ignorer ces derniers mois.

— Quand America et moi sommes venues nous installer ici, l'objectif était de prendre un nouveau cap. En tout cas, d'en changer. Les bagarres, le jeu, l'alcool... voilà ce que j'ai laissé derrière moi. Quand je suis à tes côtés... je retrouve tout ça, dans un paquet cadeau tatoué et irrésistible. Je n'ai pas fait tout ce chemin pour revivre le même cauchemar.

Il me souleva le menton afin que je sois face à lui.

— Je sais que tu mérites mieux que moi. Tu crois que je n'en suis pas conscient ? Mais si une femme a été faite pour moi un jour... c'est toi. Je ferai ce qu'il faudra, Poulette. Tu m'entends ? Je suis prêt à tout.

Je me détournai. J'avais honte de ne pas pouvoir lui dire toute la vérité. C'était moi qui n'étais pas à la hauteur. Moi qui ficherais tout en l'air, qui le détruirais. Un jour, il me haïrait, et imaginer le regard qu'il poserait sur moi quand il comprendrait m'était insupportable.

— J'arrêterai les combats à la seconde où j'aurai mon diplôme. Je ne boirai plus une goutte d'alcool. Le « Ils vécurent heureux et eurent beaucoup d'enfants », je le réaliserai pour toi, Poulette. Si tu crois en moi, j'en serai capable.

— Je ne veux pas que tu changes.

— Alors dis-moi ce qu'il faut que je fasse. Dis-moi, et je le ferai.

Envisager une relation avec Parker n'était plus à l'ordre du jour depuis un moment, et je savais que c'était à cause des sentiments que je nourrissais pour

215

Travis. Je réfléchis aux voies différentes que mon existence pouvait prendre en cet instant – faire confiance à Travis et me lancer dans l'inconnu, ou le repousser, et savoir exactement à quelle vie m'attendre, une vie sans lui. Dans les deux cas, la décision me terrifiait.

— Tu peux me prêter ton téléphone ?

Travis me regarda sans comprendre, fronça les sourcils, puis le tira de sa poche et me le tendit.

— Bien sûr.

Je composai le numéro et fermai les yeux, écoutant la sonnerie.

— Travis ? Non mais ça va pas bien ? T'as une idée de l'heure qu'il est ? répondit Parker.

Sa voix était profonde et rauque, et je sentis mon cœur battre dans ma poitrine. Je n'avais pas imaginé qu'il saurait que j'appelais du téléphone de Travis.

Sans que je sache comment, les mots sortirent de mes lèvres tremblantes.

— Je suis désolée d'appeler si tard... enfin, si tôt, mais ça ne pouvait pas attendre. Je... je ne viendrai pas dîner avec toi mercredi.

— Mais il est presque 4 heures, Abby, qu'est-ce qui se passe ?

— Je... on ne va plus se voir, en fait.

— Ab...

— Je suis... quasiment sûre d'être amoureuse de Travis.

Je me tus, me préparant à sa réaction. Il y eut quelques instants de silence stupéfait, puis il raccrocha.

Les yeux rivés au sol, je rendis son téléphone à Travis. En relevant timidement la tête, je lus sur son visage un mélange d'étonnement, de stupéfaction et d'adoration.

— Il a raccroché, dis-je avec une grimace.

Il me scrutait, le regard plein d'espoir.

— Tu m'aimes ?

— C'est les tatouages, dis-je avec un haussement d'épaules.

Un large sourire creusa ses fossettes, il me prit dans ses bras.

— Viens, rentre avec moi à l'appart.

— Tout ça pour m'attirer dans ton lit ? J'ai dû te faire une sacrée impression, dis donc.

— La seule chose que j'ai en tête, là, tout de suite, c'est te tenir dans mes bras le restant de la nuit.

— C'est parti !

Malgré la vitesse – beaucoup trop élevée – et les raccourcis, le trajet jusqu'à l'appartement me parut interminable. Travis me porta dans l'escalier et je fus prise d'un fou rire en cherchant à l'embrasser tandis qu'il essayait d'ouvrir la porte. Quand il me posa à l'intérieur et referma derrière nous, il poussa un long soupir de soulagement.

— Je ne me sentais plus chez moi, depuis ton départ...

Toto se dandina dans le couloir en remuant la queue et vint chercher quelques caresses. Je le pris dans mes bras et lui murmurai des gentillesses.

Le lit de Shepley craqua, ses pas résonnèrent. Sa porte s'ouvrit en grand et il scruta le salon, aveuglé par la lumière.

— Putain, Trav, t'avais dit que t'arrêtais ces conneries ! T'es amoureux d'Ab...

Ses yeux s'étaient accoutumés.

— ... Oh. Salut, Abby.

— Salut, Shep, dis-je en posant Toto.

Ignorant son cousin ébahi, Travis me poussa en direction de sa chambre sans rien dire et referma la porte d'un coup de pied. Puis il me prit dans ses bras et m'embrassa sans hésiter, comme si nous avions fait cela des millions de fois. Je lui enlevai son tee-shirt, il fit glisser mon blouson de mes épaules. Sans cesser de nous embrasser ou presque, nous nous déshabillâmes l'un l'autre et, quelques secondes plus tard, il m'allongea sur son lit. Je tendis la main vers le tiroir de la table de nuit, l'ouvris, et plongeai à l'intérieur, à la recherche de papier métallisé.

— Merde, lâcha-t-il, le souffle court. Je les ai tous balancés.

— Quoi ? Tous ?

— Je pensais que tu... que je... que sans toi, je n'en avais plus besoin...

Je me laissai tomber contre la tête de lit.

— Tu plaisantes !

Il posa le front contre ma poitrine.

— Tu peux désormais te considérer comme le contraire absolu d'une fille prévisible.

Je souris et l'embrassai.

— Tu ne l'as jamais fait sans ?

— Jamais.

Je promenai mon regard sur la pièce, songeuse. Mon expression le fit rire.

— Qu'est-ce que tu fais ?

— Chut, je compte.

Travis attendit un moment, puis se pencha pour déposer des baisers sur mon cou.

— Je n'arrive pas à me concentrer quand tu fais ça... le 25, et deux jours...

— Mais de quoi tu parles ? demanda-t-il en riant.

— C'est bon ! Pas de risque ! dis-je en me glissant sous lui.

Il posa son torse contre mon corps et m'embrassa tendrement.

— Tu es sûre ?

Mes mains flânèrent de ses épaules jusqu'au bas de son dos. Il ferma les yeux, laissant échapper un gémissement grave et profond.

— Abby... souffla-t-il.

D'un coup de rein, il me pénétra, ce qui lui valut un nouveau gémissement.

— Aaah... tu es... je sens...

— C'est différent ?

Il me regarda dans les yeux.

— Avec toi, c'est différent de toute façon. Mais là...

Il inspira profondément et se tendit, fermant les paupières un instant.

— ... Là, plus rien ne sera jamais pareil après ça.

Ses lèvres couvrirent chaque centimètre de mon cou, et quand il prit ma bouche, j'enfonçai mes ongles dans ses épaules, m'abandonnant à l'intensité de ce baiser.

Il prit mes mains et les ramena au-dessus de ma tête, les serrant fort à chaque va-et-vient. Ses mouvements s'accélérèrent, se firent plus rudes, et je sentis monter en moi une vague irrésistible, puissante.

Je laissai échapper un cri, me mordis la lèvre.

— Abby, murmura Travis, hésitant. J'ai besoin d'un... Il faut que je...

— N'arrête pas, soufflai-je. Continue. Encore.

Il s'enfonça en moi avec un grognement si rauque que je couvris sa bouche de la mienne. Haletant, il me regarda et m'embrassa, encore et encore. Ses mains prirent mon visage et il y déposa des baisers plus tendres. Enfin, il effleura mes lèvres, mes joues, mon front, mon nez, pour retourner ensuite à mes lèvres.

Je souris et soupirai, soudain gagnée par la fatigue. Travis me prit contre lui et tira la couette sur nous. Je posai la tête sur sa poitrine, il plaqua un ultime baiser sur mon front et glissa ses doigts entre les miens.

— Ne pars pas, cette fois, OK ? Je veux me réveiller exactement comme ça demain matin.

Je l'embrassai sur le torse, un peu gênée qu'il ait à demander une chose pareille.

— Je ne vais nulle part.

11

Jalousie

À mon réveil, j'étais allongée sur le ventre, nue, enchevêtrée dans les draps de Travis Maddox. Je gardai les yeux clos, sentant ses doigts caresser mon bras et mon dos.

Il poussa un long soupir de contentement.

— Je t'aime, Abby, dit-il à mi-voix. Je vais te rendre heureuse, je te le jure.

Le matelas bougea quand il changea de position, et je sentis ses baisers légers remonter le long de mon échine. Il progressa ainsi jusqu'à mon oreille, puis se leva. Je l'entendis quitter la chambre, marcher dans le couloir et, quelques instants plus tard, l'eau se mit à couler. Il prenait une douche.

J'ouvris les yeux et me redressai en m'étirant. Tous les muscles de mon corps étaient douloureux, y compris ceux dont j'ignorais l'existence. Enveloppée dans la couette, je regardai par la fenêtre. Des feuilles jaunes et rouges virevoltaient jusqu'à terre.

Le portable de Travis vibra quelque part sur le sol. Je tâtai le tas de vêtements qui gisait là, et finis par le trouver dans la poche de son jean. L'écran indiquait un numéro, pas de nom.

— Allô ?

— Heu... Travis est là ? demanda une voix féminine.

— Il est sous la douche, je peux prendre un message ?

— J'aurais dû m'en douter. Dites-lui que Megan a appelé, d'accord ?

Travis entra à cet instant, serrant sa serviette autour de ses hanches. Je lui tendis le téléphone en souriant.

— Tiens, c'est pour toi.

Il m'embrassa avant de regarder l'écran et secoua la tête.

— Allô ? Ouais, c'était ma copine. Qu'est-ce que tu veux, Megan ?

Il écouta un moment, sourit.

— Qu'est-ce que tu veux que je te dise ? C'est différent avec elle.

Il y eut un long silence, puis il leva les yeux au ciel. Sans l'entendre, j'avais tout de même une vague idée de ce qu'elle pouvait lui raconter.

— Arrête, Megan, ce n'est pas ton genre de jouer les garces. Écoute, je veux plus que tu m'appelles... Hé oui, c'est ça, l'amour, précisa-t-il en me regardant tendrement. Oui, avec Abby. Je suis sérieux, Megan, tu ne m'appelles plus... Salut.

Il jeta son téléphone sur le lit et s'assit à côté de moi.

— Elle l'a un peu mal pris. Elle t'a dit quelque chose ?

— Non, elle a juste demandé à te parler.

— J'ai effacé les quelques numéros que j'avais enregistrés, mais forcément, ça ne les empêche pas d'appeler. Si elles ne comprennent pas toutes seules, je leur expliquerai clairement les choses.

Il me fixa d'un regard plein d'espoir, et je ne pus m'empêcher de sourire. Je découvrais une toute nouvelle facette de Travis.

— Je te fais confiance, tu sais.

Il m'embrassa.

— Je ne t'en voudrais pas d'avoir envie de me mettre à l'épreuve.

— Bon, je vais prendre une douche. J'ai déjà raté un cours ce matin.

— Tu vois ? J'ai déjà une bonne influence sur toi.

Je me levai, il tira sur le drap.

— Megan m'a dit qu'il y avait une fête pour Halloween ce week-end au *Red Door*. J'y étais avec elle l'an dernier, on s'était bien marrés.

— Je n'en doute pas, lâchai-je avec un haussement de sourcil.

— Sérieusement, beaucoup de monde y va, il y a un tournoi de billard, et les boissons sont pas chères... ça te dit ?

— Je ne suis pas vraiment... Me déguiser, c'est pas mon truc. Ça ne l'a jamais été.

— À moi non plus. J'y vais, c'est tout.

— Et le bowling ce soir, ça tient toujours ?

L'invitation avait peut-être été un prétexte pour me voir seule, et il n'en avait plus besoin, désormais.

— Un peu que ça tient ! Je vais te mettre une de ces raclées !

Je le considérai avec un regard menaçant.

— Alors ça, ça m'étonnerait. Pas cette fois. J'ai un super pouvoir, maintenant.

Il éclata de rire.

— Ah bon ? Et c'est quoi ? Des gros mots ?

Je déposai un baiser dans son cou et, du bout de la langue, remontai jusqu'à son oreille avant d'en prendre le lobe entre mes lèvres. Il se figea.

— Je distrais mon adversaire, soufflai-je.

Il m'attrapa par la taille et me poussa sur le lit.

— Tu vas rater un autre cours, je crois.

Je réussis finalement à le convaincre de me laisser quitter l'appartement assez longtemps pour assister au cours d'histoire, et nous nous installâmes devant

M. Chaney juste avant qu'il ne commence. Travis m'embrassa sur la bouche, au vu et au su de tous les élèves présents.

Un peu plus tard sur le chemin de la cafétéria, il me prit la main, glissant ses doigts dans les miens. Il semblait vraiment fier de me tenir ainsi et d'annoncer au monde entier que nous étions enfin ensemble. Finch le remarqua. Son regard se posa sur nos mains, puis sur moi, et il esquissa un sourire ridicule. Il ne fut pas le seul. Ce simple geste affectueux généra de multiples coups d'œil et des murmures de la part de tous ceux que nous croisâmes.

Devant la cafétéria, Travis tira une dernière fois sur sa cigarette et me scruta alors que j'hésitais à entrer. America et Shepley étaient déjà installés, et Finch avait allumé une autre cigarette – j'allais donc devoir entrer seule avec Travis. Je savais que, depuis le cours d'histoire et notre baiser, les rumeurs allaient bon train, et je redoutais de monter sur la scène que constituait malgré lui le réfectoire.

— Qu'est-ce qu'il y a, Poulette ?

— Tout le monde nous regarde.

Il m'embrassa les doigts.

— Ils s'en remettront. C'est juste le choc de la nouvelle. Tu te souviens quand on a simplement commencé à traîner ensemble ? La curiosité a fini par retomber, et les gens se sont habitués à nous voir tous les deux. Allez, viens, dit-il en m'entraînant à l'intérieur.

L'une des raisons qui m'avaient poussée à choisir Eastern University était son côté provincial et tranquille, toutefois, l'intérêt général porté au moindre événement dès qu'il sortait de l'ordinaire se révélait fatigant. C'était une source de plaisanterie, sur le campus. Tout le monde s'accordait à dire que la machine à ragots était ridicule, et pourtant, tout le monde l'alimentait sans vergogne.

Nous nous installâmes au même endroit que d'habitude. America me sourit d'un air entendu. Elle se mit à papoter, mais les footeux à l'autre bout de la table me fixaient comme si j'avais pris feu.

Travis piqua ma pomme avec sa fourchette.

— Tu vas la manger, Poulette ?

— Non, tu peux la prendre, chéri.

Je me sentis rougir jusqu'aux oreilles quand America se tourna brusquement vers moi.

— C'est sorti tout seul, lâchai-je, étonnée moi-même.

Dans les yeux de Travis, je lus un mélange d'amusement et d'adoration.

Nous avions échangé ce gentil surnom plusieurs fois dans la matinée, et je ne m'étais pas rendu compte qu'il était très nouveau pour tous ceux qui nous entouraient. Jusqu'à ce que je l'utilise en public.

— Vous en êtes déjà au stade chouchou-loulou, tous les deux, c'en serait presque agaçant, remarqua America avec un large sourire.

Shepley me donna une petite tape sur l'épaule.

— Tu restes à l'appart, ce soir ? Je te promets de ne pas sortir de ma chambre en te traitant de tous les noms.

— Tu défendais mon honneur, Shep. Tu es pardonné.

Travis mordit dans la pomme. Je ne l'avais jamais vu aussi heureux. Ses traits étaient paisibles et, malgré les dizaines de personnes qui nous épiaient, tout me semblait... normal.

Je repensai au temps passé à me persuader que choisir Travis n'était pas une bonne idée, au temps perdu à lutter contre les sentiments que j'éprouvais pour lui. Je fixai ses yeux doux et la fossette qui creusait sa joue quand il mâchait en me demandant ce qui m'avait tant effrayée.

— Il a l'air sur un petit nuage. Tu as fini par céder, Abby ? me lança Chris en donnant un coup de coude à son voisin.

— Tu sais que t'es lourd, Jenks ? Très lourd, même, lui répondit Shepley avec un air sombre.

Je me sentis virer au cramoisi. Mais en voyant l'air meurtrier de Travis, ma gêne passa immédiatement au second plan.

— Ignore-le, dis-je avec une moue de mépris.

Il y eut un moment de tension, puis ses épaules se détendirent. Il inspira profondément et finit par me faire un clin d'œil.

Je tendis une main vers lui, glissai mes doigts entre les siens.

— Ce que tu m'as dit hier soir, tu le pensais, non ?

Il allait me répondre quand le rire de Chris résonna dans toute la cafétéria.

— Nom de Dieu ! Travis Maddox s'est fait mettre le grappin dessus ?

— Et toi, tu le pensais vraiment quand tu disais ne pas vouloir que je change ? me demanda Travis.

Je tournai la tête en direction de Chris, qui se marrait toujours, et revins vers Travis.

— Absolument. Ce connard a besoin d'une bonne leçon.

Un sourire malicieux éclaira le visage de Travis lorsqu'il se leva. Le silence se fit avant même qu'il n'arrive à la hauteur de Chris, qui ravala son rire.

— Hé, c'était juste pour te charrier, Travis, dit-il.

— Présente tes excuses à Abby.

Chris m'adressa un sourire nerveux.

— Je... je plaisantais, Abby. Excuse-moi.

Il leva les yeux vers Travis, cherchant l'approbation dans son regard. Mais quand ce dernier s'éloigna, Chris ne put s'empêcher de marmonner quelque chose à l'intention de Brazil avec un sourire en coin. Travis s'arrêta net et serra les poings. Mon cœur se mit à battre.

Brazil secoua la tête et poussa un soupir d'exaspération.

— Quand tu reprendras conscience, Chris, souviens-toi que tu t'es mis dans cette galère tout seul.

Travis attrapa le plateau de Finch et le jeta au visage de Chris, qui tomba de sa chaise. Celui-ci essaya de filer tout en se relevant, mais Travis l'attrapa par les jambes et s'abattit sur lui.

Sous les coups, Chris se mit en boule, alors Travis le frappa dans le dos. Chris se retourna et tenta de se protéger en tendant les bras, mais il découvrit son visage. Le sang jaillit, Travis se releva, hors d'haleine.

— Si tu poses encore une seule fois les yeux sur elle, espèce de salaud, je te brise la mâchoire ! lança-t-il avant de lui donner un dernier coup de pied dans la jambe.

Les femmes d'entretien arrivèrent, choquées par les traces de sang qui maculaient le sol.

— Je suis désolé, dit Travis en s'essuyant la joue.

Certains étudiants s'étaient levés pour mieux voir de quoi il retournait, d'autres étaient restés assis et observaient le spectacle d'un air amusé. Le reste de l'équipe de foot ne regardait que Chris à terre en secouant la tête.

Travis tourna les talons, Shepley me prit par le bras, ainsi qu'America, et nous entraîna dehors à la suite de son cousin. Devant la résidence Morgan, Travis se mit à aller et venir comme un lion en cage.

— Ça va aller, Trav ? demanda Shepley.

— Je... Faut que je me calme.

— Tu m'as étonné, je ne pensais pas que tu t'arrêterais.

— Abby m'avait dit de lui donner une leçon, Shep, pas de le tuer. J'ai vraiment eu du mal à me retenir, tu peux me croire.

Assise sur les marches du perron, America mit ses lunettes de soleil pour lever les yeux vers Travis.

— Qu'est-ce qu'il a dit pour te mettre dans un état pareil, d'ailleurs ?

— Un truc qu'il ne dira plus jamais.

America se tourna vers Shepley, qui haussa les épaules.

— J'ai pas entendu.

Travis serra de nouveau les poings.

— J'y retourne.

Shepley posa une main sur son épaule.

— Écoute... ta copine est ici. T'as plus rien à faire là-bas.

Travis me regarda, faisant un effort visible pour rester calme.

— Il a dit... tout le monde pense qu'Abby a... merde, j'arrive même pas à le répéter.

— Allez, lance-toi, quoi... fit America, impatiente.

Finch arriva derrière Travis, visiblement très excité par le remue-ménage ambiant.

— Tous les mecs du campus veulent se la faire parce qu'elle est la seule à avoir fait craquer Travis Maddox ! C'est ce qu'ils disent, en tout cas !

Travis partit à grands pas en direction de la cafétéria. Shepley le rattrapa et le retint par l'épaule. Je lâchai un cri quand Travis fit mine de le frapper. Shepley esquiva. America n'avait même pas bougé ; elle avait l'habitude de leurs bagarres.

Ne voyant qu'une solution pour l'arrêter, je courus me jeter dans ses bras. Les jambes nouées autour de sa taille, je pris son visage entre mes mains et l'embrassai passionnément. Ses mains plaquées sur mes cuisses, je sentis sa colère s'évanouir tandis qu'à son tour il m'embrassait à pleine bouche. Quand je me dégageai, il était redevenu lui-même.

— On se fout de ce qu'ils pensent, non ? On était d'accord là-dessus, dis-je avec assurance.

Jamais je n'avais imaginé avoir autant d'influence sur lui.

— Je ne peux pas les laisser parler de toi comme ça, Poulette, dit-il en me posant à terre, l'air contrarié.

Je glissai mes bras autour de son torse.

— Comme quoi ? Ils pensent que j'ai quelque chose de spécial parce que, jusqu'à présent, ils ne t'ont jamais vu te poser. Quel est le problème ?

— Ce n'est pas ça ! Je supporte pas l'idée que tous ces blaireaux veuillent te mettre dans leur lit pour cette raison. Je sens que ça va me rendre dingue. Je le sens.

— Ne les laisse pas t'atteindre, Travis, dit Shepley. Tu ne peux pas te battre avec tout le monde.

Travis soupira.

— Tout le monde... Ça te ferait quoi si tout le monde pensait ça d'America ?

— Qu'est-ce que tu crois, c'est peut-être le cas ! s'insurgea celle-ci.

Nous éclatâmes de rire et elle fit la grimace.

— Je ne plaisantais pas.

Shepley la prit dans ses bras et l'embrassa.

— On avait compris, bébé. Il y a longtemps que j'ai renoncé à être jaloux. Je n'aurais plus de temps pour autre chose, sinon.

America sourit, satisfaite de la réponse, et lui rendit son baiser. Shepley avait l'incroyable don de mettre tout le monde à l'aise autour de lui. Avoir grandi aux côtés de Travis et de ses frères y était sans nul doute pour quelque chose. C'était probablement chez lui un mécanisme de défense.

Travis me chatouilla l'oreille, et je me défendis en riant, jusqu'à ce que j'aperçoive Parker qui arrivait dans notre direction. Un sentiment d'urgence me saisit, comme lorsque Travis avait voulu retourner à la cafétéria. Sans un mot, je le lâchai pour aller à la rencontre de Parker.

— Il faut que je te parle, dit-il.

Je jetai un regard par-dessus mon épaule.

— Heu... ce n'est vraiment pas le moment, Parker. Vraiment pas. Travis et Chris se sont battus pendant le repas, et il est encore un peu à cran. Vaut mieux pas, je t'assure.

Parker jaugea Travis, puis reporta son attention sur moi.

— Je viens d'apprendre ce qui s'est passé à la cafétéria. Je crois que tu n'as pas compris dans quoi tu mets les pieds. Travis est un voyou, Ab. Tout le monde le sait. Personne ne dit que tu as réussi à le changer et que c'est génial. Non. Les gens attendent qu'il fasse ce pour quoi il est le plus doué. Je ne sais pas ce qu'il t'a dit, mais tu n'as pas la moindre idée de qui il est vraiment.

Je sentis la main de Travis sur mon épaule.

— Vas-y, dis-le-lui, toi, qu'est-ce que tu attends ?

Parker se dandina, nerveux.

— Des filles humiliées, je ne sais même plus combien j'en ai raccompagné après qu'elles avaient passé quelques heures seules avec lui. Il finira par te faire souffrir.

Je sentis les doigts de Travis bouger sur mon épaule et posai une main sur la sienne pour le calmer.

— Il vaudrait mieux que tu y ailles, Parker, vraiment.

— Il vaudrait mieux que tu m'écoutes, Ab.

— Arrête de l'appeler comme ça, putain, grogna Travis.

Parker n'avait de cesse de me dévisager.

— Je me fais du souci pour toi.

— C'est gentil de ta part, mais c'est inutile.

Il secoua la tête.

— Tu représentais un défi sur le long terme, pour lui. Il t'a fait croire que tu étais différente à ses yeux pour arriver à coucher avec toi. Il va se lasser, sa capacité d'attention ne dépasse pas celle d'un gamin de trois ans.

Travis s'avança. Il était si proche de Parker que leurs visages auraient pu se toucher.

— Je t'ai laissé parler, mais maintenant, ça suffit. Ma patience a des limites.

Parker tenta de me fixer à nouveau, mais Travis se pencha pour l'en empêcher.

— Tu ne la regardes pas, OK ? Tu me regardes, moi, espèce de merdeux gâté pourri.

Et comme Parker le toisait sans bouger, il ajouta :

— Tu respires le même air qu'elle, et je fais en sorte que tu boites jusqu'à ce que tu aies terminé médecine.

Parker recula de quelques pas, de manière à pouvoir me voir.

— Je te croyais plus intelligente que ça, ajouta-t-il avant de faire volte-face en secouant la tête.

Travis le regarda partir puis se tourna vers moi.

— Tu sais que tout ce qu'il dit, c'est des conneries, hein ? Y a rien de vrai là-dedans.

— Je sais aussi que c'est ce que tout le monde pense, grommelai-je en remarquant l'intérêt que nous portaient les étudiants passant à proximité.

— Alors je leur prouverai qu'ils se trompent.

Durant la semaine qui suivit, Travis prit sa promesse très au sérieux. Il ne répondait plus aux filles qui l'abordaient sur le chemin des cours, avait parfois même une attitude un peu brusque à leur égard. Quand il arriva au *Red* pour la soirée de Halloween, j'étais un peu sceptique quant à son comportement face à celles qui ne manqueraient pas de boire un peu trop et de le harceler.

America, Finch et moi étions installés à une table et regardions Shepley et Travis faire une partie de billard contre deux membres de leur fraternité.

— Allezzz ! encouragea America, debout sur les barreaux de son tabouret.

Shepley lui fit un clin d'œil et tira. La boule plongea dans le trou du coin droit.

— Bravooooo !

Un trio féminin entra, habillé en Drôles de Dames, et s'approcha de Travis, qui attendait son tour pour jouer. Je souris en le voyant s'efforcer de les ignorer. Quand l'une d'entre elles fit glisser son doigt sur l'un de ses tatouages, il se dégagea et lui fit signe de se pousser pour qu'il puisse tirer. Elle fit la moue.

— Elles sont vraiment affligeantes, non ? me dit America. Ces filles n'ont pas peur du ridicule.

Finch secoua la tête, visiblement impressionné.

— C'est Travis. Son côté bad boy. Soit elles veulent le sauver, soit elles se croient immunisées contre ses mauvaises manières. Je sais pas.

— Les deux, sans doute, dis-je en riant. Vous vous rendez compte, être là à espérer qu'il vous choisisse ? Et savoir que ce n'est que pour le sexe ?

— Un problème avec le père, ça, c'est sûr, commenta America.

Finch écrasa sa cigarette et nous tira par la manche.

— Allez, les filles, j'ai envie de danser.

Nous rejoignîmes policiers et vampires sur la piste, et Finch se lança dans sa chorégraphie à la Timberlake. Par-dessus mon épaule, je jetai un coup d'œil en direction de Travis et constatai qu'il m'observait aussi, tout en feignant de regarder Shepley mettre sa huitième boule dans le trou. Ce dernier récupéra leurs gains et Travis alla se servir à boire. Finch se contorsionnait sur la piste, et finit par se glisser en sandwich entre America et moi. Travis leva les yeux au ciel et rigola, puis rejoignit Shepley à notre table.

— Je vais me chercher un verre, me dit America. Tu veux quelque chose ?

— Je viens avec toi.

D'un signe, je fis comprendre à Finch que nous allions au bar. Il secoua la tête et continua à danser.

La serveuse était assaillie, et nous attendîmes un long moment.

— Les garçons raflent tout, ce soir, me dit America.

— Je ne comprends pas pourquoi les autres continuent à parier contre Shepley.

— Pour la même raison que celle qui les pousse à parier contre Travis. Ce sont des idiots, me répondit America en souriant.

Un homme en toge se pencha sur le bar à côté d'elle.

— Qu'est-ce qu'elles boivent ce soir, les demoiselles ?

— On paie nos consos nous-mêmes, merci, dit America en regardant droit devant elle.

— Moi, c'est Mike. Et lui, c'est Logan, ajouta-t-il en désignant celui qui l'accompagnait.

Je souris poliment et regardai America qui affichait sa plus belle expression signifiant : « Va mourir. » La barmaid prit notre commande, adressa un signe de tête à l'intention des deux hommes, et se retourna pour préparer le cocktail d'America. Quelques instants plus tard, elle posa devant nous un verre carré rempli d'un liquide rose et mousseux ainsi que trois bières. Mike lui tendit l'argent, qu'elle accepta.

— C'est dingue, ce monde, dit Mike en balayant la foule d'un regard.

— Ouais, c'est dingue, dit America, agacée.

— Je t'ai vue danser, me dit Logan. Pas mal du tout.

— Heu... merci, dis-je pour rester cordiale, consciente du fait que Travis était à quelques mètres.

— On y retourne ? proposa-t-il.

— Non, c'est gentil. Je suis venue avec mon...

— Copain, dit Travis, surgi de nulle part.

Son regard suffit à faire reculer les deux hommes, visiblement interloqués.

America ne put retenir un sourire empreint de fierté quand Shepley glissa son bras autour de sa taille. Travis indiqua l'autre côté de la salle.

— Vous dégagez, maintenant.

Les deux hommes nous regardèrent, America et moi, puis firent quelques pas en arrière avant de se fondre dans la foule.

Shepley embrassa America.

— On peut pas te laisser cinq minutes, hein !

Elle éclata de rire, et je souris à Travis, qui me fusillait littéralement du regard.

— Qu'est-ce qu'il y a ?

— Pourquoi vous les avez laissés vous payer à boire ?

America avait remarqué l'humeur de Travis et répondit à ma place.

— On a refusé, Travis.

Il me prit la bouteille des mains.

— Alors c'est quoi, ça ?

— T'es sérieux ? demandai-je.

— Putain oui, je suis sérieux ! s'emporta-t-il en jetant la bouteille dans la poubelle à côté du bar. Je te l'ai dit cent fois... Il ne faut pas accepter un verre d'un inconnu ! Et s'il avait mis quelque chose dedans ?

America leva son cocktail.

— On n'a pas quitté nos consos des yeux, Travis. Tu exagères.

— La ferme, c'est pas à toi que je parle, dit Travis en me fixant.

Cette attitude me mit en colère.

— Hé ! Tu ne lui parles pas comme ça, d'accord ?

— Travis, intervint Shepley. Laisse tomber, c'est bon.

— Je n'aime pas que vous laissiez d'autres types vous payer à boire, répéta Travis.

— Qu'est-ce que tu cherches, là ? La bagarre ? demandai-je.

— Ça te dérangerait pas, toi, de me voir aller au bar et boire un coup avec une autre fille ?

— D'accord. Tu n'accordes plus la moindre attention aux autres femmes, désormais, j'ai compris. Je vais tâcher d'aller dans ce sens, moi aussi.

— Ce serait sympa.

Il faisait un effort visible pour contrôler sa rage, et en être l'objet pour la première fois me fit un drôle d'effet. Ses yeux brillaient, on y lisait un besoin irrépressible de passer à l'attaque.

— Écoute, Travis, il va falloir que tu revoies un peu à la baisse ton rôle de petit ami jaloux. Je n'ai rien fait de mal.

Travis eut un regard incrédule.

— J'arrive, et je tombe sur un mec en train de te payer un coup !

— Ne lui crie pas dessus, intervint America.

Shepley posa une main sur l'épaule de Travis.

— Hé, on a tous un peu trop bu. Si on y allait ?

Mais l'effet apaisant qu'avait d'ordinaire Shepley sur son cousin ne fonctionna pas. Et j'étais énervée que son caprice mette fin à notre soirée.

— Je vais dire à Finch qu'on s'en va, grommelai-je.

Une main se referma sur mon poignet. Je fis volte-face.

— Je viens avec toi, dit Travis.

D'un mouvement brusque, je me dégageai.

— Je suis tout à fait capable de faire quelques pas toute seule, Travis. Qu'est-ce que t'as, à la fin ?

J'avais aperçu Finch au centre de la piste et me dirigeai vers lui.

— On s'en va !

— Quoi ? hurla Finch pour couvrir la musique.

— Travis est d'une humeur de chien ! On s'en va !

Il secoua la tête d'un air désolé et me fit un signe de la main. Je venais de repérer America et Shepley quand un type déguisé en pirate me tira en arrière.

— Hep hep hep ! Où vas-tu, moussaillon ? dit-il en me heurtant.

J'éclatai de rire devant la grimace qu'il faisait. Au moment où je pivotais pour m'éloigner, il m'attrapa par le bras. Il ne me fallut pas longtemps pour comprendre qu'il ne cherchait pas à me serrer contre lui, mais à se protéger.

— Ouh là !! s'écria-t-il en ouvrant des yeux grands comme des soucoupes.

Travis fut sur lui en un éclair et lui mit son poing en plein visage. La puissance du coup nous fit tomber tous les deux. L'espace d'un instant, je restai immobile, à genoux sur la piste, cherchant à comprendre. Sentant quelque chose dans ma main, je la retournai et eus un mouvement de recul. J'avais la paume couverte de sang. Le pirate se tenait le nez, mais l'hémoglobine coulait le long de son avant-bras.

Travis se pencha pour me relever, apparemment aussi choqué que moi.

— Merde ! Ça va, Poulette ?

— Mais t'es complètement dingue, ou quoi ? hurlai-je en me dégageant.

America m'entraîna à travers la foule, jusqu'au parking. Je grimpai dans la voiture de Shepley. Travis monta à côté de moi.

— Je suis désolé, Poulette, je n'avais pas vu qu'il te tenait.

— Ton poing est passé à deux centimètres de mon visage !

Shepley m'ayant tendu un vieux chiffon plein de graisse, je m'essuyai la main, hors de moi.

— Je n'aurais pas frappé s'il y avait eu le moindre risque que je te fasse du mal, continua Travis, la mine sombre. Tu me crois, n'est-ce pas ?

— Ferme-la, Travis. Ferme-la, c'est tout.

— Poulette…

Shepley tapa des deux mains sur son volant.

— Tais-toi, Travis ! Tu t'es excusé, alors maintenant, tu la boucles !

Le trajet du retour se fit dans un silence absolu. Sur le parking de l'appartement, Shepley fit basculer son siège pour que je puisse sortir, et je regardai America, qui hocha la tête d'un air entendu.

Elle embrassa Shepley.

— Bonne nuit, bébé. À demain.

Shep la regarda, résigné et compréhensif.

— Bonne nuit.

Je passai devant Travis sans lui adresser un regard et me dirigeai vers la Honda d'America. Il me rattrapa à petites foulées.

— Allez, tu vas pas t'en aller fâchée.

— Oh, mais je ne suis pas fâchée. Je suis furieuse.

— Elle a besoin d'un peu de temps, Trav, dit America en déverrouillant sa voiture.

De l'intérieur, elle ouvrit la portière du passager. Travis m'en bloqua l'accès.

— Ne t'en va pas, Poulette. J'ai dépassé les bornes. Je suis désolé.

Je levai la main pour lui montrer les traces de sang séché dans ma paume.

— Rappelle-moi quand tu auras grandi.

Il s'adossa à la portière.

— Tu peux pas partir comme ça.

Je haussai un sourcil. Shepley arriva.

— Travis, t'as trop bu. T'es en train de faire une bourde énorme. Laisse-la rentrer chez elle… et vous parlerez de tout ça demain, à tête reposée.

L'expression de Travis devint désespérée.

— Elle peut pas partir comme ça, répéta-t-il en me regardant dans les yeux.

— Ça ne marchera pas, Travis, dis-je en tirant sur la poignée. Pousse-toi !

— Qu'est-ce que tu veux dire par « ça ne marchera pas » ? demanda-t-il en me prenant par le bras.

— Je veux dire que ton air triste ne me fera pas changer d'avis ce soir.

Shepley fixa Travis, puis s'adressa à moi.

— Abby... c'est... c'est le moment dont je t'avais parlé. Peut-être que tu devrais...

— Reste en dehors de ça, Shep, lança sèchement America.

— Je vais faire des conneries. Je vais en faire beaucoup, Poulette, mais tu dois me pardonner.

— Demain, j'aurai un hématome gros comme la main sur une fesse ! Tu as frappé ce type parce que tu étais en colère contre moi ! À ton avis, j'en tire quelle conclusion ? Parce que je te préviens, à partir de maintenant, la sonnette d'alarme va se déclencher à tout bout de champ, en ce qui me concerne !

— Je n'ai jamais frappé une femme de ma vie, s'écria-t-il, étonné de ma réaction.

— Et je n'ai pas l'intention d'être la première ! Pousse-toi, bordel !

Travis se tut et fit un pas en arrière. Je m'installai à côté d'America et claquai violemment la portière. Elle recula, Travis se pencha pour m'observer à travers la vitre.

— Tu m'appelles demain, hein ?

Je refusai de le regarder.

— Vas-y, Mare, je veux plus le voir.

La nuit fut interminable. Je ne cessais de penser à Travis et à ce que je devais faire, l'appeler ou non. Était-il insomniaque, lui aussi ? Les heures s'égrenaient lentement, c'était un supplice. Je finis par prendre mon iPod pour écouter toutes les chansons les plus insupportables de ma playlist.

Vers 4 heures, alors que les oiseaux chantaient déjà devant ma fenêtre, mes paupières se firent enfin très lourdes. Quand on frappa à ma porte, il me sembla que quelques minutes à peine s'étaient écoulées. America entra et m'arracha les écouteurs des oreilles avant de se laisser tomber sur ma chaise de bureau.

— Salut, beauté. T'as une tête à faire peur, dit-elle en faisant une bulle rose avec son chewing-gum, qu'elle laissa éclater bruyamment.

— La ferme, America ! lança Kara de sous ses couvertures.

— J'espère que tu te rends compte que, Travis et toi, vous allez forcément beaucoup vous disputer ? reprit mon amie en se limant les ongles.

Je lui tournai le dos.

— Tu es renvoyée. Comme conscience, tu vaux pas un clou.

Elle rigola.

— Mais je te connais. Si je te donnais mes clés, là, tout de suite, tu foncerais à l'appart.

— Bien sûr que non !

— Comme tu voudras…

— Il est 8 heures du mat', Mare. Ils n'ont pas encore ouvert la moitié d'un œil.

J'entendis alors un petit coup à la porte. Kara sortit une main de sous sa couette et ouvrit, révélant Travis, debout sur le seuil.

— Je peux entrer ? demanda-t-il d'une voix rauque.

Les cernes sous ses yeux indiquaient qu'il n'avait pas beaucoup dormi. Peut-être même pas du tout.

Je me redressai dans mon lit, surprise par son air épuisé.

— Ça va ?

Il entra et tomba à genoux devant moi.

— Abby, je suis tellement désolé. Pardon, dit-il en me prenant dans ses bras pour poser sa tête sur mes cuisses.

Je le serrai contre moi et jetai un coup d'œil en direction d'America.

— Je… heu… je vais y aller, moi, dit-elle en se levant.

Kara se frotta les yeux, soupira, et attrapa ses affaires de toilette.

— Qu'est-ce que j'en prends, des douches, quand t'es dans les parages, Abby... J'ai jamais été aussi propre, moi, grommela-t-elle avant de claquer la porte.

Travis me regarda.

— Je sais que je deviens un peu dingue dès qu'il s'agit de toi, Poulette, mais je fais des efforts. Je t'assure. Je veux pas tout foutre en l'air.

— Alors évite de le faire.

— C'est difficile, pour moi, tu sais. J'ai tout le temps l'impression que tu vas te rendre compte que je suis un connard et me quitter. Quand tu dansais, hier, j'ai grillé des dizaines de mecs en train de te mater. Ensuite, tu vas au bar, et je te vois remercier ce type pour ta bière. Et puis l'autre niais qui t'attrape, sur la piste...

— Mais tu ne me vois pas donner des coups de poing chaque fois qu'une fille t'adresse la parole. Je ne peux pas rester cloîtrée dans l'appartement tout le temps. Tu dois prendre sur toi pour te contrôler.

— Je vais y arriver. Je n'ai jamais eu envie d'avoir une copine, Poulette. Ce que j'éprouve pour toi, c'est très nouveau. J'ai pas l'habitude, je ne sais pas comment réagir. Si tu veux bien être patiente, je te jure que je vais changer.

— Je veux qu'une chose soit bien claire entre nous : tu n'es pas un connard, tu es un type formidable. Peu importe qui me paie un verre ou me demande de danser, ou même flirte avec moi. C'est avec toi que je rentre à la fin de la soirée. Tu m'as demandé de te faire confiance, et je n'ai pas l'impression que ce soit réciproque.

Il se rembrunit.

— Ce n'est pas vrai.

— Si chaque fois tu penses que je vais partir avec le premier mec venu, c'est que tu ne me fais pas vraiment confiance.

Il me serra plus fort contre lui.

— Je ne suis pas assez bien pour toi, Poulette. Ça veut pas dire que je te fais pas confiance, c'est juste que je me prépare en permanence à ce qui finira par arriver.

— Ne dis pas ça. Quand nous sommes tous les deux, tu es parfait. Nous sommes heureux. Mais tu laisses systématiquement le moindre petit incident venir tout remettre en question. Je ne m'attends pas à ce que tu changes du tout au tout, seulement, tu vas devoir choisir tes combats. Tu ne peux pas mettre ton poing dans la figure de tous ceux qui me regardent.

— Je... je ferai tout ce que tu voudras. Mais... dis-moi que tu m'aimes.

— Tu le sais.

— J'ai besoin de te l'entendre dire.

— Je t'aime, soufflai-je en effleurant ses lèvres des miennes. Maintenant, arrête de te comporter comme un gamin.

Il rit et se glissa dans le lit avec moi. Nous passâmes l'heure qui suivit sous les couvertures, à rire et à nous bécoter, remarquant à peine le retour de Kara.

— Tu pourrais sortir ? Il faut que je m'habille, demanda-t-elle à Travis.

Il m'embrassa et alla attendre dans le couloir.

Je retombai sur l'oreiller avec un air béat tandis que Kara farfouillait dans ses affaires.

— Qu'est-ce qui te met en joie, comme ça ? me demanda Kara.

— Rien, soupirai-je.

— Tu as entendu parler de la codépendance, Abby ? Ton copain en est l'exemple parfait, ce qui est flippant si l'on considère qu'il est passé d'une absence totale de respect pour les femmes à la conviction qu'il a besoin de toi pour respirer.

— C'est peut-être vrai.

Je n'avais pas envie qu'elle joue les rabat-joie.

241

— Tu n'en cherches pas la raison ? Je veux dire... il a essayé pratiquement la moitié des filles du campus. Pourquoi toi ?

— Il dit que je suis différente.

— Évidemment, mais pourquoi ?

— Qu'est-ce que ça peut te faire ? répliquai-je d'un ton un peu sec.

— Avoir besoin de quelqu'un à ce point, c'est dangereux. Tu essaies de le sauver, et il espère que tu vas y arriver. Vous courez au désastre.

Je souris, les yeux au plafond.

— Peu importe pourquoi ou comment. Quand ça se passe bien, Kara... c'est merveilleux.

Elle secoua la tête.

— Tu es un cas désespéré.

Travis frappa à la porte, elle le fit entrer.

— Je vais bosser à la bibliothèque. Bonne chance, me lança-t-elle d'un ton on ne peut moins sincère.

— Bonne chance pour quoi ? me demanda Travis.

— Elle pense qu'on court au désastre, tous les deux.

Il sourit.

— Comme si on le savait pas.

Il m'embrassa tendrement derrière l'oreille.

— Tu veux pas venir à l'appart avec moi ?

Je posai une main sur sa nuque et m'abandonnai à la sensation de ses lèvres sur ma peau.

— Je crois que je vais rester un peu ici. Je suis constamment chez toi.

— Et alors ? Il te plaît pas, mon appart ?

Je lui caressai la joue en soupirant. Il s'inquiétait si vite, et pour si peu...

— Bien sûr que si. Mais c'est ici que j'habite.

Du bout du nez, il remonta le long de ma nuque.

— Mais j'ai envie de t'avoir là-bas. J'ai envie que tu y sois toutes les nuits.

— Je n'emménagerai pas avec toi.

— J'ai pas parlé d'emménager. J'ai juste dit que je voulais que tu y sois.

J'éclatai de rire.

— C'est la même chose !

Il me regarda, sérieux.

— Non, mais vraiment... tu veux pas venir, ce soir ?

Je secouai la tête. D'abord perplexe, il sombra ensuite dans une profonde réflexion. Ça cogitait sévère dans son esprit.

— Qu'est-ce que tu complotes ? demandai-je d'un air méfiant.

— Je réfléchis à un autre pari.

12

Paire d'as

Je jetai le petit cachet blanc dans ma bouche, déglutis, et avalai un grand verre d'eau. J'étais debout au milieu de la chambre de Travis, en culotte et soutien-gorge, prête à me coucher.

— Qu'est-ce que c'est ? demanda Travis, déjà au lit.

— Eh bien... ma pilule.

Il se renfrogna.

— Quelle pilule ?

— LA pilule, Travis. Tu n'as pas reconstitué le stock de ta table de nuit, et s'il y a bien une chose dont je n'ai pas envie de me soucier, c'est de savoir si je vais avoir mes règles ou non.

— Oh.

— Il faut bien que l'un de nous agisse en adulte responsable...

— La vache, qu'est-ce que t'es sexy, dit-il en s'appuyant sur un coude. La plus belle femme de la fac est ma copine. C'est de la folie.

Je passai ma nuisette en soie violette et me glissai dans le lit, m'installant à califourchon sur lui pour l'embrasser dans le cou. Il laissa tomber sa tête sur l'oreiller.

— Encore ? Tu vas m'achever, Poulette.

— Tu ne peux pas mourir, dis-je en couvrant son visage de baisers. Tu es trop méchant.

— Non, non, non. Je ne peux pas mourir parce qu'il y a trop de connards qui rêvent de prendre ma place ! Je suis capable de vivre éternellement rien que pour les emmerder !

Je ris en plaquant ma bouche sur ses lèvres. Il me renversa sur le dos, passa un doigt sous le délicat ruban violet noué sur mon épaule et le fit tomber sur mon bras pour déposer un baiser à l'endroit qu'il venait de quitter.

— Pourquoi moi, Trav ?

Il s'allongea, chercha mon regard.

— Que veux-tu dire ?

— Tu as couché avec toutes ces filles, chaque fois tu as refusé de faire un bout de chemin avec elles, et même de prendre un seul numéro de téléphone... alors, pourquoi moi ?

— C'est quoi, cette question ? demanda-t-il en laissant glisser son pouce sur ma joue.

Je haussai les épaules.

— C'est de la curiosité, voilà tout.

— Pourquoi *moi* ? La moitié des mecs de la fac attendent que je massacre notre histoire pour postuler.

— C'est pas vrai. Et ne change pas de sujet.

— Mais si, c'est vrai. Si je ne t'avais pas couru après dès le début de l'année, des Parker Hayes, tu en aurais eu des tonnes à tes trousses. Lui, il est trop centré sur lui-même pour avoir peur de moi.

— Tu éludes la question ! Et d'une façon minable, si je puis me permettre.

— D'accord ! Pourquoi toi ?

Il sourit et se pencha pour poser ses lèvres sur les miennes avant de reprendre :

— J'ai eu un faible pour toi dès le premier soir, lors du combat.

— Quoi ?

J'étais dubitative.

— C'est vrai. Avec ton petit cardigan plein de sang, t'étais pourtant complètement ridicule.

— Je te remercie !

Son sourire disparut.

— C'est quand tu as levé les yeux vers moi. C'est à ce moment-là. Tu avais ce regard impressionné, innocent... franc. Tu ne me regardais pas comme si j'étais Travis Maddox, mais plutôt comme si... comme si j'étais une personne, je crois.

— La grande nouvelle du jour, Trav. Tu es une personne.

Il écarta ma frange.

— Non. Avant que je te connaisse, Shepley était le seul à me traiter ainsi. Avec toi, il n'y a pas eu de gêne, tu ne t'es pas mise en mode flirt, à passer la main dans tes cheveux en battant des cils. Tu m'as vu.

— J'ai été odieuse avec toi.

Il m'embrassa dans le cou.

— C'est ce qui m'a décidé.

Ma main descendit le long de son dos et se glissa dans son caleçon.

— Cela ne se reproduira pas. Je ne me vois pas me lasser un jour de toi.

— Tu me le promets ? demanda-t-il en souriant.

Son téléphone vibra sur la table de nuit.

— Ouais ? dit-il en décrochant. Oh... putain, non. Poulette est ici, on allait se coucher. La ferme, Trent, t'es pas drôle... Nan, sans déc ? Qu'est-ce qu'il fait dans le coin ?

Il me regarda et soupira.

— Bon, OK, dans une demi-heure... Parfaitement. Parce que je ne vais nulle part sans elle, voilà pourquoi... Tu tiens vraiment à ce que je t'en mette un dans le pif quand j'arrive ?

Travis raccrocha et secoua la tête.

— C'est la conversation la plus bizarre que j'aie jamais entendue, dis-je avec un haussement de sourcil.

— C'était Trent. Thomas est en ville, et c'est soirée poker chez mon père.

Ma gorge se serra.

— Soirée poker ?

— Oui. En général, ils me piquent toute ma tune. Ces connards ne peuvent pas s'empêcher de tricher.

— Je vais donc rencontrer ta famille dans une demi-heure ?

Il regarda sa montre.

— Vingt-sept minutes pour être exact.

— Non mais c'est pas possible, ça, Travis ! m'exclamai-je en bondissant du lit.

— Qu'est-ce que tu fais ? demanda-t-il avec un soupir.

En fouillant dans le placard, je trouvai un jean, que j'enfilai dans la foulée, puis retirai ma nuisette et la jetai au visage de Travis.

— Tu me donnes vingt minutes pour me préparer avant de rencontrer ta famille ! Mais ça mérite la peine capitale, un truc pareil !

Il repoussa le vêtement et rit face à ma tentative désespérée d'avoir l'air présentable. Je mis un tee-shirt à col en V et courus me laver les dents tout en donnant des coups de brosse frénétiques à mes cheveux. Je vis arriver Travis derrière moi dans le miroir. Il était habillé, prêt, et m'enlaça.

— J'ai une tête à faire peur !

— Tu ne vois pas à quel point tu es belle de toute façon, souffla-t-il en déposant un baiser dans mon cou.

Avec un soupir agacé, je retournai mettre des escarpins et pris la main que Travis me tendait pour se diriger vers la porte. Au passage, j'attrapai mon blouson de cuir noir et nouai mes cheveux en chignon, en prévision du trajet à moto.

— Détends-toi, Poulette. C'est juste un groupe de mecs assis autour d'une table.

— C'est la première fois que je rencontre ton père et tes frères... et tous en même temps, en plus... Comment veux-tu que je sois calme ? demandai-je en grimpant derrière lui.

Il se retourna pour m'embrasser.

— Ils vont faire comme moi, ils vont t'adorer.

À notre arrivée, je détachai mes cheveux et tentai de me recoiffer en passant les doigts dans mes mèches folles.

— Nom de Dieu, voilà la tête de cul ! lança l'un des garçons.

Travis hocha la tête et fit mine d'être agacé, mais je vis bien qu'il était excité à l'idée de retrouver ses frères. La maison n'était pas récente, avec des papiers peints défraîchis dans les tons jaune et marron et une moquette usée constellée de taches. L'entrée donnait sur une salle de séjour. De la fumée de cigarette s'en échappait par la porte ouverte. Ses frères et son père y étaient installés autour d'une table en bois, sur des chaises dépareillées.

— Hé, tu veux bien parler correctement ? Y a une demoiselle, dit son père en mâchonnant son cigare.

— Poulette, je te présente mon père, Jim Maddox. Papa, Je te présente Poulette.

— Poulette ? répéta Jim d'un air amusé.

— Abby, dis-je en lui serrant la main.

Travis désigna ses frères les uns après les autres.

— Trenton, Taylor, Tyler et Thomas.

Ils répondirent d'un hochement de tête. Tous, à l'exception de Thomas, étaient des versions plus âgées de Travis : boule à zéro, yeux marron, tee-shirt tendu sur des muscles puissants et couverts de tatouages. Thomas, lui, portait une chemise et une cravate desserrée au col. Il avait les yeux verts et ses cheveux blonds étaient coupés en brosse.

— Est-ce qu'elle a un nom de famille, Abby ? demanda-t-il.

— Abernathy, répondis-je.

— Ravi de te rencontrer, Abby, dit Thomas en souriant.

— Vraiment top, commenta Trenton en me dévisageant de la tête aux pieds d'un air gourmand.

Jim lui donna une tape derrière la tête.

— Mais qu'est-ce que j'ai dit ? s'écria-t-il en se frottant le crâne.

— Assieds-toi, Abby, dit l'un des jumeaux. Admire-nous vider les poches de Travis.

Il était impossible de les distinguer tant ils étaient la copie conforme l'un de l'autre. Même leurs tatouages étaient identiques.

Un peu partout dans la pièce, il y avait des photos de tables de poker, de légendes du poker posant aux côtés de Jim et d'un homme que je supposais être le grand-père de Travis. Il y avait aussi des jeux de cartes de collection.

— Vous avez connu Stu Ungar ? m'enquis-je en montrant un cadre poussiéreux.

Les yeux de Jim s'allumèrent.

— Tu connais Stu Ungar ?

— Mon père est un grand fan aussi.

Il se leva, pointa du doigt la photo voisine.

— Et là, c'est Doyle Brunson.

Je souris.

— Mon père l'a vu jouer une fois. Il est incroyable.

— Le grand-père de Travis était un grand professionnel. Le poker, chez nous, c'est du sérieux, précisa Jim en souriant.

Je m'installai entre Travis et l'un des jumeaux tandis que Trenton battait les cartes d'une main moyennement sûre. Les garçons sortirent leur magot et Jim distribua les jetons.

— Tu veux jouer, Abby ? me demanda Trenton.

Je souris poliment et secouai la tête.

— Je crois qu'il ne vaut mieux pas.

— Tu ne sais pas ? demanda Jim.

Je ne pus retenir un sourire. Jim avait l'air si sérieux, presque paternel. Je savais quelle réponse il attendait, et je n'avais pas envie de le décevoir.

Travis m'embrassa sur le front.

— Joue... Je t'apprendrai au fur et à mesure.

— Tu peux dire adieu à ton fric, Abby ! rigola Thomas.

Les lèvres pincées, je sortis deux billets de cinquante dollars de mon portefeuille, les tendis à Jim, et attendis patiemment qu'il les convertisse en jetons. Trenton eut un sourire narquois que je préférai ignorer.

— J'ai confiance en la pédagogie de Travis.

Un des jumeaux tapa dans ses mains.

— Allez, c'est parti ! Je vais devenir riche, ce soir !

— On va commencer petit, dit Jim en lançant un jeton de cinq dollars au centre de la table.

Trenton distribua les cartes et Travis classa les miennes pour moi.

— Tu as déjà joué ?

— Il y a longtemps...

— Attention, hein, on ne s'amuse pas à la dînette, nous, dit Trenton en regardant son jeu.

— Ferme-la, Trent, dit Travis avant de revenir sur mes cartes et de m'expliquer :

— Alors, ce que tu vises, ce sont les plus grosses, une suite, et si tu as beaucoup de chance, une suite dans la même couleur.

Pour commencer, Travis regarda mes cartes et me montra les siennes. Je me contentai de hocher la tête, de sourire, et de jouer quand c'était à moi. Nous n'étions pas en veine, et à la fin du premier tour, ma cagnotte avait nettement diminué.

Quand Thomas distribua les mains de la deuxième manche, je pris mes cartes.

— Je crois que j'ai pigé, dis-je en faisant comprendre à Travis que je n'avais plus besoin de lui.

— Tu es sûre ?

— Oui, oui.

Trois parties plus tard, j'avais récupéré toutes mes mises et pulvérisé les piles de jetons des autres avec une paire d'as, une quinte et la carte haute.

— Et merde ! gémit Trenton. La chance du débutant, ça craint franchement !

— Elle apprend vite, Trav, commenta Jim sans cesser de mâchouiller son cigare.

Travis but une gorgée de bière.

— Je suis fier de toi, Poulette !

Ses yeux brillaient d'excitation, et son sourire était différent de tous ceux que je lui avais connus jusqu'à présent.

— Merci.

— Les mauvais joueurs font les bons professeurs, railla Thomas.

— Très drôle... connard, murmura Travis.

Quatre manches plus tard, je vidai ma bouteille de bière et sondai de mes yeux pénétrants le seul joueur qui ne s'était pas couché.

— C'est à toi de voir, Taylor. Tu vas la jouer plan-plan, ou tu te lances comme un grand ?

— Oh et puis merde, dit-il en faisant tapis.

Travis me fixa d'un regard qui me rappela celui des spectateurs de ses combats.

— Qu'est-ce que t'as, Poulette ?

— Taylor ? demandai-je.

Un large sourire fendit son visage.

— Couleur ! annonça-t-il fièrement en abattant sa main.

Cinq paires d'yeux se tournèrent vers moi. Je les regardai les uns après les autres, puis plaquai mes cartes sur la table.

— Vous pouvez aller vous rhabiller, les mecs ! Full aux as par les huit ! lançai-je en riant.

— Un full ? Putain, mais c'est quoi, ça ? s'écria Trenton.

— Désolée, j'ai toujours eu envie de dire ça en abattant mon jeu, m'excusai-je en ramassant le tas de jetons.

Thomas me fixa soudain d'un air inquisiteur.

— C'est pas uniquement la chance du débutant, ça. Elle joue vraiment.

Travis le regarda un moment, puis se tourna vers moi.

— T'as déjà joué, Poulette ?

Les lèvres serrées, je haussai les épaules et pris mon air le plus innocent. Travis éclata de rire et se mit à taper du poing sur la table. Il essaya de parler, mais n'y parvint pas tant il était hilare.

— Ta copine vient de nous entuber en beauté ! s'exclama Taylor en pointant son doigt sur moi.

— Non, j'y crois pas ! gémit Taylor en se levant.

— Très bon plan, d'amener une tueuse à une soirée poker, dit Jim en me faisant un clin d'œil.

— Mais je savais pas ! dit-il sans cesser de rire.

— Arrête tes conneries, grogna Thomas en me fixant d'un œil méfiant.

— Je t'assure, je savais pas !

— Ça m'emmerde de te le dire, frangin, mais je crois que je viens de tomber raide dingue de ta copine, dit Tyler.

Le rire de Travis s'arrêta net.

— Allez. On se calme, maintenant.

— Bon, ça suffit, prévint Trenton. Abby, je jouais cool à cause de toi, mais maintenant, je récupère ma monnaie.

Pendant les tours suivants, Travis se retira et regarda ses frères faire de leur mieux pour reconquérir leur argent. Coup après coup, je les délestais de leurs jetons. Thomas me regardait d'un air de plus en plus intrigué.

Chaque fois que j'abattais mon jeu, Travis et Jim riaient, Taylor jurait, Tyler proclamait son amour éternel pour moi, et Trenton faisait une crise.

Après avoir encaissé mes gains, je leur rendis cent dollars à chacun. Jim refusa, mais les frères acceptèrent avec reconnaissance. Travis me prit par la main, il était temps de rentrer.

Je vis aussitôt que quelque chose clochait.

— Qu'y a-t-il ?

— Tu viens de leur filer quatre cents dollars !

— Je les aurais gardés si ç'avait été une soirée poker à Sigma Tau. Je ne peux pas dévaliser tes frères la première fois que je les vois.

— Ils auraient gardé notre argent, eux !

— Sans hésiter une seconde, confirma Taylor.

Thomas me fixait toujours sans rien dire.

— Pourquoi tu la regardes comme ça, Tommy ? demanda Travis.

— T'as dit que c'était quoi, ton nom de famille, déjà ? me demanda Thomas.

Je me dandinai, un peu gênée, cherchant quelque chose de sarcastique ou de spirituel à répondre pour éluder la question. Je ne réussis qu'à regarder mes ongles en me maudissant intérieurement. J'aurais dû réfléchir un peu et ne pas gagner systématiquement. Thomas avait compris. Je le voyais dans son regard.

Travis, remarquant ma gêne, se tourna vers ses frères et me prit par la taille. Pour me protéger, ou pour se préparer lui-même à entendre ce que son frère allait dire ? Enfin, mal à l'aise à son tour, il répondit à la question de Thomas.

— C'est Abernathy, son nom. Pourquoi ?

— Que tu n'aies pas compris avant ce soir, à la rigueur, Trav. Mais là, t'as plus aucune excuse, lâcha Thomas sur un ton méprisant.

— Putain mais de quoi tu parles ?

— Tu serais pas de la famille de Mick Abernathy, par hasard ? me demanda-t-il.

Toutes les têtes se tournèrent dans ma direction. D'un geste nerveux, je passai la main dans mes cheveux.

— Tu as entendu parler de Mick ?

Travis pencha la tête pour me regarder dans les yeux.

— C'est juste un des plus grands joueurs de poker qui ait jamais existé. Tu le connais ?

Je fis la grimace. Acculée comme je l'étais, il ne me restait plus qu'à dire la vérité.

— C'est mon père.

Ce fut l'explosion.

— NOOOOOON ! J'Y CROIS PAS !

— JE LE SAVAIS !

— ON VIENT DE JOUER CONTRE LA FILLE DE MICK ABERNATHY !

— MICK ABERNATHY ? PUTAIN DE MERDE !

Thomas, Jim et Travis étaient les seuls à ne pas hurler.

— Je vous avais dit qu'il valait mieux que je ne joue pas.

— Si tu nous avais informés que tu étais la fille de Mick Abernathy, on t'aurait prise un peu plus au sérieux, dit Thomas.

Je me tournai vers Travis, qui me fixait, visiblement sous le choc.

— C'est toi, Treize de Chance ? demanda-t-il, le regard un peu flou.

Trenton se leva, me pointa du doigt, bouche bée.

— Treize de Chance est chez nous ! Arrête ! C'est dingue !

Je ne savais plus où me mettre.

— C'était le surnom que m'avaient donné les journaux. Et l'histoire qu'ils ont rapportée n'est pas tout à fait conforme à la vérité.

— Il faut qu'on y aille, coupa Travis sans me quitter des yeux.

— Comment ça, « pas tout à fait conforme à la vérité » ? demanda Jim par-dessus ses lunettes.

— Je n'ai pas volé sa chance à mon père. C'est vrai, c'est ridicule comme histoire.

Thomas secoua la tête.

— Non, c'est Mick qui a raconté ça. Dans une interview. Il a dit qu'à minuit, le jour de ton treizième anniversaire, sa chance avait tourné.

— Et la tienne a commencé, compléta Travis.

— T'as été élevée par la mafia ! dit Trenton, fasciné. J'eus un petit rire.

— Heu... non. La mafia ne m'a pas élevée. Il y avait beaucoup de types louches à la maison, c'est tout.

— Quelle honte de la part de Mick, d'avoir traîné ainsi ton nom dans la boue. Tu n'étais qu'une gamine, s'écria Jim en secouant la tête.

— C'était la chance du débutant, je ne vois que ça, dis-je en tentant de masquer mon humiliation.

— C'est Mick Abernathy qui t'a appris à jouer, quand même... dit Jim, impressionné. Bon sang, à treize ans, tu affrontais des pros et tu gagnais !

Il regarda Travis et sourit.

— Ne parie jamais contre elle, fiston. Elle ne perd jamais.

Travis était toujours abasourdi, il avait l'air un peu perdu.

— Heu... faut qu'on y aille, Papa. Salut, les gars.

Il m'entraîna dehors, et bientôt, la conversation animée de ses frères ne nous parvint plus. Devant la moto, je nouai mes cheveux, fermai mon blouson, attendant que Travis dise quelque chose. Il enfourcha son engin sans un mot, je m'installai derrière lui.

J'étais certaine que, dans son esprit, j'avais été déloyale envers lui. Il avait dû être très gêné de découvrir en même temps que le reste de sa famille un pan si important de ma vie. Intérieurement, je m'attendais à une grande dispute une fois de retour à l'appartement et, à notre arrivée, j'avais une dizaine d'excuses à lui opposer.

Nous montâmes main dans la main, et il m'aida à ôter mon blouson.

Comme il ne disait toujours rien, je pris les devants.

— Écoute, je sais que tu m'en veux, dis-je en lâchant mes cheveux. Je suis désolée de ne pas t'en avoir parlé avant, mais c'est un sujet que je n'aborde jamais.

— Je t'en veux ? Je suis tellement fébrile que je n'y vois plus clair. Tu viens de dévaliser mes connards de frères sans un battement de cil, tu as décroché le statut de légende auprès de mon père, et je sais désormais que tu as délibérément perdu le pari que nous avions fait avant mon combat.

— Je ne dirais pas ça comme ça...

Il me regarda.

— Tu savais que tu allais gagner ?

— Ben... non, pas exactement, dis-je en retirant mes escarpins.

Travis sourit.

— Donc tu voulais juste être là, avec moi. Je crois que je viens de retomber amoureux de toi.

— Tu n'es pas en colère alors ?

Il soupira, secoua la tête.

— C'est pas rien, Poulette. T'aurais dû me le dire. Mais je comprends pourquoi tu ne l'as pas fait. Tu es venue ici pour échapper à ce milieu. C'est un peu comme si le ciel s'était éclairci... tout s'explique, maintenant.

— Ouf. Je suis soulagée.

— Treize de Chance... j'hallucine, rigola-t-il en me retirant mon haut.

— S'il te plaît, ne m'appelle pas comme ça, Travis. Ce n'est pas un bon souvenir pour moi.

Il sembla surpris.

— Mais putain, t'es célèbre, Poulette !

Il déboutonna mon jean, m'aida à l'enlever.

— Mon père m'a détestée, après ça. Il considère encore aujourd'hui que j'ai été la source de tous ses problèmes.

À son tour, il se déshabilla puis me prit dans ses bras.

— J'arrive quand même pas à croire que la fille de Mick Abernathy soit devant moi et que, pendant tout ce temps, je ne me sois aperçu de rien.

Je le repoussai.

— Je ne suis pas la fille de Mick Abernathy, Travis ! Je l'ai laissée derrière moi ! Je suis Abby. Abby et rien d'autre !

D'un pas rageur, j'allais prendre un tee-shirt dans le placard et l'enfilai. Il soupira.

— Excuse-moi. Je suis un peu sous le choc.

— Ce n'est que *moi* ! dis-je en plaquant une main sur ma poitrine, ne sachant comment le lui faire comprendre.

— Oui, mais...

— Mais rien du tout ! La façon dont tu me regardes maintenant ? C'est exactement la raison pour laquelle je n'avais rien dit. Je refuse de revivre ça, Travis. Même avec toi.

— Oh, on se calme ! Tu vas peut-être un peu loin, là.

Il me rejoignit pour me prendre à nouveau dans ses bras.

— Je me fous de ce que tu étais et de ce que tu n'es plus. Je te veux, toi, c'est tout.

— Ça nous fait un objectif commun, alors.

Il sourit, m'entraîna jusqu'au lit.

— C'est juste toi et moi contre le monde, Abby.

Je me blottis contre lui. En dehors d'America et moi, je n'avais pas prévu que d'autres gens découvrent un jour mon identité, je n'avais pas prévu non plus que la famille de mon copain serait fan de poker. Poussant un long soupir, je posai la tête sur son torse.

— Qu'est-ce qui ne va pas ?

— Je ne veux pas que ça se sache, Trav. Je ne voulais pas te le dire.

— Je t'aime, Abby. Je n'en parlerai plus jamais, d'accord ? Avec moi, ton secret est bien gardé, souffla-t-il en m'embrassant sur le front.

— Monsieur Maddox, pensez-vous pouvoir vous retenir un peu et en garder pour après le cours ? demanda M. Chaney.

J'avais gloussé un peu trop fort quand Travis m'avait chatouillée dans le cou. Mes joues s'empourprèrent.

— Je ne crois pas, non, monsieur. Je veux dire, vous avez vu comme elle est belle ? répondit Travis en me montrant du doigt.

Toute la classe éclata de rire, mon visage prit feu. M. Chaney eut un regard mi-amusé mi-gêné à mon intention, puis s'adressa à Travis en secouant la tête.

— Faites de votre mieux, alors.

Nouvel éclat de rire collectif, je tentai de me faire aussi petite qu'une souris. Travis posa le bras sur le dossier de ma chaise et le cours reprit. Quand M. Chaney nous libéra, Travis m'accompagna jusqu'à mon cours suivant.

— Excuse-moi si je t'ai mise mal à l'aise, dit-il. J'arrive pas à m'en empêcher.

— Essaie quand même.

Parker arriva et je répondis à son hochement de tête par un sourire poli. Son regard s'éclaira.

— Salut, Abby. À tout de suite !

Il entra dans la salle, Travis le fixa d'un œil noir, tendu. Je dus le tirer par la manche pour obtenir son attention.

— Hé ! Détends-toi avec lui, OK ?

— Il raconte aux gars de la fraternité que tu continues à l'appeler.

— C'est faux.

— Je sais, mais eux, non. Il dit qu'il attend son heure. Il a confié à Brad que tu voulais juste trouver le bon moment pour me jeter, que tu l'appelais pour lui dire à quel point tu regrettais ton choix. Et que tu étais malheureuse. Ça commence à me gaver sérieux.

— Sacrée imagination, dis donc...

Je lançai un regard en direction de Parker, qui me sourit à nouveau. Je répondis d'un œil mauvais.

— Tu serais très en colère si je te collais encore une fois la honte ?

Je haussai les épaules, et Travis me poussa dans la salle. Il s'arrêta à ma table, posa mon sac par terre, toisa Parker puis m'attira contre lui, une main sur ma nuque, l'autre sur ma chute de reins, pour m'embrasser avec application et détermination. C'était le genre de baiser appuyé et profond qu'il réservait d'ordinaire à sa chambre, et je ne pus m'empêcher de pétrir ses épaules des deux mains.

Les murmures et les rires montèrent en puissance quand il fut clair que Travis en avait pour un moment.

— À mon avis, il vient de la mettre enceinte ! lança quelqu'un du fond de la salle.

Je me détachai de lui, les yeux fermés, tentant de reprendre mes esprits. Quand j'ouvris les paupières, Travis me fixait avec intensité.

— J'essayais juste de faire passer un message, murmura-t-il.

— Je pense que c'est réussi.

Il sourit, m'embrassa sur la joue et scruta de nouveau Parker, qui fulminait.

— On se voit pour le déjeuner, me dit-il avec un clin d'œil.

Je me laissai tomber sur ma chaise et soupirai, tentant de calmer les trépidations que je sentais au creux de mon ventre.

Le cours d'algèbre me parut interminable. En ramassant mes affaires, je remarquai que Parker se tenait près de la porte.

— Salut, dis-je simplement en passant, décidée à ne pas réagir comme il l'attendait.

— Écoute, je sais que tu es avec lui. Mais il n'est pas obligé de te violer en pleine salle de cours simplement pour me le prouver.

Je pilai, prête à attaquer.

— Alors peut-être que tu devrais arrêter de raconter à tes potes que je continue à t'appeler. Tu vas finir par le pousser à bout, et faudra pas me demander d'être désolée quand il te mettra son pied au cul.

Il eut une moue dégoûtée.

— Tu t'entends parler ? Travis a de l'influence sur toi même dans ce domaine.

— Non, là, c'est moi qui parle. C'est juste une facette de ma personnalité dont tu ignores absolument tout.

— Tu ne m'as pas vraiment laissé l'occasion de la découvrir...

Je soupirai.

— Bon, je n'ai pas envie de me disputer avec toi, Parker. Ça n'a pas marché entre nous, c'est tout.

— Non, c'est pas tout. Tu crois que j'apprécie d'être la risée de tout le campus ? Travis Maddox, tout le monde l'adore, parce qu'à ses côtés on a l'air cool. Pourtant, il baise les filles et les jette comme des Kleenex. Quand on passe après Travis, même le plus gros connard fait figure de prince charmant.

— Quand te décideras-tu à ouvrir les yeux et voir qu'il a changé ?

— Il ne t'aime pas, Abby. T'es qu'un beau jouet tout neuf, pour lui. Même si, après ce qu'il t'a fait tout à l'heure en classe, je suppose que t'es plus aussi neuve que ça.

Ma main claqua sur sa joue avant que je prenne conscience de mon geste.

— Si t'avais attendu deux secondes, je t'aurais épargné cet effort, Poulette, intervint Travis en me faisant passer derrière lui.

Je le retins.

— Travis, non. S'il te plaît.

Parker recula, nerveux. Le contour de mes cinq doigts se dessinait parfaitement sur sa joue.

— Je t'avais prévenu, dit Travis en poussant violemment Parker contre le mur.

Parker se crispa et me jeta un regard mauvais.

— Considère que le dossier est clos, Travis. Je sais maintenant que vous êtes faits l'un pour l'autre.

— Je te remercie, répondit Travis en passant un bras sur mes épaules.

Parker s'éclipsa et disparut dans l'escalier après avoir vérifié que Travis ne le suivait pas.

— Ça va ? me demanda ce dernier.

— Ma main me brûle.

Il sourit.

— D'ailleurs, c'était une sacrée beigne, Poulette. Tu m'as impressionné.

— Il va me faire un procès et, pour finir, je serai condamnée à lui payer ses études à Harvard. Super. Mais qu'est-ce que tu fais là, d'abord ? On était censés se retrouver à la cafétéria, non ?

Un sourire coquin éclaira le visage de Travis.

— J'arrivais pas à me concentrer en cours. Je ressens encore les effets de ce baiser.

Je jetai un œil dans le couloir.

— Viens avec moi.

— Quoi ?

Je l'entraînai à reculons jusqu'à la salle de physique-chimie. À tâtons, je trouvai la poignée et ouvris la porte. L'endroit était désert et plongé dans l'obscurité. Riant devant l'expression étonnée de Travis, je le pris par la main, refermai la porte, et le plaquai contre le battant avant de l'embrasser.

Il eut un petit rire.

— Mais qu'est-ce que tu fais ?

— Ça m'embête que tu n'arrives pas à te concentrer en cours. Il faut bien faire quelque chose, non ? soufflai-je tout près de ses lèvres.

Il me souleva, je nouai mes cuisses autour de ses hanches. En me tenant d'une main, il se déboutonna de l'autre.

— Je ne sais pas comment j'ai fait sans toi, mais je crois que je n'ai pas envie de le savoir. Tu es tout ce que j'ai toujours cherché, Poulette.

— Il faudra que tu te souviennes de ça, la prochaine fois que je te lessiverai au poker, répondis-je en retirant mon tee-shirt.

~~13~~ 14

Full aux as

Je tournai sur moi-même, examinant mon reflet d'un œil sceptique. La robe était blanche, dos nu, et dangereusement courte. Un lien en strass maintenait le bustier autour de mon cou.

— Waouh ! Travis va hurler à la mort en te voyant dans cette tenue ! dit America.

Je levai les yeux au ciel.

— C'est romantique, ça...

— C'est celle qu'il te faut, en tout cas. Plus besoin d'essayer quoi que ce soit, c'est elle !

— Tu la trouves pas un peu courte ? Même celles de Mariah Carey sont plus longues.

America secoua la tête.

— Non, non. C'est celle-ci, j'insiste.

À mon tour, j'attendis sur le banc qu'America essaie robe après robe. Elle avait plus de mal à se décider pour elle, et finit par opter pour une petite chose moulante extrêmement courte, couleur chair, qui lui dénudait une épaule.

De retour à l'appartement, nous trouvâmes Toto tout seul. La voiture de Shepley n'était pas sur le parking. America sortit son téléphone et l'appela.

— Coucou, t'es où ?

Elle écouta un moment avant de se tourner vers moi.

— Pourquoi est-ce que je serais en colère ? Quel genre de surprise ? dit-elle.

Elle me regarda à nouveau, se dirigea vers la chambre de Shepley puis ferma la porte derrière elle.

Je caressai les oreilles en pointe de Toto tandis qu'America discutait en sourdine avec Shepley. Quand elle sortit, elle tenta sans succès de cacher son sourire.

— Qu'est-ce qu'ils ont encore comploté ? demandai-je.

— Ils arrivent. Travis te racontera.

Cette fois, elle sourit sans retenue.

— Seigneur... il me racontera quoi ?

— Je ne peux pas te le dire. C'est un secret.

Un anniversaire surprise, un chiot... Qu'avait imaginé Travis, cette fois ?

Le moteur vrombissant de la voiture de Shepley annonça l'arrivée des garçons. Très vite, leurs rires résonnèrent dans l'escalier.

— Ils sont de bonne humeur, c'est bon signe, commentai-je.

Shepley entra le premier.

— Je ne voulais pas que tu penses qu'il avait une raison de s'en faire un et moi pas.

America se leva pour embrasser Shepley.

— T'es bête, quand tu t'y mets... Si je voulais un mec barré, je sortirais avec Travis.

— Ça n'a rien à voir avec mes sentiments pour toi, ajouta Shepley.

Travis entra ; il portait un pansement au poignet. Quand il se laissa tomber sur le canapé et posa la tête sur mes genoux, je ne pus quitter le bandage des yeux malgré son sourire.

— Qu'est-ce... qu'est-ce que tu mijotes ?

Il m'attira à lui pour m'embrasser. Je sentis sa nervosité. Il était joyeux mais, de toute évidence, redoutait ma réaction.

— J'ai acheté deux, trois trucs aujourd'hui.

— Comme quoi ? demandai-je d'un air méfiant.

Il rigola.

— Calme-toi, Poulette. C'est rien de très sérieux.

— Qu'est-ce que tu t'es fait au poignet ?

Un moteur diesel ronfla dehors avant de s'arrêter, et Travis bondit pour aller ouvrir la porte.

— J'ai failli attendre ! Je suis ici depuis cinq minutes ! lança-t-il avec un sourire.

Un homme entra à reculons. Il portait un canapé gris enveloppé de plastique, tenu par un second livreur à l'autre bout. Shepley et Travis bougèrent le sofa sur lequel j'étais assise avec Toto, et les deux hommes installèrent le nouveau à sa place. Travis ôta le plastique puis me prit dans ses bras pour m'installer sur les coussins moelleux.

— Tu as acheté un nouveau canapé ? dis-je avec un grand sourire.

— Oui, et d'autres trucs aussi. Merci, messieurs.

Les livreurs s'emparèrent du vieux meuble et repartirent comme ils étaient venus. Je ne pus m'empêcher d'ironiser.

— Ce sont beaucoup de souvenirs qui s'en vont...

— Des souvenirs dont je ne voulais plus.

Il s'assit à côté de moi, soupira, puis me regarda un long moment avant de défaire son pansement.

— Tu ne hurles pas, d'accord ?

Que pouvait-il bien y avoir là-dessous ? Mon imagination tournait à plein régime. Brûlure, points de suture, plaie ouverte, ou pire ?

Sous la dernière couche de gaze, la peau était rougie et enduite d'une pommade antibiotique. Je restai bouche bée devant le mot tatoué en noir à l'intérieur de son poignet.

Poulette

— Ça te plaît ? demanda Travis.

— Tu t'es fait tatouer mon nom sur le poignet ? parvins-je à articuler calmement, mais sans reconnaître ma voix.

Il m'embrassa sur la joue.

— Oui !

— J'ai essayé de l'en dissuader, précisa Shepley. Mais ça fait déjà quelque temps qu'il n'a plus fait de truc dingue, il était en manque.

— Qu'est-ce que t'en penses ? insista Travis.

— Je... je ne sais pas.

— Tu aurais dû lui demander avant, Travis, dit America en secouant la tête.

Travis se renfrogna.

— Lui demander quoi ? Si je pouvais me faire faire un tatouage ?

Il se tourna vers moi.

— Je t'aime. Je veux que tout le monde sache que je t'appartiens.

— Mais c'est... définitif, Travis, fis-je, gênée.

— Comme nous !

— Montre-lui la suite, suggéra Shepley.

Mes yeux se posèrent sur l'autre poignet de Travis.

— Le reste ?

Il se leva, retira son tee-shirt et se retourna. Sur son flanc, un nouveau tatouage s'étirait sur toute la hauteur de sa cage thoracique.

Je fixai les symboles verticaux sans comprendre.

— Qu'est-ce que c'est ?

— C'est de l'hébreu, répondit Travis avec un sourire tendu.

— Et ça veut dire quoi ?

— Ça signifie : « Je suis à mon aimée, mon aimée est mienne. »

— Tu... un seul tatouage, ça ne suffisait pas ? Il t'en fallait deux ?

— Je me suis toujours dit que je le ferais le jour où j'aurais rencontré la femme de ma vie. Je t'ai rencontrée... et je l'ai fait.

Son sourire pâlit en voyant mon expression.

— T'es en colère, c'est ça ? dit-il en remettant son tee-shirt.

— Non... c'est juste que... c'est un peu beaucoup d'un coup.

Shepley prit America dans ses bras.

— Autant que tu t'y fasses tout de suite, Abby. Travis est un garçon impulsif, qui fait toujours tout à fond. Là, tu es tranquille, il est calmé, disons... jusqu'à ce qu'il arrive à te passer la bague au doigt.

America écarquilla les yeux, me regarda, puis se tourna vers Shepley.

— Mais ils sortent ensemble depuis à peine deux mois !

— Je... je crois que j'ai besoin de boire quelque chose, bredouillai-je en me levant pour aller dans la cuisine.

Travis eut un petit rire en me regardant ouvrir les placards les uns après les autres, sans rien en sortir.

— Il plaisantait, Poulette.

— Ah bon ? s'étonna Shepley.

— Il ne parlait pas d'un avenir proche, rectifia Travis avant de se tourner vers Shepley pour grommeler : Tu peux pas la fermer, toi ?

— Peut-être que t'arrêteras d'en parler, comme ça, répliqua Shepley.

Je finis par me servir un whisky et l'avaler cul sec. J'avais la gorge en feu. Travis me rejoignit et m'enlaça.

— C'est pas une demande en mariage, Poulette, c'est juste des tatouages.

— Je sais, dis-je en hochant la tête avant de me servir un autre verre.

Travis me prit la bouteille des mains, la reboucha et la rangea. Comme j'étais toujours tournée vers le placard, il me fit pivoter.

— D'accord, j'aurais dû t'en parler avant, mais j'ai décidé d'acheter le canapé, et puis une chose en a entraîné une autre... et je me suis laissé emporter.

— Tout ça va très vite, Travis. Pour moi, en tout cas. Tu as parlé de vivre ensemble, tu te fais tatouer mon nom, tu me dis que tu m'aimes... C'est très, très... rapide.

Il se rembrunit.

— T'es en colère. Faut pas.

— J'aimerais t'y voir ! Depuis que tu sais qui est mon père, tout ce que tu ressens est magnifié, amplifié !

— C'est qui, ton père ? s'étonna Shepley, visiblement vexé de ne pas avoir été tenu au courant.

Comme je ne répondais pas à sa question, il soupira et se tourna vers America.

— C'est qui, son père ?

D'un signe de tête, elle lui fit comprendre qu'elle ne répondrait pas non plus.

— Mes sentiments pour toi n'ont rien à voir avec ton père, lâcha Travis d'un ton cinglant.

— Demain, on va à la soirée couples censée être LA soirée où les gens officialisent leur relation ou je ne sais quoi. Tu reviens avec mon nom tatoué au poignet et ce proverbe qui raconte qu'on appartient l'un à l'autre. Y a de quoi péter un câble, non ?

Travis me prit le visage, colla ses lèvres sur les miennes, puis me souleva pour m'asseoir sur le plan de travail. Sa langue insista pour se glisser dans ma bouche et, quand je cédai, il lâcha un gémissement.

Il me tenait fermement par les hanches et m'attira contre lui.

— Putain, t'es sexy quand t'es en colère, souffla-t-il contre mes lèvres.

— D'accord, d'accord... je suis calmée, là.

Il sourit, ravi d'avoir réussi à faire diversion.

— Rien n'a changé, Poulette. Il n'y a que toi et moi.

Shepley secoua la tête.

— Vous êtes complètement jetés, tous les deux.

America lui donna un petit coup sur l'épaule.

— Abby a acheté un truc pour Travis, aussi.

— America ! grondai-je.

— Tu as trouvé une robe ? demanda Travis, ravi.

Je fermai les jambes autour de sa taille.

— Oui. Demain, c'est toi qui péteras un câble.

— Hou ! J'ai hâte ! s'exclama-t-il en me soulevant.

Je saluai de la main America et Shepley tandis qu'il me portait jusqu'à sa chambre.

Le vendredi, après les cours, je passai l'après-midi en ville avec America. Au programme : mise en beauté des pieds à la tête. Manucure, coiffure, épilation, séance de bronzage. De retour à l'appartement, un océan de roses nous attendait. Il y en avait partout sur le sol, des rouges, des roses, des jaunes et des blanches, on se serait cru dans la boutique d'un fleuriste.

— Waouh ! s'exclama America en entrant.

Shepley se retourna, très fier de lui.

— On était partis pour vous acheter des fleurs, et on s'est dit qu'un simple bouquet ça le ferait pas.

— Vous êtes... géniaux, les gars, dis-je en embrassant Travis.

Il me donna une petite tape sur les fesses.

— Plus que trente minutes, Poulette.

Les garçons s'habillèrent dans la chambre de Travis, et nous, dans celle de Shepley. J'attachais les brides de mes escarpins argentés quand on frappa à la porte.

— C'est l'heure, mesdames, dit Shepley.

America sortit, et il poussa un long sifflement.

— Qu'est-ce qu'elle fait ? demanda Travis.

— Elle arrive. Ses chaussures sont un peu longues à mettre, expliqua America.

— Ce suspense... c'est insoutenable, Poulette ! lança Travis.

Je sortis en tirant sur ma robe. Travis se figea. Il fallut qu'America lui donne un coup de coude pour qu'il cligne les yeux.

— Merde alors.

— Prêt à péter un câble ? lui demanda America.

— Prêt à rien du tout. Elle est superbe, répondit Travis.

Je souris et, lentement, pivotai pour lui montrer le profond décolleté arrière de ma robe.

— Ah, là, si, je crois que je vais péter un câble, rectifia-t-il en s'approchant pour me faire tourner sur moi-même.

— Elle ne te plaît pas ?

— Il te faut une veste.

Il alla en chercher une dans la penderie et la posa sur mes épaules.

— Elle ne va pas pouvoir la garder toute la soirée, tu sais, dit America.

— Abby, tu es magnifique, dit Shepley comme s'il cherchait à rattraper la réaction de son cousin.

Ce dernier avait visiblement beaucoup de mal à formuler sa pensée.

— Heu... Oui. Tu l'es. Magnifique. Époustouflante. Mais tu peux pas porter ça. La jupe est beaucoup trop... et tes jambes... Et puis ce n'est qu'une moitié de robe, il n'y a même pas de dos !

Je ne pus m'empêcher de sourire.

— C'est la forme qui veut ça, Travis.

— En fait, tous les deux, vous vous pourrissez la vie en permanence, c'est ça ? fit Shepley, agacé.

— Est-ce que tu as quelque chose de plus long ? demanda Travis.

— Oh, elle n'est pas si osée que ça, quand même. Surtout devant. C'est le dos, qui est un peu... révélateur.

Travis fit la grimace, comme s'il anticipait ma réaction.

— Poulette, le prends pas mal, mais je ne peux pas t'emmener à cette soirée habillée comme ça. À la soirée de ma fraternité, en plus. C'est sûr que je vais me battre dans les cinq premières minutes, là.

Je me penchai pour l'embrasser.

— J'ai confiance en toi.

— Ça va être l'horreur, je le sens.

— Ça va être génial, répliqua America, vexée.

— Pense à la facilité avec laquelle tu me l'enlèveras après, murmurai-je en lui plantant un baiser dans le cou.

— C'est bien le problème. Tous les mecs penseront à la même chose.

— Mais tu seras le seul à pouvoir le faire.

Comme il ne répondait pas, je m'interrompis et le regardai.

— Tu veux vraiment que je me change ?

— Quoi que tu portes, tu es belle. Autant que je m'habitue, non ? Et puis on est déjà en retard. Allez, c'est parti.

Je fis le chemin blottie contre Travis pour ne pas avoir trop froid. À l'intérieur de la maison Sigma Tau, l'air était enfumé, mais il faisait bon. La musique montait du sous-sol, et Travis se mit aussitôt à battre la mesure de la tête. Tout le monde sembla se retourner à notre arrivée. Était-ce parce que Travis venait à une soirée couples, parce qu'il portait un pantalon de costume ou à cause de ma robe ? Je n'aurais su le dire.

— Je suis vraiment contente que tu sois venue, Abby, murmura America à mon oreille. J'ai l'impression d'être dans un film pour ados.

— Ravie de rendre service, grommelai-je.

Dans la cuisine, Shepley nous sortit quatre bières du frigo et nous en tendit une chacun. Nous restâmes un moment à écouter des membres de la fraternité commenter le dernier combat de Travis. Deux filles buvaient leurs paroles : les deux blondes qui avaient suivi Travis dans la cafétéria lors de notre première conversation.

Lexie était facilement reconnaissable. Comment oublier son expression quand Travis l'avait fait tomber de ses genoux après qu'elle eut insulté America ? Elle m'observa avec curiosité. Je savais qu'elle se demandait pourquoi Travis Maddox me trouvait apparemment irrésistible, aussi je m'efforçai de lui fournir la réponse. Mes mains ne quittèrent pas Travis, je fis des commentaires pertinents à des moments clés de la conversation, et plaisantai avec lui à propos de ses nouveaux tatouages.

— Merde, tu t'es fait tatouer le nom de ta nana sur le poignet ? s'étonna Brad. T'es dingue ou quoi ?

Travis retourna fièrement son bras pour faire apparaître les inscriptions.

— Dingue d'elle, oui, dit-il en me regardant amoureusement.

— Tu la connais à peine, railla Lexie.

Les yeux de Travis ne quittèrent pas les miens.

— Je la connais, ça suffit.

En nous éloignant, il se pencha vers moi, intrigué.

— Je croyais que ces tatouages t'avaient énervée, et maintenant, tu en parles comme si c'était formidable...

Je l'embrassai sur la joue.

— Il faut croire que j'ai fini par m'y faire.

Shepley et America descendirent au sous-sol, nous les suivîmes, main dans la main. Les meubles avaient été poussés le long des murs pour ménager une piste de danse. Un slow commençait.

Travis n'hésita pas un instant et m'entraîna sur la piste, me tenant serrée contre lui.

— Je suis content de ne jamais être allé à ce genre de soirées. C'est bien que je n'y sois venu qu'avec toi.

Je posai en souriant une joue contre son torse. Sa main était chaude et douce sur la peau nue de mon dos.

— Tout le monde te regarde, dit-il. C'est cette robe...

Je levai les yeux, redoutant que cela l'énerve. Néanmoins, il souriait.

— Mais ça doit être cool... reprit-il. D'être la fille que tout le monde voudrait prendre dans ses bras.

— Arrête... Personne n'a envie de ça. Tout ce qui les intéresse, c'est de savoir pourquoi tu as jeté ton dévolu sur moi. Et je plains ceux qui pensent avoir une chance avec moi. Je suis absolument et définitivement amoureuse de toi.

Une expression peinée assombrit son regard.

— Tu sais pourquoi c'est toi que je veux ? J'ignorais que j'étais perdu jusqu'à ce que tu me trouves. J'ignorais que j'étais seul avant la première nuit que nous avons passée tous les deux dans mon lit. Avec toi, j'ai tout juste. Tu es celle que j'attendais, Poulette.

Je pris son visage entre mes mains, il me souleva de terre. Quand mes lèvres rencontrèrent les siennes, il m'embrassa avec une profonde émotion, et je compris pourquoi il s'était fait tatouer, pourquoi il m'avait choisie, et pourquoi j'étais différente. Chacun de notre côté, nous n'avions rien de particulier. C'était ce que nous composions tous les deux qui était exceptionnel.

Dans les enceintes, le rythme se fit plus soutenu, et Travis me reposa sur le sol.

— Tu veux continuer à danser ?

America et Shepley apparurent à côté de nous.

— Si tu penses pouvoir suivre... dis-je sur un ton de défi.

Travis eut un sourire en coin.

— Essaie un peu pour voir.

Je fis onduler mes hanches pour venir heurter les siennes et, d'une main, remontais sur sa chemise pour en défaire les deux premiers boutons. Travis eut un petit rire, secoua la tête. Je me retournai pour plaquer mon dos contre lui, sans cesser de me balancer en rythme. Il me prit par la taille et je posai les mains sur ses fesses. Quand je me penchai en avant, je sentis ses ongles mordre ma peau. Je me redressai. Il effleura mon oreille du bout des lèvres.

— Continue comme ça, et on va rentrer plus tôt que prévu.

Ravie de l'effet obtenu, je passai les bras autour de son cou. Il se colla à moi tandis que je sortais sa chemise de son pantalon pour pouvoir glisser mes mains le long de son dos. Quand je lui léchai le cou, il poussa un drôle de petit cri qui me fit sourire.

— Je te jure, t'es incroyable... souffla-t-il en faisant remonter ma robe de manière à pouvoir effleurer mes cuisses du bout des doigts.

— Eh ben, tout le monde aura compris comment elle le tient... railla Lexie juste derrière nous.

America fit volte-face et se rua sur elle. Shepley la rattrapa juste à temps.

— Répète un peu, connasse ? Si tu oses...

Surprise par cette réaction, Lexie se cacha derrière son cavalier.

— Tu devrais museler ta copine, Brad, c'est plus sûr, suggéra Travis.

Deux morceaux plus tard, j'étais en nage. Travis m'embrassa sous l'oreille.

— On fait une pause ? J'ai besoin d'une clope.

Nous remontâmes et je pris mon blouson au passage avant de grimper au deuxième étage. Sur le balcon se trouvaient déjà Parker et sa cavalière. Elle était plus grande que moi, brune aux cheveux courts. Je remarquai immédiatement ses talons aiguilles à bouts pointus, et pour cause, adossée au mur de brique, elle avait une jambe posée sur la hanche de Parker.

En nous voyant, Parker retira sa main de sous sa jupe.

— Salut, Abby... dit-il, essoufflé et étonné.

Je retins un rire.

— Salut, Parker !

276

— Heu... tu vas bien ?

— Je vais très bien, merci. Et toi ?

— Heu...

Il regarda sa cavalière.

— Abby, je te présente Amber. Amber... Abby.

— Abby... *Abby* ? demanda-t-elle.

Parker acquiesça d'un bref hochement de tête, mal à l'aise. Amber me serra la main d'un air dégoûté, puis jaugea Travis comme si elle affrontait son ennemi juré.

— Enchantée... je suppose.

— Amber... la mit en garde Parker.

Travis éclata de rire avant d'ouvrir la porte-fenêtre en grand pour les laisser passer. Parker prit Amber par la main et battit en retraite.

— Quelle drôle de rencontre, dis-je en m'appuyant au garde-fou.

Il faisait froid, seuls quelques couples s'étaient aventurés à l'extérieur. Travis était tout sourire. Même Parker n'avait pas réussi à le mettre de mauvaise humeur.

— Au moins, il est passé à autre chose. Il n'essaiera plus de te récupérer à tout prix.

— Je crois que ce qu'il voulait surtout, c'était m'empêcher de rester avec toi. Nuance.

Travis fit la grimace.

— Une fois, il a ramené chez elle une fille que j'avais larguée. Depuis, il fait comme s'il avait pris l'habitude de ramasser et sauver toutes les nanas que j'ai serrées.

J'eus un regard sévère.

— Je t'ai déjà dit à quel point je détestais cette expression ?

— Excuse-moi.

Il alluma sa cigarette, inspira profondément, souffla un épais nuage de fumée qui s'évapora dans l'air froid. Il observa alors son tatouage.

— Tu sais, c'est étrange. C'est celui que je préfère, mais pas seulement parce que c'est le dernier. Le sentir sur moi me donne une vraie impression d'apaisement.

— Étrange, oui. On peut le dire.

Il me regarda, presque vexé. J'éclatai de rire.

— Je plaisante ! Dire que je comprends, peut-être pas, mais c'est gentil... Un compliment à la Travis Maddox, en quelque sorte.

— Si un tatouage est si agréable sur mon bras, imagine ce que je vais éprouver quand je passerai une alliance à ton doigt...

— Travis...

— Dans quatre ou cinq ans.

— Il faut qu'on ralentisse la cadence. Vraiment.

— Commence pas avec ça, Poulette.

— À ce rythme, je vais me retrouver pieds nus et enceinte avant d'avoir fini la fac ! Je ne suis pas prête à m'installer avec toi, pas prête pour une alliance, et certainement pas prête à me poser.

Travis me prit par les épaules, se plaçant face à moi.

— T'es pas en train de me dire que tu souhaites aller voir si l'herbe est plus verte ailleurs, j'espère ? Parce que moi, je ne partage pas. Hors de question.

— Je ne veux personne d'autre, rétorquai-je, exaspérée.

Il se détendit et préféra empoigner le garde-fou.

— Qu'est-ce que tu veux alors ? demanda-t-il en fixant l'horizon.

— Qu'on aille moins vite. C'est tout.

Il hocha la tête, visiblement déçu.

— Ne te mets pas en colère, soufflai-je en posant une main sur son bras.

— J'ai l'impression qu'à chaque pas en avant on en fait deux en arrière. Dès qu'on est sur la même longueur d'ondes, tu changes de fréquence. Je pige pas... La plupart des filles harcèlent leur mec pour que les choses deviennent sérieuses entre eux, pour qu'ils parlent de leurs sentiments, qu'ils passent à l'étape suivante...

— Je ne suis pas la plupart des filles, je pensais qu'on était d'accord là-dessus...

Il laissa tomber sa tête en avant, à bout d'arguments.

— J'en ai marre de jouer aux devinettes. Tu les vois évoluer comment, les choses ?

— Quand je pense à mon avenir, je te vois, toi.

Travis se dérida et m'attira contre lui. Nous contemplâmes les nuages qui défilaient dans le ciel. Ici et là, des lumières parsemaient le campus plongé dans l'obscurité, des étudiants serraient leurs manteaux pour se protéger du froid avant de s'engouffrer dans la maison.

Je vis la paix dans les yeux de Travis, et me rendis compte que je ne l'avais perçue qu'en de rares occasions, lorsque je l'avais rassuré.

Je savais ce qu'était le sentiment d'insécurité parce que je connaissais la face cachée de Las Vegas, celle où ne brillaient jamais ni néons ni paillettes, où l'on croisait d'éternels perdants, qui finissaient par avoir peur de leur ombre. Mais Travis Maddox ne tremblait pas à l'idée de se battre, de défendre un être cher ou de croiser le regard humilié et furieux d'une femme rejetée. Il pouvait entrer dans une pièce et afficher son mépris pour quelqu'un de deux fois sa taille, certain que personne ne le toucherait, qu'il était invincible.

Il n'avait jamais eu peur de rien. Jusqu'à ce qu'il me rencontre.

J'étais l'aspect de son existence qui restait imprévisible, la variable sur laquelle il n'avait pas la main, la carte posée face cachée. Quelle que soit la paix que je pouvais lui offrir, à chaque instant de notre vie passée ensemble, le trouble éprouvé quand je n'étais pas là s'amplifiait en ma présence. La colère qui s'emparait de lui auparavant n'en était que plus difficile à contrôler. Il n'était plus une exception, n'avait plus rien de mystérieux ou de spécial. J'étais devenue sa faiblesse.

Tout comme j'étais celle de mon père.

— Abby ! Te voilà ! Je t'ai cherchée partout ! lança America en sortant sur le balcon, son téléphone à la main. Je viens d'avoir mon père. Mick les a appelés hier soir.

Je ne pus réprimer une grimace de dégoût.

— Mick ? Pourquoi ?

America haussa les sourcils comme si je posais une question idiote, à laquelle j'avais déjà la réponse.

— Ta mère lui raccrochait tout le temps au nez.

Je sentis mon estomac se nouer.

— Qu'est-ce qu'il voulait ?

— Heu... savoir où tu étais.

— Ils ne lui ont rien dit, j'espère ?

America se décomposa.

— C'est ton père, Abby. Papa a cru qu'il avait le droit de savoir.

Déjà, les yeux me piquaient.

— Il va débarquer ici ! Il va débarquer, Mare !

— Je sais. Je suis désolée.

Elle voulut me serrer dans ses bras mais je me dégageai et enfouis mon visage entre mes mains.

Deux mains familières, puissantes se posèrent sur mes épaules.

— Il ne te fera aucun mal, Poulette, dit Travis. Je ne le laisserai pas faire.

— Il trouvera quand même un moyen, dit America, visiblement attristée. Il trouve toujours.

— Il faut que j'y aille.

Je tirai d'un coup sur la poignée de la porte-fenêtre. Mais dans ma précipitation, j'oubliai de la tourner en même temps : l'énervement ajouté à un début de panique fit couler les larmes sur mes joues frigorifiées. Les mains de Travis recouvrirent les miennes, il m'aida à ouvrir. J'étais consciente du ridicule de la situation et, en levant les yeux vers lui, je m'attendais à y lire au mieux de l'étonnement, au pire de la désapprobation. Je n'y découvris que de la compréhension.

Sans rien dire, il me prit le bras et m'entraîna dans l'escalier jusqu'à la sortie. Je me dirigeais droit vers la voiture de Shepley quand America m'arrêta.

— Abby... chuchota-t-elle en m'indiquant un petit attroupement.

Plusieurs personnes s'étaient arrêtées autour d'un homme plus âgé, échevelé, qui brandissait une photo. Elles hochaient la tête, regardaient le cliché, s'interrogeaient les unes les autres.

Je me ruai sur l'homme et lui arrachai la photo des mains.

— On peut savoir ce que tu fiches ici ?

La foule se dispersa. Shepley et America m'encadrèrent. Travis se plaça derrière moi, les mains sur mes épaules.

Mick regarda ma robe et eut un petit tic désapprobateur.

— Eh bien, Choupette, quitter Vegas ne résout rien, on dirait...

— La ferme. LA FERME ! Tu fais demi-tour et tu retournes d'où tu viens ! Je ne veux pas de toi ici !

— Je ne peux pas, Choupette. J'ai besoin de ton aide.

— Rien de nouveau sous le soleil, ironisa America.

Mick la fusilla du regard, puis se tourna vers moi.

— Tu es drôlement belle, dis donc. Tu as grandi. Je t'aurais pas reconnue dans la rue.

J'eus un soupir impatient. Faire la conversation ne me disait vraiment rien, là, tout de suite.

— Qu'est-ce que tu veux ?

Il leva les mains, haussa les épaules.

— Je crois que je me suis un peu embourbé, fillette. Ton vieux papa a besoin d'argent.

Je fermai les yeux.

— Combien ?

— Tout allait bien. Vraiment. Il fallait juste que j'emprunte un peu pour me refaire, et puis... Tu sais comment ça se passe...

— Je sais. Combien ?

— Vingt-cinq.

— Putain, Mick, vingt-cinq billets de cent ? Si tu fous le camp... je te les donne tout de suite, intervint Travis en sortant son portefeuille.

— Il veut dire vingt-cinq mille, pas deux mille cinq cents.

Mick dévisagea Travis.

— Qui c'est, ce clown ?

Travis redressa brusquement la tête, et je sentis son poids contre moi.

— Je comprends maintenant pourquoi un type aussi futé que toi en est réduit à s'adresser à sa gamine pour son argent de poche.

Avant que Mick ait pu répondre, je sortis mon téléphone.

— À qui tu dois cet argent, cette fois ?

Mick se gratta la tête. Ses cheveux étaient grisonnants et sales.

— Ben... c'est une histoire assez drôle, en fait, Choupette...

— À qui ? hurlai-je.

— À Benny.

Je restai bouche bée et reculai d'un pas, butant contre Travis.

— Tu as emprunté de l'argent à Benny ? Mais qu'est-ce que... Non, laisse tomber. Je n'ai pas cette somme, Mick.

Il sourit.

— Quelque chose me dit que si.

— Et moi, je te dis que non ! T'as vraiment merdé dans les grandes largeurs, cette fois ! J'ai toujours su que tu t'arrêterais pas tant qu'on t'aurait pas collé une balle !

Il se dandina, son sourire satisfait disparut.

— Bon, t'as combien ?

Je serrai les dents.

— Onze mille. J'économisais pour une voiture.

America me regarda.

— D'où tu sors onze mille dollars, Abby ?

— Des combats de Travis, répondis-je sans quitter le regard de Mick.

Travis me tira par l'épaule pour que je me retourne.

— Tu as gagné onze mille dollars en pariant à mes combats ?

— On a passé un accord avec Adam, précisai-je sans réagir à l'étonnement de Travis.

Le regard de Mick s'anima soudain.

— Tu peux faire la culbute en un week-end, Choupette. Tu peux récupérer vingt-cinq mille d'ici à dimanche et, comme ça, Benny ne m'enverra pas ses sbires.

J'avais la gorge sèche.

— Et je n'aurai plus rien. Comment je paie la fac ?

— Mais tu regagneras ta mise en un rien de temps, répondit-il, balayant mon argument d'un revers de main.

— Il te les faut pour quand ?

— Lundi matin. Enfin, dimanche minuit.

— Rien ne t'oblige à lui donner quoi que ce soit, dit Travis.

Mick m'attrapa le poignet.

— C'est le moins que tu puisses faire ! Sans toi, je ne serais pas dans ce pétrin !

Brusquement, America le força à me lâcher et le repoussa.

— Recommence pas avec tes conneries, Mick ! C'est pas elle qui t'a forcé à emprunter à Benny !

Mick me lança un regard haineux.

— Sans elle, j'aurais encore du fric. Tu m'as tout pris, Abby. Je n'ai plus rien !

J'avais cru que l'éloignement apaiserait la douleur, mais être la fille de Mick était toujours aussi terrible, les larmes qui roulèrent sur mes joues en témoignaient.

— J'apporterai l'argent à Benny dimanche. Et ensuite, je veux que tu me laisses tranquille. C'est la dernière fois, Mick. Après ça, ne viens plus jamais me chercher, c'est compris ? JE. NE. VEUX. PLUS. TE. VOIR.

Il pinça les lèvres, puis hocha la tête.

— C'est comme tu veux, Choupette.

Je tournai les talons et me dirigeai vers la voiture. Derrière moi, j'entendis America annoncer :

— Faites vos valises, les mecs. On part pour Vegas.

15

La ville du péché

Travis posa nos bagages et parcourut la chambre d'un regard circulaire.

— Pas mal, hein ?

Mon œil noir lui fit hausser un sourcil.

— Quoi ?

Je secouai la tête. Différentes stratégies et l'urgence m'occupaient l'esprit.

— On n'est pas en vacances. Tu n'aurais pas dû venir, Travis.

L'instant d'après, il était derrière moi et refermait ses bras autour de ma taille.

— Je te suivrai partout où tu iras.

Je laissai tomber ma tête contre son torse en soupirant.

— Il faut que j'aille dans la salle de jeu. Tu peux rester ici ou aller te balader sur le Strip. On se retrouve un peu plus tard, d'accord ?

— Je viens avec toi.

— Non, Trav. Je ne veux pas de toi au casino. Je dois gagner quatorze mille dollars en un week-end, cela demande de la concentration. Je n'aime pas celle que je vais devoir être en m'asseyant à ces tables, et je ne veux pas que tu la voies.

D'abord contrarié, il écarta une mèche de cheveux de mon visage et m'embrassa.

— Comme tu voudras, Poulette.

En sortant de la chambre, il fit un petit signe à America, qui entrait. Elle portait la même robe que pour la soirée couples. J'avais opté pour un lamé or assez court. En voyant mon reflet dans le miroir, je fis la grimace. America me tira les cheveux en arrière et me tendit un tube noir.

— Il te faut au moins cinq couches supplémentaires de mascara, et si tu ne remets pas de blush, ils jetteront ton permis sans même le regarder. On dirait que tu as oublié comment on jouait à ce jeu-là.

Je lui arrachai le tube des mains et passai dix minutes supplémentaires à me maquiller. À peine avais-je terminé que mes yeux se mirent à briller.

— Bordel, Abby, ne pleure pas ! Grognai-je en tapotant un mouchoir à la lisière de mes cils.

— T'es pas obligée de faire ça. Tu ne lui dois rien, souffla America, debout derrière moi tandis que je procédais aux dernières vérifications dans la glace.

— Il doit de l'argent à Benny, Mare. Si je ne le fais pas, ils le tueront.

Elle me supplia du regard. Je lui avais souvent vu cette expression, mais là, le désespoir se mêlait à la supplique. Elle avait vu Mick ficher ma vie en l'air plus souvent qu'à son tour.

— Et la prochaine fois ? Et la fois suivante ? Et la suivante encore ? Tu ne peux pas continuer comme ça.

— Il a accepté de prendre le large. Mick Abernathy a beaucoup de défauts, mais il tient parole.

Nous quittâmes la chambre pour monter dans un ascenseur vide.

— Tu as tout ce qu'il te faut ? demandai-je.

Il y avait des caméras de surveillance partout. America fit claquer le coin de son faux permis de conduire dans son sac et sourit.

— Moi, c'est Candy. Candy Crawford, annonça-t-elle avec un accent du Sud absolument parfait.

Je lui tendis la main.

— Jessica James. Enchantée.

D'un geste parfaitement synchro, nous chaussâmes nos lunettes noires avant d'afficher un visage impassible quand la porte de l'ascenseur s'ouvrit sur les néons et l'agitation de la salle de casino. Il y avait des gens de toute part, dans tous les sens. Vegas était un enfer paradisiaque, le seul endroit où il était possible de trouver dans la même salle des danseuses couvertes de plumes et maquillées pour leur spectacle, des prostituées à la tenue très légère mais tolérable, des hommes d'affaires en costume sur mesure et de gentilles familles. Au bout d'une allée moquettée de rouge, un homme examina nos permis de conduire. Il me fixa un moment, et je le regardai par-dessus mes lunettes.

— C'est quand vous voulez, mais aujourd'hui, ce serait bien, lâchai-je d'un ton blasé.

Il nous rendit nos papiers et s'effaça pour nous laisser passer. Nous longeâmes d'abord les rangées de machines à sous, puis les tables de black-jack, avant de nous arrêter à la roulette. D'un œil expert, je repérai les tables de poker et en choisis une à laquelle étaient installés des hommes, tous d'un certain âge.

— Celle-ci, fis-je avec un signe du menton.

— Sois agressive dès le départ, Abby. Il faut qu'ils se demandent ce qui leur est tombé sur la tête.

— Non. Ce sont des vieux de la vieille, ceux-là. Il faut la jouer futé.

Je m'approchai de la table, affichant mon sourire le plus aguicheur. Les gens du coin étaient capables de renifler les crapules à des kilomètres, mais j'avais deux atouts qui masquaient l'odeur de n'importe quel escroc : la jeunesse… et une paire de seins.

— Bonsoir, messieurs. Puis-je me joindre à vous ?

Ils ne levèrent même pas les yeux.

— Bien sûr, ma belle. Prends un siège et souris. Ne parle pas, c'est tout.

— Je veux jouer, précisai-je en tendant mes lunettes à America. Le jeu est trop mou aux tables de black-jack.

— Ici, c'est une table de poker, princesse, dit l'un des hommes en mâchonnant son cigare. Poker fermé. Tente plutôt ta chance aux machines à sous.

Je m'installai à la seule place libre et croisai les jambes de façon ostentatoire.

— J'ai toujours voulu jouer au poker à Vegas. Et j'ai tous ces jetons, là… soupirai-je en posant une pile sur la table. En plus, je suis plutôt bonne, quand je joue en ligne.

Les cinq hommes regardèrent mes jetons puis reportèrent leur attention sur moi.

— Il y a une mise minimum, ma belle. Je ne voudrais pas te faire pleurer. Non, vraiment, essaie les machines à sous. Tu as vu comme elles sont jolies ?

Je poussai mes jetons devant moi en haussant les épaules, à la façon d'une étudiante intrépide et trop sûre d'elle, qui réalise trop tard qu'elle a perdu l'argent destiné à payer ses études. Les joueurs se regardèrent. Le donneur haussa les épaules et misa.

— Moi, c'est Jimmy, dit l'un d'eux en me tendant la main.

Je la serrai, et il me présenta les autres.

— Mel, Pauli, Joe et Clin d'Œil.

Ce dernier était un type assez maigre qui mordillait un cure-dent et, comme prévu, il me fit un clin d'œil.

Je répondis d'un hochement de tête et attendis avec une impatience feinte que le premier coup soit distribué. Je perdis délibérément les deux premiers, mais au quatrième, j'étais lancée. Il ne fallut pas longtemps aux quatre vétérans de Vegas pour comprendre à qui ils avaient affaire.

— Tu disais que tu jouais en ligne ? me demanda Pauli.

— Et avec mon père, aussi.

— Tu es d'ici ? s'enquit Jimmy.

— De Wichita.

— En ligne mon cul, grommela Mel. C'est pas du poker en ligne qu'elle joue.

Une heure plus tard, je leur avais pris deux mille sept cents dollars, et mes adversaires commençaient à transpirer.

— Je me couche, soupira Jimmy en jetant ses cartes.

— Alors là, si je ne le voyais pas de mes propres yeux, je ne l'aurais jamais cru, entendis-je derrière moi.

America et moi nous retournâmes en même temps, et je ne pus retenir un large sourire.

— Jesse. Qu'est-ce que tu fais là ?

— C'est mon casino, Choupette. Qu'est-ce que *tu* fais là ?

Levant les yeux au ciel, je me tournai vers mes partenaires, de plus en plus méfiants.

— Jesse... tu sais que je n'aime pas ça.

— Si vous voulez bien nous excuser, dit Jesse en me prenant par le bras.

America nous regarda nous éloigner d'un air inquiet.

Le père de Jesse était propriétaire du casino, et j'étais très surprise que ce dernier ait décidé de se lancer dans le métier. Plus jeunes, nous avions fait les quatre cents coups dans les couloirs de l'hôtel, et je le battais toujours quand nous faisions la course jusqu'aux ascenseurs. Il avait beaucoup grandi depuis notre dernière rencontre. J'avais gardé le souvenir d'un gamin prépubère dégingandé. L'homme qui se tenait devant moi portait le costume strict du directeur de salle de jeu, n'était pas dégingandé du tout mais plutôt très, très viril. Il avait la même peau mate soyeuse et les mêmes yeux verts que dans mon souvenir ; tout le reste était une agréable surprise.

Ses yeux émeraude brillaient sous les néons.

— J'y crois pas. J'ai tout de suite pensé à toi quand je suis passé, mais je n'arrivais pas à croire que tu sois revenue. Et puis, quand j'ai vu que la jolie jeune femme ratissait la table des anciens, j'ai compris que j'avais vu juste.

— C'est bien moi.

— Tu as changé.

— Toi aussi. Comment va ton père ?

— Il a pris sa retraite, dit-il en souriant. Tu es là pour longtemps ?

— Jusqu'à dimanche seulement. Après, je dois retourner à la fac.

— Salut, Jesse, dit America en s'approchant.

Il eut un petit rire.

— America. Évidemment. J'aurais dû m'en douter, l'une ne va pas sans l'autre.

— Si ses parents avaient su que je l'amenais ici, tout cela se serait terminé il y a bien longtemps.

— Je suis content de te voir, Abby. Tu permets que je t'invite à dîner ? demanda Jesse en laissant courir son regard sur ma robe et mes jambes.

— J'adorerais, on a plein de choses à se raconter, mais je ne suis pas venue pour m'amuser...

— Oh, moi non plus, tu sais, dit-il avec un sourire. Je peux voir tes papiers ?

Je me décomposai. La partie allait être très difficile. Jesse ne céderait pas si facilement à mon charme. Lui dire la vérité me sembla nécessaire.

— Je suis ici pour Mick. Il a des ennuis.

Jesse changea de posture.

— Quel genre d'ennuis ?

— Le genre habituel.

— J'aimerais pouvoir aider. On se connaît depuis un bail, et tu sais que j'ai du respect pour ton père. Mais tu sais aussi que je ne peux pas te laisser jouer.

Je lui pris le bras et le serrai fort.

— Il doit du fric à Benny.

Jesse ferma les yeux et secoua la tête.

— Merde...

— J'ai jusqu'à demain. Je te revaudrai ça, Jesse, tu peux en être sûr. Laisse-moi jusqu'à demain.

Il posa sa paume sur ma joue.

— Voilà ce qu'on va faire... Si tu acceptes de dîner avec moi demain, je te laisse jusqu'à minuit.

Je regardai America, puis Jesse.

— Je ne suis pas venue seule.

Il haussa les épaules.

— C'est à prendre ou à laisser, Abby. Tu sais comment ça se passe, ici. C'est toujours donnant-donnant.

Je soupirai, vaincue.

— D'accord. Demain soir chez *Ferraro*, si tu me laisses jusqu'à minuit.

Il se pencha et m'embrassa sur la joue.

— Content de te revoir, en tout cas. À demain... 17 heures, d'accord ? Je dois être à la salle à 20 heures.

Je souris en le regardant s'éloigner. Mais ce sourire s'effaça rapidement quand je vis que Travis me fixait depuis une table de roulette.

— Merde... souffla America.

Travis fusilla Jesse du regard lorsque celui-ci passa près de lui, puis nous rejoignit. Les mains dans les poches, il désigna Jesse du menton. Ce dernier nous surveillait du coin de l'œil.

— Qui c'est ?

— C'est Jesse Viveros. Je le connais depuis longtemps.

— Longtemps comment ?

Je me retournai vers ma table de poker.

— Travis, je n'ai pas vraiment le temps, là.

291

— On dirait qu'il a renoncé à être pasteur, lâcha America en décochant à Jesse un sourire séducteur.

— C'est un ex ? demanda Travis, déjà en colère. Je croyais qu'il était du Kansas. C'est ce que tu m'avais dit, non ?

J'adressai un regard agacé à America.

— Travis, dis-je en lui prenant le menton pour avoir toute son attention. Il sait que je n'ai pas l'âge légal pour être ici. Il m'a accordé jusqu'à minuit. Je t'expliquerai tout mais, pour l'instant, il faut que je retourne jouer, d'accord ?

Travis ferma les yeux, inspira longuement.

— D'accord. On se retrouve à minuit alors. Bonne chance.

Il se baissa pour m'embrasser, mais son baiser était froid et distant. Je le regardai se fondre dans la foule puis retournai à ma table.

— Messieurs ?

— Assieds-toi, Shirley Temple, dit Jimmy. On va récupérer notre argent maintenant. Ça nous plaît pas beaucoup, de nous faire avoir.

Je souris.

— Je vous souhaite bien du courage.

— Tu as dix minutes, me souffla America.

— Je sais.

Je m'appliquai à oublier le temps, et le genou d'America qui s'agitait nerveusement sous la table. Le pot était à seize mille dollars – le plus haut de la soirée – et c'était du tout ou rien.

— J'ai jamais rien vu de tel, petite. Tu as fait une partie quasiment parfaite. Et quelle maîtrise... T'as pas trouvé, Clin d'Œil ?

Ce dernier hocha la tête. Son enthousiasme s'était un peu émoussé au fil de la partie.

— J'ai remarqué, oui. Pas un geste nerveux, pas un sourire, même ses yeux ne bougent pas. C'est pas naturel. Tout le monde a une faiblesse.

— Il faut croire que non, dit America d'un petit air supérieur.

Je sentis soudain deux mains sur mes épaules. Je sus aussitôt que c'étaient celles de Travis, mais je ne me retournai pas. Pas avec trois mille dollars au centre de la table.

— Parole, dit Jimmy.

Ceux qui s'étaient approchés de nous applaudirent quand je posai mes cartes. Jimmy était le seul qui aurait pu me mettre en danger avec son brelan. Mais ma suite ne craignait personne.

— Incroyable ! s'exclama Pauli en jetant une paire de deux sur le tapis.

— J'arrête, grommela Joe en se levant et en quittant la table sans autre forme de procès.

Jimmy fut un peu plus élégant.

— Je peux mourir ce soir en sachant qu'une fois dans ma vie j'aurai eu un adversaire digne de ce nom, petite. Ç'a été un plaisir, Abby.

Je me figeai.

— Vous saviez ?

Jimmy sourit. Des années de café et de fumée de cigare avaient teinté ses dents.

— J'ai déjà joué à ta table. Il y a six ans. Et j'espérais pouvoir prendre ma revanche.

Il me tendit la main.

— Prends soin de toi, gamine. Et passe le bonjour à ton père de la part de Jimmy Pescelli.

America m'aida à ramasser mes gains. Je me tournai vers Travis en consultant ma montre.

— Il me faut plus de temps.

— Tu veux essayer le black-jack ?

— Je ne peux pas me permettre de gaspiller de l'argent.

Il sourit.

— Mais tu ne perds jamais, Poulette.

America secoua la tête.

— Le black-jack, c'est pas son truc.

— Au fait, j'ai gagné un peu de sous. Six cents. Je te les donne.

Shepley me tendit lui aussi ses jetons.

— Moi, j'ai gagné que trois cents, mais tiens.

Je soupirai.

— Merci, les gars, vraiment. Mais il me manque encore cinq mille dollars.

Je regardai à nouveau ma montre. Quand je relevai les yeux, Jesse approchait.

— Alors ? demanda-t-il en souriant.

— Il me manque cinq mille, Jess. Il me faut plus de temps.

À sa mine, je compris que j'en avais déjà trop demandé.

— Merci de m'avoir laissée jouer, ajoutai-je.

— Je peux peut-être demander à mon père de parler à Benny pour toi ?

— Non. C'est Mick qui a merdé. C'est moi qui lui demanderai plus de temps.

Jesse secoua la tête.

— Tu sais ce qui va se passer, Choupette. Quelle que soit la somme que tu lui apporteras, si c'est moins que ce que doit Mick, Benny enverra quelqu'un. Reste aussi loin que possible de tout ça.

— Je dois essayer, dis-je, les larmes aux yeux.

Jesse s'avança et se pencha vers moi.

— Reprends ton avion, Abby, dit-il tout bas. Tu m'entends ?

— Oui, je suis pas sourde ! répliquai-je sèchement.

Il soupira, me prit dans ses bras et m'embrassa les cheveux.

— Je suis désolé. Si je risquais pas mon boulot, je ferais tout pour trouver une solution.

— Je sais, dis-je en m'écartant. Tu as fait ce que tu as pu.

De l'index, il me souleva le menton.

— OK, on se voit demain à 17 heures.

Et il se pencha pour déposer un baiser au coin de mes lèvres avant de poursuivre son chemin.

Je jetai un œil en direction d'America, qui observait Travis. Soutenir son regard était au-dessus de mes forces, j'imaginais sans mal la colère qui devait être la sienne.

— Qu'est-ce qu'il y a, à 17 heures ? demanda-t-il, la voix blanche de fureur.

— Elle a accepté de dîner avec lui et, en échange, il l'a laissée jouer. C'était à prendre ou à laisser, Trav, répondit America.

Au ton prudent de sa voix, je savais que Travis était hors de lui. Et lorsque, enfin, je trouvai le courage de le regarder, je lus sur son visage le même sentiment de trahison que dans les yeux de Mick le soir où il avait compris que je lui avais pris sa chance.

— Tu avais le choix.

— As-tu déjà eu affaire à la mafia, Travis ? Je suis désolée que cela te froisse, mais une invitation à dîner avec un vieux copain n'est pas très cher payé pour garder Mick en vie.

Il aurait aimé déverser sa colère sur moi, mais il ne trouva rien à répondre à mon argument.

— Allez, les gars, il faut qu'on trouve Benny maintenant, dit America en me prenant par le bras.

Travis et Shepley nous suivirent en silence sur le Strip en direction de l'immeuble de Benny. La circulation – des voitures comme des piétons – se faisait plus dense. À chaque pas mon estomac se nouait un peu plus, et mon esprit cherchait obstinément l'argument imparable qui ferait entendre raison à Benny. Quand nous atteignîmes la grande porte verte que j'avais vue tant de fois déjà, j'étais aussi sèche que mon compte en banque.

L'imposant portier – noir, effrayant, et aussi large que haut – ne fut pas une surprise. En revanche, la présence de Benny à ses côtés était une tout autre affaire.

— Benny ? lâchai-je dans un souffle.

— Eh ben, mazette... Elle est passée où, la petite Treize de Chance ? Mick ne m'avait pas dit que t'étais devenue une sacrée belle plante. Je t'attendais, Choupette. Je me suis laissé dire que tu avais un paiement à me faire.

Je répondis d'un hochement de tête. Quand Benny désigna mes amis, je relevai le menton et annonçai avec une assurance feinte :

— Ils sont avec moi.

— J'ai peur qu'il ne leur faille attendre dehors, annonça le portier d'une voix de basse impressionnante.

Travis glissa aussitôt son bras sous le mien.

— Elle n'entre pas seule. Je viens avec elle.

Benny dévisagea Travis. Je me raidis. Mais pour finir, il se tourna vers son portier et esquissa un petit sourire.

— C'est bon, dit-il. Mick sera content d'apprendre que tu es bien entourée.

Je le suivis à l'intérieur, me retournant juste à temps pour apercevoir le regard inquiet d'America. Travis ne me lâchait pas le bras, se tenant délibérément entre le portier et moi. Nous suivîmes Benny dans un ascenseur et montâmes sans un mot jusqu'au quatrième étage.

Les portes s'ouvrirent sur un bureau en acajou, au centre d'une pièce immense. Benny s'installa dans un fauteuil de velours derrière la table et nous fit signe de prendre place dans les deux sièges qui se trouvaient en face. Le cuir était froid contre ma peau, et je me demandai combien de personnes s'étaient assises ici quelques instants avant leur mort. Je tendis la main pour prendre celle de Travis. Il me serra les doigts pour me rassurer.

— Mick me doit vingt-cinq mille. Je suppose que tu as la totalité, commença Benny en griffonnant quelque chose sur un carnet.

— En fait... il me manque cinq mille, Benny. Mais j'ai toute la journée de demain pour les gagner. Et cinq mille, ce n'est pas un problème. Tu sais que c'est tout à fait à ma portée.

Benny fronça les sourcils.

— Oh, Abigail... Tu me déçois, là. Tu connais la règle mieux que ça, tout de même.

— Je t'en prie, Benny. Je te demande de prendre les 19 900 que j'ai ici, et je t'apporte le reste demain.

Le regard de Benny se posa sur Travis, puis revint vers moi. Deux hommes, que je n'avais pas vus jusque-là, firent un pas en avant et sortirent de l'ombre. Travis me serra la main un peu plus fort.

— Tu sais très bien qu'avec moi c'est tout ou rien. Et devine quoi ? Le fait que tu essaies de me donner moins révèle une chose : tu n'es pas sûre de pouvoir réunir la totalité de la somme.

Les deux hommes avancèrent à nouveau d'un pas.

J'eus un petit rire nerveux.

— Bien sûr que si, Benny. J'ai gagné neuf mille dollars en six heures.

— Donc si je comprends bien, tu me rapportes encore neuf mille dans six heures ? se moqua Benny avec un sourire mauvais.

— La date limite n'est que demain à minuit, intervint Travis en jetant un coup d'œil derrière nous, puis sur les deux hommes, qui continuaient d'approcher.

— À... à quoi tu joues, Benny ? demandai-je, figée.

— Mick m'a appelé, ce soir. Il m'a dit que c'était toi qui réglerais sa dette.

— C'est pour lui rendre service. Je ne te dois rien, moi, répliquai-je sèchement.

Je sentais l'instinct de survie prendre le dessus. Benny posa ses deux coudes grassouillets sur son bureau.

— J'ai bien envie de lui donner une bonne leçon, à Mick. Et j'aimerais savoir si tu as vraiment de la chance, petite.

297

Travis bondit de son fauteuil et m'entraîna dans son sillage. Il me fit passer derrière lui et recula en direction de la porte.

— Josiah est de l'autre côté, jeune homme. Vous pensez passer par où pour vous échapper, exactement ?

Je m'étais trompée. Avant de réfléchir à la façon dont je pouvais peut-être amadouer Benny, j'aurais dû tenir compte du fait que Mick souhaitait avant tout sauver sa peau, et Benny gagner de l'argent.

— Travis... soufflai-je en voyant l'un des sbires du mafieux s'approcher.

Il se redressa, paré au combat.

— J'espère que vous savez, Benny, que si je liquide vos hommes, ce n'est pas par manque de respect pour vous. Mais j'aime cette fille, et je ne peux pas vous laisser lui faire du mal.

Benny éclata d'un rire grinçant.

— Alors là, je dois reconnaître, fiston, que de tous ceux qui ont jamais franchi cette porte, c'est toi qui as la plus belle paire de couilles ! Laisse-moi t'expliquer ce qui va se passer. Le plus grand, là, sur ta droite, c'est David, et s'il n'arrive pas à te faire taire avec ses poings, il se servira du couteau qu'il a dans son holster. À ta gauche, c'est Dane, mon meilleur homme. Il a un combat demain, d'ailleurs, et il n'en a jamais perdu un. Fais gaffe à pas t'abîmer les mains, Dane. J'ai misé un paquet sur toi.

Dane sourit à Travis avec de grands yeux amusés.

— Pas de problème, monsieur !

— Benny, arrête ! Je peux te trouver l'argent ! m'écriai-je.

— Oh que non... Cette petite histoire va bientôt devenir très intéressante, répondit Benny, hilare, en se carrant dans son fauteuil.

David se rua sur Travis, je retins un cri. L'homme était fort, mais gauche et lent. Travis ne lui laissa ni le temps de frapper, ni celui de sortir son couteau, il lui prit la tête à deux mains et y écrasa son genou. Puis il enchaîna, sans perdre de temps, et avec toute la puissance dont il disposait. Quelques directs et un coup de coude plus tard, David était à terre dans une mare de sang.

Benny renversa la tête et éclata d'un rire hystérique en tapant sur son bureau, avec le ravissement d'un gamin qui regarde les dessins animés du dimanche matin.

— Allez, à toi, Dane ! Il t'a pas fait peur, j'espère ?

Dane approcha de façon plus circonspecte, avec la concentration et la précision d'un lutteur professionnel. Son poing jaillit à une vitesse incroyable en direction du visage de Travis, mais celui-ci esquiva et heurta son adversaire d'un puissant coup d'épaule. Ils tombèrent contre le bureau de Benny, et Dane saisit Travis à deux mains pour le jeter à terre. Ils se battirent au corps à corps un moment, puis Dane prit le dessus et réussit à immobiliser Travis le temps de lui donner quelques coups bien placés. Incapable de regarder un tel spectacle, j'enfouis mon visage dans mes mains.

Un cri de douleur me fit lever les yeux. Cette fois, Travis dominait Dane, le tenant par les cheveux, et enchaînait coup après coup sur sa tempe. Chaque fois, la tête de Dane cognait contre le bureau de Benny et, quand il réussit à se relever, il tenait à peine debout et pissait le sang.

Travis le regarda un moment puis chargea de nouveau, poussant un grognement à chaque attaque, mettant toute sa force dans ses poings. Dane esquiva une fois et l'atteignit à la mâchoire.

Travis sourit et leva un doigt.

— Voilà, c'était ton moment. Maintenant, c'est fini.

Je n'en croyais pas mes oreilles. Travis avait laissé le sbire de Benny le frapper. Il s'amusait. Je ne l'avais jamais vu combattre sans contrainte. Le voir ainsi libérer toute sa puissance sur des tueurs entraînés et avoir le dessus me faisait un peu peur. Jusque-là, je n'avais jamais vraiment réalisé de quoi il était capable.

Sur fond de rire de plus en plus fou, Travis mit Dane KO d'un coup de coude au visage. Le corps lourd du malfrat rebondit une fois sur le tapis persan de Benny.

— Stupéfiant, jeune homme ! Tout simplement stupéfiant ! s'exclama Benny en applaudissant.

Travis me rejoignit au moment où l'imposante carrure de Josiah apparaissait dans l'encadrement de la porte.

— Vous voulez que je m'en occupe, monsieur ?

— Non ! Non, non... répondit Benny, visiblement ravi de cette représentation impromptue. Comment tu t'appelles, mon gars ?

Travis était encore essoufflé.

— Travis Maddox, répondit-il en essuyant ses mains ensanglantées sur son jean.

— Travis Maddox, je pense que tu devrais pouvoir aider ta petite amie.

— Ah bon ?

— Dane devait combattre demain soir. J'ai misé pas mal de cash sur lui, et j'ai l'impression qu'il ne sera pas en état d'affronter qui que ce soit avant un bon moment. Je suggère que tu prennes sa place. Tu me fais gagner, et j'oublie les cinq mille que me doit encore Mick.

Travis se tourna vers moi.

— Qu'est-ce que t'en penses, Poulette ?

— Comment te sens-tu ? demandai-je d'une voix tremblante en essuyant le sang qui coulait de son front.

Il sourit.

— C'est pas mon sang, chérie ! Ne pleure pas.

Benny se leva.

— J'ai pas que ça à faire, fiston. Tu prends ou tu te couches ?

— Je prends. Dites-moi quand et où, j'y serai.

— Tu affronteras Brock McMann. C'est pas un tendre. Il a été viré du championnat officiel l'an dernier.

Travis ne releva même pas.

— Dites-moi juste où il faut que je me présente.

Benny eut un sourire de requin.

— Tu me plais, Travis. Je pense qu'on va bien s'entendre.

— Ça m'étonnerait, répondit ce dernier en ouvrant la porte.

Jusqu'à la sortie de l'immeuble, il vérifia que la voie était libre avant de me laisser avancer. En voyant l'état des vêtements de Travis, America poussa un cri.

— Seigneur ! Qu'est-ce qui s'est passé ? Vous allez bien ?

— Ça va. Une journée ordinaire. Pour nous deux, répondis-je en m'essuyant les yeux.

Nous regagnâmes l'hôtel au plus vite. Peu de gens remarquèrent l'état de Travis. Il était couvert de sang, cependant, seuls les vrais touristes semblaient y prêter attention.

— Bordel, mais qu'est-ce qui s'est passé, chez Benny ? demanda enfin Shepley.

Travis se déshabilla et alla prendre une douche. America me tendit une boîte de mouchoirs.

— Ça va, Mare.

Elle soupira et insista pour que j'en prenne un.

— Non, ça va pas.

— C'est pas la première fois que j'ai affaire à Benny.

J'avais mal partout. Vingt-quatre heures de tension et de stress finissaient par se faire sentir.

— En revanche, c'est la première fois que tu vois Travis se lâcher vraiment sur quelqu'un, dit Shepley. J'ai déjà assisté à ce spectacle. Et je sais que c'est pas beau à voir.

— Que s'est-il passé ? insista America.

— Mick a appelé Benny. Et s'est défaussé sur moi.

— Je vais le tuer ! Je vais tuer ce fils de pute ! hurla America.

— Benny ne me tient pas vraiment pour responsable, mais il voulait punir Mick d'avoir envoyé sa fille payer ses dettes à sa place. Il a appelé ses hommes, et Travis les a mis KO. Tous les deux. En moins de cinq minutes.

— Donc Benny vous a laissés partir ?

Travis reparut, une serviette nouée autour de la taille, avec pour seule preuve de ses combats une petite trace rouge sur la pommette, juste en dessous de l'œil droit.

— Un des types que j'ai allongés avait un combat demain. Je prends sa place et, en échange, Benny oublie les cinq mille que Mick lui doit encore.

America se leva.

— Mais c'est ridicule ! Pourquoi est-ce qu'on aiderait Mick, Abby ? Il t'a jetée dans la gueule du loup ! Je vais le liquider !

— Pas si je le tue en premier, murmura Travis entre ses dents.

— Faudra faire la queue, messieurs, dames, précisai-je.

— Donc tu combats demain ? demanda Shepley.

— Oui. Au *Zéro*. 18 heures. C'est Brock McMann, Shep.

Shepley secoua la tête.

— Non. Non, pas ça, Trav. Ce type est un dingue !

— Ouais, mais il ne se bat pas pour sa femme, si ? dit Travis en me prenant dans ses bras. Ça va, Poulette ?

— Ce combat est une mauvaise idée. À tous les égards. Je ne sais pas par où commencer pour te faire changer d'avis.

— Mais tu m'as vu, ce soir, non ? Tout va bien se passer. J'ai déjà observé Brock combattre. Il est coriace, mais pas imbattable.

— Je ne veux pas que tu y ailles, Trav.

— Et moi, je ne veux pas que tu dînes avec ton ex demain soir. Mais on a tous les deux un truc déplaisant à faire pour sauver ton abruti de père.

Vegas changeait les gens. Je m'en étais déjà aperçue. J'en avais été le témoin. Vegas faisait naître des monstres et cassait des hommes. Il était facile de se laisser bercer par les lumières et le rêve, de les laisser courir dans ses veines. Souvent, enfant, j'avais vu l'expression d'invincibilité et d'énergie pure qui régnait en ce moment même sur le visage de Travis. Et je savais que le seul remède à cela consistait à rentrer chez soi par le premier avion.

Jesse se rembrunit quand je regardai une nouvelle fois ma montre.

— T'as un rendez-vous, Choupette ?

— S'il te plaît, arrête de m'appeler comme ça, Jesse. Je n'aime pas ce surnom.

— Je n'ai pas aimé non plus, quand tu es partie. Et ça ne t'a pas arrêtée.

— On a déjà eu cette conversation mille fois. C'est un peu du réchauffé, non ? On pourrait simplement dîner.

— D'accord. Parlons de ton nouveau mec, alors. Comment s'appelle-t-il ? Travis ?

— Oui.

— Qu'est-ce que tu fais avec ce psychopathe tatoué ? On dirait un rejeton de la famille Manson.

— Arrête, Jesse, ou je m'en vais.

— Vous êtes tellement différents, tous les deux, j'arrive pas à m'y faire. Et j'arrive pas à croire que tu es assise en face de moi, non plus.

Je levai les yeux au ciel.

— Faudra bien, pourtant.

— Ah ben voilà ! Ça, c'est la fille dont je me souvenais !

Nouveau coup d'œil à ma montre.

— Le combat de Travis est dans vingt minutes. Il vaut mieux que j'y aille.

— On n'a pas encore mangé le dessert.

— Je ne peux pas, Jesse. Je ne veux pas qu'il s'inquiète en ne me voyant pas. C'est important.

Jesse s'affaissa un peu sur son siège.

— Je sais. Je regrette de ne plus l'être à tes yeux.

Je posai une main sur la sienne.

— On n'était que des gamins. C'était il y a si long-temps...

— À quel moment est-ce qu'on a grandi ? Ta présence ici, c'est un signe, Abby. Je pensais ne jamais plus te revoir, et te voilà. C'est un signe. Reste avec moi.

Je secouai la tête. Jesse était mon plus vieil ami, je ne voulais pas lui faire de mal.

— Je l'aime, Jesse.

Sa déception effaça le sourire timide sur ses lèvres.

— Alors il vaut mieux que tu y ailles.

Je l'embrassai sur la joue et quittai le restaurant en courant pour héler un taxi.

— Vous allez où ? me demanda le chauffeur.

— Au *Zéro*.

Il se retourna et m'examina de la tête aux pieds.

— Z'êtes sûre ?

— Parfaitement sûre ! Faites vite ! répondis-je en jetant des billets sur le siège.

16

Retour difficile

Travis émergea de la foule. Benny était à ses côtés, une main sur son épaule, et lui murmurait quelque chose à l'oreille. Travis hocha la tête et répondit. Le voir ainsi pactiser avec celui qui nous avait menacés moins de vingt-quatre heures plus tôt me fit froid dans le dos. L'assistance hurla son enthousiasme, applaudissant à tout rompre le triomphe de Travis, qui semblait se repaître de cette gloire nouvelle. Il se tenait plus droit, les épaules redressées, son sourire était conquérant et, quand il arriva à ma hauteur, il déposa un rapide baiser sur mes lèvres.

Je sentis le goût salé de sa sueur mêlé à celui, métallique, du sang. Il avait gagné le combat, mais n'en sortait pas complètement indemne.

— Qu'est-ce qu'il t'a dit ? demandai-je en montrant Benny, qui plaisantait avec ses sbires.

— Je te raconterai plus tard. Il faut qu'on parle de tout ça, répondit Travis sans cesser de sourire.

Un homme lui donna une tape sur l'épaule.

— Merci, dit Travis en se retournant pour lui serrer la main.

— J'ai hâte de voir ton prochain combat, fiston, s'écria l'homme en lui tendant une bière. C'était incroyable, ce soir.

Travis but une gorgée, se rinça la bouche et recracha. Sur le sol, le liquide ambré était teinté de rouge.

— Allez, on y va, Poulette, lâcha-t-il en me prenant la main.

Il se fraya un chemin dans la masse et inspira profondément quand nous nous retrouvâmes enfin dehors. Il m'embrassa et m'entraîna sur le Strip d'un pas rapide, décidé.

Dans l'ascenseur de l'hôtel, il me plaqua contre le miroir, saisit ma jambe et la cala sur sa hanche. Sa bouche écrasa la mienne, et je sentis sa main remonter le long de ma cuisse, sous ma jupe.

— Travis, il y a une caméra de surveillance, soufflai-je contre ses lèvres.

— Je m'en branle, rigola-t-il. J'ai un truc à fêter.

Je le repoussai.

— Ça peut attendre qu'on soit dans la chambre, répliquai-je en m'essuyant la bouche d'un revers de main.

— Qu'est-ce qui va pas, Poulette ? Tu as gagné, j'ai gagné, on a remboursé la dette de Mick et on m'a fait une proposition carrément démente.

La porte de l'ascenseur s'ouvrit. Il sortit aussitôt, je restai immobile.

— Quel genre de proposition ?

Il soupira.

— Je t'ai dit qu'on en parlerait plus tard.

— Moi, je voudrais qu'on en parle maintenant.

Il me prit par la main et m'entraîna dans le couloir, puis me souleva dans ses bras.

— Je vais me faire suffisamment de fric pour te rendre ce que Mick t'a pris, payer le reste de tes études, solder mon crédit pour la moto et t'acheter une nouvelle voiture, annonça-t-il en glissant la carte magnétique dans la fente de la serrure.

Il ouvrit la porte de la chambre et me déposa au pied du lit.

— Et ça, c'est juste un début !

— Et comment comptes-tu t'y prendre, exactement ?

Je me sentais oppressée, mes membres se mirent à trembler. Il prit mon visage entre ses mains, au comble de l'excitation.

— Benny va me laisser combattre à Vegas. Six chiffres par combat, Poulette. Six chiffres par combat !

Je fermai les yeux et secouai la tête, refusant de voir l'enthousiasme qui brillait dans ses yeux.

— Qu'est-ce que tu as dit à Benny ?

Je redoutais qu'il ait déjà signé un contrat, mais il éclata de rire.

— Je lui ai répondu que j'allais y réfléchir.

Mon soulagement fut immense.

— Dieu merci. Faut pas me faire des frayeurs pareilles, Travis. J'ai cru que tu parlais sérieusement.

Travis eut une moue hésitante et se campa sur ses deux jambes avant de reprendre :

— J'étais sérieux, Poulette. Je le suis toujours. Je lui ai dit qu'il fallait que je t'en parle avant de prendre une décision, mais je pensais que tu serais contente. Il prévoit un combat par mois. As-tu idée de l'argent que ça représente ? En cash, en plus !

— Je sais compter, Travis. Je sais aussi garder la raison quand je suis à Vegas, ce dont, de toute évidence, tu es incapable. Il faut que je te sorte d'ici avant que tu fasses une grosse bêtise.

Je me dirigeai vers le placard et arrachai nos vêtements des cintres pour les bourrer dans nos valises. Travis me prit doucement par les bras et me fit pivoter vers lui.

— Je peux y arriver. Je peux combattre pour Benny pendant un an, et ensuite, on sera tranquilles pour très, très longtemps.

— Qu'est-ce que tu vas faire ? Abandonner la fac et t'installer ici ?

— Benny m'a expliqué qu'il me ferait venir en avion et s'adapterait à mon emploi du temps.

J'eus un rire incrédule.

— Ne me dis pas que tu as gobé un truc pareil, Travis ! Quand tu bosses pour Benny, tu ne fais pas que combattre une fois par mois, enfin ! Tu as oublié Dane ? Tu seras l'un de ses hommes de main, point barre !

— Non. On en a déjà discuté, Poulette. Il me demande de combattre, et point barre, comme tu dis.

— Et tu le crois ? Tu sais bien qu'on le surnomme Benny le Fourbe, ici !

— Je voulais t'acheter une voiture, Poulette. Une belle. Et nos frais de scolarité seront payés.

— Ah bon ? La mafia distribue des bourses d'études, maintenant ?

Travis serra les dents. Devoir me convaincre l'agaçait.

— C'est une super occasion, pour nous. Je mettrai cet argent de côté pour quand on s'achètera une maison. Jamais je ne pourrai gagner autant ailleurs.

— Et ton diplôme de droit pénal ? Si tu bosses pour Benny, tu verras très souvent tes anciens copains de fac, je peux te l'assurer.

— Je comprends tes réserves. Vraiment. Mais j'ai tout prévu. Je vais faire ça pendant un an, et ensuite, on agira comme il nous plaira.

— Mais on ne démissionne pas, quand on bosse pour Benny, Trav. C'est lui et lui seul qui décide quand tu as terminé ou pas. Tu ne sais pas à qui tu as affaire. Je ne comprends pas comment tu peux une seule seconde envisager d'accepter sa proposition ! Travailler pour un type qui nous aurait fait tabasser hier si tu ne l'avais pas arrêté ?

— Exactement. Je l'ai arrêté.

— Tu as arrêté deux de ses poids légers, Travis. Qu'adviendra-t-il s'il en envoie une dizaine ? S'ils s'en prennent à moi pendant l'un de tes combats ?

— Pourquoi ferait-il une chose pareille ? Il va gagner beaucoup d'argent grâce à moi.

— À la seconde où tu décideras de laisser tomber, tu cesseras d'être indispensable. Donc tu seras de trop. C'est comme ça que fonctionnent ces types-là.

Travis alla jusqu'à la fenêtre et regarda dehors. Les lumières de la ville coloraient son visage tourmenté. Il avait pris sa décision avant de m'en informer.

— Tout va bien se passer, Poulette. Je ferai en sorte que tout se déroule comme prévu. Et ensuite, on sera tranquilles.

Je revins à nos valises en secouant la tête. De retour à la maison, il recouvrerait la raison, redeviendrait le Travis que je connaissais. Vegas avait un effet étrange sur les gens, et tant qu'il serait ivre de l'argent et du whisky qui coulaient à flots ici, le raisonner serait impossible.

Je refusai de reparler de cette affaire jusqu'à ce que nous soyons dans l'avion, de peur que Travis rechigne à rentrer avec moi. Une fois installée, ceinture bouclée, je le regardai le cœur serré contempler Vegas avec regrets. Tandis que nous nous élevions dans le ciel nocturne, tout ce que la ville avait à lui offrir de tentations et de perversité lui manquait déjà.

— C'est beaucoup d'argent, Poulette.

— Non.

Il tourna brusquement la tête vers moi.

— C'est à moi de décider. Je pense que tu ne saisis pas exactement tout ce que cela va nous apporter.

— Je pense que tu as perdu l'esprit.

— Tu refuses de l'envisager ?

— Oui. Et toi aussi. Tu ne travailleras pas à Las Vegas pour un type dont il est de notoriété publique

que c'est un criminel. Et penser que je puisse ne serait-ce qu'y songer est complètement ridicule.

Travis soupira, retourna à sa contemplation de la ville.

— Mon premier combat est dans trois semaines.

J'en restai bouche bée.

— Tu as déjà accepté ?

— Pas encore.

— Mais tu vas le faire ?

Il sourit.

— Tu n'auras plus le même discours quand je t'achèterai une Lexus.

— Je ne veux pas de Lexus, rétorquai-je en serrant les dents.

— Tu pourras avoir tout ce que tu veux, bébé. Imagine, tu pourras aller chez n'importe quel concessionnaire, et tout ce que tu auras à faire, c'est choisir ta couleur préférée !

— Tu ne fais pas cela pour moi. Arrête de prétendre le contraire.

Il se pencha pour m'embrasser les cheveux.

— Non. Je fais ça pour nous. Tu ne peux pas comprendre, ce sera vraiment formidable.

Un frisson me parcourut l'échine. Tant que nous ne serions pas de retour à l'appartement, il refuserait d'admettre que j'avais raison. Même si je redoutais que Benny lui ait fait une offre impossible à décliner. Non, je devais me persuader que Travis m'aimait suffisamment pour oublier les billets verts et les fausses promesses de cet escroc.

— Tu sais faire cuire une dinde, Poulette ?

— Une dinde ?!?

Le brusque changement de conversation me prit de court.

— Ben... C'est bientôt Thanksgiving, et tu sais que mon père t'adore. Il voudrait que tu viennes à la maison pour le pont, mais on finit toujours par commander des pizzas et regarder le match à la télé. Je me disais que tous les deux, pour une fois, on pourrait peut-être essayer de préparer un vrai repas de Thanksgiving, avec l'oiseau et tout. Histoire de marquer le coup.

Je retins un éclat de rire.

— Il suffit de décongeler la bête, de la mettre dans un plat et de la faire cuire au four toute une journée. C'est pas très compliqué.

— Alors tu viendras ? Tu m'aideras ?

— Si tu veux.

Déjà, les lumières de Vegas ne retenaient plus son attention, et je me laissai aller à espérer. Il allait finir par comprendre à quel point il se trompait sur Benny.

Travis posa nos valises sur le lit et se laissa tomber à côté. Il n'avait pas reparlé de Benny, et je priais pour que Vegas finisse par lui sortir de l'esprit. Je donnai un bain à Toto, qui puait la fumée de cigarette et la chaussette sale après son week-end chez Brazil, puis le séchai avec une serviette.

— Ah, tu sens bon, enfin ! dis-je en rigolant.

Il venait de se secouer, me couvrant de gouttelettes d'eau, et se mit sur ses pattes arrière pour me lécher le visage.

— Mais oui, toi aussi, tu m'as manqué, mon grand, dis-je en le frictionnant.

— Poulette ? demanda Travis d'une voix mal assurée.

— Oui ?

— J'ai envie de le faire. J'ai envie de combattre à Vegas.

— Non, répondis-je sans cesser de sourire à Toto.

— Tu ne m'écoutes pas, soupira Travis. Je vais le faire. Et dans quelques mois, tu admettras que c'était la bonne décision.

Je le regardai.

— Tu vas travailler pour Benny.

Il eut une moue gênée, puis sourit.

— Je veux juste pouvoir prendre soin de toi correctement, Poulette.

Les yeux brillants de larmes, je secouai la tête.

— Je ne veux rien de ce que tu achèteras avec cet argent, Travis. Je ne veux rien qui soit lié de près ou de loin à Vegas en général, et à Benny en particulier.

— Acheter une voiture avec ce que je gagne de mes combats ici ne semblait pas te poser problème.

— Ça n'a rien à voir, et tu le sais très bien.

— Allez, Poulette... Tu verras, tout va bien se passer.

Je le regardai un long moment, espérant une lueur amusée dans son regard, attendant qu'il me dise qu'il plaisantait. Mais je ne vis qu'incertitude et avidité.

— Pourquoi m'as-tu posé la question, Travis ? De toute façon, ta décision était prise, tu aurais travaillé pour Benny quoi que je dise.

— J'aurais aimé ton soutien. Mais c'est tellement d'argent... je serais dingue de dire non.

Je restai un instant sans rien dire, abasourdie. Quand je réalisai que les dés étaient jetés, je hochai la tête.

— Bon, très bien. Tu as pris ta décision.

— Crois-moi, Poulette, ça va être super ! s'exclama Travis, ravi.

Il se leva, me prit la main et y déposa un baiser.

— J'ai une faim de loup. Pas toi ?

Je répondis par la négative. Il m'embrassa sur le front et disparut en direction de la cuisine. Dès que je l'entendis ouvrir les placards, je pris tous mes vêtements et les jetai dans ma valise encore faite. Des larmes de colère roulaient sur mes joues. J'aurais dû savoir qu'emmener Travis à Vegas n'était pas une bonne idée. Je m'étais battue bec et ongles pour le maintenir à l'écart des zones d'ombre de ma vie et, à la première occasion, sans réfléchir une seule seconde, je l'avais entraîné au cœur de tout ce que je détestais.

Travis voulait se fondre dans cet enfer, et s'il refusait que je l'en sauve, je devais me sauver moi-même.

Ma valise était pleine à craquer et j'eus du mal à la refermer. Je la tirai jusque dans le couloir et passai devant la cuisine sans regarder à l'intérieur. À peine la porte d'entrée refermée derrière moi, je descendis l'escalier à toute vitesse, soulagée de trouver America et Shepley sur le parking, qui s'embrassaient et rigolaient tout en transférant les affaires d'America dans sa Honda.

— Poulette ? appela Travis depuis la porte de l'appartement.

Je posai la main sur le bras d'America.

— Il faudrait que tu m'emmènes à la résidence, Mare. S'il te plaît.

— Que se passe-t-il ? demanda-t-elle en voyant ma tête.

Je me retournai. Travis dévalait les marches et se dirigeait déjà vers nous.

— Qu'est-ce que tu fais ? demanda-t-il en montrant ma valise.

Le lui dire en cet instant, c'était renoncer à tout espoir de rupture avec Mick, Vegas, Benny, et tout ce que j'exécrais. Travis ne me laisserait pas partir, et une nuit lui suffirait pour me convaincre d'accepter sa décision.

Je me grattai la tête en souriant, cherchant désespérément une excuse.

— Poulette ?

— J'emmène mes affaires à la résidence. Il y a toujours plein de lave-linge disponibles, et j'ai une tonne de lessive.

Il se renfrogna.

— T'allais partir sans me le dire ?

Je regardai America, puis Travis, en quête d'un mensonge aussi crédible que possible.

— Elle allait revenir, Travis, intervint America avec ce sourire qui lui avait toujours permis de s'en sortir face à ses parents. T'es vraiment parano quand tu t'y mets.

— Oh, dit-il, quand même un peu méfiant. Tu dors ici ce soir, alors ? me demanda-t-il.

— Je ne sais pas encore. Ça dépendra du temps consacré à mes machines.

Il sourit, me prit dans ses bras.

— Dans trois semaines, je paierai quelqu'un pour faire ta lessive. Ou tu pourras jeter tes affaires sales et en racheter d'autres.

— Tu vas combattre à nouveau pour Benny ? comprit America, sous le choc.

— Il m'a fait une proposition que je ne peux pas refuser.

— Travis... commença Shepley.

— Hé, vous allez pas vous y mettre, vous aussi ! Si je n'ai pas changé d'avis pour Abby, je ne vais pas en changer pour vous.

America me regarda avec compassion.

— Bon, on ferait mieux d'y aller. T'en as pour des plombes à laver tout ça.

Je montai dans la voiture. Travis se pencha pour m'embrasser. Je le serrai contre moi, consciente de sentir pour la dernière fois ses lèvres sur les miennes.

— À plus, dit-il. Je t'aime.

Shepley chargea ma valise dans le coffre de la Honda et America se glissa derrière le volant.

— Tu ne peux pas retourner dans ta chambre ce soir, Abby. Dès qu'il comprendra, il va rappliquer, dit-elle en reculant sur le parking.

Je sentis les larmes me monter aux yeux, et bientôt, elles roulèrent sur mes joues.

— Je sais.

Travis et Shepley échangeaient quelques mots en attendant notre départ. L'expression enjouée de Travis s'évanouit lorsqu'il vit que je pleurais. En quelques fou-lées, il rattrapa la voiture.

— Hé, Poulette ! cria-t-il en cognant à ma vitre. Qu'est-ce qui va pas ?

— Vas-y, Mare, t'arrête pas, dis-je en m'essuyant les yeux.

Et tandis que Travis courait à côté de la voiture, je regardais fixement devant moi.

— Poulette ? America, putain, arrête ta caisse ! hurla-t-il en tapant du plat de la main sur la vitre. Abby, ne fais pas ça ! lança-t-il enfin.

Il avait compris, et la peur lui déformait le visage.

America quitta le parking et appuya sur l'accélérateur.

— Au cas où tu en douterais, j'ai pas fini d'en entendre parler, de cette histoire.

— Je sais. Je suis désolée, vraiment, Mare.

Elle jeta un coup d'œil dans le rétroviseur.

— Putain, Travis, c'est pas vrai... grommela-t-elle.

Je me retournai. Il courait derrière nous à une vitesse impressionnante, disparaissant pour mieux réapparaître entre la lumière des lampadaires et les zones d'ombre. Au premier croisement, il s'immobilisa et rebroussa chemin en direction de l'appartement.

— Il va chercher sa moto. Il va nous suivre jusqu'à la résidence et provoquer un scandale.

Je fermai les yeux.

— Grouille, s'il te plaît. Je peux dormir dans ta chambre, ce soir ? Tu crois que Vanessa sera d'accord ?

— Elle n'est jamais là. Il va vraiment travailler pour Benny ?

J'avais la gorge trop serrée pour répondre et me contentai d'un hochement de tête. America me prit la main, la serra.

— Tu as pris la bonne décision, Abby. Tu ne peux pas revivre cet enfer-là. Et s'il refuse de t'écouter, il n'écoutera personne, de toute façon.

Mon téléphone sonna. Le visage de Travis s'afficha, j'ignorai l'appel. Moins de cinq secondes plus tard, il sonna de nouveau. Cette fois, je l'éteignis et le fourrai dans mon sac.

— Ça va être horrible, je le sens, repris-je en m'essuyant les yeux.

— Je dois dire que je n'envie pas la galère qui t'attend dans les jours à venir. Rompre avec quelqu'un qui refuse la rupture... Tu as une petite idée de ce que ça va donner, n'est-ce pas ?

Arrivées à la résidence, nous gagnâmes la chambre d'America le plus vite possible.

— Il est capable d'aller trop loin et de se faire arrêter, dit-elle en me lançant les clés de sa chambre.

Elle repartit presque aussitôt. De la fenêtre de sa chambre, je la vis courir sur le parking et grimper dans sa voiture juste au moment où Travis arrêtait sa moto sur la place voisine. Il se rua sur la portière du passager et l'ouvrit, avant de regarder la façade de la résidence. America recula et quitta le parking. Il courut vers l'entrée. Je me retournai et fixai la porte.

Dans le couloir, j'entendis Travis cogner à la porte de ma chambre en m'appelant. Si Kara s'y trouvait, elle allait devoir supporter ses cris un moment, le temps qu'il accepte l'évidence.

— Poulette ! Ouvre cette putain de porte, merde ! Je ne partirai pas tant que tu ne m'auras pas parlé. Poulette ! hurla-t-il en cognant de plus belle.

Le bruit devait résonner dans toute la résidence. Je grimaçai en entendant la petite voix timide de Kara.

— Qu'est-ce qu'il y a ?

Travis avait baissé le ton, et je dus coller mon oreille à la porte pour entendre ce qu'il murmurait. Je n'eus pas à rester ainsi très longtemps.

— Je sais qu'elle est ici ! Ouvre cette porte, bordel !

— Elle n'est... Hé ! Non mais ça va pas bien ? glapit Kara.

Il avait forcé la porte. Une longue minute de silence s'ensuivit, puis je l'entendis à nouveau dans le couloir.

— Poulette ! Putain, mais elle est où ?

— J'en sais rien ! Je l'ai pas vue depuis trois jours ! brailla Kara à son tour.

La porte se referma dans un claquement, et je fus prise de nausées à l'idée de ce que Travis pouvait faire ensuite.

J'attendis plusieurs minutes avant d'entrouvrir la porte pour jeter un rapide coup d'œil dans le couloir. Travis était assis, dos au mur, le visage dans les mains. Je refermai aussitôt, redoutant que le service de sécurité du campus n'ait été appelé. Au bout d'une heure, je regardai à nouveau. Travis n'avait pas bougé.

Je vérifiai deux fois encore au cours de la nuit, et m'endormis finalement vers 4 heures du matin. Je fis la grasse matinée, ayant décidé de ne pas aller en cours de la journée. J'allumai mon téléphone pour consulter mes messages. Travis avait saturé ma boîte de réception. Les interminables textos qu'il avait envoyés pendant la nuit allaient des excuses aux déclamations les plus extravagantes.

Dans l'après-midi, j'appelai America, espérant que Travis ne lui aurait pas pris son téléphone. Je soupirai de soulagement en entendant sa voix.

— Salut.

— Je n'ai pas dit à Shepley où tu étais, dit-elle à voix basse. Je n'ai pas envie de le mêler à ça. Travis m'en veut à mort, je vais sans doute pioncer à la résidence ce soir.

— S'il n'est pas calmé, n'espère pas trop dormir... Il nous a fait une représentation digne d'un oscar dans le couloir hier soir. Je suis étonnée que personne n'ait appelé la sécurité.

— Il a été renvoyé du cours d'histoire, aujourd'hui. Quand il a vu que tu ne viendrais pas, il a renversé vos deux tables. Shep a entendu dire qu'il était allé

317

attendre à la sortie de tous tes cours. Il devient dingue, Abby. Je lui ai dit qu'il avait signé la fin de votre histoire à la seconde où il avait décidé de travailler pour Benny. Comment a-t-il pu imaginer un seul instant que tu serais d'accord ? J'arrive pas à y croire.

— Bon, on se voit quand tu rentreras, alors. Je ne pense pas pouvoir aller dans ma chambre. C'est encore un peu tôt.

Je partageai sa chambre avec America pendant la semaine qui suivit. Elle fit en sorte que Shepley ne vienne pas à la résidence afin qu'il ne soit pas tenté de dire à Travis où je me trouvais. L'éviter sur le campus était un boulot à plein temps. Je n'allais quasiment plus à la cafétéria, ni en cours d'histoire, et, pour assurer mes arrières, je quittais les cours un peu avant la fin. Il allait falloir que je parle à Travis un jour ou l'autre, je le savais, mais c'était impossible tant qu'il n'avait pas trouvé le calme lui permettant d'accepter ma décision.

Le vendredi soir, j'étais couchée, le téléphone sur l'oreille. Mon ventre gargouillait tellement qu'à l'autre bout du fil Mare finit par me proposer de passer me chercher pour aller manger en ville.

Je feuilletais mes notes d'histoire, dans les marges desquelles Travis avait griffonné de petits mots d'amour.

— Non. C'est ta première soirée avec Shep en une semaine ou presque, Mare. Je vais passer en vitesse à la cafétéria.

— Tu es sûre ?

— Oui. Salue Shep de ma part.

Je marchai lentement jusqu'à la cafétéria. À l'idée de tous les regards qui allaient se tourner vers moi, je n'avais guère envie d'accélérer le pas. Tout le campus ne parlait plus que de ma rupture avec Travis, et le comportement pour le moins irrationnel de ce dernier n'aidait pas beaucoup à calmer le jeu. Les lumières du réfectoire n'étaient plus qu'à une vingtaine de mètres quand une silhouette s'approcha de moi.

— Poulette ?

Je fis un bond. Travis apparut, mal rasé, livide.

— Merde, Travis ! Tu m'as fait peur !

— Si tu répondais au téléphone quand je t'appelle, je ne serais pas obligé de me cacher dans la pénombre.

— T'as une de ces têtes...

— J'ai eu une semaine difficile...

— Heu... en fait, j'allais manger, là. Je t'appelle plus tard, d'accord ?

— Non. Il faut qu'on parle.

— Trav...

— J'ai dit non à Benny. Je l'ai appelé mercredi et j'ai refusé.

Il y avait une lueur d'espoir dans son regard, qui disparut devant ma réaction.

— Je ne sais pas quoi te dire, Travis.

— Dis juste que tu me pardonnes. Que tu veux bien de moi à nouveau.

Je serrai les dents, m'interdisant de pleurer.

— Je ne peux pas.

Le visage de Travis se décomposa. J'en profitai pour le contourner et continuer mon chemin, mais il me rattrapa et se planta face à moi.

— Je ne mange plus. Je ne dors plus. Je suis incapable de me concentrer sur quoi que ce soit. Je sais que tu m'aimes. Tout sera comme avant, si tu acceptes de recommencer.

Je fermai les yeux.

— Toi et moi... ça ne peut pas fonctionner, Travis. Plus que toute autre chose, tu es obsédé par l'idée de me posséder.

— C'est faux. Je t'aime plus que ma vie, Poulette, dit-il, visiblement blessé.

— Voilà où je veux en venir. Tes propos n'ont pas de sens.

319

— Mais si, ils en ont un. C'est la vérité.

— D'accord... Alors dans quel ordre tu classes les choses exactement ? Il y a d'abord l'argent, ensuite moi, ensuite ta vie ? À moins qu'il n'y ait quelque chose avant l'argent ?

— Écoute, je me rends bien compte que j'ai fait une connerie. Je comprends ton point de vue. Mais si j'avais su que tu me quitterais, jamais je n'aurais... je voulais juste pouvoir prendre soin de toi.

— Tu l'as déjà dit.

— Je t'en prie, ne fais pas ça. Je ne le supporte pas... ça fait trop mal ! lâcha-t-il comme si un coup dans le ventre lui avait coupé le souffle.

— C'est fini, Travis.

— Ne dis pas ça...

— Si. C'est terminé. Rentre chez toi.

— Mais c'est toi, chez moi.

Ses mots me fendirent le cœur, j'eus à mon tour du mal à respirer.

— Tu as fait ton choix, Travis, et j'ai fait le mien.

— Je n'irai pas à Vegas, je ne reverrai pas Benny... Je compte finir mes études. Mais j'ai besoin de toi. *Vraiment besoin*. Tu es ma meilleure amie.

Dans la pénombre, je vis une larme rouler sur sa joue. L'instant d'après, il me tendit les bras et je fus contre lui. Ses lèvres trouvèrent les miennes. Il me serra fort, puis prit mon visage entre ses mains, soudain plus exigeant.

— Embrasse-moi, murmura-t-il.

Je gardai la bouche et les yeux clos, mais sentis que je me détendais à son contact. Il me fallut toute la volonté du monde pour ne pas répondre à son baiser et dévorer ces lèvres qui m'avaient tant manqué.

— Embrasse-moi ! supplia-t-il. S'il te plaît, Poulette ! Je lui ai dit non !

Quand je sentis ses larmes chaudes sur mon visage froid, je le repoussai.

— Laisse-moi tranquille, Travis !

Je n'avais pas fait deux pas qu'il m'attrapait par le poignet. Je ne me retournai pas. Quand je fus tirée en arrière, je compris qu'il s'était laissé tomber à genoux.

— Je t'en supplie, Abby. Ne fais pas ça.

Je finis par faire volte-face. Il me tendait les bras, comme à l'agonie. Mon regard se posa alors sur mon surnom en lettres épaisses et noires, au creux de son poignet. Je m'en détournai. Il m'avait prouvé ce que j'avais redouté dès le début : il aurait beau m'aimer, chaque fois que l'argent serait de la partie, je ne viendrais qu'en seconde position. Exactement comme avec Mick.

Si je cédais, soit il changerait d'avis au sujet de Benny, soit il m'assommerait de reproches chaque fois que la gêne financière l'empêcherait de mener une vie plus facile. Je l'imaginai ayant un boulot d'ouvrier, rentrant à la maison avec les mêmes yeux que Mick les soirs où il n'avait pas eu de chance. Ce serait ma faute si son existence n'était pas conforme à ses rêves, et je ne pouvais pas laisser les regrets et l'amertume auxquels j'avais tourné le dos compromettre mon avenir.

— Laisse-moi, Travis.

De longues secondes s'écoulèrent avant qu'il ne me lâche le bras. Je courus jusqu'à la cafétéria et ouvris la porte sans me retourner. Dans la salle, tous les regards pivotèrent vers moi comme je me dirigeais vers le buffet. Lorsque j'y arrivai, les gens reportèrent leur attention vers l'extérieur. Sur le trottoir Travis était à genoux et ne bougeait pas.

Le voir ainsi fit jaillir les larmes que j'avais retenues jusque-là. Sans m'arrêter pour prendre un plateau et une assiette, je courus vers les toilettes. Que toute la cafétéria ait été le témoin de notre scène était déjà difficilement supportable, je ne pouvais pas, en plus, leur offrir le spectacle de mon effondrement.

Je pleurais depuis une heure sans pouvoir me contrôler quand j'entendis frapper à la porte des toilettes.

— Abby ?

Je reniflai.

— Qu'est-ce que tu fiches ici, Finch ? T'es dans les toilettes des filles.

— Kara t'a vue t'engouffrer ici et elle est venue me chercher à la résidence. Laisse-moi entrer, demanda-t-il d'une voix douce.

Je secouai la tête. Il ne pouvait pas me voir, mais je n'arrivais plus à parler. Je l'entendis soupirer, puis ses paumes claquèrent sur le carrelage tandis qu'il rampait par-dessous la porte.

— J'arrive pas à croire que tu me forces à faire une chose pareille, dit-il en se redressant. Et tu vas regretter de ne pas avoir ouvert la porte, parce que je viens de me traîner dans le pipi, et que maintenant, je vais te prendre dans mes bras.

Un éclat de rire m'échappa et, simultanément, je fondis en larmes. Mes jambes se dérobèrent, Finch me serra contre lui, nous nous laissâmes glisser sur le sol et il m'installa sur ses genoux.

— Chhhhhuuuut... On se calme... Ça va aller, murmura-t-il en me berçant, avant de soupirer et de me regarder : Mince, mais qu'est-ce qu'on va faire de toi, ma fille ?

17

Non, merci

Je griffonnais sur mon cahier, dessinant des carrés dans des carrés avant de les relier pour former des cubes. Le cours ne commençait que dans dix minutes, et la salle était encore vide. Ma vie reprenait doucement son cours normal, mais j'avais encore du mal à supporter la présence de quelqu'un d'autre que Finch ou America.

— Ce n'est pas parce qu'on ne sort plus ensemble que tu ne dois plus porter le bracelet que je t'ai offert, dit Parker en s'asseyant à côté de moi.

— En fait, j'avais l'intention de te demander si tu voulais que je te le rende.

Il sourit, se pencha pour ajouter un petit nœud sur l'un de mes cubes.

— C'était un cadeau, Ab. Quand je fais un cadeau, je n'y mets pas de condition.

Mme Ballard alluma le rétroprojecteur tout en s'installant, puis farfouilla dans les papiers épars sur son bureau. La salle s'emplit rapidement, le brouhaha des conversations résonnant contre les grandes baies vitrées.

— J'ai entendu dire que vous aviez rompu, avec Travis.

Face à mon expression agacée, il leva la main.

— Je sais, je sais, ça ne me regarde pas. Mais tu as l'air si triste, depuis quelque temps... je voulais te dire que j'étais désolé pour toi.

— Merci, marmonnai-je en tournant la page de mon cahier pour en commencer une autre.

— Et je voulais aussi m'excuser pour mon comportement. Ce que j'ai dit était... méchant. J'étais en colère, et c'est toi qui as tout pris. C'était injuste, et j'en suis navré.

— Je n'ai pas envie de commencer autre chose, Parker, dis-je pour le mettre en garde.

Il eut un petit rire.

— Contrairement à ce que tu sembles penser, je ne cherche pas à profiter de la situation. Nous sommes toujours amis, et je voulais m'assurer que tu allais bien.

— C'est le cas.

— Tu rentres chez toi, pour le pont de Thanksgiving ?

— Je vais chez America. Je passe toujours les fêtes dans sa famille.

Parker ouvrit la bouche pour dire quelque chose, mais Mme Ballard commençait son cours. L'évocation de Thanksgiving me rappela les projets que nous avions faits, Travis et moi. Je ne pus m'empêcher d'imaginer ce que la préparation d'une dinde aurait été en sa compagnie, et de m'inquiéter à l'idée que, cette année encore, lui et sa famille commanderaient une pizza. Un profond sentiment d'abattement m'envahit. Pour tenter de le repousser, je me concentrai sur chaque mot prononcé par le professeur.

Après le cours, je sentis le rouge me monter aux joues en voyant Travis trottiner dans ma direction, depuis le parking. Il était rasé de près, cette fois, et portait un sweat à capuche et sa casquette rouge favorite.

— Bon Thanksgiving, Ab, me dit Parker en posant une main dans mon dos.

Je m'attendis à un regard méchant de la part de Travis, mais celui-ci ne sembla même pas remarquer Parker.

— Salut, Poulette.

Je répondis par un sourire gêné, il fourra les mains dans la poche de son sweat.

— Shepley m'a dit que Mare et toi, vous partiez pour Wichita demain.

— Oui.

— Tu passes tout le pont chez les parents d'America ?

Je tentai un haussement d'épaules indifférent.

— Oui, je suis très proche d'eux.

— Et ta mère ?

— Elle boit, Travis. Elle ne se rendra même pas compte que c'est Thanksgiving.

Il parut nerveux, soudain, et mon estomac se noua à l'idée d'une seconde scène en public. Au-dessus de nous, le tonnerre gronda. Travis leva la tête, plissant les yeux sous les énormes gouttes d'eau qui commençaient à tomber.

— J'ai un service à te demander, dit-il. Viens par là.

Il m'entraîna sous l'abri le plus proche. Je me laissai faire, toujours dans l'idée d'éviter un scandale.

— Quel genre de service ? demandai-je, méfiante.

Il se dandina d'un pied sur l'autre.

— Mes... heu... Mon père et mes frères t'attendent toujours, jeudi.

Je lâchai un gémissement agacé.

— Travis !

Il baissa la tête.

— Tu avais dit que tu viendrais.

— Je sais, mais c'est un peu inadapté maintenant, non ?

Cela ne semblait pas le déranger outre mesure.

— Tu avais dit que tu serais là, répéta-t-il, obstiné.

— Nous étions encore ensemble, quand j'ai accepté de venir. Tu savais bien qu'après ce ne serait plus le cas.

— Non, je ne savais pas, et de toute manière, c'est trop tard. Thomas a pris son billet d'avion, et Tyler s'est arrangé pour avoir un jour de congé. Tout le monde a hâte de te voir.

Je grimaçai intérieurement.

— Ils seraient venus de toute façon, non ?

— Pas tous. Ça fait des années que la famille ne s'est pas retrouvée au complet pour Thanksgiving. Ils ont fait un effort pour venir parce que je leur avais promis un vrai repas. On n'a pas vu une femme aux fourneaux depuis la mort de Maman et...

— C'est pas du tout sexiste, ce que tu dis...

Il me regarda.

— Ce n'est pas ce que je voulais dire, Poulette, arrête. On a tous envie que tu sois là. Voilà où je veux en venir.

— Tu ne leur as pas dit, pour nous, je me trompe ? lâchai-je du ton le plus accusateur possible.

Il hésita un moment, puis secoua la tête.

— Papa m'aurait demandé pourquoi, et je ne suis pas encore prêt à lui en parler. Il va me répéter que je suis le dernier des idiots, alors merci. S'il te plaît, viens.

— Il faut mettre la dinde au four à 6 heures du matin. On devrait partir d'ici à 5...

— On pourrait aussi dormir là-bas.

Il commençait vraiment à m'énerver.

— C'est hors de question ! Je vais déjà devoir mentir à ta famille et faire comme si on était encore ensemble, il me semble que c'est suffisant !

— Tu réagis comme si je te demandais de t'immoler par le feu.

— Tu aurais dû en parler !

— Je le ferai. Après Thanksgiving... je leur dirai.

Je détournai le regard en soufflant.

— Si tu me promets que tout ça n'est pas un stratagème pour essayer de recoller les morceaux, je viens.

— Je te le promets.

Il essayait de le cacher, mais je perçus la petite étincelle qui s'était allumée dans son regard. Les lèvres pincées, je retins un sourire.

— Rendez-vous à 5 heures, alors.

Il se pencha pour m'embrasser sur la joue, s'attardant un instant sur ma peau.

— Merci, Poulette.

America et Shepley m'attendaient à la cafétéria. D'un geste nerveux, je pris des couverts et jetai une assiette sur mon plateau.

— Qu'est-ce qui se passe, Abby ? demanda America.

— Je ne viens pas avec vous demain.

Shepley resta bouche bée.

— Tu vas chez les Maddox ?!?

— Quoi ?!? s'exclama America.

Je soupirai en tendant ma carte d'étudiant à la caissière.

— J'avais promis d'y aller dans l'avion, en rentrant de Las Vegas. Travis a dit à tout le monde que je serais là.

— À sa décharge, il ne pensait vraiment pas que vous vous sépareriez, dit Shepley. Il croyait que tu finirais par accepter son choix. Quand il a finalement compris que tu irais jusqu'au bout, c'était trop tard.

— C'est des conneries, tout ça, Shep, et tu le sais ! s'emporta America. Abby, tu n'es pas obligée d'y aller si tu n'en as pas envie.

Elle avait raison. J'avais le choix, après tout. Mais je ne pouvais pas faire ça à Travis. Même si je l'avais détesté, je n'aurais pas pu. Et je ne le détestais pas.

— Si je n'y vais pas, il devra leur expliquer pourquoi, et je ne veux pas lui gâcher son Thanksgiving. Tous ses frères viennent parce qu'ils pensent que je serai là.

Shepley sourit.

— Ils t'aiment vraiment beaucoup, Abby. Jim en parlait justement à mon père l'autre jour.

— Génial...

— Abby a raison, reprit Shep. Si elle n'y va pas, Jim passera la journée à faire la leçon à Trav. Pourquoi leur foutre en l'air cette fête ?

America passa un bras autour de mes épaules.

— Tu peux quand même venir avec nous. Tu n'es plus avec Travis. Tu n'es pas forcée de lui sauver la mise.

— Je sais, Mare. Mais je dois le faire.

Le soleil disparaissait derrière le bâtiment qui faisait face à la résidence tandis que je me brossais les cheveux devant le miroir, cherchant comment j'allais pouvoir jouer la comédie chez les Maddox.

— Ce n'est qu'une journée, Abby. Tu dois en être capable, dis-je à mon reflet.

Faire semblant n'avait jamais été un problème pour moi. C'était ce qui risquait de se produire pendant cette farce que je redoutais. À mon retour, quand Travis me déposerait, il me faudrait prendre une décision. Une décision faussée par la parodie de bonheur que nous allions interpréter pour sa famille.

Toc, toc.

Je me retournai vers la porte. Kara était sortie, et je savais que Shepley et America avaient déjà pris la route. Qui pouvait bien frapper ? Je posai ma brosse et allai ouvrir.

— Travis ? soufflai-je.

— T'es prête ?

— Prête pour quoi ?

— Tu m'as dit qu'il fallait que je passe te chercher à 17 heures.

Je croisai les bras.

— Je voulais dire 5 heures du matin, enfin !

— Oh. Bon, je vais appeler Papa pour lui dire qu'on ne passe pas la nuit là-bas, finalement.

— Travis, c'est pas vrai !

— J'ai pris la voiture de Shep, c'est plus pratique que la moto, avec les bagages. Il y a une chambre d'amis. On pourrait regarder un film, ou...

— Je ne pionce pas chez ton père !

Il se décomposa.

— OK. Ben... à demain, alors ?

Il recula et je fermai la porte avant de m'y adosser. En proie à un véritable flot d'émotions contradictoires, je poussai un long soupir d'exaspération. L'expression désappointée de Travis encore vivace dans mon esprit, je rouvris le battant et sortis. Travis était au bout du couloir, il composait un numéro sur son téléphone.

— Travis, attends.

Il fit volte-face, et l'espoir dans ses yeux me bouleversa.

— Laisse-moi une minute, dis-je. Je prépare mes affaires.

Un sourire de soulagement illumina son visage et il me suivit dans la chambre.

— Je t'aime encore, Poulette, dit-il en me regardant fourrer quelques vêtements dans un sac de voyage.

Je ne levai pas les yeux.

— Arrête. Je ne fais pas ça pour toi.

Il y eut un silence, puis il ajouta simplement :

— Je sais.

Le trajet jusque chez son père se fit sans un mot. L'atmosphère dans l'habitacle était chargée d'électricité, et j'eus du mal à rester assise sans bouger. À notre arrivée, Trenton et Jim nous accueillirent sur le perron, tout sourire. Travis sortit nos affaires.

— Content de te voir, fiston, lui dit Jim avec une tape sur l'épaule.

Son sourire s'élargit quand il se tourna vers moi.

— Abby Abernathy. Nous attendons le dîner de demain avec impatience. Cela fait bien longtemps que... enfin bref, cela fait bien longtemps.

Je suivis Travis à l'intérieur. Jim posa une main sur sa panse, satisfait.

— Je vous ai installés dans la chambre d'amis, Trav. Je me suis dit que vous n'auriez pas vraiment envie de vous battre pour les lits superposés de la tienne.

Je me tournai vers Travis. Le voir ainsi peiner pour s'exprimer me fit mal.

— Heu... Abby... va plutôt... prendre la chambre d'amis, et moi, je pieuterai dans la mienne.

Trenton fit une drôle de tête.

— Ben pourquoi ? Elle dort à l'appartement, non ?

— Pas ces derniers temps, répondit Travis, tentant désespérément de contourner la vérité.

Jim et Trenton échangèrent un regard.

— La chambre de Thomas sert de débarras maintenant, alors je pensais le mettre dans ta chambre. Mais il dormira sur le canapé du salon, c'est pas grave, dit Jim.

— Ne vous inquiétez pas, Jim, dis-je en posant une main sur son bras. C'était juste par respect pour...

Son rire résonna dans toute la maison.

— Tu connais mes fils désormais, Abby. Tu sais donc qu'il est absolument impossible de me choquer !

Travis indiqua l'escalier d'un signe de tête et je le suivis. Il poussa une porte du pied et posa nos sacs sur le sol avant de se retourner. La pièce était lambrissée de bois sombre, la moquette marron usée jusqu'à la trame. Les murs étaient d'un blanc sale, les peintures écaillées à certains endroits. Il n'y avait qu'un cadre accroché au mur, une photo de Jim et de la mère de Travis, sans doute prise avant la naissance des garçons. Ni l'un ni l'autre n'avait plus de vingt ans.

— Je suis désolé, Poulette. Je dormirai par terre.

— Tu peux compter là-dessus, oui, répliquai-je, furieuse. Mais comment est-ce que j'ai pu me laisser embobiner comme ça ?

Il s'assit sur le lit et passa une main sur son visage, visiblement en colère contre lui-même.

— Ça va être un bordel magistral. Je ne sais pas ce qui m'a pris.

— Je le sais, moi. Je ne suis pas idiote, Travis.

Il me regarda et sourit.

— Mais tu es venue quand même.

— Il faut que je prépare tout pour demain, répondis-je en ouvrant la porte.

Il se leva.

— Je vais te donner un coup de main.

Il fallut éplucher une montagne de patates, couper les légumes, mettre la dinde à décongeler et préparer les fonds de tarte. Un malaise assez tangible régna pendant la première heure ; néanmoins, à l'arrivée des jumeaux, tout le monde se réunit dans la cuisine. Jim évoqua l'enfance et l'adolescence de ses garçons, et décrivit les diverses catastrophes culinaires de Thanksgiving, chaque fois qu'ils avaient voulu éviter les pizzas.

— Diane était une sacrée cuisinière, dit-il. Travis ne s'en rappelle pas mais, après sa mort, essayer de faire aussi bien n'avait aucun sens.

— Il te met pas la pression ni rien, Abby, t'inquiète, dit Trenton en riant avant d'aller prendre une bière dans le frigo. Bon, on va chercher les cartes ? J'ai une revanche à prendre, moi.

Jim leva la main en signe de dénégation.

— Pas de poker ce week-end, Trent. J'ai sorti les dominos, va les installer. Et aucun pari, c'est compris ?

Trenton secoua la tête.

— D'accord, d'accord.

Les autres frères sortirent de la cuisine, Trenton les suivit.

— Tu viens, Trav ?

— Je vais aider Abby.

— Il n'y a plus grand-chose à faire, chéri. Vas-y.

Mes paroles adoucirent son regard, et il m'effleura en passant.

— T'es sûre ?

J'acquiesçai de la tête, il se pencha pour m'embrasser sur la joue et posa ses mains sur mes hanches avant de suivre ses frères dans le salon.

Jim observa son fils quitter la cuisine et secoua la tête en souriant.

— Ce que tu fais est incroyable, Abby. Je pense que tu ne réalises pas à quel point nous l'apprécions tous.

— C'était une idée de Travis. Et ça me fait plaisir.

Il cala son imposante stature contre un placard et but une gorgée, songeur.

— Je ne vous ai pas vus parler beaucoup, Travis et toi. Tout va bien ?

Les mains dans l'eau de vaisselle, je réfléchis rapidement à une réponse qui ne soit pas un mensonge absolu.

— Disons que les choses ont un peu changé.

— C'est ce qu'il me semblait. Il faut beaucoup de patience, avec lui. Travis ne s'en souvient pas vraiment, cependant, il était très proche de sa mère. Après son décès, il n'a plus jamais été le même. Je pensais qu'en grandissant tout s'arrangerait, c'est vrai qu'il était très jeune. Ç'a été dur pour nous tous, mais Travis... il a cessé d'aimer les gens. J'ai été très surpris qu'il t'amène ici. Son comportement avec toi, sa façon de te regarder... j'ai tout de suite vu que tu étais quelqu'un d'important pour lui.

Je souris, sans quitter ma besogne des yeux. Il reprit :

— Les choses ne seront jamais simples, avec Travis. Il va faire beaucoup d'erreurs. Il a grandi avec une meute de jeunes loups sans mère et un vieux grognon solitaire en guise de père. Après la mort de Diane, on a tous été un peu perdus, et j'ai peut-être pas su aider mes garçons comme je l'aurais dû.

» Je sais que c'est difficile de ne pas lui en vouloir quand il dérape, seulement, il faut lui pardonner, Abby. Tu es la seule femme qu'il ait aimée en dehors de sa mère. Si toi aussi, tu t'en vas, je n'ose même pas imaginer comment il réagira.

Je ravalai mes larmes, incapable de répondre. Jim posa une main sur mon épaule et la serra.

— Je ne l'ai jamais vu sourire comme il le fait lorsqu'il est avec toi. J'espère que tous mes garçons trouveront une Abby un jour.

J'entendis ses pas s'éloigner dans le couloir. Agrippée au rebord de l'évier, je tentai de calmer mon souffle. Je savais que ce week-end avec Travis et sa famille serait difficile, mais je n'avais pas imaginé que mon cœur en serait brisé une nouvelle fois. Dans la pièce d'à côté, les garçons plaisantaient, éclataient de rire. Je terminai la vaisselle, l'essuyai, la rangeai puis nettoyai la cuisine. J'allai monter me coucher quand Travis apparut et me prit par la main.

— Il est encore tôt, Poulette. Tu vas quand même pas te coucher tout de suite ?

— La journée a été longue. Je suis fatiguée.

— On allait mettre un film, tu ne veux pas venir ?

Je regardai l'escalier, puis son sourire plein d'espoir.

— Bon, d'accord.

Il m'entraîna jusqu'au canapé et s'installa à côté de moi tandis que le générique défilait.

— Éteins la lumière, Taylor, ordonna Jim.

Travis passa son bras derrière moi pour le poser sur le dossier du canapé. Il continuait à faire semblant tout en me ménageant. Jusque-là, il avait veillé à ne pas profiter de la situation, et j'étais en proie à un réel dilemme, à la fois reconnaissante et déçue. Être assise si près de lui, sentir les effluves mêlés du tabac et de son après-rasage rendait difficile la mise à distance, tant physique qu'émotionnelle. Exactement comme je l'avais craint, ma résolution vacillait. Je dus lutter pour ne pas repenser à tout ce que Jim m'avait dit dans la cuisine.

En plein milieu du film, la porte d'entrée s'ouvrit et Thomas apparut.

— Joyeux Thanksgiving ! lança-t-il en posant ses bagages.

Jim se leva pour embrasser son aîné, et tous les garçons firent de même en dehors de Travis.

— Tu ne vas pas saluer Thomas ? demandai-je à voix basse.

— Je n'ai qu'une soirée avec toi, répondit-il en observant ses frères et son père. Je ne veux pas en perdre une seule seconde.

— Salut, Abby, content de te revoir, dit Thomas en souriant.

Travis posa une main sur ma cuisse, et je ne pus m'empêcher de la fixer avant de reporter mon attention sur lui. Remarquant mon expression, il la retira et croisa les doigts sur ses genoux.

— Ouh là. Y a de l'eau dans le gaz ? questionna Thomas.

— La ferme, Tommy, grommela Travis.

Dans la pièce, l'atmosphère changea, et je sentis tous les regards se tourner vers moi, attendant une explication. Je souris nerveusement et pris la main de Travis entre les miennes.

— On est juste un peu crevés, expliquai-je en posant la tête sur son épaule. On a passé toute la soirée à cuisiner. D'ailleurs, je crois que je vais aller dormir, je suis H-S.

Je me levai et regardai les autres.

— Bonne nuit tout le monde.

— Bonne nuit, ma fille, dit Jim.

Les frères de Travis me saluèrent, et je me dirigeai vers l'escalier. Derrière moi, j'entendis Travis annoncer que lui aussi allait se coucher.

— Tu m'étonnes, rigola Trenton.

— Quelle chance il a, l'enfoiré, ajouta Tyler.

— Hé, je ne veux pas de ce genre de commentaires à propos de votre belle-sœur, les garçons, avertit Jim.

Mon cœur se serra. La seule vraie famille que j'avais eue pendant des années était celle d'America. Toutefois, si Mark et Pam m'avaient toujours considérée avec une véritable bonté, ils restaient des parents de substitution. Les six hommes turbulents, mal dégrossis et adorables qui se tenaient dans le salon m'avaient accueillie à bras ouverts, et demain, il faudrait que je leur dise adieu.

Travis me rattrapa au moment où je fermais la porte de la chambre, sans entrer pour autant.

— Tu veux que j'attende dans le couloir pendant que tu te mets en pyjama ?

— Je vais prendre une douche. Je me changerai dans la salle de bains.

Il se gratta la nuque.

— Bon, ben… je vais me confectionner un lit, pendant ce temps.

En silence, je gagnai la salle de bains. Je me frottai avec application dans la cabine de douche décrépite, concentrée sur les taches d'humidité et la mousse du savon pour lutter contre l'angoisse qui m'étreignait à la perspective de la nuit et de la journée à venir. Quand je sortis, Travis jetait un oreiller sur son couchage de fortune, par terre, le long du grand lit. Il eut un sourire timide avant de disparaître à son tour sous la douche.

Je me glissai sous les couvertures, tentant d'ignorer celles qui attendaient Travis par terre. Quand il reparut, il regarda son lit avec la même tristesse que moi, puis éteignit la lumière et se coucha.

Le silence se fit pendant quelques minutes, puis il poussa un soupir à fendre l'âme.

— C'est notre dernière nuit ensemble, c'est ça ?

Que répondre à cela ? Comment trouver les mots justes ?

— Je n'ai pas envie d'en parler, Travis, dis-je au bout d'un long moment. Dors.

Je l'entendis se tourner dans tous les sens et, lorsque je pivotai pour voir ce qu'il faisait, je le trouvai dressé sur un coude, me fixant avec un regard intense.

— Je t'aime.

— Tu as promis.

— J'ai promis que ce n'était pas un stratagème pour qu'on se remette ensemble, et ce n'en est pas un.

Il tendit une main pour effleurer la mienne.

— Enfin, si ça peut me permettre d'être à nouveau avec toi, je veux bien que c'en soit un.

— Je tiens à toi. Je ne veux pas que tu souffres. Seulement, j'aurais dû suivre ce que mon instinct me dictait dès le départ. De toute façon, ça n'aurait jamais marché, nous deux.

— Mais tu m'as aimé, quand même, non ?

Je pinçai les lèvres.

— Je t'aime encore.

Ses doigts serrèrent les miens. Je vis ses yeux briller.

— Est-ce que je peux te demander quelque chose ?

— Je suis déjà en train de te rendre le service que tu m'as demandé l'autre jour, lâchai-je d'un ton ironique.

Il ne s'offusqua pas pour autant.

— Si notre histoire est vraiment... Si tu veux vraiment rompre avec moi... est-ce que tu me laisserais te tenir dans mes bras ce soir ?

— Je ne pense pas que ce soit une bonne idée, Travis.

— S'il te plaît. Je ne vais pas pouvoir dormir alors que tu es tout près, et l'occasion ne se présentera plus.

Il ne m'avait pas lâché la main. J'hésitai un instant, puis répondis d'un ton ferme :

— Il est hors de question qu'on fasse l'amour.

— Ce n'est pas ce que je te demande.

Dans la pénombre, je tâchai de réfléchir aux conséquences d'un tel acte. Serais-je capable de rester ferme si Travis changeait d'avis ?

Enfin, fermant les yeux, je me glissai un peu plus loin dans le lit et ouvris les couvertures. Il se faufila à mes côtés, ses bras se refermant aussitôt autour de moi. Je sentis son souffle irrégulier, son torse nu contre moi, et m'en voulus de me sentir aussi apaisée.

— Ça va me manquer, murmurai-je.

Il m'embrassa les cheveux, me serra un peu plus fort, comme s'il n'arrivait pas à être assez proche. Puis il enfouit son visage dans mon cou. Pour être tout à fait bien, je posai une main dans son dos. Je le sentis frémir. Notre dernière nuit du pari avait été terrible ; celle-ci s'annonçait bien pire encore.

— Je... je crois que je ne vais pas pouvoir, Travis.

Il me serra encore. Je sentis la première larme rouler sur ma tempe.

— Non, je n'y arrive pas, soufflai-je en fermant les yeux.

— Alors renonce à essayer, dit-il contre ma peau. Donne-moi une chance.

Je tentai de me dégager, mais il me tenait trop fermement. À bout, je m'abandonnai à mon chagrin, et mes sanglots nous secouèrent bientôt tous les deux. Travis leva vers moi un regard alourdi par la peine et brillant de larmes. Doucement, il écarta mes mains de mon visage et déposa un baiser dans le creux de mes paumes.

— Je n'aimerai jamais personne comme je t'aime, toi, Poulette.

— Je ne peux pas, répondis-je en reniflant, avant de lui caresser le visage.

— Je sais. Je n'ai jamais réussi à me convaincre que j'étais assez bien pour toi.

— Ce n'est pas que toi, Travis. C'est nous deux. On se fait mutuellement du mal.

Il secoua la tête, fut sur le point de dire quelque chose mais se tut. Il inspira profondément, posa sa tête contre ma poitrine. Les chiffres verts du réveil indiquaient 23 heures quand, enfin, son souffle devint lent et régulier. Je sentis mes paupières s'alourdir, et glissai bientôt à mon tour dans le sommeil.

— Aïe !

Je retirai ma main du four et posai les lèvres sur la brûlure.

— Ça va ? s'inquiéta Travis.

Il venait d'entrer dans la cuisine et achevait de mettre son tee-shirt.

— Putain, c'est froid par terre !

Je retins un rire en le voyant se dandiner d'un pied sur l'autre jusqu'à ce que sa peau s'habitue au carrelage glacé.

Le jour poignait à peine à travers les volets, et tous les autres Maddox dormaient encore. Je poussai l'antique plat en alu dans le four, refermai la porte et allai passer mes doigts sous l'eau froide.

— Retourne te coucher. Je mettais juste la dinde à cuire.

— Tu viens ? demanda-t-il en se frictionnant les bras pour se réchauffer.

— J'arrive.

Il s'inclina en désignant l'escalier d'un geste ample.

— Après vous.

À peine étions-nous sous les couvertures qu'il retira son tee-shirt. Il serra ses bras autour de moi, et nous attendîmes ainsi que la chaleur de nos corps réchauffe le lit.

Je sentis ses lèvres contre mes cheveux.

— Regard, Poulette, il neige.

Je me tournai vers la fenêtre. Les flocons blancs n'étaient visibles que dans le faisceau du lampadaire.

— On se croirait à Noël.

Il soupira.

— Qu'est-ce qu'il y a ?

— Tu ne seras pas ici pour Noël.

— Je suis ici aujourd'hui.

Sa bouche s'approcha de mes lèvres. Je m'écartai.

— Travis...

Néanmoins, il semblait déterminé.

— J'ai moins de vingt-quatre heures avec toi, Poulette. Je vais t'embrasser. Je vais t'embrasser souvent, aujourd'hui. Toute la journée. Chaque fois que l'occasion se présentera. Si tu veux que j'arrête, il suffit de le demander, mais tant que tu ne diras rien, je ferai en sorte que chaque seconde de cette dernière journée avec toi compte.

— Travis...

Je réfléchis un instant à ses paroles, puis en déduisis qu'il ne se faisait pas d'illusions sur la suite des événements. J'étais venue pour faire semblant, et même si cela devait rendre notre séparation plus difficile encore, je n'avais pas envie de lui dire non.

Quand il remarqua que je fixais ses lèvres, il esquissa un sourire et se pencha à nouveau pour m'embrasser. Ce fut d'abord très doux, innocent presque. Mais dès l'instant où ses lèvres s'entrouvrirent, je caressai sa langue avec la mienne. Son corps tout entier se tendit, il inspira profondément et plaqua son corps contre le mien avant de se hisser sur moi, sans jamais quitter ma bouche.

Il me déshabilla en un clin d'œil, et lorsque plus aucune étoffe ne sépara nos corps, il agrippa les barreaux métalliques du grand lit. Son membre entra en moi d'un coup. Je me mordis la lèvre, étouffant le cri qui montait dans ma gorge. Travis gémit contre mes lèvres, les pieds ancrés sur le matelas, alors que je me cambrais pour aller à sa rencontre.

Il lâcha un barreau, glissa une main sous ma nuque. Ses va-et-vient commencèrent, résolus, puissants. Mes jambes se mirent à trembler sous l'assaut, et je sentis les vibrations de ses grognements dans ma poitrine tandis qu'il tenait sa promesse : il allait faire de nos derniers moments ensemble une journée mémorable. Je pourrais passer des milliers d'années à tenter d'oublier cet instant, il serait gravé à jamais dans ma mémoire.

Une heure avait passé quand je fermai les yeux, chaque cellule de mon corps concentrée sur l'irrépressible vague de plaisir qui me secouait au plus profond de mon être. Travis retint son souffle et s'enfonça une dernière fois en moi. Je m'abandonnai, épuisée. Travis haletait et était luisant de sueur.

J'entendis des voix en bas, et fus prise d'un fou rire. Travis s'installa sur le côté et scruta mon visage de son doux regard.

— Tu avais dit que tu voulais juste m'embrasser, dis-je en souriant.

Allongée ainsi contre sa peau nue, lisant dans ses yeux l'amour inconditionnel qu'il me vouait, j'oubliais ma déception, ma colère et mes prétendues bonnes résolutions. Je l'aimais, moi aussi, et quelles que soient mes raisons de le quitter, ce n'était pas ce que je désirais et je le savais. Même si ces motifs étaient toujours valables, il nous était impossible de vivre loin l'un de l'autre.

— Et si on restait au lit toute la journée ?

— Je suis venue pour faire la cuisine, je te rappelle.

— Non, tu es venue pour m'aider à faire la cuisine, et je ne prends mon service que dans huit heures.

Je caressai son visage. Le besoin de mettre fin à toute notre souffrance était devenu insupportable. Si je lui annonçais que, finalement, je voulais que tout redevienne comme avant entre nous, nous n'aurions pas à jouer la comédie toute la journée. Nous pourrions la passer à fêter cela, au contraire.

— Travis, je pense que nous...

— Ne dis rien, tu veux bien ? Je préfère ne pas y penser avant d'y être obligé.

Il se leva, s'habilla.

— Je veux garder un bon souvenir de ce moment.

Je fis des œufs pour le petit déjeuner, des sandwichs pour le déjeuner et, quand le match commença à la télé, j'entamai la préparation du dîner. Travis se tenait derrière moi dès qu'il le pouvait, m'enlaçant, m'embrassant dans le cou. Je me surpris à regarder la pendule plusieurs fois, impatiente de trouver un moment pour lui annoncer ma décision. J'avais hâte de voir sa réaction, et de reprendre les choses là où nous les avions laissées.

La journée fut riche en fous rires, en conversations animées, et en reproches permanents de Tyler envers Travis, qui supportait mal ses marques d'affection répétées à mon égard.

— Y a des chambres, pour ça, Travis, bordel ! grogna Tyler.

— Tu sais que tu es tout vert, toi ? plaisanta Thomas. Et c'est pas beau à voir.

— C'est parce qu'ils me rendent malade. Je ne suis pas jaloux.

— Laisse-les tranquilles, un peu, ordonna Jim.

Quand la dinde arriva sur la table, Jim insista pour que ce soit Travis qui la découpe, et je ne pus m'empêcher de sourire en voyant avec quelle fierté il s'exécuta. Je redoutais un peu les commentaires sur ma cuisine, mais ce fut une déferlante de compliments. Quand je servis les tartes, il n'y avait plus une once de nourriture sur la table.

— Je n'ai pas fait des portions suffisantes ? demandai-je en riant.

Jim sourit, brandissant sa cuillère en prévision du dessert.

— Tu en as fait largement assez, Abby. On s'est juste gavés pour tenir jusqu'à l'an prochain... à moins que tu ne recommences pour Noël. Tu es une Maddox, désormais. J'espère ta présence à toutes les fêtes carillonnées, et pas pour faire la cuisine.

J'eus un regard en direction de Travis, dont le sourire s'était effacé, et j'eus le cœur serré. Il fallait que je lui parle, le plus vite possible.

— Ne lui dis pas ça, Papa, rectifia Trenton. Elle doit faire la cuisine. Des repas comme ça, j'en ai pas eu depuis mes cinq ans !

Il enfourna une demi-part de tarte aux noix de pécan en poussant un soupir de satisfaction.

Assise là, au milieu de tous ces hommes au ventre plein, je me sentais chez moi. Imaginer Noël et Pâques avec eux fit naître en moi une émotion intense. Rien ne me plaisait plus que l'idée de faire partie de cette famille un peu bancale et un peu bruyante que j'adorais.

Les tartes dévorées, les frères de Travis se levèrent pour débarrasser la table, et les jumeaux se mirent à la vaisselle.

— Je vais m'en charger, dis-je en me levant à mon tour.

Jim secoua la tête.

— Pas question. Tu as assez travaillé comme ça, ma fille. Les garçons sont tout à fait capables de s'en occuper. Allez donc au salon, Travis et toi.

Les jumeaux firent une bataille d'eau de vaisselle, Trenton poussa un énorme juron quand il glissa sur une flaque et cassa une assiette, pour finir, Thomas gronda ses frères et alla chercher la pelle et le balai afin de ramasser les débris. Jim donna une accolade à chacun de ses fils puis me serra dans ses bras avant de monter se coucher.

Travis prit mes jambes sur ses genoux et ôta mes chaussures pour me masser les pieds. Je me laissai tomber sur les coussins et soupirai d'aise.

— C'est le plus beau Thanksgiving qu'on ait eu depuis la mort de Maman.

Il souriait, mais il y avait une touche de tristesse dans son regard.

— Je suis heureuse d'y avoir participé.

L'expression de Travis changea. Mon cœur se mit à battre, j'étais impatiente qu'il me demande de revenir, impatiente de pouvoir lui dire oui. Las Vegas n'était plus qu'un lointain souvenir, ici, dans ma nouvelle famille.

— J'ai changé. Je ne sais pas ce qui m'a pris à Vegas, je n'étais plus moi-même. Je ne pensais plus qu'à tout ce qu'on pourrait acheter avec cet argent. Je n'ai pas vu à quel point cela te bouleversait, à quel point retourner là-bas t'insupportait. Même si au fond, je crois que je le savais. Tu as eu raison de me quitter. Je le méritais, comme je méritais les nuits blanches et la douleur qui ont suivi. Tout ça était nécessaire pour que je comprenne à quel point j'avais besoin de toi et ce que j'étais prêt à faire pour te garder.

Je me mordis la lèvre. Quand allais-je enfin pouvoir lui dire oui ? Je voulais qu'il me ramène à l'appartement et que l'on passe le reste de la soirée à fêter nos retrouvailles. J'avais hâte de m'installer sur le nouveau canapé avec Toto, de regarder des films et de rire avec Travis, comme avant.

— Tu as dit que c'était fini, et j'accepte ta décision. Te rencontrer m'a changé... en mieux. Seulement, j'ai beau essayer, je n'arrive pas à faire les choses correctement. On a d'abord été amis, et je ne veux pas te perdre. Je t'aimerai toujours, mais si je ne suis pas capable de pourvoir à ton bonheur, essayer de te faire changer d'avis n'a pas beaucoup de sens. Je ne peux même pas imaginer sortir avec quelqu'un d'autre, mais avoir ton amitié me rendra quand même heureux. Un peu.

— Tu veux qu'on soit amis ?

— Je veux que tu sois heureuse. Quel qu'en soit le prix.

Une douleur fulgurante me traversa. Il m'offrait ma liberté pile au moment où je n'en voulais pas. J'aurais pu lui dire que j'avais changé d'avis, et il serait immédiatement revenu sur son discours, mais je savais que ce n'était pas juste d'agir ainsi au moment où il avait pris sa décision.

Je souris pour lutter contre les larmes.

— Je te parie cinquante dollars que tu me remercieras le jour où tu rencontreras ta future femme.

Son visage se décomposa.

— Trop facile, ton pari. La seule femme que j'aie jamais voulu épouser vient de me briser le cœur.

Comment sourire après cela ? Je m'essuyai les yeux et me levai.

— Je crois qu'il est temps que tu me ramènes.

— Arrête, Poulette. Excuse-moi, ce n'était pas drôle.

— Ce n'est pas ça, Travis. Je suis juste fatiguée, et j'ai envie de rentrer.

Il se leva sans rien dire. Je saluai ses frères et demandai à Trenton d'embrasser Jim pour moi. Sur le perron, tous les cinq se mirent d'accord pour fêter Noël ici, ensemble, et je parvins à sourire jusqu'à ce qu'ils referment la porte.

Quand Travis m'accompagna jusqu'à l'entrée de la résidence, il était triste, mais moins tourmenté. Le week-end n'avait finalement pas été un stratagème pour me récupérer ; seulement une façon de tourner la dernière page de notre histoire.

Il m'embrassa sur la joue et me tint la porte.

— Merci pour cette journée. Tu n'as pas idée du plaisir que tu as fait à ma famille.

Je m'arrêtai au pied de l'escalier.

— Tu vas leur dire, demain, n'est-ce pas ?

Son regard balaya le parking, puis revint vers moi.

— Je pense qu'ils ont compris. Tu n'es pas la seule à savoir cacher tes émotions, Poulette.

Je le fixai, stupéfaite, et pour la première fois depuis notre rencontre, il s'en alla sans se retourner.

18

La boîte

Les examens arrivèrent, malédiction pour tous, excepté moi. Je me plongeai dans les révisions avec Kara et America, partageant mon temps entre ma chambre et la bibliothèque. Je ne croisais plus Travis que rarement, nos emplois du temps ayant changé avec l'organisation des partiels, et passai Noël chez America, pas mécontente que Shepley soit resté avec son cousin. J'aurais eu du mal à supporter les marques d'affection dont ils étaient si friands.

Sur la fin des vacances, je prétextai un mauvais rhume pour rester couchée. Travis voulait qu'on reste amis, mais il ne m'avait pas appelée. Durant quatre jours, je me lamentai sur mon sort au fond de mon lit : cela me fit beaucoup de bien. J'avais besoin d'évacuer avant de reprendre les cours.

Le voyage du retour me sembla interminable. J'avais hâte de commencer le nouveau semestre, et plus hâte encore de revoir Travis.

Pendant les premiers jours de ce nouveau semestre, le campus, revêtu d'un beau manteau neigeux, semblait animé d'une énergie nouvelle. Commencer de nouveaux cours, c'était se faire d'autres amis, un peu comme une renaissance. Je n'avais pas un seul cours en commun avec Travis, Parker, Shepley ou America, contrairement à Finch avec qui je les partageais presque tous.

À la cafétéria, je guettai Travis, mais à son arrivée, il me fit juste un petit clin d'œil avant d'aller s'installer à une table avec les autres membres de sa fraternité. Je tentais de me concentrer sur la conversation d'America et de Finch à propos du dernier match de la saison, toutefois, la voix de Travis ne cessait d'attirer mon attention. Je l'écoutai raconter ses déboires avec les autorités pendant les vacances de Noël, et décrire la nouvelle petite amie de Trenton, rencontrée lors d'une soirée au *Red Door*. Instinctivement, je me préparai à entendre le récit de ses récentes conquêtes mais, s'il en avait fait, il n'en parla pas à ses copains.

Des boules de Noël rouge et doré pendaient encore au plafond de la cafétéria, se balançant au gré de la ventilation. Je serrai mon cardigan autour de moi. Finch le remarqua et passa un bras autour de mes épaules pour me réchauffer. Je regardais beaucoup trop souvent en direction de Travis, j'en avais conscience. J'attendais qu'il lève la tête, me cherche des yeux, mais c'était comme s'il avait complètement oublié ma présence.

Les grappes de filles qui cherchaient à l'aborder depuis que la nouvelle de notre rupture s'était répandue semblaient le laisser complètement indifférent, et il se contentait apparemment sans difficulté de notre statut d'amis, même si les choses peinaient à être naturelles entre nous. Cela faisait presque un mois que nous étions séparés, et j'étais encore très nerveuse, mal à l'aise, ne sachant comment me comporter en sa compagnie.

Quand je le vis se lever et venir dans ma direction avec son plateau, mon cœur se mit à battre. Il s'arrêta derrière moi, posa les mains sur mes épaules.

— Alors, ça donne quoi tes cours, Shep ? demanda-t-il.

Shep fit la grimace.

— Le premier jour, c'est l'horreur. Rappel du règlement, énoncé du programme. À chaque cours. Et toi ?

— Pareil. Et toi, Poulette ?

— Pareil aussi.

J'avais tenté d'arborer une expression détachée, sans grand succès. Il s'amusa à faire pencher mes épaules d'un côté, puis de l'autre.

— Tu as passé de bonnes vacances ?

— Plutôt, oui.

On ne pouvait faire moins convaincant.

— Super. Bon, j'ai cours, faut que j'y aille. À plus.

Je le vis filer droit vers la sortie, pousser les deux battants de la porte et allumer une cigarette à peine le seuil franchi.

— Hou ! fit America d'une voix haut perchée, le suivant du regard dehors tandis qu'il traversait la pelouse enneigée.

— Quoi ? demanda Shepley.

Elle posa le menton dans sa paume.

— C'était bizarre, non ?

— Comment ça, bizarre ?

Il attrapa la natte blonde d'America et la fit passer dans son dos pour pouvoir l'embrasser dans le cou. Elle sourit, se pencha vers lui.

— Il est presque normal... Pour Travis, je veux dire. Qu'est-ce qu'il a ?

Shepley haussa les épaules.

— Je sais pas. Il est comme ça depuis quelque temps.

— C'est le monde à l'envers, tu ne trouves pas, Abby ? Il est en pleine forme et tu es malheureuse comme les pierres, continua America sans se soucier des oreilles attentives autour de nous.

— Tu es malheureuse ? s'étonna Shepley.

Je me sentis virer au rouge pivoine.

— Bien sûr que non ! m'écriai-je.

349

— Lui, en tout cas, il frise le bien-être absolu !

— Arrête, Mare, ça suffit, là.

— Mais moi, je pense que c'est du chiqué.

Shepley lui donna un coup de coude et changea de sujet.

— Bon, sinon, tu m'accompagnes à la soirée de Saint-Valentin ou pas ?

— Tu peux pas me demander ça comme un mec normal ? Gentiment ?

— Je t'ai déjà posé la question à plusieurs reprises, et chaque fois, tu m'as dit qu'on en parlerait plus tard.

Elle eut une moue de lassitude.

— Je ne veux pas y aller sans Abby.

Shepley ravala un soupir de frustration.

— Elle a passé toute la soirée avec Trav la dernière fois, tu l'as à peine vue.

— Arrête de faire ton bébé, Mare, dis-je en lui lançant une branche de céleri.

Finch me donna un coup de coude.

— J'irais bien avec toi, Choupette, mais le côté « soirée virile » des fraternités, c'est pas trop mon truc.

— Hé ! Mais c'est une excellente idée, ça ! s'exclama Shepley.

Finch grimaça.

— Je fais pas partie de Sigma Tau, Shep. Je fais partie de rien. Les fraternités, c'est contre ma religion. Désolé.

— S'il te plaît, Finch... insista America.

— J'ai comme une impression de déjà-vu, là, grommelai-je.

Finch me jeta un regard en coin et soupira.

— Ne le prends pas personnellement, Abby. Seulement, j'ai jamais invité... une fille.

— Je sais. T'en fais pas. C'est pas grave, je t'assure.

— Mais moi, je *veux* que tu sois à cette soirée, dit America. On avait fait un pacte. On sort toutes les deux, ou on ne sort pas.

Cette conversation commençait vraiment à m'agacer.

— Tu ne seras pas à proprement parler seule, Mare. Arrête de jouer les martyrs, dis-je.

— Je joue les martyrs, moi ? Qui est-ce qui t'a tenu la boîte de mouchoirs toute la nuit ? Qui est sorti te chercher du sirop pour la toux deux fois quand tu es tombée malade pendant les vacances de Noël ? Tu me dois bien ça, non ?

— Et combien de fois est-ce que je t'ai tenu le front au-dessus des toilettes quand tu avais dépassé la dose prescrite, America Mason ?

— Tu m'as éternué à la figure !

Je soupirai. Discuter avec America était impossible quand elle était décidée à obtenir quelque chose.

— Très bien, marmonnai-je.

Je me tournai donc vers Finch, affichant mon sourire le plus faux.

— Finch chéri ? Tu veux bien venir avec moi à cette foutue soirée Saint-Valentin ?

Finch me serra contre lui.

— Oui, mais uniquement parce que tu dis que c'est de la connerie.

Après le déjeuner, Finch et moi avions cours ensemble. Cette fête nous indisposait autant l'un que l'autre, et nous en discutâmes en chemin. En physiologie, il s'installa à côté de moi. Dehors, la neige se remit à tomber, effleurant les baies vitrées, comme si les flocons demandaient poliment à entrer avant de tomber sur le sol, déçus.

À la fin du cours, un garçon que je n'avais rencontré qu'une fois à la fraternité Sigma Tau toqua sur mon bureau en passant et me fit un clin d'œil. Je lui souris poliment et me tournai vers Finch, qui eut une mine étrange.

Devant la résidence Morgan, un petit groupe d'étudiants avait entamé une bataille de boules de neige. Finch frissonna en les voyant couverts de poudreuse blanche. Il fumait une cigarette, j'attendais qu'il ait terminé pour entrer. America nous rejoignit en se frottant les mains pour les réchauffer.

— Où est Shep ? demandai-je.

— Il est rentré. Travis avait besoin d'aide pour un truc.

— Tu n'es pas allée avec lui ?

— Je n'habite pas là-bas, Abby.

— En théorie, précisa Finch avec sarcasme.

America prit son air exaspéré.

— Et alors ? J'aime bien passer du temps avec mon mec. Je risque la prison ?

Finch jeta sa cigarette.

— Bon, je me casse, mesdemoiselles. On se voit au dîner ?

Il nous embrassa chacune sur la joue avant de s'éloigner d'un pas précautionneux pour ne pas risquer de marcher dans la neige.

America secoua la tête devant tant d'efforts.

— Il est ridicule.

— Il vient de Floride, Mare. Il n'a pas l'habitude de la neige.

Elle éclata de rire et me poussa vers la porte.

— Abby !

Je me retournai et vis Parker croiser Finch à petites foulées. Il s'arrêta devant nous et se pencha en avant pour reprendre son souffle.

— Je voulais... Pffff... Je voulais te demander si ça te tentait qu'on dîne ensemble, ce soir.

— Oh... Heu, j'ai déjà accepté de manger avec Finch.

— OK, c'est pas grave. Je voulais juste essayer le nouveau fast-food en ville. Tout le monde dit que c'est super bon.

— La prochaine fois, peut-être.

Je réalisai mon erreur un peu tard. Je n'avais pas envie qu'il prenne ma réponse pour une simple remise à plus tard. Il hocha la tête, fourra ses mains dans ses poches et repartit d'où il venait.

Kara était déjà plongée dans ses nouveaux manuels et salua America d'une grimace quand nous entrâmes. Son attitude ne s'était pas beaucoup améliorée depuis la rentrée.

Jusqu'à Noël, j'avais passé tellement de temps chez Travis que ses commentaires et son attitude insupportables s'étaient avérés tolérables. À devoir les subir tous les jours, tous les soirs, je commençais à regretter ma décision de ne pas habiter avec America.

— Oh, Kara, tu m'as tellement manqué, lui dit America.

— C'est réciproque, marmonna Kara sans lever les yeux de son bouquin.

America me raconta sa journée avec Shepley et leurs projets pour le week-end, puis nous allâmes sur Internet à la recherche de vidéos marrantes, éclatant parfois de rire au point d'en avoir les larmes aux yeux. Kara râla une ou deux fois, mais cela ne nous empêcha pas de continuer.

J'étais contente qu'America soit là. Avec elle, le temps passait si vite que je ne pensais pas une seconde à Travis.

— Bon, finit-elle par dire en bâillant à se décrocher la mâchoire. Je vais aller me coucher, moi. Bonne n... Merde ! J'ai laissé ma trousse de maquillage chez Shep !

— Ce n'est pas la fin du monde, dis-je, encore amusée par la dernière vidéo que nous avions visionnée.

— Ça ne le serait pas si je n'avais pas ma plaquette de pilules dedans. Viens, il faut qu'on aille la chercher.

— Tu ne peux pas demander à Shepley de te l'apporter ?

— C'est Travis qui a sa voiture. Il est au *Red* avec Trent.

Mon estomac se noua.

— Encore ? Pourquoi est-ce qu'il traîne tout le temps avec Trent ?

— J'en sais rien. Et ça n'a pas vraiment d'importance, si ? Allez, on y va !

— Je n'ai pas envie de tomber nez à nez avec Travis. Ça ferait trop bizarre.

— Non mais tu m'écoutes, des fois ? Il n'est pas à l'appart, il est au *Red*. Alleeeeeez ! gémit-elle en me tirant par la manche.

Je me levai à contrecœur.

— C'est pas trop tôt, murmura Kara comme nous quittions la pièce.

Quand America arriva sur le parking de chez Travis, je remarquai que la Harley était garée sous l'escalier et que la voiture de Shepley n'était pas là. J'eus un soupir de soulagement en suivant America.

— Fais gaffe, dit-elle. Les marches sont gelées.

Si j'avais su à quel point remettre les pieds dans cet appartement me serait difficile, je n'aurais jamais accepté d'accompagner America. Toto débula du couloir à toute vitesse et s'écrasa contre mes jambes, le carrelage l'empêchant de freiner. Je le pris dans mes bras, il me lécha le visage à petits coups de langue. Au moins ne m'avait-il pas oublié, lui.

Je le gardai dans les bras, faisant les cent pas tandis qu'America cherchait sa trousse.

— Elle est quelque part ici, j'en suis sûre ! lança-t-elle depuis la salle de bains avant de s'engouffrer dans la chambre de Shepley.

— Tu as regardé dans le placard, sous le lavabo ? demanda ce dernier.

Je regardai ma montre.

— Grouille-toi, Mare. Il faut qu'on y aille.

Je l'entendis pousser un soupir agacé.

Je vérifiai l'heure une nouvelle fois, et sursautai quand la porte d'entrée s'ouvrit brusquement derrière moi. Travis entra, titubant, enlaçant Megan, qui gloussait contre sa bouche. Dans la main de celle-ci, une boîte attira mon attention, et je fus prise de nausée en comprenant ce dont il s'agissait : des préservatifs. Son autre main était sur la nuque de Travis. Ils étaient littéralement entremêlés.

En me voyant, debout, seule au milieu du salon, Travis fut réellement surpris et se figea. Megan me regarda, un reste de sourire aux lèvres.

— Poulette ?

— Je l'ai ! s'exclama triomphalement America en sortant de la chambre de Shepley.

— Qu'est-ce que tu fais là ? interrogea Travis.

Il puait le whisky, et ma fureur submergea tout désir de feindre l'indifférence.

— C'est bon de te voir redevenu toi-même, Trav, lâchai-je, vibrante de colère.

— On allait partir, dit America en me prenant la main pour se diriger vers la porte.

Déjà, je sentais les larmes me piquer les yeux. Heureusement, la voiture n'était pas garée loin. Cependant, je faillis tomber en arrière quand quelque chose accrocha mon manteau. La main d'America quitta la mienne, elle fit volte-face en même temps que moi.

Travis avait attrapé un pan de mon manteau et le tenait fermement. Ses lèvres et son col de chemise étaient couverts de rouge à lèvres.

— Où vas-tu ? demanda-t-il.

Il semblait à la fois ivre et perdu.

— Je rentre chez moi, répondis-je en lissant mon manteau quand il le lâcha.

— Et qu'est-ce que tu fais ici ?

J'entendis la neige crisser sous les pas d'America, qui revenait vers moi. Shepley dévala les escaliers pour venir se placer derrière Travis, fixant sa petite amie d'un regard inquiet.

— Je suis désolée. Si j'avais su que tu serais là, je ne serais pas venue.

— Mais tu peux passer ici quand tu veux, Poulette. Je n'ai jamais dit que je ne voulais plus te voir.

— Je ne voudrais pas déranger... fis-je d'un ton fielleux avant de lever les yeux en direction de Megan. Bonne fin de soirée, lançai-je avant de tourner les talons.

Il m'attrapa par le bras.

— Attends. Tu es en colère ?

— Tu sais quoi ? rétorquai-je en me dégageant. Je ne sais même pas pourquoi je suis surprise.

Son visage s'assombrit.

— Je sais plus quoi faire avec toi. Je sais plus quoi faire ! Tu me dis que c'est fini, je broie du noir, je pulvérise mon téléphone pour m'empêcher de t'appeler toutes les cinq minutes, je joue la comédie en faisant comme si tout allait pour le mieux afin que tu sois contente... et tu te mets en colère ? Mais tu m'as brisé le cœur, putain !

Ses derniers mots résonnèrent dans la nuit.

— Travis, tu es saoul. Laisse Abby rentrer chez elle, conseilla Shepley.

Mais Travis m'agrippa par les épaules.

— Tu veux de moi, oui ou non ? Tu peux pas continuer à me traiter comme ça !

— Je ne suis pas venue pour te voir, dis-je simplement.

— Je n'ai pas envie d'elle, lâcha-t-il en me fixant intensément. Mais je suis tellement malheureux...

Son regard brillait, il pencha la tête pour m'embrasser.

Je le repoussai, dégoûtée.

— Tu as encore son rouge à lèvres sur la bouche, Travis.

Il recula, sortit un pan de sa chemise et s'essuya. En voyant les traînées de rouge sur le tissu blanc, il secoua la tête.

— Je voulais juste oublier. Juste un soir, putain.

D'un revers de main, j'essuyai une larme.

— Alors ne te prive surtout pas pour moi.

Une nouvelle fois, alors que je tentais de monter dans la Honda, il m'attrapa par le bras. Soudain, America se rua sur lui et le roua de coups. Il la regarda, d'abord interdit, puis stupéfait. Elle frappa jusqu'à ce qu'il me libère.

— Laisse-la tranquille, enfoiré !

Shepley voulut la retenir, mais elle le repoussa et se mit à gifler Travis. Le claquement de sa paume sur sa joue fut sec, il résonna dans la nuit. Le temps se figea. Travis ne se défendait pas. Nous étions tous bouleversés par ce brusque accès de violence.

Shepley saisit America par les poignets, l'éloigna. Elle se débattait comme une folle, ses cheveux blonds volant dans tous les sens. Sa détermination à frapper Travis m'avait laissée sans voix. De la haine pure brillait dans son regard d'ordinaire si doux, si insouciant.

— Comment as-tu pu faire une chose pareille ? Elle méritait mieux de ta part, Travis !

— ÇA SUFFIT ! cria Shepley, plus fort qu'elle.

Elle baissa les bras et le regarda, incrédule.

— Tu le défends ?

Bien qu'un peu gêné, Shepley tint bon.

— Abby a rompu avec lui. Il essaie de passer le cap.

Elle le fixa d'un œil mauvais et se dégagea violemment.

— Ah bon. Alors va donc te trouver une PUTE au *Red* et ramène-la à l'appart pour la sauter, dit-elle en toisant Megan. Tu me diras si ça t'aide à passer le cap.

— Mare...

357

Shepley voulut la prendre dans ses bras, mais elle esquiva et grimpa dans la voiture. Je montai à mon tour, essayant de ne pas regarder Travis.

— Bébé, ne t'en va pas, supplia Shepley en se penchant par la vitre.

Elle démarra.

— Il y a un bon et un mauvais côté, dans cette histoire, Shep. Et tu es du mauvais.

— Je suis de ton côté, plaida-t-il, désespéré.

— Non. Tu n'y es plus.

Elle enclencha la première et partit sur les chapeaux de roue.

— America ! America ! hurla-t-il tandis que la Honda s'éloignait.

— Tu ne peux pas rompre à cause de ça, Mare, soupirai-je. Il a raison.

Elle posa une main sur la mienne et la serra.

— Non, il a tort. Rien de tout ce qui vient de se passer ne lui donne raison. Rien.

Quand elle arriva sur le parking de la résidence, son téléphone sonna. Elle répondit et leva les yeux au ciel.

— Je ne veux plus que tu m'appelles, Shep, tu as compris ? Non, tu ne... parce que je ne veux pas, voilà pourquoi ! Ce qu'il a fait est indéfendable. Tu ne peux pas l'excuser de traiter Abby comme il l'a fait et continuer à sortir avec moi... c'est exactement ce que j'ai voulu dire. Je m'en fous ! Abby ne s'est pas envoyée en l'air avec le premier venu, que je sache ! Ce n'est pas Travis, le problème, Shepley. Il ne t'a pas demandé de prendre sa défense ! Et puis j'en ai assez de parler de ça ! Ne m'appelle plus ! Salut.

Elle descendit de voiture et se dirigea vers la résidence. Elle marchait vite, j'eus du mal à la suivre. Quand son téléphone sonna de nouveau, elle l'éteignit.

— Travis a demandé à Shep de ramener Megan chez elle. Il voulait passer en revenant, dit-elle simplement.

— Tu devrais le laisser venir, Mare.

— Non. Tu es ma meilleure amie. Je ne peux pas avaler ce que j'ai vu ce soir, et je ne peux pas sortir avec un type qui défend ce genre d'attitude. Le sujet est clos.

Je hochai la tête, malheureuse pour elle. Elle me prit le bras, le serra fort, et nous regagnâmes nos chambres. Kara dormait déjà, je renonçai à prendre une douche et me glissai au lit tout habillée, avec mon manteau. Les images de Travis titubant avec Megan dans les bras, de son visage maculé de rouge à lèvres ne cessaient de passer en boucle dans mon esprit. Je tentai de ne pas réfléchir à ce qui serait arrivé si je n'avais pas été là, et de ne pas me laisser submerger par l'émotion.

Shepley avait raison. Je n'avais aucun droit de me mettre ainsi en colère. Mais la douleur n'en était pas moins lancinante pour autant.

Finch me regarda m'asseoir à côté de lui et secoua la tête. Je savais que j'avais mauvaise mine. J'avais tout juste eu le courage de me changer et de me brosser les dents avant de venir en cours. Obsédée par les traces de rouge à lèvres sur la bouche de Travis et pétrie de remords après la rupture de Mare et Shepley, je n'avais dormi qu'une heure.

America ne s'était pas levée. Elle savait qu'une fois la colère retombée la dépression s'installerait. Elle aimait son copain et, même si sa détermination était forte – Shepley avait choisi le mauvais camp –, le contrecoup de sa décision serait difficile à encaisser.

Après le cours, Finch m'accompagna à la cafétéria. Comme je le redoutais, Shepley attendait à l'entrée. En me voyant, il n'hésita pas.

— Où est Mare ?

— Elle n'est pas venue en cours ce matin.

— Elle est dans sa chambre ?

Il partit en direction de la résidence sans même attendre ma réponse.

— Je suis désolée, Shep, lançai-je.

Il se figea avant de faire volte-face, avec l'expression de celui qui a atteint ses limites.

— Si seulement vous pouviez arrêter vos conneries une fois pour toutes, Travis et toi, ça nous arrangerait grandement ! À vous deux, vous êtes une véritable tornade ! Quand tout va bien, les oiseaux chantent, c'est peace and love et compagnie. Mais quand ça merde, vous entraînez le monde entier dans la tourmente !

Il s'éloigna, et je lâchai enfin mon souffle.

— Bon... ça, c'est fait.

— Le monde entier, dit Finch en entrant dans la cafétéria. Rien que ça. Tu penses que tu pourrais faire fonctionner ton vaudou pour le contrôle de la semaine prochaine ?

— Je vais voir ce que je peux faire.

Finch s'installa ailleurs qu'à notre table habituelle, et je saluai cette excellente initiative. Travis était avec les membres de sa fraternité ; il n'avait pas pris de plateau et ne resta pas longtemps. Il me vit juste au moment où il partait, mais ne s'arrêta pas.

— Alors, America et Shepley ont rompu ? demanda Finch en attaquant son déjeuner.

— On était chez Shep hier soir quand Travis est rentré avec Megan, et... ç'a été la cata. Ils ont choisi chacun un camp.

— Ouille.

— Exactement. Je me sens coupable, tu peux pas savoir.

Il me tapota le dos.

— Ils ont pris leur décision, Abby, tu n'y es pas pour grand-chose. Et je suppose que ça veut dire qu'on va passer notre tour pour la soirée de Saint-Valentin ?

— J'en ai peur.

Il sourit.

— Enfin, je t'invite quand même. On ira dîner tous les trois avec Mare, ce sera sympa.

Je posai la tête sur son épaule.

— T'es le meilleur, Finch.

Je n'avais pas pensé à la Saint-Valentin, néanmoins, j'étais contente d'avoir quelque chose de prévu, désormais. Passer cette fête seule avec America à l'écouter se morfondre et ressasser toute cette histoire, je ne m'en sentais pas capable. Elle en parlerait probablement toute la soirée au restaurant, mais au moins, en public, les choses resteraient sobres.

Le mois de janvier passa. Shepley tenta de renouer avec America, sans succès, et après cela, je les vis de moins en moins, Travis et lui. En février, ils cessèrent carrément de venir à la cafétéria, et je ne croisai plus Travis qu'en de rares occasions, en allant en cours.

Le week-end précédant la Saint-Valentin, America et Finch me persuadèrent de les accompagner au *Red*. Pendant tout le trajet, je redoutai d'y rencontrer Travis. En entrant, je poussai un soupir de soulagement. Il n'était pas là.

— J'offre la première tournée, annonça Finch en nous montrant une table avant de se diriger vers le bar.

Nous nous installâmes. La piste de danse, d'abord déserte, fut bientôt noire de monde, essentiellement des étudiants ivres. À la sixième tournée, Finch réussit à nous y entraîner et, enfin, je me détendis un peu. Je commençais vraiment à passer une bonne soirée. Nous nous bousculions en rigolant, pris d'un irrésistible fou rire quand un type fit virevolter sa partenaire sans parvenir à la rattraper, la laissant s'étaler de tout son long.

America dansait les bras levés, secouant ses boucles blondes dans tous les sens au rythme de la musique. Je riais devant son expression si particulière quand elle faisait cela, lorsque j'aperçus Shepley arriver derrière elle. Il lui murmura quelque chose à l'oreille et elle se retourna brusquement. Ils échangèrent quelques mots, puis America me prit par la main et m'entraîna vers notre table.

— Évidemment. Il faut qu'il se pointe LE soir où on sort, grommela-t-elle.

Finch nous apporta d'autres bières, et un petit verre d'alcool fort pour chacune.

— J'ai pensé que vous pourriez en avoir besoin.

— Tu as très bien fait, dit America en buvant le sien d'un trait, sans me laisser le temps de porter un toast.

Je secouai la tête, trinquai avec Finch. J'étais moi-même assez inquiète. Si Shepley était là, Travis ne devait pas être loin.

Un nouveau morceau commença et America se leva.

— Merde, je vais pas rester assise toute la soirée pour ce connard !

— Ah, je préfère entendre ça ! sourit Finch en la suivant sur la piste.

Je leur emboîtai le pas, moi aussi, cherchant à apercevoir Shepley, mais il n'était plus là. Je me détendis à nouveau, espérant que Travis ne viendrait pas danser avec Megan. Un gars que j'avais déjà croisé sur le campus se glissa derrière America et se déhancha contre elle. Elle sourit, ravie de cette distraction. Je la soupçonnais vaguement d'espérer que Shepley la voie ainsi prendre du bon temps. Je parcourus la salle d'un coup d'œil circulaire et, quand je revins sur America, le type avait filé. Elle haussa les épaules et continua à danser.

À l'amorce de la chanson suivante, un autre type apparut derrière America. Il était avec un copain, qui dansa d'abord à mes côtés, puis se faufila derrière moi. Bientôt, je sentis ses mains sur mes hanches, et hésitai sur la réaction à avoir. Toutefois, comme s'il avait deviné mes pensées, il me lâcha. Je me retournai et vis qu'il n'était plus là. Le cavalier d'America s'était également éclipsé.

Finch semblait un peu nerveux, mais quand America lui lança un regard interrogateur, il secoua la tête et continua à danser.

À la troisième chanson, j'étais trempée de sueur et fatiguée. Je regagnai notre table et appuyai ma tête sur une main, riant de voir un troisième gars demander à America s'il pouvait danser avec elle. Elle me fit un clin d'œil quand il se glissa derrière elle. Mais il disparut brusquement dans la foule, comme si quelqu'un l'avait tiré en arrière.

Je me levai et fis le tour de la piste, sans quitter des yeux l'endroit où il s'était volatilisé. Les effets de l'adrénaline effacèrent ceux de l'alcool quand je vis Shepley qui le tenait par le col. Travis était à côté de lui, mort de rire et hystérique, jusqu'à ce qu'il lève les yeux et me voie. Il donna un coup de coude à Shepley, qui me regarda et repoussa sa victime vers la piste de danse.

Il ne me fallut pas longtemps pour comprendre ce qui se passait. C'était eux qui avaient fait fuir tous nos prétendants en les menaçant pour qu'ils ne reviennent pas à la charge. Je les fixai longuement tous les deux, puis me dirigeai vers America. La foule était dense, je dus jouer des coudes, et Shepley me rattrapa avant que j'atteigne mon but.

— Ne lui dis pas ! dit-il en tendant d'effacer son sourire.

— Mais tu joues à quoi, exactement, Shep ?

Il haussa les épaules, encore assez fier de lui.

— Je l'aime. Je ne peux pas laisser d'autres types danser avec elle.

— Et c'est quoi, ton excuse, quand tu empêches d'autres types de danser avec moi ?

— Là, c'était pas moi, dit Shepley en jetant un rapide coup d'œil en direction de Travis. Excuse-nous, Abby, on s'amusait, c'est tout.

— Ce n'est pas drôle.

— Qu'est-ce qui n'est pas drôle ? demanda America en toisant Shepley.

Il me lança un regard suppliant. Je lui devais une faveur, alors je ne dis rien.

Il soupira de soulagement et se tourna vers America pour lui tendre la main avec une immense tendresse.

— Tu veux danser ?

— Non, je n'ai pas envie, répliqua-t-elle en se dirigeant vers notre table.

Il la suivit, nous laissant, Travis et moi.

Ce dernier haussa les épaules.

— Bon, eh bien... tu veux danser ?

— Comment ça ? Megan n'est pas là ?

Il secoua la tête.

— L'alcool ne te rendait pas méchante, avant.

— Ravie de te décevoir, dis-je en me tournant vers le bar.

Il me suivit, fit dégager deux types de leur tabouret. Malgré mon regard noir, il s'installa et me regarda.

— Tu veux pas t'asseoir ? Je t'offre une bière.

— Je croyais que tu ne payais pas à boire au bar.

Il répondit avec impatience :

— Toi, c'est pas pareil.

— C'est ce que tu dis toujours.

— Arrête, Poulette. Je croyais qu'on était amis, non ?

— On ne peut pas être amis, Travis. Ça me paraît évident.

— Pourquoi ?

— Parce que je n'ai pas envie de te regarder peloter une fille différente tous les soirs, et parce que tu refuses que je danse avec un autre mec.

Il sourit.

— Je t'aime. Je ne peux pas te laisser danser avec quelqu'un d'autre.

— Ah, vraiment ? Et tu m'aimais à quel point, en achetant cette boîte de capotes ?

Il eut une moue gênée, et je me levai pour retourner à notre table. Shepley et America étaient dans les bras l'un de l'autre et s'embrassaient passionnément.

Finch les considéra avec un froncement de sourcils.

— Bon... Il semblerait qu'on y aille quand même, à cette foutue soirée de Saint-Valentin.

Je soupirai.

— Et merde...

19

Hellerton

America n'était pas revenue à la résidence depuis sa réconciliation avec Shepley. Elle manquait régulièrement à l'appel à la cafétéria, et ses coups de fil se faisaient rares. Je ne leur en voulais pas de prendre du bon temps pour rattraper celui qu'ils avaient perdu en se séparant. À vrai dire, j'étais plutôt contente qu'America soit trop occupée pour m'appeler de l'appartement des garçons. Entendre Travis en bruit de fond m'aurait mise mal à l'aise, et j'étais un peu jalouse : elle le côtoyait, moi pas.

Je voyais de plus en plus souvent Finch et, au fond, même si c'était très égoïste de ma part, j'étais assez contente qu'il soit aussi seul que moi. Nous allions en cours ensemble, mangions ensemble, bossions ensemble, et même Kara avait fini par s'habituer à sa présence.

Pour l'heure, j'avais quasiment l'onglée à force d'attendre dehors, devant la résidence, qu'il ait fini sa cigarette.

— Tu crois que tu pourrais arrêter de fumer avant que je tombe en hypothermie ?

Il rigola.

— Je t'adore, Abby. Vraiment. Mais non, ça ne va pas être possible.

— Abby ?

Je me retournai et vis Parker approcher, les mains dans les poches. Il avait le nez rouge et les lèvres gercées, et je ris quand il fit mine de mettre une cigarette entre ses lèvres, avant de souffler un énorme nuage de vapeur.

— Tu économiserais beaucoup en fumant à ma manière, dit-il en souriant.

— Pourquoi tout le monde me tombe dessus à propos de la clope, aujourd'hui ? s'agaça Finch.

— Quoi de neuf, Parker ? demandai-je.

Il sortit deux tickets de sa poche.

— Le nouveau film sur le Viêt Nam passe en ville. Tu avais dit que tu aimerais le voir, l'autre jour, j'ai pensé qu'on pourrait peut-être y aller ce soir ?

— Te sens pas obligée, surtout, commenta Finch.

— Je peux y aller avec Brad, si tu as autre chose de prévu, dit Parker en haussant les épaules.

— Donc ce n'est pas une invitation officielle ?

— Non, c'est juste un ami qui te propose un ciné.

— Et avec toi, on sait comment ça se termine… plaisanta Finch.

Je ne pus m'empêcher de rire.

— La ferme ! Je veux bien, Parker, merci.

Son regard s'illumina.

— Et une pizza avant la séance, ça te tente ? J'aime pas tellement la bouffe qu'on trouve dans les cinémas.

— Une pizza, parfait.

— Le film est à 21 heures, je passe te prendre à 18 h 30 ?

J'acquiesçai et Parker s'éloigna.

— Bon sang, Abby, t'es incorrigible, dit Finch. Tu sais que Travis ne va pas tellement aimer ça, quand il l'apprendra.

— Tu as entendu Parker. Ce n'est pas un rendez-vous amoureux. Et je ne peux pas systématiquement prendre en considération ce qui plairait ou non à Travis. Il ne m'a pas demandé mon avis, avant de ramener Megan à l'appartement.

— T'es pas près de l'avaler, celle-là, hein ?

— Non. Pas près du tout.

Nous étions assis dans un coin de la salle, et je me frottai les mains pour tenter de les réchauffer. Je ne pus m'empêcher de remarquer que nous étions à la même table que le soir de ma première sortie avec Travis. Ce souvenir me fit sourire.

— Qu'est-ce qu'il y a de drôle ? me demanda Parker.

— Rien. J'aime bien cet endroit, c'est tout. J'y ai de bons souvenirs.

— J'ai remarqué que tu portais le bracelet.

Je baissai les yeux sur le scintillement des diamants à mon poignet.

— Je t'avais dit qu'il me plaisait.

La serveuse nous tendit les menus et prit notre commande de boissons. Parker me parla de son nouvel emploi du temps et de son travail en vue du test d'entrée à l'école de médecine. Il ne cessa de bavarder qu'à l'arrivée de la serveuse avec nos bières. Il semblait un peu nerveux, et je me demandai si, malgré sa promesse, il n'avait pas le sentiment d'être à un rencard.

— Excuse-moi, j'ai l'impression d'avoir monopolisé la conversation, dit-il enfin avant de boire une gorgée. Ça faisait longtemps qu'on ne s'était pas vus, je crois que j'avais pas mal de choses à raconter.

— Ne t'en fais pas. Ça faisait effectivement un bail.

La sonnette de la porte du restaurant tinta au même moment. Je vis alors entrer Shepley et Travis. Il fallut à ce dernier moins d'une seconde pour croiser mon regard, mais il ne sembla pas surpris.

— C'est pas vrai... murmurai-je.

— Qu'est-ce qui se passe ? s'étonna Parker en se retournant.

Ils s'installèrent à une table de l'autre côté de la salle.

— Il y a un fast-food pas très loin, si tu préfères, dit Parker à voix basse.

Sa nervosité avait soudain grimpé de plusieurs crans.

— Partir maintenant serait un peu maladroit, non ?

Il se décomposa, vaincu.

— Oui, tu as raison.

Nous tentâmes de reprendre notre conversation où nous l'avions laissée, mais elle était laborieuse et sans grand intérêt. La serveuse passa un temps incroyable à la table des garçons, se recoiffant toutes les dix secondes et se dandinant d'un pied sur l'autre. Ce n'est que lorsque Travis répondit au téléphone qu'elle pensa à venir prendre notre commande.

— Les tortellinis pour moi, dit Parker.

— Et pour moi...

Je fus distraite par Travis et Shepley, qui se levaient déjà de table.

Travis suivit son cousin jusqu'à la porte puis sembla hésiter, et fit demi-tour. Quand il vit que je le fixais, il traversa la salle. La serveuse le regarda approcher avec un sourire plein d'espoir, pensant sans doute qu'il venait lui dire au revoir. Sa déception fut grande quand il s'arrêta devant moi, sans lui accorder la moindre attention.

— J'ai un combat dans quarante-cinq minutes, Poulette. Je veux que tu y sois.

— Trav...

Son visage était calme, mais son regard tendu. Je n'aurais su dire s'il voulait empêcher que mon dîner avec Parker ne mène à autre chose ou s'il désirait réellement que je sois là-bas avec lui, toutefois, à la seconde où il avait posé sa question, j'avais pris ma décision.

— J'ai besoin de toi là-bas. C'est une revanche contre Brady Hoffman, le mec de State University. Il y aura beaucoup de monde, beaucoup de fric en jeu... et d'après Adam, Brady s'est entraîné.

— Tu l'as déjà affronté, Travis. Tu sais que c'est un combat facile.

— Abby... coupa doucement Parker.

— J'ai besoin de toi là-bas, insista Travis.

Je regardai Parker, lui présentant un sourire d'excuses.

— Je suis désolée.

Il écarquilla les yeux.

— Tu plaisantes ? Tu vas me planter là, en plein dîner ?

— Tu peux encore appeler Brad, pour le ciné... dis-je en me levant.

Travis esquissa un sourire très léger et jeta un billet de vingt dollars sur la table.

— Tiens, ça devrait suffire.

— L'argent n'est pas la question... Abby...

— C'est mon meilleur ami, Parker. S'il a besoin de moi, je dois y aller.

Je sentis la main de Travis s'enrouler autour de la mienne tandis que nous traversions la salle en direction de la sortie. Parker nous suivit du regard, stupéfait. Shepley était déjà dans la voiture, et diffusait par téléphone les infos concernant le combat. Travis monta à l'arrière avec moi, sans me lâcher la main.

— Je viens d'avoir Adam, dit Shep. Selon lui, tous les mecs de State University sont arrivés bourrés et blindés de fric. Ils sont très, très agités, il vaudrait peut-être mieux laisser Abby en dehors de ça.

— Tu garderas un œil sur elle, OK ?

— Où est America ? demandai-je.

— Elle révise un contrôle de physique.

— Hummm, la physique. J'aime bien ce labo, il est cool, lâcha Travis.

J'éclatai de rire.

— Depuis quand tu connais le labo ? demanda Shepley. Tu n'as jamais fait de physique.

Travis rit à son tour, je lui donnai un coup de coude. Il tenta de se retenir, pour mieux glousser quelques secondes plus tard en me faisant un clin d'œil. Il glissa ses doigts entre les miens, et j'entendis un léger soupir de contentement s'échapper de ses lèvres. Je savais ce qu'il pensait, parce que je pensais la même chose. L'espace de quelques petites secondes, tout était redevenu comme avant.

Shepley se gara dans un coin mal éclairé du parking, et Travis garda ma main dans la sienne jusqu'à ce que l'on se glisse discrètement par une petite fenêtre dans le bâtiment Hellerton, celui consacré aux sciences. C'était une construction très récente, et l'air n'y était pas aussi encrassé et stagnant que dans les autres sous-sols que nous avions fréquentés jusqu'alors.

Le brouhaha de la foule nous parvint presque immédiatement. Nous longeâmes un couloir, et je passai la tête dans la salle. Un océan de visages s'y trouvait déjà, la plupart inconnus. Tout le monde avait une bouteille de bière en main, mais les étudiants de State University étaient faciles à reconnaître : ils vacillaient sur place, les yeux mi-clos.

— Reste à côté de Shepley, Poulette. Ça va être de la folie, dit Travis derrière moi.

Il balaya l'assistance du regard, secouant la tête devant une telle affluence.

Le sous-sol de Hellerton était le plus spacieux du campus, et Adam y programmait les combats pour lesquels il attendait un grand nombre de spectateurs. Malgré l'espace, ce soir-là, les gens se bousculaient pour mieux voir, et beaucoup étaient écrasés contre les murs.

Adam apparut ; il ne chercha pas à cacher son mécontentement en me voyant.

— Je croyais t'avoir dit de ne plus amener ta copine aux combats, Travis.

Ce dernier haussa les épaules.

— C'est plus ma copine.

Il avait dit cela avec un tel naturel... Je ne pus m'empêcher d'éprouver un pincement au cœur. Adam baissa les yeux sur nos mains toujours enlacées, puis regarda Travis.

— Je pigerai jamais rien à vos histoires...

Il regarda la foule. Des gens continuaient d'arriver, contraints de rester dans l'escalier, tandis que dans la salle on pouvait à peine bouger.

— Les paris ont atteint un montant dément, ce soir, Travis. Fais pas le con, d'accord ?

— Je ferai en sorte qu'il y ait du spectacle, Adam.

— Oh, je m'inquiète pas pour ça. Brady s'est bien entraîné.

— Moi aussi.

— Arrête tes conneries ! pouffa Shepley.

Travis haussa les épaules.

— Je me suis battu avec Trent, le week-end dernier. Il est vif, ce petit con.

Je ne pus retenir un rire, et Adam me fusilla du regard.

— T'as intérêt à prendre les choses un peu plus sérieusement, Travis. Ce combat est un enjeu énorme, pour moi.

— Et pas pour moi, peut-être ? rétorqua Travis, agacé par le sermon d'Adam.

Ce dernier lui tourna le dos et entra dans la salle. Il grimpa sur une chaise afin de surplomber l'assistance et, mégaphone en main, entreprit de rappeler le règlement aux spectateurs alcoolisés.

Pendant tout ce temps, Travis me garda près de lui.

— Bonne chance, dis-je en posant une main sur son torse.

Jamais je n'avais éprouvé d'inquiétude avant un match jusque-là, excepté celui qui avait opposé Travis à Brock McMann à Vegas. Cependant, depuis que nous étions entrés ici, j'avais un mauvais pressentiment. Quelque chose ne tournait pas rond, et Travis le sentait aussi.

Il me prit par les épaules, m'embrassa sur la bouche, puis s'écarta.

— Voilà toute la chance dont j'ai besoin.

J'étais encore sous le choc – ses lèvres étaient si chaudes ! – quand Shepley m'entraîna dans la fosse pour rejoindre Adam. Comme la première fois que j'avais vu Travis, je fus ballottée, repoussée de tous côtés, toutefois, le public n'était pas aussi concentré sur le combat, et certains étudiants de State University affichaient une attitude carrément hostile.

Ceux d'Eastern acclamèrent Travis quand il pénétra dans le Cercle, ceux de State le huèrent avant d'encourager Brady.

D'où je me trouvais, je voyais parfaitement Brady dominer Travis, piaffant d'impatience. Comme à son habitude, Travis affichait un léger sourire, apparemment indifférent à la foule en délire. Quand Adam lança le combat, Travis laissa son adversaire donner le premier coup. Sa tête vrilla violemment vers la droite. Brady s'était effectivement entraîné.

Mais Travis souriait toujours et, à partir de là, il rendit coup pour coup.

— Pourquoi est-ce qu'il se laisse frapper comme ça ? demandai-je à Shepley.

— Il ne se laisse pas frapper, c'est ça, le problème, répondit Shep, soucieux. Mais ne t'inquiète pas, Abby. Il se prépare à passer à la vitesse supérieure.

Au bout de dix minutes, Brady était essoufflé, mais il parvenait toujours à heurter Travis au visage et aux côtes. Celui-ci lui attrapa la jambe quand il voulut lui donner un coup de pied, lui assena un coup de poing magistral en plein nez, puis lui fit perdre l'équilibre. La foule explosa quand Brady toucha terre. Malheureusement, il n'y resta pas longtemps. Il se releva, le nez en sang, et l'instant d'après, il lança deux directs du droit en plein dans le visage de Travis. Son arcade sourcilière éclata, le sang coula.

Espérant que Travis mettrait fin à ce combat au plus vite, je fermai les yeux et me détournai du Cercle. Ce faisant, je perdis un peu l'équilibre et fus happée par le flot de spectateurs. En quelques secondes, plusieurs mètres me séparèrent de Shepley. Mes efforts pour lutter contre la marée humaine restèrent vains et, très vite, je me retrouvai au fond de la salle.

La sortie la plus proche se trouvait à l'opposé, à égale distance de la porte par laquelle nous étions entrés. Un mouvement de foule me projeta violemment contre le mur, j'en eus le souffle coupé.

— Shep ! hurlai-je en agitant la main.

Mais le combat était à son paroxysme, personne ne m'entendait.

Quelqu'un perdit l'équilibre et s'agrippa à moi pour ne pas tomber, m'arrosant au passage. J'étais trempée, je puais la bière bon marché, et l'individu tenait toujours mon tee-shirt, cherchant maintenant à se relever. Je lui ouvris les doigts pour qu'il lâche enfin prise. Il ne me regarda même pas et s'élança dans la foule.

— Hé, mais je te connais, toi ! me hurla un autre type dans l'oreille.

Je m'écartai. Je l'avais tout de suite reconnu : c'était Ethan, le parasite que Travis avait menacé au bar, celui qui était arrivé à se tirer sans condamnation d'une affaire d'agression sexuelle.

— Peut-être... murmurai-je en rajustant mon haut, cherchant une brèche pour me fondre dans la masse.

— Joli bracelet, dit-il en faisant glisser sa main sur mon bras avant de la refermer sur mon poignet.

— Hé !

Je me dégageai aussitôt. Il me caressa le bras. Il titubait, souriait bizarrement.

— La dernière fois que j'ai essayé de te parler, on a été interrompus, je crois.

Hissée sur la pointe des pieds, je vis Travis donner deux coups à Brady en plein visage. Entre chaque assaut, il scrutait la foule. Au lieu de se concentrer sur son combat, il me cherchait. Il fallait absolument que je regagne ma place pour qu'il prête attention à ce qu'il faisait.

Je venais de me lancer dans la foule quand je sentis la main d'Ethan attraper la ceinture de mon jean. Une nouvelle fois, je fus plaquée contre le mur.

— J'ai pas fini de te parler, dit-il en promenant son regard sur mon tee-shirt mouillé.

Je tentai de retirer sa main de mon jean en y plantant les ongles.

— Lâche-moi ! criai-je quand il résista.

Il éclata de rire et m'attira contre lui.

— J'ai pas envie de te lâcher.

Je cherchai dans la foule un visage familier tout en m'efforçant de repousser Ethan. Mais il était costaud, et ne bougeait pas d'un pouce. Paniquée, je n'arrivais plus à distinguer les étudiants d'Eastern de ceux de State University. Pas un ne semblait remarquer mon altercation avec Ethan et, dans le brouhaha, personne ne semblait entendre mes protestations non plus. Il se pencha vers moi, posa une main sur mes fesses.

— J'ai toujours pensé que tu devais être un bon coup, dit-il en me soufflant son haleine alcoolisée en plein visage.

— LÂCHE-MOI ! hurlai-je en me débattant.

Je cherchai Shepley du regard, et vis que Travis m'avait enfin repérée. Il se jeta aussitôt dans la foule.

Je criai son nom, mais ma voix était loin de pouvoir couvrir le bruit ambiant. Repoussant Ethan d'une main, je tendis l'autre en direction de Travis. Or, ce dernier ne fit que quelques mètres avant d'être renvoyé vers le Cercle par la foule. Brady profita de sa distraction pour lui décocher un coup de coude en plein visage.

Le public se calma quelques instants quand Travis frappa un spectateur, essayant à nouveau de m'atteindre.

— Tu vas la lâcher, putain ! hurla-t-il.

Les têtes se tournèrent vers moi. Ethan n'y prêta aucune attention, cherchant à m'immobiliser suffisamment longtemps pour m'embrasser. Il effleura ma pommette, puis descendit dans mon cou.

— Hummm... tu sens bon, bafouilla-t-il.

Plaquant une main sur son visage, je le repoussai, mais il m'attrapa le poignet et poursuivit, imperturbable.

En proie à une panique de plus en plus grande, je cherchai à nouveau Travis. Il indiquait désespérément à Shepley l'endroit où je me trouvais.

— Va la chercher ! Shep ! Abby a des problèmes !

Brady l'attrapa pour le ramener dans le Cercle et le frappa.

— Putain, t'es bandante, tu le sais, ça ? dit Ethan.

Je fermai les yeux en sentant sa bouche dans mon cou. La colère prenant lentement le pas sur l'angoisse, je trouvai la force de me dégager en criant avant de lui donner un puissant coup de genou dans l'entrejambe.

Il se plia en deux, une main couvrant instinctivement la source de douleur, l'autre agrippant fermement mon tee-shirt.

— Espèce de salope !

L'instant d'après, j'étais libre. Shepley avait saisi Ethan par le col de sa chemise pour le plaquer contre le mur. Il le frappa plusieurs fois au visage, ne s'arrêtant que lorsque le sang coula à flots continus de sa bouche et de son nez.

Il m'entraîna ensuite jusqu'à l'escalier, écartant violemment quiconque se mettait en travers de notre chemin. Nous sortîmes par une fenêtre ouverte avant d'emprunter l'escalier de secours. Shepley me rattrapa au moment de sauter le mètre cinquante qui nous séparait du sol.

— Ça va, Abby ? Est-ce qu'il t'a fait mal ?

Une manche de mon haut blanc ne tenait plus qu'à quelques fils, mais j'étais indemne. Je secouai la tête, incapable de parler.

Shepley prit mon visage entre ses mains et le souleva pour que je le regarde.

— Réponds-moi, Abby. Est-ce que ça va ?

J'acquiesçai de la tête. Et, l'adrénaline retombant, je me mis à pleurer.

— Ça va, je t'assure, dis-je enfin en hoquetant.

Il me prit dans ses bras, puis je le sentis se raidir.

— Par ici, Trav !

J'entendis celui-ci courir et, quelques secondes plus tard, il me serrait contre lui. Il était couvert de sang.

— Seigneur... Elle est blessée ? s'enquit-il.

— Elle m'a dit que ça allait, répondit Shepley.

Travis me prit par les épaules.

— Est-ce qu'il t'a fait du mal, Poulette ? demanda-t-il, l'air inquiet.

Comme je secouais la tête, les premiers spectateurs sortirent de Hellerton par l'escalier de secours. Travis les suivit du regard, attentif, scrutant silencieusement les visages. Un type court sur pattes et râblé sauta de l'escalier et se figea en nous voyant.

— Hé, toi ! lança Travis.

Il se rua vers l'homme, qu'il plaqua sur la pelouse. Je me tournai vers Shepley, complètement perdue.

— C'est le mec qui a empêché Travis de t'atteindre en le repoussant systématiquement dans le Cercle.

Un petit attroupement se forma rapidement autour d'eux. Travis frappait sans relâche. Quand le type cessa de cogner en retour, il se releva et le laissa là, misérable tas de chair ensanglantée. Ceux qui s'étaient approchés se dispersèrent, faisant un large détour pour éviter Travis quand ils voyaient la fureur qui l'animait encore.

— Travis ! s'écria alors Shepley en montrant une silhouette dans l'obscurité.

Ethan s'éloignait en boitant, se tenant au muret de brique qui longeait le bâtiment Hellerton. Quand il entendit Shepley prévenir Travis, il eut juste le temps de se retourner pour voir son assaillant charger. Il traversa péniblement la pelouse, avançant aussi vite que possible. Il arrivait à sa voiture quand Travis l'attrapa par le col et le cloua violemment contre la portière.

Ethan eut beau supplier, Travis ne l'entendait pas. Il lui cogna la tête contre le pare-brise, puis contre un phare, qui vola en éclats. Quand il le releva, ce fut pour le plaquer face contre le capot en hurlant des obscénités.

— Merde, lâcha Shepley.

Les lumières rouge et bleue d'un gyrophare sur la façade de Hellerton annonçaient l'arrivée imminente d'une voiture de police. Des dizaines de personnes se mirent à sauter des escaliers de secours, à la manière d'une chute d'eau humaine et, une fois à terre, s'éparpillèrent dans toutes les directions.

— Travis ! hurlai-je.

Il abandonna le corps inerte d'Ethan et courut vers nous. Shepley m'entraîna vers le parking, ouvrit sa portière. Je me glissai à l'arrière, impatiente de les voir prendre place à leur tour. Autour de nous, les voitures démarrèrent en trombe, puis patinèrent sur le bitume en pilant devant un second véhicule de police qui barrait la sortie du parking.

Travis et Shepley montèrent enfin. En voyant les autres reculer devant la seule issue, ce dernier lâcha un juron, enclencha la seconde et fonça tout droit pour grimper sur le trottoir. Il dérapa sur la pelouse, et piqua entre deux bâtiments avant de retrouver la route juste derrière Hellerton.

Les pneus crissèrent et le moteur rugit quand il écrasa l'accélérateur. Il vira brusquement et je fus projetée de l'autre côté de la banquette. Mon coude déjà douloureux amortit le choc. Les lumières défilaient à grande vitesse tandis que nous roulions en direction de l'appartement, pourtant le trajet me parut infiniment long.

Arrivé sur le parking, Shepley se gara et coupa le contact. Les deux garçons ouvrirent leur portière en silence, et Travis fit basculer son siège pour me prendre dans ses bras.

— Qu'est-ce qui s'est passé ? Mon Dieu, Travis, mais tu es couvert de sang ! s'écria America, descendant l'escalier quatre à quatre pour venir à notre rencontre.

— Je te raconterai, viens, on rentre, lui répondit Shepley.

Travis me porta dans l'escalier, traversa le salon et, sans un mot, me posa sur son lit. Toto sauta aussitôt pour tenter de me lécher le visage.

— Pas maintenant, mon pote, murmura Travis en l'enfermant dans le salon.

Il s'agenouilla près de moi, effleura la couture déchirée de ma manche. Son œil était tuméfié. Juste au-dessus, son arcade sourcilière était fendue, la coupure gorgée de sang. Ses lèvres étaient tachées de rouge et, sur ses poings, la peau avait été déchirée par endroits. Son tee-shirt blanc était maculé d'un mélange d'hémoglobine, d'herbe et de terre.

Je touchai son œil, il fit la grimace et éloigna ma main.

— Je suis tellement désolé, Poulette. J'ai essayé de te rejoindre. J'ai essayé… Et je n'y suis pas arrivé, lâcha-t-il d'une voix étranglée par l'inquiétude et la colère.

— Tu veux bien demander à America de me ramener à la résidence ? demandai-je.

— Tu ne peux pas rentrer ce soir ! Le campus va être bourré de flics. Reste ici. Je dormirai sur le canapé.

Je ravalai un hoquet, tentant de retenir mes larmes pour ne pas l'accabler.

Il se leva et ouvrit la porte.

— Tu vas où ?

— Prendre une douche. Je reviens tout de suite.

America entra et s'assit à côté de moi pour me serrer contre elle.

— J'aurais dû venir ! Excuse-moi de ne pas avoir été là pour toi !

— Ne t'en fais pas, je vais bien, soufflai-je en essuyant mes larmes.

Shepley frappa et entra à son tour avec un petit verre de whisky.

America le prit et m'aida à boire. Je renversai la tête, laissant le liquide me brûler la gorge.

— Merci ! dis-je en lui tendant le verre.

— J'aurais dû être là plus tôt. Je ne m'étais même pas rendu compte qu'elle s'était éloignée. Je suis désolé, Abby. Je n'aurais pas dû...

— Ce n'est pas ta faute, Shep. Ce n'est la faute de personne.

— C'est la faute d'Ethan, siffla-t-il entre ses dents. Ce salaud essayait de la violer contre le mur.

— Quoi ? s'écria America, horrifiée.

— J'en prendrais bien un autre, s'il te plaît, dis-je en fourrant mon verre dans les mains de Shepley.

— Moi aussi, répondit-il en se dirigeant vers la cuisine.

Travis reparut, une serviette nouée autour des hanches et une canette de bière glacée contre son œil. America nous tourna le dos tandis qu'il s'habillait. Shepley rapporta quatre whiskys. Personne n'hésita, tout le monde vida son verre d'un trait.

— À demain, dit America en m'embrassant.

Travis prit mon verre, le posa sur la table de nuit et alla chercher un tee-shirt dans son placard, qu'il me donna.

— Pardon d'être un imbécile, murmura-t-il.

— Tu as surtout une mine à faire peur. Tu vas être dans un sale état demain.

Il secoua la tête.

— Abby, tu as failli te faire violer, ce soir. Ne t'inquiète pas pour moi.

— C'est difficile, quand je vois ton œil enfler et se fermer tout seul.

— Tout ça ne serait pas arrivé si je t'avais laissée dîner avec Parker. Mais je savais que, si je te demandais de venir, tu viendrais. Je voulais lui montrer que tu étais encore à moi. Et tu as été agressée par ce connard.

Je crus d'abord avoir mal entendu.

— C'est pour ça que tu m'as demandé de venir ce soir ? Pour prouver quelque chose à Parker ?

— En partie, oui, répondit Travis, honteux.

Je blêmis. Pour la première fois depuis notre rencontre, je m'étais laissé avoir par Travis. Je l'avais accompagné à Hellerton en pensant qu'il avait besoin de moi, croyant que, malgré tout, nous étions à nouveau sur la même longueur d'ondes. Mais je n'étais rien d'autre qu'un faire-valoir. Il avait marqué son territoire, et je l'avais laissé faire.

Mes yeux s'emplirent de larmes.

— Va-t'en.

Il fit un pas vers moi.

— Poulette...

— VA-T'EN ! hurlai-je en saisissant le verre sur la table de nuit pour le lui lancer à la figure. Je te déteste !

Il l'évita, et le projectile vola en éclats contre le mur.

Travis me regarda comme si un coup de poing venait de lui couper le souffle puis, visiblement blessé, il s'en alla.

Rageusement, je me déshabillai et passai son tee-shirt. Le bruit qui monta alors de ma gorge me surprit. Cela faisait longtemps que je n'avais pas sangloté de manière incontrôlable. Quelques instants plus tard, America entra en trombe.

Elle se glissa dans le lit à côté de moi et me prit dans ses bras. Elle ne posa pas de questions, ne chercha pas à me consoler. Elle me tint juste contre elle tandis que le flot de mes larmes inondait l'oreiller.

20

Dernière danse

Juste avant que le soleil n'apparaisse à l'horizon, America et moi quittâmes l'appartement sans faire de bruit. Le trajet jusqu'à la résidence se fit en silence. Je n'avais pas envie de parler, pas envie de penser. Je voulais juste oublier les douze heures qui venaient de s'écouler. J'avais mal partout, comme après un accident de voiture. En entrant dans ma chambre, je vis que le lit de Kara était fait.

— Je peux rester un peu ? me demanda America. J'ai besoin de ton fer à repasser.

— Mare, je vais bien. Va en cours.

— Non, tu ne vas pas bien. Je ne veux pas te laisser seule. Pas tout de suite.

— Mais moi, j'ai envie d'être seule pour l'instant.

Elle faillit discuter, mais se tut et soupira. Elle me connaissait, savait que je ne changerais pas d'avis.

— Je reviens te voir après mes cours. Repose-toi.

Je verrouillai la porte derrière elle. Le lit grinça quand je me laissai tomber dessus en soupirant. Depuis le départ, je m'étais crue importante pour Travis. *Il a besoin de moi*, avais-je pensé. Mais aujourd'hui, je

385

n'étais plus que le joli jouet tout neuf dont Parker avait parlé. Il avait voulu prouver à Parker que j'étais encore sa chose. *Sa* chose.

— Je ne suis à personne, dis-je à voix haute.

En prononçant ces mots, je fus submergée par le chagrin. Je n'appartenais à personne.

Jamais je ne m'étais sentie aussi seule.

Finch posa une bouteille face à moi. Ni lui ni moi n'avions envie de fêter la Saint-Valentin, mais j'étais au moins rassurée sur le fait que, selon America, Travis allait éviter la soirée à tout prix. Des canettes de bière vides recouvertes de papier rouge et rose étaient accrochées au plafond, et des robes rouges de tous styles défilaient devant nous. Les tables étaient couvertes de cœurs en papier métallisé. En voyant une déco aussi ridicule, Finch leva les yeux au ciel.

— La Saint-Valentin en mode fraternité, c'est d'un romantique, franchement...

Shepley et America étaient descendus danser dès leur arrivée, et Finch et moi faisions de la résistance en boudant dans la cuisine. Je bus ma bouteille en quelques gorgées, bien décidée à oublier la dernière soirée couples à laquelle je m'étais rendue.

Finch en ouvrit une autre et me la tendit, lucide sur mes motivations.

— Je vais chercher la suite, dit-il en se dirigeant vers le frigo.

— Les bouteilles sont pour les membres de Sigma Tau, fit une fille à côté de moi. Pour les invités, c'est bière au fût.

Je baissai les yeux sur son gobelet rouge.

— À moins que ton copain ne t'ait dit ça pour que ça ne lui coûte pas trop cher.

Elle fit la moue et alla boire sa bière ailleurs.

— C'était quoi, ça ? demanda Finch en posant quatre bouteilles devant nous.

— Une connasse, dis-je en la regardant s'éloigner.

Quand Shepley et America nous rejoignirent, six bouteilles vides étaient alignées de mon côté. J'avais moins de mal à sourire et je me sentais plus à l'aise, bien calée contre la table de la cuisine. Travis n'était pas venu, j'allais pouvoir supporter le reste de la soirée sans problème.

— Bon, vous venez danser ? demanda America.

Je me tournai vers Finch.

— Tu viens danser avec moi, Finch ?

Il eut un haussement de sourcil dubitatif.

— Tu crois que tu es en état ?

— Je ne vois qu'un moyen de le savoir, ripostai-je en l'entraînant vers le sous-sol.

Nous nous défoulions depuis un petit moment, j'étais en nage et à bout de souffle, quand un slow commença. Gêné, Finch regarda les couples se former autour de nous.

— Tu ne vas pas me faire ce coup-là, j'espère ?

— C'est la Saint-Valentin, Finch. T'as qu'à faire comme si j'étais un mec.

Il éclata de rire et me prit dans ses bras.

— C'est pas facile, avec cette robe rose style timbre-poste.

— T'as jamais vu un mec en robe, peut-être ?

— OK, t'as gagné.

Je rigolai et posai la tête contre son épaule. J'avais trop bu, et je me sentais lourde et poisseuse.

— Ça t'embête si je te remplace, Finch ?

Travis se tenait là, l'air à la fois amusé et anxieux. J'eus aussitôt les joues en feu.

Finch me regarda, puis regarda Travis.

— Non, pas du tout.

— Finch ! soufflai-je, furieuse de le voir s'éloigner.

Travis me serra contre lui. Je tentai de garder mes distances.

— Je croyais que tu ne venais pas.

— Je n'en avais pas l'intention. Mais j'ai su que tu étais là, alors j'ai changé d'avis.

J'observais les gens autour de nous, évitant son regard. Je percevais distinctement chacun de ses mouvements, la pression de ses doigts là où il avait posé les mains, le glissement de ses pieds à côté des miens, le frottement de ses bras contre le tissu de ma robe. Et je me sentais ridicule de faire comme si tout cela m'échappait. Son œil allait mieux, le bleu s'était estompé, et il n'avait plus aucune trace de coup sur le visage. Tous les stigmates de cette horrible soirée avaient disparu, ne restaient que les douloureux souvenirs.

Il ne me quittait pas des yeux et finit par lâcher dans un soupir :

— Tu es magnifique, ce soir, Poulette.

— Arrête.

— Arrête quoi ? De te dire que tu es belle ?

— Arrête, c'est tout.

— Je ne le pensais pas.

— Je te remercie, lâchai-je d'un ton agacé.

— Non… Tu es magnifique, ça, je le pense. Je parlais de ce que j'ai dit dans ma chambre. Je ne vais pas te mentir, j'ai pris mon pied quand tu as planté Parker pour moi.

— C'était pas un rendez-vous amoureux, Travis. On mangeait ensemble, c'est tout. Et maintenant, à cause de toi, il ne veut plus m'adresser la parole.

— Je sais. Je suis désolé.

— Non, tu ne l'es pas.

— Tu… tu as raison. Mais… ce n'était pas la seule raison, Poulette. Je voulais vraiment que tu sois au combat. Tu es mon porte-bonheur.

— Je ne suis ton rien du tout, répliquai-je sèchement en cessant de danser.

Il me fixa, interloqué.

— Mais si. Tu es tout pour moi.

Je pinçai les lèvres. J'aurais voulu être encore furieuse, mais quand il me contemplait ainsi, j'étais incapable de lui en vouloir.

— Tu ne me détestes pas vraiment... si ? demanda-t-il.

— Franchement ? Parfois, j'aimerais bien. Ça me simplifierait les choses.

Un léger sourire se dessina sur son visage.

— Alors qu'est-ce qui t'énerve le plus ? Ce que j'ai fait pour que tu aies envie de me détester ? Ou savoir que tu n'y arrives pas ?

La colère refit surface. Je le repoussai et quittai le sous-sol pour remonter dans la cuisine. J'avais les larmes aux yeux, mais il était hors de question que je me mette à pleurer à cette soirée. Finch était là, et me tendit aussitôt une bière.

Pendant l'heure qui suivit, j'observai Travis repousser les avances de plusieurs filles et vider whisky sur whisky dans le salon. Chaque fois que nos regards se croisaient, je feignais de ne pas l'avoir vu, décidée à ce que la soirée se passe sans esclandre.

— Vous avez l'air aussi malheureux l'un que l'autre, remarqua Shepley.

— Jamais vu ça, ajouta America. On dirait que vous le faites exprès.

— Si je peux me permettre une petite précision... nous ne voulions pas venir, leur rappela Finch.

— Mais franchement, Abby, vous pourriez faire semblant, non ? Pour moi ? supplia America.

J'allais lui répondre un peu vertement quand Finch posa une main sur mon bras.

— Je crois qu'on a fait notre part du contrat. On y va, Abby ?

Je terminai ma bière et pris la main de Finch. J'étais impatiente de quitter cet endroit mais, quand du sous-sol montèrent les premières notes du morceau sur lequel j'avais dansé avec Travis à mon anniversaire, je me figeai. Je pris la bouteille de Finch et bus une gorgée, tentant d'effacer les souvenirs que la musique ramenait à la surface.

Brad s'appuya contre la table à côté de moi.

— Tu danses ?

Je souris et secouai la tête. Il fut interrompu avant de pouvoir ajouter quoi que ce soit.

— Danse avec moi, dit Travis.

Il était à l'entrée de la cuisine et me tendait la main.

America, Shepley et Finch me regardèrent, attendant ma réponse avec autant de nervosité que Travis.

— Laisse-moi tranquille, Travis.

— C'est notre chanson, Poulette.

— On n'a pas de chanson.

— Poulette...

— Non.

Je me tournai vers Brad et me forçai à sourire.

— Je veux bien, finalement.

Ravi, il m'entraîna dans l'escalier. Travis recula en titubant pour nous laisser passer, visiblement blessé.

— Je voudrais porter un toast ! hurla-t-il soudain.

Je me retournai. Il était monté sur une chaise et avait piqué sa bière au type qui se trouvait à côté de lui.

— Aux connards, lança-t-il à l'intention de Brad. Aux filles qui vous brisent le cœur, ajouta-t-il en me saluant. Et à l'horreur absolue que constitue la perte de sa meilleure amie parce qu'on a été assez con pour en tomber amoureux.

Il vida la bière d'un trait et la jeta par terre. En dehors de la musique qui montait du sous-sol, il régnait un silence total, et tout le monde fixait Travis.

Ne sachant plus où me mettre, je pris la main de Brad et dévalai l'escalier. Quelques couples nous suivirent sans me lâcher du regard, attendant sans doute des larmes ou toute autre réaction à la tirade de Travis. Cependant, je restai impassible, refusant de leur faire ce plaisir.

Nous dansâmes quelques instants sans grand entrain, puis Brad soupira.

— C'était... quelque chose, quand même.

— Bienvenu dans ma vie.

Travis apparut alors, écarta de son chemin quelques couples et s'arrêta à côté de moi. Il lui fallut un moment avant de cesser de vaciller.

— Je prends le relais.

Je refusai de le regarder.

— Tu ne prends rien du tout ! Bon sang, mais c'est pas vrai ! Barre-toi !

Ne percevant aucune réaction de sa part, je levai les yeux. Travis fixait Brad d'un œil mauvais.

— Si tu ne t'éloignes pas de ma copine, je t'éclate la tête. Là, tout de suite.

Brad sembla hésiter, nous jaugea tour à tour, Travis et moi.

— Excuse-moi, Abby, dit-il finalement en partant.

Il quitta la piste de danse, et je restai seule, humiliée.

— Ce que je ressens pour toi, là, tout de suite, Travis... est très proche de la haine.

— Danse avec moi, supplia-t-il en chancelant.

Le morceau touchait à sa fin et je poussai un soupir de soulagement.

— Va boire une autre bouteille de whisky, Trav, sifflai-je avant de me tourner vers le seul type qui se trouvait encore sur la piste.

Le rythme était plus entraînant. Je souris à mon nouveau partenaire – un peu étonné de ce qui lui arrivait –, essayant d'oublier le fait que Travis n'était qu'à quelques pas derrière moi. Un autre gars arriva et dansa dans mon dos en me prenant par les hanches. Je fis en sorte qu'il s'approche plus encore. Cela me rappelait la façon dont Travis avait dansé avec Megan au *Red*, et je fis de mon mieux pour rejouer la scène que j'avais tant cherché à oublier. Deux paires de mains étaient posées sur moi et, avec ce que j'avais bu, me désinhiber ne fut pas très difficile.

Soudain, mes pieds quittèrent le sol. Travis m'avait saisie par la taille et hissée sur son épaule, tout en prenant le temps de mettre au tapis l'un de mes deux cavaliers.

— Lâche-moi ! hurlai-je en lui tapant sur le dos.

— Je refuse que tu te donnes en spectacle de cette manière à cause de moi, grogna-t-il.

Il grimpa l'escalier quatre à quatre, traversa le salon.

— Arrête ! C'est pas du spectacle, ça, peut-être ? hurlai-je. Travis ! Laisse-moi descendre !

Pas un seul invité ne ratait la représentation, en tout cas.

— Shepley, t'as vu Donnie, dehors ? demanda Travis.

— Heu... oui.

— Lâche-là ! ordonna America en s'approchant.

— Mais aide-moi, Mare ! Reste pas plantée là !

Elle éclata de rire.

— Vous êtes complètement ridicules, tous les deux, vous le savez ?

Comment pouvait-elle trouver ça drôle ? Il n'y avait absolument rien de marrant dans ce que je vivais. Cette réaction me rendit furax.

— Merci bien ! J'avais cru qu'on était amies !

Travis sortit, et le froid me fit protester plus fort encore.

— Mais dégage, à la fin !

Travis ouvrit une portière de voiture et me jeta à l'arrière avant de se glisser à mes côtés.

— Donnie, c'est toi, le capitaine de soirée, c'est ça ?

— Heu, oui, répondit Donnie, inquiet de voir que je cherchais à m'échapper.

— Il faudrait que tu nous ramènes à mon appart.

— Travis, je ne crois pas que ce soit…

— Tu nous ramènes, Donnie, ou je te défonce, dit Travis d'un ton calme, mais persuasif.

Donnie démarra. Je tentai d'ouvrir la portière.

— Je ne veux pas aller chez toi !

Travis m'attrapa un poignet, puis l'autre. Je me penchai pour le mordre. Il ferma les yeux, laissa échapper un grognement sourd quand mes dents percèrent sa peau.

— Tu peux tenter ce que tu veux, Poulette, j'en ai marre de tes conneries.

Je lâchai prise mais continuai à me débattre.

— Mes conneries ?!? Laisse-moi descendre de cette putain de voiture !

Il approcha mes mains de son visage.

— Je t'aime, bordel ! Tu n'iras nulle part tant que tu n'auras pas cuvé ta bière et qu'on n'aura pas discuté de tout ça !

— Mais t'es le seul qui n'a pas encore compris !

Il me lâcha enfin, et je croisai les bras. Le reste du trajet se fit dans un silence absolu.

Quand Donnie s'arrêta, je me penchai vers lui.

— Tu veux bien me reconduire chez moi, Donnie ?

Travis m'attrapa par un bras et me tira dehors, claqua la portière et me hissa à nouveau sur son épaule.

— Bonne nuit, Donnie ! lança-t-il avant d'entrer dans l'immeuble.

— Je vais appeler ton père ! menaçai-je en désespoir de cause.

Il éclata de rire.

— Il me donnera une petite tape sur l'épaule et me dira que j'en ai mis, du temps !

Il eut du mal à ouvrir la porte, je me débattais trop.

— Arrête un peu, on va jamais y arriver sinon.

Dans l'appartement, il alla tout droit dans la chambre de Shepley.

— LÂ-CHE-MOI ! hurlai-je.

393

— Très bien, dit-il en me jetant sur le lit. Dors, cuve, on parlera demain.

Entre l'obscurité, la bière et la colère, je n'y voyais vraiment pas grand-chose. Je cherchais une lampe à tâtons quand Travis alluma le plafonnier. Son sourire satisfait acheva de me mettre hors de moi.

— Je t'interdis de me dire ce que je dois faire ! criai-je en tapant du poing sur le matelas. Je ne suis pas à toi, Travis !

Dans la seconde qu'il lui fallut pour se retourner, le sourire laissa la place à la fureur. Il se rua vers moi, posa les mains à plat sur le lit et me fit face. Nos deux visages se touchaient presque.

— MAIS MOI, JE T'APPARTIENS !

Dans son cou, la veine jugulaire palpitait. Je le regardai sans baisser les yeux.

— Je t'appartiens, répéta-t-il dans un souffle, son courroux s'évanouissant quand il réalisa à quel point nos visages étaient proches.

Avant de penser à toutes les raisons de ne pas le faire, je pris son visage et l'embrassai presque violemment. Sans hésitation, il me souleva, me porta jusqu'à sa chambre et se laissa tomber sur son lit sans me lâcher.

En quelques instants, je le déshabillai et il m'ôta ma robe. Quand sa bouche se posa à nouveau sur la mienne, il poussa un gémissement.

Il retira son caleçon et posa son torse contre ma poitrine. J'agrippai ses fesses, mais il résista quand j'essayai de le glisser en moi.

— On est tous les deux ivres, dit-il d'une voix rauque.

— S'il te plaît, soufflai-je en l'enserrant entre mes jambes, pressée de satisfaire le désir qui brûlait au creux de mon ventre.

Travis avait décidé qu'on se réconcilierait, et je n'avais pas l'intention de lutter contre l'inévitable.

— Ce n'est pas comme ça que ça marche.

Il était juste au-dessus de moi, son front contre le mien. Ses protestations n'avaient rien d'irrévocable, je devais pouvoir le convaincre, du moins l'espérais-je. Cette façon que nous avions de ne pas pouvoir nous passer l'un de l'autre était inexplicable mais, de toute façon, je n'avais plus besoin d'explication. Je n'avais même plus besoin d'excuses. En cet instant précis, j'avais juste besoin de lui.

— J'ai envie de toi.

— J'ai besoin que tu me le dises.

Je brûlais de le sentir en moi, attendre une seconde de plus m'était impossible.

— Je te dirai tout ce que tu voudras.

— Alors dis que tu m'appartiens. Dis que tu veux bien à nouveau de moi. Je ne ferai rien si nous ne sommes pas ensemble.

— Nous n'avons jamais vraiment été séparés, si ? demandai-je, espérant que cela suffirait.

Il secoua la tête, effleura mes lèvres des siennes.

— J'ai besoin de te l'entendre dire. J'ai besoin de savoir que tu es à moi.

— J'ai été à toi à la seconde où nous nous sommes rencontrés.

J'étais sur le point de le supplier. En d'autres circonstances, j'aurais eu honte, mais j'avais totalement dépassé ce stade. J'avais refoulé mes sentiments, je les avais enfouis en moi, enfermés dans une boîte. J'avais connu les plus heureux moments de ma vie depuis que j'étais à Eastern, et tous avec Travis. Me battre, rire, aimer, pleurer, si c'était avec lui, c'était là que je voulais être.

Il m'embrassa tendrement. Et cette fois, quand je l'attirai, il ne résista pas et entra en moi.

— Dis-le encore.

— Je suis à toi, haletai-je. Je ne veux plus jamais être séparée de toi.

Mon être tout entier le désirait, insatiablement.

— Promets-le-moi, dit-il en se glissant plus loin encore en moi.

— Je t'aime. Je t'aime à jamais.

Je l'avais dit dans un souffle, mais mes yeux avaient plongé dans les siens. Je vis l'incertitude quitter son regard, son visage s'illumina.

Enfin satisfait, il plaqua sa bouche sur la mienne.

Travis me réveilla par des baisers. J'avais mal à la tête, et beaucoup de difficultés à aligner des pensées cohérentes, mais les délicieux moments qui avaient précédé mon endormissement me revinrent en mémoire de façon particulièrement précise, et c'était exquis.

— Bonjour, murmurai-je contre sa bouche.

Il ne répondit pas. Ses lèvres continuèrent de parcourir mon visage, puis ses bras m'enveloppèrent, et il enfouit son nez dans mon cou.

— Tu es bien silencieux, ce matin, dis-je en laissant glisser mes mains sur sa peau nue, jusqu'à ses fesses.

Je voulus l'attirer entre mes cuisses, mais il secoua la tête.

— Je veux juste rester comme ça, souffla-t-il.

Je fis la moue.

— J'ai raté un truc ?

— Je ne voulais pas te réveiller. Pourquoi tu ne te rendors pas ?

Je m'appuyai contre un oreiller et scrutai son visage. Il avait les yeux injectés de sang et sa peau était rouge, bouffie.

— Mais qu'est-ce qui t'arrive ?

Il prit ma main et l'embrassa, appuya son front contre mon cou.

— Rendors-toi, Poulette, s'il te plaît.

— Il est arrivé quelque chose ? C'est America ? demandai-je ne me redressant complètement.

Malgré la peur dans mon regard, son expression ne changea pas. Il soupira, s'assit à côté de moi en regardant ma main, qu'il tenait toujours.

— Non... America va bien. Ils sont rentrés vers 4 heures du mat' et sont encore couchés. Il est tôt, on devrait se rendormir.

Mon cœur battait à tout rompre, je savais que jamais je n'arriverais à retrouver le sommeil. Travis prit mon visage entre ses mains et me gratifia d'un baiser. Sa bouche me semblait différente, c'était comme s'il m'embrassait pour la dernière fois. Il m'allongea sur l'oreiller, m'embrassa encore, et posa la tête sur ma poitrine avant de m'enlacer.

Les raisons potentielles d'un tel comportement défilèrent dans mon esprit. Je le serrai contre moi, redoutant ses réponses.

— Tu as dormi, toi ?

— Je... non. Je ne voulais pas...

Je l'embrassai sur le front.

— Écoute, quoi qu'il arrive, on trouvera une solution, d'accord ? Dors un peu, on parlera à ton réveil.

Il se redressa, sonda mon visage. Son expression était partagée entre le doute et l'espoir.

— Comment ça, « on trouvera une solution » ? Qu'est-ce que tu veux dire ?

Je n'y comprenais plus rien. Qu'avait-il bien pu se passer pendant mon sommeil pour qu'il soit plongé dans une telle confusion ?

— Eh bien, je ne sais pas ce qui se passe, mais je suis là.

— Tu es là ? Tu veux dire que tu restes ? Avec moi ?

Je savais que mon expression avait dû paraître un peu ridicule, mais la gueule de bois plus les questions bizarres de Travis ne m'aidaient pas à trouver mes mots.

— Oui. Je croyais qu'on en avait discuté hier soir.

— Effectivement. On en a parlé.

Je regardai autour de moi. Ses murs n'étaient plus nus comme au début, quand nous nous étions rencontrés. Ils étaient parsemés de petits souvenirs des endroits où nous étions allés ensemble, et de cadres noirs contenant des photos de moi, de nous, de Toto, de nos amis. Dans un cadre un peu plus grand que les autres, il y avait un cliché de nous deux pris à ma soirée d'anniversaire. Travis l'avait accroché à la place du grand sombrero, au-dessus du lit.

Je compris soudain pourquoi il se comportait ainsi.

— Tu as cru que j'allais me réveiller en colère contre toi, c'est ça ? Tu as cru que j'allais partir ?

Il haussa les épaules, feignant sans grand succès l'indifférence qui d'habitude lui venait si facilement.

— C'est un peu ta spécialité.

— C'est pour ça que tu es dans tous tes états ? Tu n'as pas fermé l'œil parce que tu avais peur de ce qui allait se passer à mon réveil ?

Il changea de position, mal à l'aise. Hésita avant de répondre.

— Je ne voulais pas que ça se déroule comme ça, hier soir. J'avais bu, et je t'ai collé aux basques toute la soirée comme un emmerdeur fini, ensuite je t'ai ramenée ici alors que tu ne voulais pas, et puis on a...

Il secoua la tête, visiblement écœuré par ses souvenirs.

— ... Baisé comme jamais et c'était le pied absolu ? dis-je en souriant.

Il eut un petit rire puis, lentement, sembla se détendre.

— Donc on n'est pas fâchés ?

Je l'embrassai tendrement.

— Mais non, idiot. J'ai promis, non ? Je t'ai dit tout ce que tu voulais entendre, on est à nouveau ensemble, et ça ne va toujours pas ?

Il grimaça, encore inquiet.

— Travis, arrête tout ça. Je t'aime. Toute cette histoire aurait pu se terminer à Thanksgiving, mais...

— Attends... qu'est-ce que tu racontes ?

— J'étais prête à céder, à Thanksgiving, mais tu m'as dit que tu renonçais à essayer de me rendre heureuse, et j'étais trop fière pour t'avouer que je voulais qu'on continue, tous les deux.

— Tu plaisantes ? J'essayais de te faciliter les choses, moi ! J'étais malheureux comme les pierres !

Je hochai la tête.

— Juste après les vacances de Noël, tu allais plutôt bien, il me semble.

— Je faisais semblant ! Pour toi ! J'avais peur de te perdre, alors j'ai fait comme si toute cette histoire d'amitié me convenait ! Et pendant tout ce temps, j'aurais pu être avec toi ? C'est quoi, ce bordel ?

— Je...

Comment discuter ? Il avait raison. À cause de moi, nous avions souffert tous les deux, et je n'avais aucune excuse.

— Je suis désolée.

— Tu es désolée ? J'ai bu comme un trou pendant des semaines, j'arrivais à peine à sortir de mon lit. J'ai bousillé mon téléphone à la Saint-Sylvestre pour ne pas t'appeler... et t'es désolée ?

Je me mordis la lèvre. J'avais honte. J'ignorais qu'il avait eu tant de peine, et l'entendre me le dire me fendit le cœur.

— Je suis tellement... navrée.

— Je te pardonne, dit-il. Mais ne recommence jamais !

— Jamais. Promis.

Il sourit, sa fossette se creusa.

— Putain, je t'aime vraiment comme un fou, conclut-il en secouant la tête.

21

Fumée

Les semaines passèrent, et les vacances de printemps furent bientôt là. Les rumeurs s'étaient tues, les regards avaient cessé, et la vie avait repris son cours normal. Il n'y avait pas eu de combat dans les sous-sols d'Eastern University depuis longtemps. Après son intervention et quelques interpellations, la police avait enquêté sur la nature du rassemblement qui avait eu lieu ce soir-là. Adam faisait donc profil bas. De son côté, Travis était un peu à cran, attendant le coup de fil qui le convoquerait à son dernier combat de l'année, celui qui couvrirait ses besoins pendant l'été et à la rentrée.

La couche de neige était encore épaisse et, le dernier vendredi du semestre, une bataille de boules éclata sur la pelouse. Travis et moi passions par là, en route pour la cafétéria, et je me courbai pour éviter les nombreux projectiles glacés.

— Ils ne te viseront pas, Poulette. Ils savent à qui ils ont affaire, dit Travis en posant son nez froid contre ma joue.

— Tu crois vraiment qu'ils te redoutent au point de les lancer à côté exprès ? Arrête ton char, Trav.

Il me serra contre lui et nous poursuivîmes la traversée du chaos, croisant sur notre chemin un groupe de filles qui hurlaient tandis que l'équipe de base-ball les mitraillait littéralement de boules.

— Tu vois ? Je t'avais dit qu'on arriverait indemnes ! déclara Travis en entrant dans la cafétéria.

Son sourire s'évanouit quand une énorme boule s'écrasa sur la porte vitrée qu'il était en train de tirer, à quelques centimètres de nos visages. Il se retourna, scruta la pelouse, mais le nombre d'étudiants présents au mètre carré anéantit ses projets de vengeance.

— Bon, allez, on entre, finit-il par dire.

— Avec plaisir !

En me tenant la main, il prit un plateau et le garnit de différents plats. La caissière, qui avait désormais l'habitude de notre petit manège, ne nous regardait plus avec l'expression ébahie qu'elle avait eue au départ.

— Salut, Abby, dit Brazil avant de faire un clin d'œil à Travis. Vous avez des projets pour ce week-end ?

— On ne bouge pas. Mes frères doivent venir, répondit Travis tout en répartissant les plats devant nous sur la table.

— Je vais tuer David Lapinski ! annonça America en nous rejoignant, secouant la tête pour faire tomber la neige de ses cheveux.

— En pleine poire ! rigola Shepley derrière elle.

America le fusilla du regard, son rire devint nerveux et il reprit :

— Enfin... je veux dire, quel connard, ce type.

Son air marri nous fit éclater de rire. Il la regarda faire la queue au buffet et la suivit quelques instants plus tard.

— Elle le mène par le bout du nez, dit Brazil d'un air dégoûté.

— America est un peu à cran en ce moment, expliqua Travis. Elle doit rencontrer les parents de Shepley ce week-end.

— Ah bon ? Alors ils sont…

— Ils sont, confirmai-je. C'est officiel.

— Waouh !

La surprise se lut sur son visage pendant tout le repas, cette décision semblait le plonger dans un abîme de perplexité. Nous étions tous très jeunes, et Brazil avait du mal à admettre l'engagement de Shepley.

— Quand tu trouveras, Brazil, tu comprendras, lui dit Travis en me souriant.

Dans la salle, entre la bataille qui se livrait dehors et les dernières heures de cours avant les vacances, l'excitation était palpable. Au fur et à mesure que des étudiants arrivaient, le brouhaha augmenta rapidement.

Quand Shepley et America revinrent avec leurs plateaux, ils s'étaient réconciliés. Elle s'installa à côté de moi et me fit part de ses angoisses concernant la rencontre imminente de ses beaux-parents. Ils partaient le soir même, et je savais que de telles circonstances étaient le terrain idéal pour l'un de ses célèbres pétages de plombs.

Je l'observai. Elle émiettait son pain sans le manger tout en se demandant à voix haute ce qu'elle allait mettre, et combien de valises elle pouvait prendre sans paraître trop futile. Dans l'ensemble, elle semblait malgré tout tenir le coup.

— Ils vont t'adorer, bébé, je te l'ai dit, la rassura Shepley. Ils vont t'aimer comme je t'aime.

Il ramena une mèche de ses cheveux derrière son oreille. Elle inspira profondément et finit par sourire.

Le téléphone de Travis vibra légèrement sur la table. Il ne répondit pas, occupé à raconter à Brazil notre première partie de poker avec ses frères. Je jetai un coup d'œil sur l'écran et donnai une petite tape sur l'épaule de Travis.

— Trav ?

Sans s'excuser, il tourna le dos à Brazil pour m'accorder toute son attention.

— Oui ?

— Il faut peut-être que tu répondes.

Il examina son portable, indécis.

— Ou peut-être pas.

— Et si c'est important ?

Il soupira, prit le téléphone.

— Quoi de neuf, Adam ? demanda-t-il en promenant son regard sur la salle. C'est mon dernier combat, tu sais. Je ne suis pas encore sûr. Je n'irai pas sans elle, et Shep ne sera pas là. Je sais... Je sais. Humm... C'est pas une mauvaise idée, à vrai dire.

L'étincelle qu'alluma dans ses yeux la proposition d'Adam m'intrigua. Quand Travis raccrocha, je le regardai, impatiente.

— Ça devrait payer le loyer pendant huit mois. Adam a réussi à avoir John Savage. C'est un type qui essaie de passer pro.

— Je ne l'ai jamais vu combattre. Tu l'as vu, toi ? demanda Shepley.

— Une fois, à Springfield. Il est doué.

— Pas assez, j'en suis sûre, déclarai-je.

Travis se pencha pour m'embrasser sur le front.

— Je peux rester à la maison, tu sais, ajoutai-je.

— Non.

— Je ne veux pas que tu prennes des coups comme la dernière fois parce que tu t'inquiètes pour moi.

— Non, Poulette.

— J'attendrai que tu rentres pour me coucher, insistai-je, feignant de trouver cette idée géniale.

— Je vais demander à Trent de venir. C'est le seul en qui j'ai suffisamment confiance pour pouvoir me concentrer sur mon combat.

— Je te remercie... grommela Shepley.

— Hé, t'as eu ta chance, répliqua Travis en ne plaisantant qu'à moitié.

Shepley fit la moue, visiblement chagriné. Il s'en voulait encore de ce qui s'était passé à Hellerton. Pendant des semaines, il m'avait présenté ses excuses chaque jour, avant de réussir à garder ses remords pour lui. Depuis, il culpabilisait en silence. America et moi avions tenté de le convaincre qu'il n'était pour rien dans cette histoire, mais il savait que Travis, lui, le tiendrait toujours pour responsable.

— Shepley, ce n'était pas ta faute. Et c'est toi qui l'as empêché d'aller plus loin, dis-je en posant une main sur son bras. Il est prévu pour quand, ce combat ? ajoutai-je à l'intention de Travis.

— La semaine prochaine, je ne sais pas encore quel jour. Et je veux que tu y sois. J'ai besoin de toi.

Je souris, posai le menton sur son épaule.

— Alors j'y serai.

Travis m'accompagna à mon cours suivant, resserrant son étreinte chaque fois que je glissais sur le trottoir gelé.

— Tu devrais faire plus attention, me taquina-t-il.

— Je le fais exprès. Tu te fais avoir à tous les coups !

— Si tu veux que je te prenne dans mes bras, il suffit de me le demander, dit-il en s'arrêtant pour m'attirer à lui.

Il m'embrassa et, pendant quelques instants, il n'y eut plus ni étudiants ni boules de neige. Mes pieds quittèrent le sol et il continua à m'embrasser tout en me portant. Quand il me posa enfin, j'étais devant la salle où j'avais cours.

— Au prochain semestre, ce serait quand même plus pratique si on avait plus de cours en commun.

— Je verrai ce que je peux faire.

J'entrai pour m'installer. Il attendit que je lui décoche un dernier sourire et partit pour son cours dans un autre bâtiment. Autour de nous, les autres élèves avaient fini par s'habituer à nos démonstrations d'affection, et ses condisciples à son retard de quelques minutes à chaque début de classe.

L'après-midi passa à toute vitesse. Je rendis mon dernier devoir du semestre et rentrai à la résidence Morgan. Kara était assise sur son lit, comme à son habitude.

— Tu pars ? demanda-t-elle comme je prenais des affaires dans ma commode.

— Non, j'ai juste besoin de deux, trois trucs. Je serai à l'appart toute la semaine.

— C'est bien ce que je pensais, dit-elle sans lever les yeux de son livre.

— Bonnes vacances, Kara.

— Hmmm.

Le campus était déjà presque désert, il ne restait plus que quelques retardataires. Travis m'attendait en bas en fumant une cigarette. Il avait mis une casquette sur son crâne rasé, et se réchauffait l'autre main dans la poche de son blouson en cuir marron foncé. De la fumée sortait de ses narines, il fixait le sol, songeur.

— À quoi tu penses ? m'enquis-je.

Il ne bougea pas.

— Travis ?

Il cligna les yeux en réalisant que j'étais là, et son expression inquiète disparut derrière un sourire forcé.

— Ah, salut, Poulette.

— Tout va bien ?

— Maintenant, oui, dit-il en me serrant contre lui.

— Bon. Je t'écoute.

Un haussement de sourcils de ma part suffit à lui faire comprendre que j'étais sceptique.

— En fait, je pensais juste à plusieurs trucs. À la semaine qui arrive, au combat, à toi qui seras là ; tout ça, quoi.

— Je t'ai dit que je pouvais rester à l'appart.

— Mais j'ai besoin que tu y sois, Poulette.

D'une pichenette, il jeta sa cigarette et l'écrasa dans la neige. Puis il me prit la main et se dirigea vers le parking.

— Tu as parlé à Trent ?

Il secoua la tête.

— Il doit me rappeler.

America baissa sa vitre et passa la tête dehors.

— Dépêchez-vous, ça caille !

Nous nous glissâmes à l'arrière. Pendant tout le trajet, Shepley et America discutèrent de la rencontre du siècle – c'était devenu leur unique sujet de conversation – et j'observai Travis, qui regardait dehors. Nous arrivions à l'appart quand son téléphone sonna.

— Putain, Trent, tu te fous de ma gueule, ou quoi ? Ça fait quatre heures que je t'ai appelé. C'est pas comme si t'étais submergé de boulot ! Bref. Écoute, j'ai un service à te demander. J'ai un combat la semaine prochaine, et il faudrait que tu viennes. Je ne sais pas encore quand c'est mais, quand je t'appellerai, tu devras rappliquer dans l'heure. Tu peux faire ça pour moi ? Tu peux faire ça ou pas ? Parce que j'ai besoin que tu gardes un œil sur Poulette. La dernière fois, elle a été coincée par un connard qui a essayé de... ouais. J'ai réglé l'affaire. Donc si je t'appelle... ? Merci, Trent.

Il raccrocha et posa la tête sur le siège.

— Soulagé ? demanda Shepley en le fixant dans le rétroviseur.

— Ouais. Je ne savais pas comment faire, sans lui.

— Je te l'avais dit, moi, comment faire... commençai-je.

— Poulette, bordel, il faut que je te le dise combien de fois ? rétorqua-t-il d'un ton irrité.

— Mais je ne te comprends pas. Tu n'avais pas besoin de moi, avant !

Du bout des doigts, il me caressa la joue.

— Avant, je ne te connaissais pas. Quand tu n'es pas là, je n'arrive pas à me concentrer. Je me demande où tu es, ce que tu fais... Si tu es là et que je te vois, j'arrive à tenir mon objectif. Je sais que c'est dingue, mais c'est comme ça.

— Et c'est exactement comme ça que ça me plaît, dis-je en me penchant pour l'embrasser.

— Sans blague, marmonna America.

Dans l'ombre du bâtiment Keaton, Travis me tenait serrée contre lui. Nos souffles se mêlaient dans le froid, et j'entendais les conversations à voix basse de ceux qui entraient par une porte dérobée sans nous voir.

Keaton était la construction la plus ancienne du campus et, même si des combats du Cercle avaient déjà eu lieu ici, cet endroit ne me plaisait guère. Adam attendait beaucoup de monde, or le sous-sol n'était pas si grand que ça. Le long des vieux murs de briques rouges étaient posées des poutrelles métalliques indiquant les travaux de rénovation qui étaient en cours à l'intérieur.

— C'est une des pires idées qu'ait eues Adam jusqu'à présent, grommela Travis.

— Mais c'est trop tard pour changer d'endroit, maintenant, dis-je en levant les yeux sur un échafaudage tout proche.

Le téléphone de Travis s'alluma, il ouvrit le clapet. Dans la pénombre, je ne distinguais pas grand-chose, mais je le sentais inquiet. Il pressa plusieurs touches, puis le referma.

— Tu as l'air nerveux, ce soir.

— Je me sentirai mieux quand Trent aura ramené ses fesses.

— Je suis là, espèce de mauviette, chuchota Trent.

Je le voyais à peine, mais son sourire brillait au clair de lune.

— Comment tu vas, sœurette ? demanda-t-il en m'étreignant l'épaule tout en donnant un petit coup de poing à Travis.

— Je vais bien, Trent.

Travis se détendit aussitôt et nous entraîna à l'arrière du bâtiment.

— Si les flics se pointent et qu'on est séparés, on se retrouve à la résidence Morgan, OK ? dit-il à son frère.

Nous nous arrêtâmes devant un soupirail ouvert, signe qu'Adam était déjà à l'intérieur et nous attendait.

— Tu rigoles ? dit Trenton. Abby ne passera jamais là-dedans.

— Mais si, assura Travis en se glissant à l'intérieur.

Comme tant d'autres soirs avant celui-ci, je m'introduisis à reculons et me laissai tomber, Travis restant en bas pour me réceptionner.

Nous patientâmes un moment, puis Trenton apparut à son tour, manquant tomber sur le béton du sous-sol.

— T'as du bol que j'aime Abby. Je ferais pas ça pour n'importe qui, grommela-t-il en nettoyant sa chemise d'un revers de main.

— Par ici, dit Travis.

Dans l'obscurité, nous longeâmes une série de couloirs. Je tenais la main de Travis, et sentis que Trenton avait attrapé mon tee-shirt. Au troisième tournant, ce dernier soupira.

— Putain, on retrouvera jamais notre chemin pour sortir.

— Vous me suivrez et tout ira bien, répliqua Travis d'un ton agacé.

Enfin, une lumière apparut : nous approchions du but. Quand les bruits des spectateurs échangeant des noms et des chiffres nous parvinrent, je sus que nous y étions. La petite pièce dans laquelle Travis attendait ne contenait d'habitude qu'un siège et une lampe, mais celle-là, avec les rénovations en cours, était pleine de bureaux, de chaises et d'équipements variés recouverts de bâches blanches.

Travis et Trenton discutèrent d'une stratégie pour le combat tandis que je jetais un œil dans la salle. Elle était bondée, le chaos régnait, rien de bien nouveau.

Toutefois, il y avait moins de place. Des meubles avaient été entreposés le long des murs, et la foule était plus compacte que d'habitude.

Il faisait plus sombre, aussi. Adam voulait sans doute éviter d'attirer l'attention. Des lanternes pendaient au plafond, baignant la scène d'un halo vacillant.

— Tu m'as entendu, Poulette ? fit Travis en touchant mon bras.

— Quoi ?

— Je veux que tu restes près de cette porte, d'accord ? Et interdiction absolue de lâcher le bras de Trenton.

— Je ne bougerai pas. Promis.

Il sourit. Sa fossette se creusa, parfaite.

— Maintenant, c'est toi qui as l'air nerveuse.

— Je... j'ai un mauvais pressentiment, je sais pas pourquoi. C'est pas le combat, c'est autre chose. Cet endroit me fait flipper.

— On ne va pas y rester longtemps, m'assura Travis.

On entendit la voix d'Adam dans le mégaphone, et deux mains prirent mon visage.

— Je t'aime ! dit-il.

Il me souleva pour m'embrasser avant de me reposer sur le sol, glissant mon bras dans celui de Trenton.

— Tu ne la quittes pas des yeux, OK ? Même pour une seconde. Dès que le combat aura commencé, ça va être le bordel total, là-dedans.

— ... Saluons le premier combattant de ce soir : John Savage !

— T'inquiète, petit frère, il faudra me passer sur le corps pour lui faire du mal. Allez, va vite l'étendre, le Savage, qu'on se tire d'ici.

— ... Travis « Mad Dog » Maddox ! hurla Adam dans le mégaphone.

La clameur devint assourdissante quand Travis fit son entrée. J'observai Trenton, qui suivait son frère des yeux avec un très léger sourire au coin des lèvres.

410

Quelqu'un d'autre ne l'aurait pas remarqué, mais il y avait de la fierté dans son regard.

Quand Travis arriva au centre du Cercle, ma gorge se serra. John Savage n'était pas beaucoup plus costaud que lui, néanmoins, il semblait différent de tous ceux qu'avait combattus Travis jusque-là, y compris à Vegas. Il n'essayait pas d'intimider Travis, comme les autres. Il l'étudiait, préparant mentalement son combat. Mais si analytique fût-elle, la lueur dans ses yeux était également dénuée de raison. Je compris avant le début des hostilités que Travis avait plus qu'un duel à gagner. Il avait devant lui un démon.

Et visiblement, il s'en était aperçu aussi. Son sourire narquois avait disparu, remplacé par un regard intense. John attaqua à peine le signal lancé.

— Ouh là... murmurai-je en m'agrippant au bras de Trenton.

Trenton bougeait en même temps que son frère, de la même manière, comme s'ils ne formaient qu'un. Chaque coup assené par John me mettait en transe, je devais lutter pour ne pas fermer les yeux. Il n'y avait aucun geste inutile. En comparaison, tous les combats précédents semblaient maladroits. La puissance pure dégagée par chaque coup était impressionnante. On aurait presque dit une chorégraphie longtemps répétée, et exécutée à la perfection.

Dans la salle, l'air était épais et lourd. Il y avait beaucoup de poussière en suspension, la gorge me piquait. Plus le combat durait, plus mon pressentiment s'accentuait. Je n'arrivais pas à l'écarter de mes pensées, mais je me forçai à ne pas bouger pour que Travis puisse se concentrer.

Quand deux types derrière nous me poussèrent violemment en avant, Trenton se retourna, les attrapa par le col et les jeta à terre comme de vulgaires poupées de chiffon.

— Vous reculez, ou je vous pulvérise ! hurla-t-il.

J'avais réussi à ne pas le lâcher, il me tapota la main.

— Tout va bien, Abby. Regarde le combat.

Travis s'en sortait bien. La foule était de plus en plus agitée, mais Trenton gardait à distance tous ceux qui nous entouraient. Travis flanqua un puissant coup de poing à son adversaire, me regarda brièvement, et revint sur John. Ses mouvements étaient déliés, souples, on aurait dit qu'il devinait chaque attaque de John tant ses parades étaient efficaces.

Impatient, John referma ses bras autour de Travis et le plaqua au sol. Comme un seul homme, l'assistance se rapprocha du ring de fortune pour suivre les hostilités.

— Je ne le vois plus, Trent ! criai-je en sautillant.

Trenton regarda alentour, repéra la chaise d'Adam et, à la manière d'un pas de danse, me fit passer d'un bras à l'autre avant de me hisser dessus.

— Et là, tu vois ?

Je lui tenais la main pour ne pas perdre l'équilibre.

— Oui ! Il a le dessus, mais John a pris sa tête en ciseau entre ses jambes.

Sur la pointe des pieds, Trenton mit une main en porte-voix et brailla :

— Mets-lui la pâtée, Trav !

Les jambes de John toujours autour du cou, Travis se redressa soudain, puis se laissa tomber à genoux. Le dos et la tête de John heurtèrent violemment le sol en béton. Ses membres cessèrent de bouger, libérant Travis, qui acheva son adversaire d'un coup de coude monumental, suivi de nombreux coups de poing, jusqu'à ce qu'Adam le tire en arrière, jetant le carré de tissu rouge sur le corps inerte de John.

Le public exulta, hurlant sa satisfaction quand Adam leva le bras de Travis. Trenton me tenait par les jambes tout en félicitant son frère à pleins poumons. Travis me chercha du regard et sourit. Son œil droit enflait déjà.

Alors que les billets changeaient de mains et que la foule commençait à se diriger vers la sortie, mon regard fut attiré par l'une des lanternes qui vacillait dangereusement dans un coin de la pièce. Un liquide fuyait de sa base et coulait sur la bâche juste en dessous. Mon ventre se noua.

— Trent ?

J'attirai son attention et lui montrai la lanterne. Au même moment, celle-ci tomba, se cassa sur la bâche, qui prit immédiatement feu.

— Oh putain ! lâcha Trenton.

Autour des flammes, quelques types bondirent en arrière, regardant, horrifiés, le brasier qui gagnait déjà la bâche voisine. De la fumée noire monta, envahit toute la salle, et ce fut la panique, chacun se ruant vers une sortie.

Mon regard croisa celui de Travis. La terreur lui déformait les traits.

— Abby ! cria-t-il en cherchant à fendre le flot des gens qui nous séparaient.

Trenton me prit à bras-le-corps et me fit descendre de la chaise.

— Allez, on se tire !

Soudain, tout devint noir, et une explosion résonna à l'autre bout de la pièce. Les autres lanternes prenaient feu l'une après l'autre. Trenton voulut traverser la foule, mais c'était impossible. Je le retins.

— On ne peut pas sortir par là ! Il faut qu'on reparte par où on est arrivés !

Il regarda, cherchant une issue au milieu de la confusion générale. Travis tentait toujours de nous rejoindre, mais la cohue l'entraînait dans la direction opposée. Des cris d'affolement et de désespoir avaient remplacé les sifflets excités et joyeux. Chacun luttait pour rallier une sortie.

Trenton parvint à atteindre la porte de la petite salle d'attente. Je me retournai.

— Travis ! dis-je en tendant le bras.

Il toussait, essayait d'écarter la fumée.

— Par ici, Trav ! cria Trenton.

— Sors-la d'ici, Trent ! Sors-la, vite !

Trenton hésita, me fixa. Je vis la peur dans son regard.

— Je ne connais pas le chemin.

Je me tournai à nouveau vers Travis. Un rideau de flammes nous séparait désormais.

— Travis !

— Allez-y ! Je vous retrouve dehors !

La fin de sa phrase fut couverte par le chaos, je pris Trenton par le bras.

— C'est par ici, viens !

La fumée me brûlait les yeux. Il y avait encore des dizaines de personnes entre Travis et la seule issue possible pour lui.

Je tirai Trenton, écartant tous ceux qui se trouvaient sur notre passage. Les flammes, dans notre dos, éclairaient faiblement la petite pièce. Quand nous nous trouvâmes devant deux couloirs partant dans des directions opposées, j'hésitai à peine.

— Par là !

— Tu es sûre ? demanda Trenton.

— Allez, viens !

Plus nous avancions, moins il y avait de lumière. Quelques minutes plus tard cependant, l'air fut plus léger et la fumée se dissipa. Seuls persistèrent les cris. Plus horrifiés, plus désespérés encore. Sans que je m'en rende vraiment compte, ils alimentèrent ma détermination à sortir de cet enfer. Mes pas se firent sûrs, décidés, alors que nous progressions désormais dans l'obscurité la plus totale. Je laissais courir une main sur le mur que nous longions et tenais Trenton de l'autre.

— Tu crois qu'il a réussi à sortir ? demanda-t-il au bout d'un moment.

Sa question me déstabilisa ; je m'appliquai à ne pas songer à la réponse.

— Continuons, lâchai-je en toussant.

Il résista un peu et, alors que j'insistais pour avancer, une petite lumière s'alluma. Il avait un briquet et le tenait devant lui. Il tourna sur lui-même. Nous nous trouvions dans une autre salle, au bout de laquelle il y avait une porte.

— Par là ! m'écriai-je.

J'allais ouvrir le battant quand un mur de gens surgit devant moi et me renversa. Trois filles et deux garçons, hagards, le visage noirci par la fumée, se penchèrent pour me regarder.

L'un des gars me tendit la main pour m'aider à me relever.

— Il y a des fenêtres, dans cette direction, on peut sortir ! dit-il.

Je secouai la tête.

— On en vient. Il n'y a rien de ce côté.

— Vous avez dû les rater. Je sais que c'est par ici !

Trenton me tira par le bras.

— Allez, Abby, viens. Ils connaissent le chemin.

— Non. On est passés par là avec Travis. On ressort par là.

— Écoute, j'ai promis à mon frère que je ne te quitterais pas des yeux. On va avec eux.

— Trent, on vient d'emprunter ce couloir... il n'y avait pas de fenêtres !

— Allez, Jason, on y va ! cria l'une des filles.

— Bon, nous, on décampe, décréta le gars.

Trenton voulut m'entraîner avec eux, je me dégageai.

— Trent, je t'en supplie ! C'est par là, je te le jure !

— Je vais avec eux. S'il te plaît, suis-moi.

Je secouai la tête, en larmes.

— Je suis déjà venue ici. Je sais que ce n'est pas la sortie !

— Ça suffit, maintenant, tu viens avec moi !

— Non, Trent ! Arrête !

Il me tira sur quelques mètres, mais quand je sentis à nouveau l'âcreté de la fumée, je me débattis et me mis à courir dans la direction opposée.

— Abby ! Abby ! hurla Trenton.

Je continuai à courir, les mains en avant pour ne pas risquer de me cogner.

— Allez, viens, elle va tous nous tuer ! trancha l'une des filles.

Mon épaule heurta violemment un mur et je tombai à terre. Après avoir rampé un moment, je sentis une cloison lisse, me relevai, et découvris un autre passage.

Dans la pièce suivante, il faisait toujours aussi noir. Repoussant la panique, j'avançai pas à pas jusqu'à la cloison suivante.

— S'il vous plaît, murmurai-je, faites que ce soit le bon chemin.

J'atteignis une autre porte et, cette fois, un rai de lumière argentée brilla devant moi. Le clair de lune filtrait par la vitre du soupirail ; un sanglot monta dans ma gorge.

— Trent ? Ça y est, j'ai trouvé ! Trent !

Je plissai les yeux, il me sembla voir un léger mouvement, au loin.

— Trent ?

Mon cœur battait à tout rompre. Quelques instants plus tard, des ombres dansèrent sur les murs, et je réalisai avec horreur que le mouvement était celui des flammes qui approchaient.

Je levai les yeux vers le soupirail.

— Mon Dieu, non...

Travis l'avait refermé derrière nous, et il était trop haut pour que je puisse l'atteindre.

Les bureaux. Nous les avions vus alignés contre le mur, sous des bâches, en arrivant. Ces mêmes bâches qui alimenteraient le feu, transformant cette pièce en enfer. J'en ôtai une d'un coup sec et poussai un bureau sous le soupirail. Déjà, la fumée me faisait tousser. Et la fenêtre était encore trop haute.

Je tentai de l'ouvrir, poussai, tirai : le loquet refusait de bouger.

Je glissai alors les doigts sous le bord du vantail et forçai jusqu'à m'arracher les ongles. Un éclair de lumière entra dans mon champ de vision et je hurlai quand les flammes s'emparèrent de la première bâche.

À nouveau, j'introduisis mes doigts sous le ventail. Je saignais, le métal me mordait les chairs. L'instinct de survie prit alors le dessus, et je cognai contre la vitre de toutes mes forces. Le verre se fendit dans sa diagonale, couvert de sang.

Après un autre coup de poing, je retirai une chaussure et me remis à frapper. J'entendais des sirènes, au loin. Tout ce qu'il me restait à vivre n'était qu'à quelques centimètres de là, de l'autre côté de la vitre. Les mains à plat, je tambourinai encore et toujours, secouée par les sanglots.

— À l'aide ! gémis-je. Aidez-moi à sortir !

Quelqu'un toussa derrière moi.

— Poulette ?

Je fis volte-face. Travis se tenait dans l'encadrement de la porte, chancelant, noir de suie. Dégringolant de mon perchoir, je courus me jeter dans ses bras.

— Où est Trent ? demanda-t-il entre deux quintes de toux, d'une voix rauque et fatiguée.

J'éclatai en sanglots.

— Il les a suivis ! J'ai essayé de le faire changer d'avis mais il n'a pas voulu m'écouter !

Travis se retourna. Les flammes approchaient, respirer devenait difficile. Il me regarda, les yeux pleins de larmes.

— Je vais nous sortir d'ici, Poulette.

Il posa sur mes lèvres un rapide baiser et grimpa sur mon échelle improvisée.

Comme le loquet lui résistait, il se retourna.

— Recule, Abby, je vais casser la vitre !

D'un coup de poing puissant, il la fit voler en éclats, poussant un hurlement.

— Allez, viens, dit-il en me tendant la main.

La température avait brusquement grimpé avec l'arrivée des flammes, et quand il me poussa dehors de toutes ses forces j'eus le sentiment d'être happée par un courant d'air froid.

À genoux, je l'aidai à sortir à son tour. Les sirènes hurlaient tout autour de nous, et les lumières rouge et bleue des gyrophares des pompiers et de la police dansaient sur les murs de brique.

Sans attendre, nous nous précipitâmes vers l'attroupement de gens qui s'était formé devant le bâtiment, cherchant parmi les visages noirs de suie celui de Trenton. Travis hurla le nom de son frère, encore et encore. Il regarda son téléphone, rien. Pas un appel manqué. Désespéré, il passa une main sur son visage.

Ceux qui avaient réchappé du brasier se soutenaient mutuellement. Serrés dans les bras les uns des autres, ils se lamentaient doucement à côté des ambulances, regardant avec horreur le jet des pompiers inonder la façade, tandis que des hommes entraient dans le bâtiment, traînant de longs tuyaux derrière eux.

— Il n'est pas sorti, murmura Travis. Il n'est pas sorti, Poulette.

Les larmes tracèrent un chemin plus clair sur ses joues. Il se laissa tomber à genoux.

— Trent est débrouillard, Travis. Il s'en est sorti, j'en suis sûre. Il a forcément trouvé un autre chemin.

J'avais du mal à m'en convaincre moi-même. Travis s'effondra. Je le tins serré contre moi. Je ne savais pas quoi faire d'autre.

Une heure passa. Les cris et les sanglots des rescapés se calmèrent, les commentaires des spectateurs se turent, remplacés par le silence. Des pompiers sortirent encore deux personnes, puis plus rien. Les équipes d'urgence s'occupaient des blessés, une ambulance partit toute sirène hurlante avec des brûlés. Une demi-heure s'écoula encore, et les pompiers commencèrent à ramener les corps des victimes. Leur nombre était largement supérieur à celui des survivants. Travis fixait la porte principale, attendant qu'on sorte son frère des décombres.

— Travis ?

Nous nous retournâmes simultanément. Adam se tenait derrière nous.

— Je suis content que vous vous en soyez tirés, dit-il, visiblement très choqué. Où est Trent ?

Travis ne répondit pas. Nous reportâmes notre attention sur ce qui restait du bâtiment Keaton. Une épaisse fumée noire s'échappait encore des fenêtres. J'enfouis mon visage contre le torse de Travis, priant pour me réveiller de ce terrible cauchemar.

— Il faut que... il faut que j'appelle mon père, décréta Travis en sortant son téléphone.

Je pris une profonde inspiration pour que ma voix ne tremble pas trop.

— Tu devrais peut-être attendre un peu. Nous ne sommes sûrs de rien pour l'instant.

Il fixa l'écran de son portable, ses lèvres se mirent à trembler.

— Putain, c'est pas ce qui était censé se passer. Il aurait jamais dû être là.

— C'était un accident, Travis. Tu ne pouvais pas savoir qu'une telle chose allait se produire.

Il ferma les yeux, les larmes roulèrent sur ses joues. Puis il inspira un grand coup et composa le numéro de son père.

22

Voyage éclair

Sur l'écran, les chiffres furent soudain remplacés par un nom, et le téléphone se mit à sonner. Travis ouvrit de grands yeux. Un rire étonné monta de sa gorge.

— Trent ?

Il me regarda, hilare.

— C'est Trent ! hurla-t-il en décrochant. Putain, mais t'es où ? Comment ça, à la résidence Morgan ? Tu bouges pas d'un centimètre, j'arrive !

J'eus du mal à le suivre tant il courait vite. En arrivant à la résidence, je suffoquais. Trenton descendit le perron pour venir à notre rencontre.

— Nom de Dieu, j'ai eu la peur de ma vie, frérot ! J'étais persuadé que tu avais grillé dans cet enfer ! dit-il en nous serrant tous les deux dans ses bras.

Cette fois, je ne pouvais vraiment plus respirer.

— Enfoiré ! s'exclama Travis en se dégageant. J'ai cru que t'étais mort, moi aussi ! J'attendais que les pompiers sortent ton corps calciné des décombres !

Mais sa joie était plus forte que sa colère et, à son tour, il étreignit son frère contre lui. Ils restèrent ainsi un long moment.

— Je suis désolé, Abby, reprit enfin Trenton. J'ai paniqué.

— Laisse tomber. Tu es sain et sauf, c'est tout ce qui compte.

— Remarque, si Travis m'avait vu sortir sans toi, j'aurais préféré y rester, je crois. Je suis revenu sur mes pas pour te rejoindre, mais je me suis perdu, et j'ai dû chercher une autre issue. Une fois dehors, j'ai voulu faire le tour du bâtiment pour trouver le soupirail, mais je suis tombé sur des flics qui m'ont ordonné de m'éloigner. Alors je suis venu ici comme prévu, mais putain, qu'est-ce que j'ai flippé !

Travis essuya mes joues avec ses pouces, puis tira sur son tee-shirt pour s'épousseter le visage.

— Vaut mieux se tirer d'ici. Il va bientôt y avoir des flics partout.

Il serra une nouvelle fois son frère dans ses bras, puis nous nous dirigeâmes vers la Honda d'America. Travis me regarda boucler ma ceinture en grimaçant, et fronça les sourcils en m'entendant tousser.

— Je devrais peut-être t'emmener à l'hôpital pour te faire examiner, non ?

— Mais non, ça va, dis-je en glissant mes doigts entre les siens.

Une profonde entaille marquait le dos de sa main de part en part.

— C'est le combat, ou la vitre ?

— La vitre, répondit-il en examinant mes ongles ensanglantés.

— Tu m'as sauvé la vie, tu sais.

— Je ne serais pas parti sans toi.

— Je savais que tu viendrais.

Nous ne nous lâchâmes pas d'un pouce jusqu'à l'appartement. Sous la douche, je regardai longuement couler l'eau, teintée de rouge et de gris, de sang et de cendres. En me laissant tomber sur le lit de Travis, je sentais encore la fumée.

— Tiens, dit-il en m'offrant un petit verre de liquide ambré. Ça va t'aider à te détendre.

— Je ne suis pas fatiguée.

Il insista. Il semblait épuisé, avait les yeux rouges et les paupières lourdes.

— Essaie quand même de te reposer, Poulette.

— J'ai presque peur de fermer l'œil, avouai-je en avalant le whisky.

Il reprit le verre, le posa sur la table de nuit et s'assit à côté de moi. Nous restâmes ainsi sans rien dire, ressassant les événements de ces dernières heures. Le souvenir des cris terrifiés de ceux qui avaient été pris au piège dans le sous-sol me fit soudain grimacer. Je fermai les paupières, serrai fort. Combien de temps me faudrait-il pour les oublier ? Les oublierais-je seulement un jour ?

La main chaude de Travis sur mon genou me tira de mon cauchemar éveillé.

— Beaucoup de gens sont morts, ce soir.

— Je sais.

— On ne connaîtra pas le nombre de victimes avant demain.

— On a croisé un groupe de gamins, avec Trenton. Je me demande s'ils s'en sont sortis. Ils avaient l'air terrorisés...

Les larmes me montèrent aux yeux, mais avant qu'elles ne roulent sur mes joues, les bras puissants de Travis s'étaient refermés sur moi. Aussitôt, lovée contre lui, je me sentis protégée. Me croire à ce point en sécurité entre ses bras m'avait autrefois fait peur ; en cet instant, après une expérience aussi traumatisante, cela éveillait en moi un immense sentiment de reconnaissance. Et je ne voyais qu'une explication à cela.

Ma place était avec lui. Auprès de lui.

Cette certitude s'ancra en moi à cet instant précis. Sans le moindre doute, sans me soucier de la réaction des autres, sans craindre de faire une erreur, sans avoir peur des conséquences, je souris en pensant aux mots que j'allais prononcer.

— Travis ? dis-je, toujours contre lui.

— Oui, chérie ? murmura-t-il dans mes cheveux.

Nos téléphones sonnèrent en chœur, je lui tendis le sien tout en décrochant le mien.

— Allô ?

— Abby ! hurla America.

— Je vais bien, Mare. Nous allons bien tous les trois.

— On vient d'apprendre ce qui s'est passé ! On ne parle que de ça à la télé !

À côté de moi, j'entendis Travis expliquer la même chose à Shepley, et tâchai de trouver les mots pour rassurer America. Elle posait question sur question, je dus lui relater les événements aussi précisément que possible, raconter de la voix la plus claire possible les moments les plus horribles de mon existence. Pourtant, à la seconde où la main de Travis se posa sur la mienne, je me détendis.

J'eus soudain le sentiment de raconter l'histoire de quelqu'un d'autre, assise dans l'appartement confortable de Travis, à des années-lumière du cauchemar qui avait failli nous coûter la vie. À la fin de mon récit, consciente que nous avions failli mourir, America était en larmes.

— Je vais faire mes bagages. On arrive demain à la première heure, dit-elle en reniflant.

— Mare, rien ne presse. On est sains et saufs.

— Mais il faut que je vous voie. Que je te prenne dans mes bras pour être sûre que tout va bien.

— Tout va bien. Tu me prendras dans tes bras vendredi, comme prévu.

Elle renifla à nouveau.

— Je t'aime, tu sais.

— Moi aussi, je t'aime. Profite de tes derniers jours de vacances.

Travis me regarda et plaqua le téléphone contre son oreille.

— Shep ? Tu devrais prendre ta copine dans tes bras, là, parce que j'ai l'impression qu'elle craque. Je sais, mec. Moi aussi. À plus.

Après avoir raccroché, nous restâmes assis en silence un long moment, puis Travis s'allongea et me prit contre lui.

— Comment va America ?

— Elle est bouleversée. Mais elle va s'en remettre.

— Heureusement qu'ils n'étaient pas là.

Je n'avais même pas pensé à ce qui serait arrivé s'ils n'étaient pas allés chez les parents de Shepley. L'espace d'un instant, je revis le visage terrifié des filles dans le sous-sol, qui se battaient contre les garçons pour tenter de fuir, et imaginai America prisonnière de cette fournaise, ses cheveux blonds salis par la suie, sa peau si claire brûlée par les flammes, son corps allongé à côté de tous ceux que nous avions vus sur la pelouse.

— Oui, heureusement, dis-je en frissonnant.

— Pardonne-moi. Tu as déjà vécu l'horreur, je ne devrais pas en rajouter.

— Tu y étais aussi.

Il se tut un moment, et j'allais dire quelque chose quand il inspira profondément.

— C'est rare que j'aie peur. J'ai eu peur le premier matin, quand j'ai ouvert les yeux et que tu n'étais plus là. J'ai eu peur quand tu m'as quitté, après Vegas. J'ai eu peur quand j'ai cru que j'allais devoir annoncer à mon père que Trenton était mort dans cet incendie. Mais quand je t'ai vue de l'autre côté des flammes, dans la salle... j'ai été terrifié. J'étais à quelques mètres de la sortie, la porte était là, toute proche... et je n'ai pas pu avancer.

Je redressai la tête pour le regarder.

— Comment ça ? Tu es fou ?

— Rien n'a jamais été plus clair dans mon esprit qu'en cette minute. J'ai fait demi-tour, j'ai retrouvé le chemin jusqu'à la pièce où tu te trouvais. Plus rien d'autre n'avait d'importance. Qu'on s'en sorte ou pas, ce n'était pas le problème. Je voulais juste être avec toi, quoi qu'il arrive. La seule chose qui me fait peur, c'est la vie sans toi, Abby.

Je l'embrassai tendrement, longuement. Quand nos lèvres se séparèrent, je souris.

— Alors tu n'as plus rien à craindre. Nous deux, c'est pour toujours.

— Je le referais, tu sais, s'il le fallait. Je ne changerais pas une seule seconde de notre histoire si elle doit nous amener ici, à cet instant.

Mes paupières étaient lourdes. Je poussai un long soupir. Mes poumons protestèrent, encore irrités par la fumée. Travis m'embrassa sur le front. Je sentais battre son cœur dans sa poitrine. Régulier. Apaisant.

— C'est ça. C'est exactement ça, souffla-t-il.

— Quoi ?

— Ce moment. Quand je te regarde dormir... la paix sur ton visage. C'est ça. Je n'ai pas ressenti une telle chose depuis la mort de ma mère, et là, je l'éprouve à nouveau.

Il inspira profondément et me serra un peu plus contre lui.

— Quand je t'ai rencontrée, j'ai tout de suite su qu'il y avait quelque chose en toi dont j'avais besoin. En fait, c'était pas quelque chose. C'était toi. Juste toi.

Je souris.

— C'est nous, Travis. Rien n'a de sens quand nous ne sommes pas tous les deux. Tu as remarqué ?

— Remarqué ? Je te le répète depuis le début ! Et c'est officiel : les blondes, les combats, les ruptures, Parker, Vegas... et même les incendies... notre couple résiste à tout !

Je levai à nouveau la tête et notai le contentement dans ses yeux. Un contentement proche de la paix que j'avais lue sur son visage le jour où j'avais perdu le pari, celui où je lui avais dit que je l'aimais pour la première fois, et le lendemain de la soirée de Saint-Valentin. C'était le même apaisement, à un détail près : cette fois, il était définitif. Dans son regard, la confiance absolue avait remplacé l'espoir prudent.

Je la reconnus, parce qu'elle reflétait mes sentiments.

— Vegas ? proposai-je.

Il fronça les sourcils, ne sachant à quoi s'attendre.

— Oui ?

— Est-ce que tu as envisagé d'y retourner ?

— Heu... je ne crois pas que ce soit une bonne idée, en ce qui me concerne.

— Et si on ne fait que l'aller-retour ? Une nuit sur place, pas plus.

— Une nuit ?!?

— Épouse-moi, demandai-je sans hésitation.

Les mots étaient sortis tout seuls, j'en étais étonnée moi-même. Un large sourire se dessina sur les lèvres de Travis.

— Quand ?

— On peut réserver un vol pour demain. C'est les vacances, je n'ai rien de prévu. Et toi ?

— Je suis sûr que c'est du bluff, dit-il en attrapant son portable. American Airlines, demanda-t-il aux renseignements. Allô ? J'aurais besoin de deux billets pour Vegas, s'il vous plaît. Demain...

Il m'observait comme si j'allais changer d'avis.

— Deux jours. Aller-retour. Ce que vous avez.

Je posai la tête sur son torse, le temps qu'il règle les détails, et lui tendis sa carte de crédit quand il en eut besoin. Son regard revenait sans cesse vers moi, attendant quelque protestation, un revirement, un regret. Mais la fin de la communication arriva sans que j'ajoute quoi que ce soit.

427

— Bien. On les récupère à l'enregistrement, donc. Entendu. Merci.

Il raccrocha, me tendit son téléphone, que je posai sur la table de nuit.

— Tu viens de me demander de t'épouser, dit-il, envisageant encore un piège quelconque.

— Tout à fait.

— C'est pour de vrai, tu sais. Je viens de réserver deux places pour Vegas. Demain, à midi. Ce qui veut dire qu'on se marie demain soir.

— Merci.

— Lundi matin, à la reprise des cours, tu t'appelleras Mme Maddox.

— Oh, dis-je en balayant la pièce des yeux.

— Un regret ?

— Je vais avoir plein de paperasse à faire, la semaine prochaine.

Il hocha la tête, osant espérer.

— Tu vas m'épouser, demain ?

Je souris.

— Ben, oui.

— Tu ne plaisantes pas ?

— Non.

— Putain, je t'aime ! Je t'aime tellement, Poulette ! s'exclama-t-il en m'embrassant, encore et encore.

— J'espère que tu t'en souviendras dans cinquante ans, quand je te mettrai la pâtée au poker, rigolai-je.

Il eut un sourire triomphant.

— Cinquante, soixante, soixante-dix ans... tant que tu seras à mes côtés, je t'autorise à me plumer à volonté !

Je haussai un sourcil.

— Tu devrais faire gaffe à ce que tu dis, quand même. Tu pourrais t'en mordre les doigts.

— Je te parie que je ne regretterai rien.

Avec un sourire aussi malicieux que possible, je demandai :

— Tu en es sûr ? Au point de parier la bécane rutilante garée en bas ?

Il redevint sérieux.

— Je parie tout. Tout ce que j'ai. Je ne regrette pas une seule seconde de ma vie avec toi, Poulette. Et je n'en regretterai aucune. Jamais.

Je lui tendis la main, il la serra sans hésitation puis la porta à ses lèvres, si douces.

L'espace d'un instant, on n'entendit plus que ses baisers sur ma peau, et son souffle.

— Abby Maddox... chuchota-t-il avec un sourire de ravissement.

— Travis et Abby Maddox. Ça sonne bien.

— Attends ! Il manque quelque chose !

— Les alliances ? Je sais. On s'en occupera plus tard. J'ai un peu précipité les choses.

— Heu...

Il me regarda, attendant visiblement une réaction de ma part.

— Quoi ? demandai-je, un peu tendue, soudain.

— Tu restes calme, d'accord ? dit-il, nerveux. Comment dire... je m'étais déjà... occupé de ça.

— Occupé de quoi ?

Il leva les yeux au plafond.

— Tu vas péter un câble, je le sens.

— Travis...

Il se pencha vers la table de nuit, glissa sa main dans le tiroir et palpa l'intérieur.

— Quoi ? T'as racheté des capotes ?

Il eut un petit rire.

— Non, Poulette.

Il tâtonna encore un moment, concentré, puis son visage s'éclaira quand il mit la main sur ce qu'il cherchait. Il se remit sur le dos, et posa sur son torse un petit écrin de velours.

— Qu'est-ce que c'est ?

— À ton avis ?

— Bon, je reformule. Quand as-tu acheté ça ?

— Heu... il y a un moment, déjà.

— Travis...

— Écoute, je l'ai vue un jour, et je me suis dit qu'elle ne pouvait aller qu'à un endroit... à ton doigt.

— Un jour, quand ?

— Qu'est-ce que ça peut faire ? soupira-t-il, agacé.

Je ne pus m'empêcher de rire.

— Je peux la voir ?

Je me sentais prise de vertige. D'un signe du menton, il désigna la boîte.

— Ouvre-la.

Du bout des doigts, je caressai le velours puis soulevai lentement le couvercle. Un éclat m'aveugla ; je le refermai dans un claquement.

— Travis !

Il se redressa, prit mes mains entre les siennes.

— Je savais que tu péterais un câble !

Je sentais le coffret dans ma paume et ne pus m'empêcher d'imaginer une petite grenade pouvant exploser à tout moment. Je fermai les yeux et secouai la tête.

— Travis, tu es complètement fou !

— Oui. Je sais ce que tu penses, mais je ne pouvais pas faire autrement. C'était LA bague. Et j'avais raison ! Je n'en ai pas revu depuis qui soit aussi parfaite que celle-ci !

Son regard pétillait de fierté. Il écarta doucement mes mains, prit la boîte et l'ouvrit. Délicatement, il sortit la bague. L'énorme diamant rond brillait même dans la pénombre, chaque facette de la pierre reflétant le clair de lune.

— Mon Dieu... elle est magnifique, murmurai-je tandis qu'il prenait ma main gauche.

— Je peux la passer à ton doigt ? demanda-t-il.

Je hochai la tête, il la fit glisser à mon annulaire, la maintint en place quelques instants avant de me relâcher.

— Voilà. Maintenant, elle est magnifique.

Nous restâmes ainsi à contempler ma main un long moment. Le diamant était énorme sur mon doigt fin. Sur les côtés, l'anneau d'or blanc, serti de minuscules diamants, se divisait en deux pour encercler le solitaire.

— Tu aurais pu acheter une voiture avec cet argent... dis-je dans un souffle.

Il porta ma main à ses lèvres.

— J'ai imaginé cette bague à ton doigt des millions de fois. Et maintenant qu'elle y est...

Il la regarda à nouveau, ému.

— Quoi ?

— Je pensais que ce moment n'arriverait pas avant au moins cinq ans...

— J'en avais autant envie que toi, tu sais. Mais je bluffe mieux, dis-je en l'embrassant.

Épilogue

Travis me prit la main tandis que je retenais mon souffle. J'essayai de ne rien laisser paraître, mais quand je ne pus réprimer un rictus, il me serra un peu plus fort. Des fuites avaient auréolé le plafond blanc, toutefois, en dehors de ça, la pièce était d'un blanc immaculé. Tout était rangé, pas un outil ne traînait, ce qui me mettait relativement à l'aise. J'avais pris ma décision, j'entendais m'y tenir.

— Chérie... dit Travis, soucieux.

— Je vais y arriver, répliquai-je en fixant le plafond.

Je sursautai quand des doigts touchèrent ma peau, mais tentai de me détendre malgré tout. Je vis l'inquiétude dans le regard de Travis quand le bourdonnement commença.

— Poulette...

— Arrête. Je suis prête.

J'écartai le téléphone de mon oreille, grimaçant, tant à cause de la douleur que du sermon.

— Abby Abernathy, je vais te tuer ! hurlait America. Vraiment !

— Techniquement, c'est Abby Maddox, maintenant, corrigeai-je en souriant à mon mari.

— C'est pas juste ! gémit-elle, encore en colère. Je devais être ta demoiselle d'honneur et ton témoin !

433

Je devais aller faire les boutiques avec toi pour te trouver une robe, organiser un enterrement de vie de jeune fille et attraper ton bouquet à la fin !

— Je sais.

Le sourire de Travis disparut quand je grimaçai à nouveau.

— T'es pas obligée de le faire, tu sais, murmura-t-il.

— Je sais.

— Tu l'as déjà dit ! rétorqua sèchement America.

— Ce n'est pas à toi que je parlais.

— Mais si, c'est à moi que tu parles. Si, si, si ! Et je te préviens, tu n'as pas fini d'entendre parler de cette histoire ! Je ne te le pardonnerai jamais !

— Mais bien sûr que si.

— Tu es… ! Tu es une ! Tu es méchante, voilà ce que tu es, Abby ! Tu es la pire des meilleures amies !

Je ris, et l'homme assis à côté de moi sursauta.

— On reste tranquille, madame Maddox.

— Excusez-moi.

— Qui c'était ? coupa America.

— C'était Griffin.

— Et qui c'est, ce Griffin ? Attends, laisse-moi deviner, tu as invité un inconnu à ton mariage et pas ta meilleure amie ?

Sa voix, déjà aiguë au départ, ne cessait de monter.

— Non, il n'est pas venu au mariage. Ouille…

Travis soupira, se dandina sur sa chaise, nerveux, et étreignit un peu plus ma main. Je lui souris malgré la douleur.

— C'est moi qui suis censée serrer plus fort, non ?

— Excuse-moi. Je crois que je ne vais pas le supporter. Vous en avez encore pour longtemps ? demanda-t-il à Griffin.

Ce dernier secoua la tête.

— Z'en êtes couvert, mais un petit mot de rien du tout sur votre copine et vous tournez de l'œil ? Tsss… J'en ai encore pour une minute.

Travis se rembrunit.

— D'abord, c'est pas ma copine. C'est ma femme.

À l'autre bout du fil, America s'étrangla.

— Tu es en train de te faire tatouer ? Mais qu'est-ce qui te prend, Abby ? C'étaient des fumées toxiques dans l'incendie, ou quoi ?

Je baissai les yeux sur la petite tache noire, à la naissance de mon aine, et souris. Griffin essuya ce qu'il venait de dessiner, recommença juste à côté. Je serrai les dents.

— Travis a mon nom sur son poignet. Maintenant qu'on est mariés, je voulais un tatouage, moi aussi.

— T'étais pas obligée, dit Travis.

— Ne recommence pas. On en a déjà discuté.

America eut un petit rire.

— T'es devenue complètement folle. Dès que je rentre, je te fais enfermer.

— Je ne suis pas folle. On s'aime. On vit pratiquement ensemble depuis un an. Alors pourquoi pas ?

— Parce que tu as dix-neuf ans, idiote ! Parce que tu as fait ça en cachette sans en parler à personne, et parce que je ne suis pas là !

— Excuse-moi, Mare, il va falloir que je raccroche, là. On se voit demain, d'accord ?

— Je ne suis pas sûre d'avoir envie de te voir demain, moi ! Et je suis presque certaine de ne plus jamais vouloir revoir Travis !

— À demain, Mare. Je sais que tu veux voir ma bague.

— Et ton tatouage, ajouta-t-elle en riant.

Je raccrochai et tendis le téléphone à Travis. Le bourdonnement reprit. J'eus une sensation de brûlure, suivie d'une seconde de soulagement, tandis que Griffin essuyait l'excès d'encre. Travis fourra mon portable dans sa poche, reprit ma main dans les siennes et se pencha pour poser son front contre le mien.

— Tu as paniqué comme ça, quand tu t'es fait tatouer ?

Il semblait à l'agonie, comme si ma douleur lui était mille fois plus difficile à supporter que la sienne.

— Heu... non. Mais c'est pas pareil, là. C'est bien pire.

— C'est bon ! annonça Griffin en se redressant.

Je me laissai aller contre le dossier du fauteuil.

— Ouf !

— Pas trop tôt, soupira Travis.

Je baissai les yeux sur les lettres noires parfaites, élégantes malgré ma peau encore rouge.

Mme MADDOX

— Waouh.

Travis eut un sourire triomphant.

— C'est magnifique !

Griffin secoua la tête.

— Si j'avais eu un dollar pour chaque jeune marié ayant amené sa femme ici et souffert à sa place... je pourrais fermer la boutique et me retirer au soleil.

— Dites-moi juste combien je vous dois, petit malin, grommela Travis.

Griffin sourit.

— Vous voyez ça à la caisse.

J'observai autour de moi tous les modèles de tatouages affichés au mur, et baissai à nouveau les yeux sur le mien. Mon nouveau nom était là, en élégantes majuscules noires. Travis rayonnait. Il regarda son alliance en titane.

— Ça y est, chérie. On l'a fait, murmura-t-il. J'arrive toujours pas à croire que t'es ma femme.

— C'est pourtant le cas.

Il m'aida à me lever et je protégeai ma cuisse droite, chaque mouvement ravivant la douleur. Travis paya. Un taxi nous attendait dehors. Mon téléphone sonna de nouveau, quand je vis que c'était America, je ne répondis pas.

— Elle t'en veut à mort, non ? s'inquiéta Travis.

— Disons qu'elle va bouder pendant vingt-quatre heures, et qu'ensuite elle s'en remettra.

— Tu es sûre de ça, madame Maddox ?

— Arrête de m'appeler comme ça. Ça fait au moins cent fois que tu le répètes depuis qu'on a quitté la chapelle.

Il secoua la tête et m'ouvrit la portière.

— Quand je me rendrais enfin compte que c'est vrai, j'arrêterai, promis.

— Mais *c'est* vrai ! J'ai des souvenirs de ma nuit de noces pour le prouver !

Il se glissa à côté de moi sur la banquette, fit courir le bout de son nez le long de mon cou, jusqu'à mon oreille.

— Ça, pour en avoir, on en a.

— Ouille !

Il avait effleuré ma cuisse, je posai une main sur mon pansement.

— Oups ! Désolé, Poulette !

Je souris.

— Tu es pardonné.

Pendant le trajet qui nous menait à l'aéroport, je regardai Travis fixer son alliance avec cet air apaisé auquel je m'habituais déjà.

— Quand on sera à l'appartement, je pense que je réaliserai pour de bon, j'arrêterai alors de me comporter comme un débile.

— Promis ? demandai-je en riant.

Il m'embrassa la main et la posa sur ses genoux.

— Non.

Le taxi se garait devant le terminal quand mon téléphone sonna une nouvelle fois. C'était encore America.

— Elle n'abandonne jamais, n'est-ce pas ? Laisse-moi lui parler.

Je lui tendis l'appareil.

— Allô ?

Il descendit, m'aida à faire de même, attendit un moment qu'elle ait déversé tout ce qu'elle avait sur le cœur, puis reprit la conversation en souriant.

— Parce que je suis son mari. J'ai le droit de répondre à son téléphone, maintenant. On est à l'aéroport, là. Pourquoi vous viendriez pas nous chercher, Shep et toi ? Comme ça tu pourras nous crier dessus pendant tout le trajet du retour. On devrait arriver vers 15 heures. Parfait, Mare. À tout à l'heure, alors.

Il grimaça, raccrocha, et me rendit mon téléphone.

— T'avais raison. Elle est carrément furax.

Il paya le taxi, passa son sac par-dessus son épaule, empoigna ma valise et me tendit sa main libre.

— J'arrive pas à croire que tu lui aies donné le feu vert pour qu'elle se lâche pendant une heure.

— Tu ne penses tout de même pas que je vais la laisser crier sur ma femme ?

— Je trouve que tu t'es vite habitué à ce terme, non ?

— Le moment est venu pour moi d'accepter la chose. J'ai su que tu serais mon épouse quasiment le jour où je t'ai rencontrée. Prétendre que je n'attendais pas impatiemment le jour où je pourrais le dire serait mentir... Donc, j'ai décidé d'en user et d'en abuser. Autant que tu t'y fasses.

Je ris et serrai sa main.

— Ça ne me dérange pas.

— Ah bon ?

— Non.

— Parfait. D'ici à quelques mois, tu devrais en avoir ras le bol, mais en attendant, laisse-moi ce plaisir, d'accord ?

Au moment de passer le contrôle de sécurité, Travis avança sous le portique : l'appareil se mit à sonner. Quand l'officier demanda à Travis d'ôter son alliance, son visage se ferma.

— Je la garderai moi-même, monsieur, précisa l'agent. Et ce n'est que pour quelques instants.

— J'ai promis de ne jamais l'enlever, dit Travis, nerveux.

L'officier tendit la main. Les petites rides autour de ses yeux trahissaient sa patience, et une grande compréhension.

À contrecœur, Travis retira son alliance, la plaqua dans la paume de l'agent en soupirant et franchit le portique. L'alarme ne sonna pas, mais cet épisode l'avait agacé. Je passai à mon tour sans encombre après avoir ôté ma bague.

— Tout va bien. Elle est à ton doigt, maintenant, regarde, dis-je en riant devant une réaction aussi disproportionnée.

En nous dirigeant vers la porte d'embarquement, je remarquai les regards des gens que nous croisions. Je me demandai si le fait que nous soyons de jeunes mariés sautait aux yeux, ou si c'était le sourire béat de Travis qui contrastait trop violemment avec son crâne rasé, ses bras tatoués et ses muscles de biker.

L'aéroport était bondé de touristes surexcités. Partout, on entendait le tintement des machines à sous. Je souris à un jeune couple qui se tenait par la main, aussi fébriles que nous l'étions, Travis et moi, à notre arrivée. Je ne doutais pas qu'à leur départ ils éprouveraient, comme nous, le même mélange d'étonnement et de soulagement.

En attendant l'embarquement, je feuilletai un magazine et posai doucement une main sur la jambe de Travis, qui n'arrêtait pas de tressauter. Il s'arrêta aussitôt, et je souris, sans quitter mon magazine des yeux. Quelque chose le tracassait, mais j'attendais qu'il décide de m'en parler, préférant laisser mûrir la chose. Au bout de quelques minutes, son genou se remit à gigoter. Cette fois, il s'arrêta de lui-même et se laissa glisser lentement sur sa chaise.

— Poulette ?

— Oui ?

Quelques instants s'écoulèrent, puis il soupira.

— Non, rien.

Quand notre vol fut appelé, nous nous levâmes pour faire la queue à la porte d'embarquement. Travis hésita.

— J'ai une drôle d'impression, dit-il à voix basse.

— Comment ça ? Un mauvais pressentiment, tu veux dire ?

Je me sentis nerveuse, tout à coup. Il me regarda, visiblement troublé.

— J'ai l'impression que, quand on va rentrer et se retrouver à l'appart, je vais me réveiller. Comme si tout ça n'était qu'un rêve.

Je passai un bras autour de sa taille et lui caressai le dos.

— C'est donc ça qui t'inquiète ?

Il regarda l'intérieur de son poignet, puis le large anneau à son doigt.

— J'arrête pas de me dire que la bulle va éclater et que je vais me retrouver tout seul dans mon lit.

— Travis, je ne sais pas ce que je vais faire de toi ! J'ai plaqué quelqu'un pour toi – deux fois ! – je suis retournée à Vegas pour toi – deux fois ! – je suis littéralement descendue en enfer avant d'en revenir, je t'ai épousé et je porte désormais ton nom tatoué sur ma peau. Franchement, là, je suis un peu à court d'idées pour te prouver que je suis à toi.

Un petit sourire le dérida.

— J'adore quand tu dis ça.

— Que je suis à toi ?

Je me hissai sur la pointe des pieds et posai mes lèvres sur les siennes.

— Je. Suis. À. Toi. Mme Travis Maddox. Pour toujours et à jamais.

Malgré tout, il restait préoccupé.

— Quand même... J'ai peur de tout foirer, Poulette. Tu finiras par en avoir marre de mes salades.

J'éclatai de rire.

— J'en ai marre, là, tout de suite, ça, c'est sûr. Ça ne m'a pas empêchée de t'épouser !

— Je pensais qu'une fois marié je me sentirais plus en sécurité, que j'aurais moins peur de te perdre. Mais là, à l'idée de monter dans cet avion...

— Travis ? Je t'aime. On rentre.

— Tu ne me quitteras pas, hein ? Même si je suis vraiment chiant à vivre ?

— J'ai fait le serment devant Dieu – et Elvis – de rester à tes côtés, pour le meilleur et pour le pire, non ?

Il sembla un peu rassuré.

— Alors c'est pour toujours ?

Je ne pus m'empêcher de sourire.

— Est-ce que ce serait plus facile si on pariait ?

Autour de nous, les gens commençaient à prêter attention à notre conversation ridicule. Comme souvent, je sentais leurs regards curieux, mais cette fois, la seule chose qui m'importait était d'apaiser Travis, d'effacer ses doutes.

— Quel genre d'époux parie contre son propre mariage ?

— Le genre stupide. Tu n'as pas écouté ton père, quand il te conseillait de ne jamais rien parier contre moi ?

Il haussa un sourcil.

— Donc t'es convaincue que ça va marcher, toi ? À ce point ? Tu serais prête à miser dessus ?

Je passai les bras autour de son cou et murmurai :

— Je serais prête à parier mon premier enfant. Voilà à quel point j'en suis sûre.

Le regard de Travis retrouva une expression tranquille.

— Quand même... Sûre à ce point, c'est pas possible, dit-il, songeur.

Je lui fis un clin d'œil.

— On parie ?

Remerciements

J'adresse toute ma reconnaissance à Beth, ma sœur et ma meilleure amie. Sans elle, je ne me serais jamais lancée dans ce projet. C'est grâce à ses encouragements enthousiastes que je vis mon rêve aujourd'hui. Merci, merci, merci ! Et merci aussi à mes enfants pour leur infinie patience, leurs bisous et leur compréhension.

À Brenda, ma mère, pour son aide chaque fois que j'en ai eu besoin. Merci infiniment à mes amies auteurs Jessica Park, Tammara Webber, Tina Reber, Stephanie Campbell, Abbi Glines, Liz Reinhardt, Elizabeth Reyes, Nichole Chase, Laura Bradley Rede, Elizabeth Hunter, Kilian McRae, Colleen Hoover, Eyvonna Rains, Lani Wendt Young, Karly Blakemore-Mowle, Michele Scott, Tracey Garvis-Graves, Angie Stanton et E.L. James pour leur soutien inconditionnel, leur amour et leurs conseils. Vous êtes le plus beau cadeau que m'ait fait ma carrière d'auteur. Vraiment.

Merci à Rebecca Watson, mon agent, aussi géniale que drôle, et à mes agents chez Intercontinental Library Agency pour leur diligence et leur travail.

Toute ma gratitude à Judith Curr de chez Atria Books pour son indéfectible soutien, et à mon éditrice, Amy Tannenbaum, qui s'est prise de passion pour ce projet dès le départ. Merci d'avoir cru en cette histoire. Et merci à tout le monde chez Atria, grâce à qui tout est allé très vite : Peter Borland, Chris Lloreda, Kimberly Goldstein, Samantha Cohen, Paul Olsewski, Isolde Sauer, Dana Sloan, Jessica Chin, Benjamin Holmes, Michael Kwan, James Pervin, Susan Rella et James Walsh.

Merci au Dr Ross Vanhooser pour ses précieux conseils et pour avoir cru en mon talent avant même que je sache que j'en avais.

Merci à Maryse et Lily de Maryse.net, ainsi qu'à Nikki Estep qui ont lu et aimé l'histoire de Travis et Abby au point de faire passer le mot autour d'elles !

Enfin, tout mon amour et toute ma reconnaissance à mon mari adoré, qui s'est montré d'une infinie patience et m'a soutenue tout au long de ce projet, et qui continue de m'aimer quand je le délaisse au profit de personnages de fiction. Il est tout pour moi, et je n'écrirais pas sans lui... parce que je n'en aurais pas envie. C'est grâce à lui que je sais raconter l'intensité d'un amour. Merci, Jeff, merci d'être tout ce que tu es.

Composition
NORD COMPO

Achevé d'imprimer en Espagne
par BLACKPRINT CPI
le 22 décembre 2013.

Dépôt légal décembre 2013.
EAN 9782290064948
OTP L21EDDN001039N001

ÉDITIONS J'AI LU
87, quai Panhard-et-Levassor, 75013 Paris

Diffusion France et étranger : Flammarion